W0199867

DINESH BAUER

Herrgottswasser

SCHEINHEILIG Ewig leben oder selig sterben? Dem Leonhardswasser wird eine heilkräftige Wirkung nachgesagt – seit Jahrhunderten. Bau-Bonze Stocker glaubt zwar nicht an Wunder, hat dafür aber einen wunderbaren Plan. Mithilfe eines geldgierigen Bischofs und eines korrupten Lokalpolitikers will er aus der Wallfahrtsstätte einen Wellnesstempel für Scheichs und Oligarchen machen. Der hinterhältige Geschäftemacher hat die Rechnung allerdings ohne Pater Cölestin gemacht. Zumal der Einsiedler nicht der Einzige ist, der gegen die »Macht des Bösen« kämpft. Nach einem Anschlag auf Sankt Leonhard droht ein »heiliger Krieg« im Land vor den Bergen.

TV-Reporter Lorenz Seidel und sein Spezl, Kriminalkommissar Berger, werden in einen schwer durchschaubaren Fall verwickelt – in dem nicht nur grausame Verbrechen, sondern auch wahre Wunder geschehen.

© Andreas Mross

Servus beinand! Das Bayerische liegt mir im Blut – meine Vorfahren stammen samt und sonders aus dem weißblauen Land zwischen Inn, Isar und Loisach. Warum ich Krimis schreibe? Weil ich die bayerische Sprache, die alten Erzählungen und die echte, authentische Volksmusik mit der Muttermilch aufgesogen habe. Ein ganz spezielles, kulturelles Substrat. Meine ebenso spannenden wie spaßigen »Fallstudien« verstehe ich als eine Art Hommage an Land und Leute. Ich liebe die lieblichen Hügel, die rauen Berge und den ebenso eigenbrötlerischen wie liebenswerten Menschenschlag, der hier lebt. Wer seine Wurzeln und seine Geschichte kennt, erkennt sich selbst. Oiso: Gnothi seauton – Dahoam is Dahoam!

DINESH BAUER

Herrgottswasser

Ein Alpen-Krimi

GMEINER

Immer informiert

Spannung pur – mit unserem Newsletter informieren wir Sie regelmäßig über Wissenswertes aus unserer Bücherwelt.

Gefällt mir!

Facebook: @Gmeiner.Verlag
Instagram: @gmeinerverlag
Twitter: @GmeinerVerlag

MIX
Papier aus verantwortungsvollen Quellen
FSC® C083411
FSC www.fsc.org

Besuchen Sie uns im Internet:
www.gmeiner-verlag.de

© 2020 – Gmeiner-Verlag GmbH
Im Ehnried 5, 88605 Meßkirch
Telefon 07575/2095-0
info@gmeiner-verlag.de
Alle Rechte vorbehalten
1. Auflage 2020

Lektorat: Teresa Storkenmaier
Herstellung: Mirjam Hecht
Umschlaggestaltung: U.O.R.G. Lutz Eberle, Stuttgart
unter Verwendung eines Fotos von: © owik2 / photocase.de
Druck: CPI books GmbH, Leck
Printed in Germany
ISBN 978-3-8392-2574-5

Personen und Handlung sind frei erfunden.
Ähnlichkeiten mit lebenden oder toten Personen
sind rein zufällig und nicht beabsichtigt.

Aus Witterungsgründen fand die bayerische Revolution im Wirtshaus statt!

»Für die, welche an keine Unsterblichkeit glauben, gibt es auch keine.« (Ludwig Börne)

HANDELNDE PERSONEN

LORENZ SEIDEL, TV-Reporter, riecht den Braten
QUIRIN BERGER, Kriminalkommissar, macht mächtig Dampf
ANTON GRÜNAUER, IT-Crack, glaubt an das Böse
EMERAM HOLZINGER, Banker, denkt pragmatisch

CÖLESTIN FROMBERGER, Pater von Sankt Leonhard
INNOZENZ BÖCK, Bischof von Chiemsee
DONATO PASQUANO, bayerischer Dorfpfarrer aus Sizilien
SOPHIE GRABMAIER, kennt Cölestins wahres Ich
KRESZENZ PENZKOFER, hält der Jungfrau die Treue
FRATER ZENO, ein Ketzer, der um ein Geheimnis weiß

SEVERIN STOCKER, Bau-Magnat, weiß, wie man Geschäfte macht
KAJETAN FERSTL, Landrat, hält gern die Hand auf

FRANZ SALVATOR FILZMOOSER, sein Stellvertreter, wär gern selbst Chef
RENATE ECKMAIER-FILZMOOSER, seine Gattin
ÄGIDIUS SONNÖDER, Ministerpräsident, macht Wahlkampf

JOE GREINER, bayerischer Guerillaführer, träumt von der Revolution
NEPOMUK »SPITZ« SCHWARZ, sein Mann fürs Grobe
BELLE, kümmert sich um PR
WOIFE, kümmert sich um Waffen und Sprengstoff

BORIS, wird angeheuert, wenn es Probleme gibt
ANATOL und KOLJA, seine Handlanger

KOLOMAN

Man hatte es nicht leicht, aber leicht hatte es einen. Pater Cölestin Fromberger saß etwas scheps auf seinem Veloziped Marke »Vaterland«. Eigentlich war er zu alt für solch halsbrecherische Berg- und Talfahrten. Das »Vaterland« war nur unwesentlich jünger als er selbst und verfügte weder über eine Gangschaltung noch über Scheibenbremsen oder gar eine Federgabel. Der an den Werkbänken des Deutschen Reichs gefertigte Drahtesel geriet in den steilen Haarnadelkurven heftig ins Schlingern – und bei den Abfahrten ging es in einem solchen Höllentempo bergab, dass die Trommelbremsen nur so qualmten. Doch Pater Cölestin vertraute auf Gott und die legendäre deutsche Wertarbeit. Sein Radl war mit ihm durch Sturzregen und Graupelschauer, durch Staub und Schlamm gegangen oder besser gesagt gefahren. Es würde ihn auch hier und jetzt nicht im Stich lassen. An der Lenkstange baumelte ein Fresskörbchen. In diesem befanden sich ausgesuchte Präsente, die er der betagten Jubilarin zu ihrem Ehrentag überreichen durfte: eine ungarische Salami mit Prädikatsetikett, ein fettes Stück Südtiroler Speck, ein Viertellaib Pustertaler Almkäse, eine prall gefüllte Bonbonniere, ein irdenes Töpfchen mit Zimt verfeinerter Brombeermarmelade sowie ein

Rieslingsekt extra brut aus dem Hause Dr. Deinhard zu 7,90 € die Flasche. Vor allem das »Sprudelwasser« würde die Jubilarin überaus zu schätzen wissen. Zu einem edlen Tröpfchen sagte die Sophie nie Nein. Das »Vaterland« rüttelte über die Holzplanken einer Pontonbrücke, die einen gurgelnden Bergbach überspannte. Nun ging es auch noch bergauf – und Cölestin musste kräftig in die Pedale treten, um den Anstieg im Stil eines Eddy Merckx zu bewältigen. Schweißperlen netzten seine Stirn, kleine Diamanten, die im Sonnenlicht glänzten. Gleich wäre er oben an den »Mahdwiesen« samt dem Kolomanskapellchen. Die bayerische Version des Don Camillo war zwar nicht mehr der Jüngste, ließ es sich aber nicht nehmen, jedem seiner ergrauten Schäfchen persönlich zum Festtag zu gratulieren. Und jedes »Geburtstagskind« bekam sein spezielles Geschenk. Der Pfarrer von Flintsbach, Don Pasquano, würde derweil für ihn die Messe lesen. Auf seinen »sizilianischen Spezi« war diesbezüglich Verlass. Der Almweg schlängelte sich durch bucklige Bergwiesen. Der Frühling hatte sein Füllhorn ausgeschüttet, überall grünte und blühte es in kunterbunter Pracht. Solche Tage waren rar gesät. Cölestin spürte die Urkraft der Schöpfung, fühlte sich 30 Jahre jünger, voller Energie und Tatendrang. In weiten, sanften Kehren führte der Weg nun hinab in ein dunkles Tal. Unter ihm schäumte ein Gebirgsbach durch das eng geschnürte Korsett einer wilden Felskluft. Er genoss das Gefühl von Freiheit und Abenteuer und trat in die Pedale. Wie eine gesengte Sau sauste er talwärts. Der Fahrtwind zauste seine weiße Mähne und ließ die Rockschöße flattern. Sein klappriges Gefährt schlingerte und schleuderte hin und her, doch Cölestin war felsenfest überzeugt, dass der Herrgott mit ihm im Sattel saß.

Cölestin schwang sich lässig vom Rad und lehnte es mit der gebotenen Vorsicht an das morsche Gestänge des Staketenzauns. Auf dem blauen Emailschildchen stand zu lesen: Arnried 7. Das Haus der Alten war eher eine Hütte, ein Hexenhäuschen, das sich unter die knorrigen Äste einer dickbäuchigen Linde duckte. Die Bretter und Bohlen waren über die Jahre kräftig nachgedunkelt, sodass das Holz einen dunkelbraunen Farbton angenommen hatte. Da es weder Glocke noch Klingelknopf gab, pochte Cölestin an die Tür. Eine harsche, keineswegs brüchig klingende Stimme hieß ihn eintreten: »Was pumperst denn wie Knecht Ruprecht an die Tür. Es ist offen, komm herein!« Zwei kleine Sprossenfenster ließen etwas Licht in die dunkle, spärlich möblierte Stube. Die Lichtstrahlen fielen in einem schrägen Winkel auf den Dielenboden, Staubkörnchen tanzten darin. Auf der Eckbank saß die Hausherrin – ein handgeschnitztes Kruzifix über, ein Sitzkissen unter ihr. »Hock dich her, kostet auch nicht mehr!«, befahl Sophie Grabmaier. Die Grande Dame, die ihre langen grauen Haare zu einem Dutt hochgesteckt hatte, schien es für eine Selbstverständlichkeit zu halten, dass ihr Pater Cölestin anlässlich ihres Geburtstags einen Besuch abstattete. »Da, nimm dir eines von den Kissen, hält die vier Buchstaben warm. Es ist noch früh im Jahr, nicht dass du mir noch krank wirst! Ihr Mannerleut meint ja allerweil, dass ihr das ewige Leben gepachtet habt's, so wie mein Josef! Und was ist passiert? Der alte Lapp hat sich eine Frühjahrsgrippe geholt, daraus ist eine Lungenentzündung geworden. Aber er hat ja unbedingt ins Holz hinaus müssen, der sture Hammel. Zwei Wochen später hast du ihn beerdigt.«

»So schnell kann's gehen. Unser Leben liegt in Gottes Hand!« Cölestin räusperte sich und platzierte den Präsentkorb in der Mitte des Tisches. Wie ihn die Grabmaierin geheißen hatte, schob er ein zerschlissenes Wollkissen unter seinen Allerwertesten und schlug in einer Geste der Verlegenheit die Zipfel der Soutane über die Knie: »Schön, dass es dir so weit gut geht, Sophie. Wie du siehst, hab ich im Dorfladen unten ein paar Kleinigkeiten für dich besorgt. Schließlich hast heut' ja Geburtstag!«

Sophie prüfte den Inhalt des Korbs mit Kennerblick: »Da hast du dich ja nicht sonderlich überanstrengt. Salami, Schinken, Käse und ein Glas Marmelade, aber nicht einmal einen Kanten Brot. Ihr Männer – habt's einfach keinen Sinn fürs Praktische! Gut, dass ich noch einen halben Wecken hab!« Die Grabmaierin erhob sich ächzend und schlurfte in einem Tempo, als ob sie gerade mit Ach und Krach eine Hüft-OP überstanden hätte, in die Küche hinüber.

»Kann ich dir helfen?«, erkundigte sich Pater Cölestin besorgt.

Einem unwilligen Grunzen folgte eine unmissverständliche Anweisung: »Bleib bloß sitzen. Du bringst mir höchstens alles durcheinander. Ein Mannsbild in der Küche – mir gangst!« Sophie humpelte – mit Brotkorb, Brotzeitbrettl und einem scharf geschliffenen Metzgermesser bewaffnet – zum Tisch. Mit geübten Handbewegungen säbelte sie Käse und Speck auf das Brettl und schob es zusammen mit drei Scheiben Brot zu ihm hinüber. »Das muss langen, sonst wirst um die Mitte herum noch zeckerlfett!«

»Zu gütig!« In den graugrünen Augen des Paters funkelte es belustigt. Sophie Grabmaier besaß, wie er wusste, durchaus einige gute Charaktereigenschaften – Herzenswärme und Gastfreundschaft gehörten nicht dazu. Zwischen zwei Bissen Speck erkundigte er sich: »Wie wär's mit einem Schlückerl Sekt? Ich mein, wir müssen doch noch auf dich anstoßen.«

Ein schelmisches Lächeln grub sich in die tiefen Falten um ihre Mundwinkel. »Bei Schaumwein sag ich nicht Nein. Da, nimm den Korkenzieher, damit du auch was tust.« Der Korken knallte und die goldgelbe, perlende Flüssigkeit schäumte in die Gläser.

»Auf dich, Sophie! So jung kommen wir nicht mehr zusammen.«

»Runter mit dem Zaubertrankerl!« Ohne sich mit einem weiteren Toast aufzuhalten, stürzte Sophie den Inhalt auf ex hinunter.

Pater Cölestin nippte nur am Glas: »Schmeckt er dir? Ist er nicht etwas zu trocken?«

Sophie schnalzte mit der Zunge: »Ah geh, an die Sprudelbrause könnte man sich glatt gewöhnen!«

Cölestin mimte den Sekt-Sommelier: »Goldene Farbe, feine Würze, leichte Aromen von weißem Pfirsich und Zitrone, prickelnd im Abgang.«

Sophies klare, weder vom grauen Star noch vom Alter getrübte Augen blickten ihn herausfordernd an. In ihrer Stimme lag leiser Spott: »Was du nicht sagst, Bruder Bacchus. An dir ist ein echter Gourmet verloren gegangen. Wie wär's mit einem Schluck Wasser? Der Mensch lebt nicht vom Alkohol allein.«

Cölestin nickte bedächtig – auch ohne große Worte bestand ein stilles Einverständnis zwischen ihnen. »Meine Kehle ist staubig wie die Wüste Juda. Und Wasser wirkt wahre Wunder.«

Sophie holte eine Plastikflasche mit dem Aufdruck »Basinus Brunnen« aus dem Kühlschrank und füllte die Krügerl. »Frisch gezapft.«

Der Pater hielt das Wasserglas so andächtig in die Höhe, als ob es sich um einen Hostienkelch handelte: »Auf ein langes Leben und auf dich, Sophie!« Wenn nichts Unvorhergesehenes geschah, würde es noch ein Weilchen dauern, ehe ihre Zeit gekommen war. Und so lange konnte der Himmel allemal warten.

HUBERTUS

Wasser ist zum Waschen da, tralali und tralala – doch auch zum Zähneputzen durfte man es benutzen. Man konnte damit die Geranien am Balkon gießen, den fein vertikutierten Rasen sprengen oder den gekachelten Fußboden schrubben. Wasser war vielfältig verwendbar. Zur Not konnte man es sogar trinken – auch wenn Lorenz Seidel in aller Regel andere Getränke bevorzugte. Einen im Eichenfass gereiften Kentucky Bourbon zum Beispiel. Seidel spritzte sich etwas Wasser ins Gesicht, kühlte mit der feuchten Handinnenfläche den Nacken und massierte mit kreisenden Bewegungen die schmerzenden Schläfen. Endlich wagte er einen Blick in den Spiegel. Der Kerl, der ihn aus glasigen, rot umrandeten Augen anstarrte, kam ihm irgendwie bekannt vor. Sein spiegelverkehrter Doppelgänger ähnelte zwar nur auf rudimentäre Weise dem Bildnis des Dorian Gray, doch Lorenz hatte zweifelsohne schon bessere Tage gesehen. Er sah müde, zerfurcht und reichlich abgekämpft aus. Sein Teint hatte die blässliche Farbe von Kartoffelbrei aus Wintererdäpfeln – und hätte dringend eines zweiwöchigen Solariumbesuchs oder besser noch einer Kreuzfahrt durch die Karibik bedurft. Dabei sollte er heute Abend noch ein Interview führen. An einem abgeschiedenen Ort, mitten im Wald, beim Hubertus-Bründl. »Ohne Zeugen«, hatte ihn der Mann am Telefon mit seltsam blechern klingender, wie mit einer technischen Apparatur verfremdeter Stimme ermahnt. »Entweder Sie kommen allein – oder das Date findet nicht statt und Sie können die Nummer vergessen.« Das Treffen versprach wenn schon nicht sonderlich spaßig, so doch zumindest spannend zu werden.

Lorenz Seidel wandte seinen Blick von dem Wandspiegel über dem Waschbecken ab und starrte zu dem Schreibtisch hinüber, auf dem sein Laptop summte wie ein Schwarm Honigbienen, deren Königin sich anschickte, auf Wanderschaft zu gehen. Er fühlte sich leer und ausgelaugt – unfähig, auch nur ein einziges weiteres Wort aus seinen Gehirnwindungen zu wringen. Seidel schob die Gardinen zurück und blickte auf die Dächer Rosenheims hinab. In den meisten Fenstern der umliegenden Häuser brannte bereits Licht. Unten auf dem breiten Boulevard staute sich der Feierabendverkehr. Eine lange Lichterkette schlängelte sich wie eine Riesenpython durch die Straßenschluchten. Tief in ihrem Herzen waren die Menschen Nomaden geblieben. Eine ewige Unrast zog sie unaufhörlich weiter – von einem Ort zum andern. Nichts erschreckte sie mehr, als wenn ihr Leben zum Stillstand kam und sich nichts mehr vom Fleck bewegte. So wie jetzt – zwischen Stoßstange und Stoßstange eingekeilt in ihren Blechsärgen. Die Berge, jene Fluchtpunkte am südlichen Horizont, waren hingegen, aus der Entfernung betrachtet, nicht mehr als eine diffus schimmernde, unregelmäßig gezackte Linie, eine von Schwärze umrandete Staffage.

Er war ein Meister darin, sich in Tagträumereien und abstrusen Gangliengespinsten zu verirren. Lorenz fand auch diesmal nur schwer in die Realität zurück. In seinem Büro war alles wie immer, inmitten des Chaos herrschte eine feste, klar umrissene Ordnung. Trotz des scheinbaren Durcheinanders, trotz der von ihm fein säuberlich gerahmten Fotografien, trotz der aus den Wandregalen lugenden Plüschtiere und Filzfigürchen empfand er das Zimmer als steril und nüchtern. Dem Raum fehlte die persönliche Atmosphäre, die individuelle Duftmarke. Es war ein nach Schema F eingerichtetes Bürozimmer, hell und funktionell. Lorenz hob den Blick und blinzelte ins Licht der in die geriffelte Rigips-Decke eingelassenen Halogenstrahler. Geblendet schloss er die Augen. Als er die Lider einen Spaltbreit öffnete, zogen sich für einen Sekundenbruchteil geisterhafte Leuchtspuren über seine Netzhaut.

»Los jetzt, an die Arbeit! Träumen kannst du später in der Koje.« Lorenz gab sich einen Ruck und nahm Kurs auf seinen Schreibtisch. »Hock dich auf den Hosenboden und geh das Mail noch einmal genau durch! Zeile für Zeile!« Seufzend plumpste er in den mit einem Karomuster gesprenkelten Drehstuhl. Zweimal klicken und das Fenster des Mailprogramms poppte auf. »Ha, da haben wir ja unseren Geisterseher. Wie kommt jemand nur auf solch absurde Ideen? Da ist die Glühbirne doch komplett durchgebrannt!«

Absender der Mail waren ein gewisser »Dan Brown« und ein »Guevara 67«. Immerhin bewies der große Unbekannte einen Sinn für schwarzen Humor. Lorenz nahm an, dass die Mails von einem gekaperten Krypto-Server verschickt und von Chiffrier-Programmen verschlüsselt worden waren. Er hatte allerdings keinen blassen Schimmer, wie sich das in der Praxis bewerkstelligen ließ. Seine Computerkenntnisse dümpelten an der Benutzeroberfläche, von Programmieren hatte er keine Ahnung. Fakt war, dass sich der Absender für eine Art Visionär hielt, einen »Propheten der Armut«. Nun, das schien noch nicht weiter außergewöhnlich. Heutzutage war es schließlich en vogue, sich als Minimalist und Anti-Materialist zu gerieren – und zumindest nach außen hin in Bescheidenheit und Bedürfnislosigkeit zu üben. Dass »Dan Brown« sich für die Wiedergeburt Che Guevaras hielt, legte allerdings die Vermutung nahe, dass der Bursche an Größenwahnsinn litt oder schlicht und einfach nicht ganz auf der Höhe seiner geistigen Schaffenskraft war. Zumal der Typ – nach Form und Inhalt seines Elaborats zu urteilen – an die Reinkarnationsnummer zu glauben schien. Er sprach von sich in der dritten Person oder verwendete den Plural Majestatis, um seiner Revoluzzer-Rolle Nachdruck und Gewicht zu verleihen.

»Ein Psycho, eindeutig«, schüttelte Seidel mitleidig den Kopf. »Aber diese irrwitzige Story darf ich mir nicht durch die Lappen gehen lassen.« Zumal der Verfasser des Sendschreibens steif und fest behauptete, dass er ein Prophet des Herrn sei und zwei Seelen in seiner Brust wohnten: die des chiliastischen Endzeit-Predigers Müntzer sowie die des smarten Latino-Lenins

Guevara – ein schillerndes, wenn auch sonderbares Pärchen. Und Gott selbst – kleiner wär keiner – habe ihm den Auftrag erteilt, die verderbte Welt aus den Fängen Satans zu erretten und die Menschen auf den Pfad der proletarischen Tugend, der Demut und der Armut zu führen: mitten hinein in den Garten Eden der Arbeiter und Bauern. Um das Paradies der Gleichheit und Brüderlichkeit zu erschaffen, sei jedes Mittel erlaubt – denn der Zweck heilige bekanntlich die Mittel. So weit »Dan Brown« alias Che alias Thomas Müntzer.

»Der Kerl ist ein Vollhorst, aber die Geschichte hat Potenzial!« Seidel war Profi und wusste, wie die Medienwelt tickte – so sah er die Studio-Deko einer großen Sondersendung zum Thema »Glaube, Verblendung, Wahn« schon vor sich: mannshohe Pappmachéfiguren von Jesus, Mohammed, Buddha auf der einen, von Marx, Lenin und Che auf der anderen Seite. Dazu vielleicht noch Luther und Papst Benedikt als Assistenzfiguren. Inmitten großer religiös-revolutionärer Kulisse würde er mit »Dan Brown« angeregt über Gott und den Teufel, über Mystik und Dialektik philosophieren. Er würde den Kerl reden, von der mystischen Erkenntnis faseln, von revolutionären Umwälzungen schwärmen und den Geist der Gemeinschaft beschwören lassen, um ihn dann mit dem Instrumentarium seines messerscharfen Intellekts als das zu entlarven, was er war: ein eitler Schwätzer, ein heuchlerischer Scharlatan. Ein solches Thema brachte Quote – und ein souveräner Auftritt des Moderators Pluspunkte beim Publikum. Vielleicht würde er als angesagte »TV Personality« sogar einen gut dotierten Werbevertrag einheimsen. Im Geiste sah sich Seidel bereits einen XXL-Schokoriegel ins Objektiv halten, um im Brustton der Überzeugung zu verkünden: »Marx macht mobil!« Oder vielleicht noch besser: »Der Riegel mit dem Che, der schmeckt voll o. k.!«

Doch noch war es nicht so weit. Erst kam die Arbeit, dann der Schokoriegel. Seidel musste zugeben, dass der Wahnsinn dieses durchgeknallten Spinners einer gewissen Methodik nicht entbehrte. Der Absender des Mails beschränkte sich nicht darauf, prophetische Phrasen zu dreschen oder sich in Hetztiraden auf die Reichen und Mächtigen zu ergehen. Der wiedergeborene Che kündigte konkrete revolutionäre Schritte an und plante – zumindest behauptete er dies – am Tag X zuzuschlagen. Er habe Seidel dazu auserkoren, seiner »heiligen Mission« in den Medien Gehör zu verschaffen. Deswegen bot er ihm eine exklusive Story an. Er würde ihn im Rahmen einer »Guided Tour« zu ihren geheimen Waffen- und Munitionsdepots führen, um ihn von der Ernsthaftigkeit ihrer Absichten zu überzeugen. Natürlich nur unter den Bedingungen eines Paranoikers, der unter chronischem Verfolgungswahn litt: Seidel sollte allein und per Fuß zu dem Treffpunkt kommen – mit einer professionellen, hochauflösenden Videokamera, aber ohne Handy, Smartphone & Co.

Sollte er sich zur Beruhigung seiner überreizten Nerven einen Obstler aus der »Bordbar« genehmigen? Die »Recherche« schien ihm nicht ganz ungefährlich. Was erwartete ihn dort draußen im Wald? Er wäre allein auf weiter Flur – und auf Gedeih und Verderb einem, um es euphemistisch auszudrücken, geistig labilen Neurotiker ausgeliefert. Was, wenn ihn dieser in seinem Wahn für einen Spitzel oder Spion hielt – und ihn umgehend exekutierte? Seidel stützte sich mit beiden Ellenbogen auf die Tischplatte und scrollte gedankenverloren durch das Mail. »Zwölf Seiten, in 10 Punkt Calibri. Der Typ hat sie wirklich nicht alle. Wo ist die verflixte Passage?«, nuschelte er in seinen frisch gestutzten Seeräuberbart: »Ja, da ist es!« Lorenz las halblaut mit: »Seine Mitstreiter hielten Jesus für den Messias. Das bezeugt die Bibel. Wer aber ist dieser Messias? Dem jüdischen Verständnis nach ist der ›Maschiach‹ ein von Gott erwählter Herrscher, König und Hohepriester in einer Person. Ein Herrscher, der die Juden aus Knechtschaft und Fremdherrschaft erlösen würde. Einer, der das Schwert erhob, um mit aller Macht für das Reich Gottes zu streiten. Niemand, der die linke Wange hinhielt und vor den Mächtigen, vor Herodes, Kaiphas & Co., zu Kreuze kroch. Beim Evangelisten Matthäus steht es klar und unmissverständlich: Ich bin nicht gekommen, um Frieden zu bringen, sondern das Schwert.«

Dieser »Dan Brown« war offensichtlich nicht auf der Brennsuppe dahergeschwommen. Er kannte die Bibel besser als Seidel selbst und hatte sich mit den grundlegenden theologischen und exegetischen Fragen des Messiasbegriffs im Judentum und Christentum beschäftigt. War er ein Profi, ein abtrünniger Priester gar, der sich vom Paulus zum Saulus gewandelt hatte? Ein Umstürzler, der in seinem Mail christliche Würdenträger wie Bischof Innozenz Böck als »Meister der List und Tücke«, als »Lügenpriester« und »gottlose Mammonsjünger« diffamierte. Solch wütende Anschuldigungen gegen einen hochrangigen VIP der katholischen Kirche bargen Zündstoff in sich – was ihm als »Skandal-Journalist« nur recht sein konnte.

Seidel strich sich unschlüssig durch den Bart. Sollte er seinen Skalp riskieren? Er spürte ein Kribbeln in den Fingern, spürte, wie die innere Anspannung wuchs. Es gelang ihm nur mit Mühe, sich noch einmal in den Text zu vertiefen: »Che und Christus waren Brüder im Geiste. Beide überzeugt von ihrer Mission, bereit, ans Limit zu gehen und in letzter Konsequenz ihr Leben zu geben. Zwei, die aus dem Halbdunkel der Geschichte kamen, aus der Wüste Judäas, aus dem Dschungel Kubas. Zwei Rebellen, die ein großes Ziel vor Augen hatten: die Menschen zu verändern – und eine neue Welt zu erschaffen. Zwei Göttersöhne, die gegen die Allmacht der Väter aufbegehrten – Heiland und Held zugleich.«

»Brown« war anscheinend darum bemüht, sich selbst zu inszenieren und mit pathetisch-prophetischen Phrasen zu punkten. Bei Licht betrachtet erschienen ihm die Kernaussagen allerdings reichlich abstrus. Christ und Marxist – zwei Ikonen, zwei Idole vom selben Schlag. Nun ja! Lorenz hatte die schlechte Angewohnheit, seine Beine unter dem Tisch zu verknoten und sich wie ein blinder Maulwurf so weit vorzubeugen, dass er mit der Nase fast gegen die Mattscheibe stieß: »… das politische Establishment, die Kaste der ›Väter‹ kann keine Rebellion wider die herrschende Ordnung dulden. Und mit den ungeratenen ›Söhnen‹ macht man kurzen Prozess. Ihr halb entblößter Leichnam wird öffentlich zur Schau gestellt. In einer demütigenden Pose der Ohnmacht. Die Botschaft ist klar: Schaut her – so endet euer Messias, euer junger Gott!« Nach solch hochgeistigen Ergüssen griff Seidel nun doch zum selbstgebrannten Obstler aus dem »Giftschränkchen«. Das aus diversen Fallobstresterln, aus Äpfeln, Birnen, Zwetschgen und weiß der Teufel noch was zusammengebraute Gesöff stammte aus der hauseigenen Destillerie seines alten Kumpels Anton Grünauer. Er schraubte den Drehverschluss auf und schnüffelte mit skeptischer Miene an den herben »Düften«, die dem Gebräu entströmten. »Runter damit, bis jetzt ist noch niemand daran gestorben.« Der Schnaps brannte wie Feuer in seiner Kehle. Trotz des »Feuerwassers« wurde er das mulmige Gefühl nicht los, dass er sich auf einen schmalen Grat begab, ja, schlimmer noch, einen schweren Fehler beging. Lorenz schaltete den Computer aus, ließ das Schnapsfläschchen in seine Manteltasche gleiten, dann löschte er das Licht.

Es roch modrig, nach verrottendem Laub, nach Vergänglichkeit und muffigen Socken. Auf dem Waldboden breiteten sich schwammig grüne Moospolster. Flechten-Flecken glänzten feucht auf den Felsblöcken. Ein Bergsturz hatte vor Hunderten von Jahren eine gewaltige Geröll-lawine ausgelöst und tonnenschwere Felsbrocken zu Tal gewälzt. Unter einem unscheinbaren, aus Lehm und Felsbrocken geformten Erdhügel trat frisches Quellwasser zutage und gurgelte in einen hölzernen Trog: das Hubertus-Bründl. Aus dem Bründl und einigen kleineren, unter dem grünen Teppich hervorsprudelnden Quellen speiste sich ein munteres Bächlein. Sein Name passte perfekt: Kaltenbach. Die Gegend hier war ein echtes Feuchtgebiet, dachte Lorenz. Und es war arschkalt. Frierend und fröstelnd trat er von einem Bein auf das andere. Am Himmel hing ein zu einer schmalen Sichel zerschmolzener Mond, dessen fahles Licht in den dunstigen, über dem Boden aufsteigenden Nebelschwaden versickerte. Die Wegkreuzung bei der Kindswieskapelle, die der Unbekannte als Treffpunkt gewählt hatte, lag in gespenstischem Zwielicht. Seidel schielte auf das beleuchtete Zifferblatt seiner Armbanduhr. Wo bleibt der Kerl bloß? Schon eine Viertelstunde über der Zeit. Seine Nervosität wuchs von Minute zu Minute. Wieso meldet sich dieser Wirrschädel nicht oder schickt wenigstens eine SMS? Da fiel ihm siedend heiß ein, dass ihm »Brown« alias »Guevara« ein striktes Handyverbot erteilt hatte. Und das Klingelgerät friedlich in der Mittelkonsole seines Bauern-Jaguars schlummerte. »Hockst du hinterm Busch und lachst dir einen Ast ab, ha?« Seidels innere Anspannung wandelte sich in Gereiztheit und Zorn. »Jetzt langt's mir aber langsam. Was soll das blöde Theater, fix!« Lorenz tastete nach der bauchigen Schnapspulle in seiner Manteltasche, notfalls würde sich diese als Waffe verwenden lassen. Schließlich besaß er nicht die geringste Garantie, dass ihm dieser Spinner keine Falle gestellt hatte, um ihn zu kidnappen. Vom Standpunkt des Reporters aus betrachtet, war ein »Geisel-Drama« an sich eine feine Sache – aber nicht, wenn er selbst die Geisel war!

Die nächtlichen Geräusche des Waldes waren nicht dazu angetan, seine überreizten Nerven zu beruhigen. Seidel hörte Zweige im Gehölz knacken – und zuckte zusammen. Was war das? Schlich dort irgendein mordlüsternes Raubtier, ein Marder, ein Fuchs, ein ausgebüxter Wolf gar herum? Oder versteckte sich seine Kontaktperson im Unterholz? Seidel erhob seine Stimme und rief in die Nacht hinein: »Hallo, sind Sie das? Che, Mister Brown? Ich bin allein – wie vereinbart. Ich hab alles dabei, um unser Gespräch aufzuzeichnen!« Doch er bekam keine Antwort. Im dunklen Tann wurde es so still wie am Tag nach dem Jüngsten Gericht. Verdammt, irgendetwas war da schiefgelaufen. Lorenz wartete weitere zehn Minuten. Doch niemand ließ sich am Bründl blicken. Kein Fuchs, kein Wolf und erst recht keine dunkle Gestalt mit rußgeschwärztem Gesicht. Er stand da wie der Depp von der Au, die Schnapsbuddel in der rechten, die Kamera in der linken Hand. Er nahm einen tiefen Schluck und entledigte sich eines Schleimbatzens, der in hohem Bogen gegen den Stamm einer verkrüppelten Bonsai-Birke klatschte. »So ein Sauhund, lässt mich eiskalt auflaufen!« Wieso war dieser Schweinepriester überhaupt auf ihn gekommen? Seidel wusste es nicht. Er wusste jedoch, wen er auf »Brown« ansetzen musste. Anton Grünauer war nicht nur Schwarzbrenner und Schwarzseher, er fischte auch in den trüben Kanälen des Darknets und war in den Untiefen des World Wide Web zu Hause. Wenn jemand die digitale Fährte von »Dan Brown« alias »Guevara 67« aufspüren konnte, dann er – Grünauer! »Finito, geh ma!« Seidel hatte endgültig genug für heute – just in diesem

Moment verschwand die Mondsichel hinter einer von Westen heranziehenden Wolkenwand. Zwei Minuten später schüttete es wie aus Gießkannen. Seidel fluchte – und wurde nass bis auf die Knochen.

SEBASTIAN

In der Sakristei roch es nach altem Holz, Staub und Mottenkugeln. In den Gewändern und Talaren hing der Mief von tausend Jahren. Die Einrichtung des kahlen, weiß gekalkten Raums beschränkte sich auf einen riesigen Wäscheschrank, einen Garderobenspiegel sowie ein von einer Schicht Firnis versiegeltes Ölbild, auf dem sich der heilige Sebastian, von Pfeilen durchsiebt, um ein hölzernes Kreuz in der Form eines T wand. In den Ecken der niedrigen, von einer Stuckleiste umkränzten Decke hingen dicke Spinnweben. Naserümpfend stieß Donato Pasquano das Fenster auf und sog die angenehm kühle Luft des Abends ein. Es wurde gerade dunkel und die Schwärze kroch aus den Schatten der Bäume hervor. Nebel stieg aus dem feuchten, von einer Schicht Laub bedeckten Boden auf und hing wie Lametta von den Ästen herab. Die Kirche Sankt Leonhard lag auf einem schmalen Absatz am Abhang des Heubergs. Auf einer kleinen Lichtung inmitten dichter Bergwälder. Wenn unten im Tal schon die Knospen sprangen, lag hier oben oft noch Schnee. Ein stiller, verwunschener Ort, dem Gewese und Gewirbel der Welt entrückt. Pasquano hätte stundenlang so dastehen können, den starren Blick auf die sich in farbloser Finsternis auflösenden

Konturen von Bäumen und Büschen gerichtet. Er hatte die Dunkelheit immer gemocht, die die Dinge des Diesseits unsichtbar werden ließ, die die klaren Linien verwischte, die Gewissheiten der Ratio ins Wanken brachte. Und dem Ungreifbaren, Unergründlichen und Rätselhaften Raum bot.

Pasquano riss sich von seinen abgründigen Betrachtungen los und schloss rasch das Fenster. Es war das erste Mal, dass er hier – in Vertretung Pater Cölestins – die Messfeier hielt. Was an sich reine Zeitverschwendung war. Doch er hatte ihm die Bitte nicht abschlagen wollen. Cölestin war so etwas wie sein Mentor – und ein elendiger Sturschädel. Er hielt eisern daran fest, einmal im Monat eine Messe samt Seelenamt zu lesen. Der Hintergrund war, dass vor etlichen Hundert Jahren ein ebenso frommer wie vermögender Blaublütler eine ewige Messe zum Heil der armen Seelen gestiftet hatte. Wohl um irgendwelche Sünden abzubüßen. Solange diese Messe gelesen wurde, bestand das Benefizium fort. Das Benefizium warf wiederum genug ab, dass Pater Cölestin sein Auskommen fand und die Kirche vor dem vollkommenen Verfall bewahren konnte. Zum Unwillen der bischöflichen Administration, die längst ein Auge auf die Grundstücke geworfen hatte, die Teil des Benefiziums der Messstiftung zu Sankt Leonhard waren. Leonhard war einer der vierzehn Nothelfer und der Schutzpatron aller Gefangenen, egal, in welchem Gefängnis sie zu Recht oder Unrecht schmorten. Der »Kettenheilige« wachte aber auch über das Wohlergehen des lieben Viehs, insbesondere über das von Rössern und Rindern.

Unter den bayerischen Bauern war »Lehardi« zum Heiligen schlechthin avanciert – und der »Lehards-Tag« am 6. November wurde mit Umzügen und Prozessionen zu Pferd gefeiert. In der guten alten Zeit waren jedes Jahr Tausende von Menschen mit ihren Ochsen und Kaltblütern hierher gepilgert, um Vergebung ihrer Sünden zu erlangen und sich mit »Weihwasser« aus der Lehardi-Quelle einzudecken. Das aus den Felsen unterhalb der Kirche sprudelnde Wasser galt als wundertätig, sollte das Vieh vor Seuchen und Pestilenz schützen. Es war aber angeblich auch imstande, die Leiden der Gemütskranken zu lindern, Schwermut und Trübsinn zu verjagen. Die Quelle sprudelte noch, der Pilgerstrom aber war jäh versiegt. Die Wallfahrer waren nur mehr eine Schimäre, heutzutage verirrte sich kein Mensch mehr hierher. Pasquano runzelte die Stirn. Wenn er nun vor leeren Bänken allein in der Kirche stand? Egal, er würde Pater Cölestin den Gefallen tun – basta.

Die Schranktür knarrte in den Angeln. Von der langen Stange hingen unförmige Gewänder herab wie ein Fledermausrudel im Winterschlaf: Albe, Kasel, Stola, Velum, Zingulum, Pluviale, Soutane, Chorhemd. Die ganze Palette liturgischer Kleidungsstücke – darunter auch solche wie Schultertuch oder Scheitelkäppchen, die nicht mehr sonderlich up to date waren und mit den Reformen des Zweiten Vatikanischen Konzils in die Klamotten- respektive Mottenkiste verbannt worden waren. Diese altmodischen Teile trugen höchstens einige Hardcore-Hardliner wie die Piusbruderschaft. Sollte Pater Cölestin insgeheim mit diesen Brüdern, die ihre Messe auf Latein lasen und sich an anachronistische Riten klammerten, sympathisieren? Ein mildes Lächeln kräuselte Pasquanos Lippen. Cölestin mochte ein Querkopf und Eigenbrötler sein, ein verknöcherter Reaktionär war er nicht.

Pasquano trat seinem Spiegelbild gegenüber. Vor ihm stand ein hochgewachsener, athletisch gebauter Mann in den besten Jahren, der ihn aus erdbraunen, von kleinen Fältchen umzingelten Augen ansah. Er konnte seinem Doppelgänger den Missmut von den mürrisch zusammengepressten Lippen ablesen. An Tagen wie diesen war er der Priesterrolle überdrüssig. Steckte er etwa in der Midlife-Crisis? Woran lag es, dass er seinen Elan verloren hatte? Dass er in der priesterlichen »Paradeuniform« nur das Requisit in einem Theaterstück erblickte? Alles hier war vergilbt, verblichen und verstaubt. Und es hatte schon bessere Zeiten gesehen. Pasquano brummte unwillig: »Alles geht vorüber, Freund – auch dieser Tag.« Er schlang das Zingulum, einen dünnen Strick, um seine etwas füllig gewordene Leibesmitte und knüpfte ihn mit geübten Handgriffen zusammen. Mit Knoten kannte er sich aus: Pal- oder Stopperstek, Achter- oder Kreuzknoten – er verlor sich in Gedanken an die bunt gestrichenen Fischerboote, das Azurblau des Meeres, an die glitzernde Gischt des Kielwassers, an die alte Heimat. Das war alles lange her. »Was vorbei ist, ist vorbei, verdammt!« Pasquano warf sich das mantelartige Messgewand, die Kasel, über. Auf dem scharlachroten Seidenstoff prangte das mit Goldfaden eingestickte Anagramm Jesu – IHS. Iota, Eta, Sigma. Griechische Buchstaben – ähnlich anachronistisch wie eine Bibellesung auf Latein.

»Gloria in excelsis Deo!« Er musste unwillkürlich grinsen und linste aufs Zifferblatt seiner billigen Armbanduhr: halb sieben – Showtime! Zeit für die Messe.

Pasquano betrat den Chorraum durch den Hintereingang. Hastig beugte er sein Knie vor dem Tabernakel, der das Allerheiligste, den Kelch mit den konsekrierten Hostien, enthielt. Schwungvoll wandte er sich zum Publikum um. Wie erwartet war die Kirche so gut wie leer: drei ältere Damen, eine knochiger und spindeldürrer als die andere. Dazu der Bichler-Bauer, der seit Jahrzehnten getreulich den Mesnerdienst versah. Seine altersfleckigen, von der Gicht verkrüppelten Hände krallten sich ums Gebetbuch. Pasquano war in Gedanken noch immer am Meer, im Land seiner Vorväter. Er zählte bis drei, dann begann er mit der lateinischen Litanei: »In nomine Patris et Filii … Gloria Patri et Filio et Spiritui Sancto. Sicut erat in principio …« Vor leerem Haus trat keiner gerne auf – kein Operntenor, keine Primaballerina, kein Prediger des Wortes Gottes. Pasquano ließ sich nicht von den Papamobil-Shows und Messias-Meetings blenden. Jesus Christus war nicht mehr Teil des Mainstreams, er führte ein Nischendasein. Eine logische Konsequenz dieser Entwicklung war die Tendenz zur Sektiererei, zur Abgrenzung von der gottlosen, heidnischen und hedonistischen Welt. Die Kirche war tief gespalten, zwischen den Traditionalisten einerseits und den Erneuerern und Reformern andererseits. Es erschien ihm schon fast symptomatisch, dass tiefe Risse das Mauerwerk der alten Wallfahrtskirche durchzogen.

Die Zuhörerschaft schien nicht recht bei der Sache zu sein. Die grauhaarigen Betschwestern tuschelten und tratschten, der Bichler-Bauer schnäuzte geräuschvoll in sein Stofftaschentuch. Pasquano schlug die durch einen roten Bindfaden markierte Stelle in der Heiligen Schrift auf. Mit monotoner Stimme deklamierte er: »Lesung aus dem ersten Brief des Apostels Paulus an die Thessalonicher.« Der Paulusbrief war das erste »Schriftstück« überhaupt, das Jesus beim Namen nannte. Der Apostel aus Tarsus propagierte darin die bevorstehende Wiederkunft Christi, die Parusie, um die versprengte Schar der Messiasgläubigen bei der Stange zu halten und den Nobody aus Nazareth in den Himmel zu loben: »Gott, unser Vater, und Jesus, unser Herr, mögen unsere Schritte zu euch lenken. Euch aber lasse der Herr wachsen und reich werden in der Liebe zueinander, damit euer Herz gefestigt wird und ihr ohne Tadel seid, wenn Jesus, unser Herr, mit allen seinen Heiligen kommt.« Pasquano war ein eloquenter Redner, der wie ein Flößer den Strom der Worte zu bändigen wusste: »Ihr habt von uns gelernt, wie ihr leben müsst, um Gott zu gefallen, und ihr lebt auch so; werdet darin noch vollkommener! Das ist es, was Gott will: eure Heiligung.« Seine getragene Stimme hallte von den barocken Bögen und Gewölben wider: »Wenn Jesus – und das ist unser Glaube – gestorben und auferstanden ist, wird Gott auch die Verstorbenen zusammen mit ihm zur Herrlichkeit führen.«

Ein paar rhetorische Kniffe gehörten dazu, damit wenigstens der Rest der Belegschaft wach blieb. War doch der Bichler-Bauer inzwischen eingedöst – und schnarchte selig vor sich hin. Die Wirkung einer Predigt beruhte auf Modulationen und Kontrasten: hell und dunkel, Himmel und Hölle. Pasquano verstand es, auf der Klaviatur der Gefühle zu spielen, die Tonlage zu wechseln und über ein Thema mit Variationen zu improvisieren. Seine Stimme raspelte Süßholz: »Wir, die Lebenden, die noch übrig sind, wenn der Herr kommt, werden den Verstorbenen nichts voraushaben. Denn der Herr selbst wird vom Himmel herabkommen, wenn der Befehl ergeht, der Erzengel ruft und die Posaune Gottes erschallt.«

Die Vorstellung von einem Leben nach dem Tod hatte Donato schon als halbwüchsiger Bursche fasziniert. Das Meer in seiner scheinbaren Unendlichkeit war ihm wie ein Spiegel der unstillbaren Sehnsucht des Menschen nach Unsterblichkeit, nach dem ewigen Leben erschienen. Pasquano war in Gedanken weit, weit weg. Er hockte am Steuer seines Fischerboots und eine innere Kompassnadel wies ihm zielgenau den Weg zur Küste. Der Mensch musste seiner inneren Stimme folgen, nur so erreichte er den schützenden Hafen. In diesem Moment verstand er, weshalb Pater Cölestin hier oben ausharrte. Wie David kämpfte er gegen die Verlorenheit und Verlogenheit der Welt. Dies war sein Hafen, obwohl es hier nur wenig mehr gab als feuchte, von Rissen durchzogene Wände.

Jetzt noch die Kommunion – dann konnte er seine Klamotten an den Haken hängen und von hier verschwinden. Pasquano pressierte es. Um halb neun hatte er einen Tisch in der »Osteria Siciliana« bestellt. Eine Platte voll

Antipasti, ein Teller Pasta con le sarde, eine gedünstete Seezunge und ein Töpfchen Tiramisu warteten auf ihn. Um die Gedanken an die lukullischen Genüsse zu vertreiben, richtete er den Blick nach oben. Die Baumeister des Barocks hatten die Gewölbe mit Stuck überzogen. Die weiß glänzenden Gips-Gebilde erinnerten ihn an die Gischt der Brandungswellen, die sich an den hochaufragenden Felsklippen brachen und gegen den azurblauen Himmel spritzten. Pasquano fühlte sich in seinem Element, die Worte strömten nur so aus ihm heraus: »Die Auferstehung des Herrn ist keine Rückkehr ins physische, rein menschliche Leben. Sondern zu einem neuen, übernatürlichen und …« In diesem Moment sprangen die Flügel der Eingangstür mit lautem Knall auf. Donato brach mitten im Satz ab. Seine Zuhörer schreckten aus ihrem Dämmerschlaf hoch.

Drei maskierte Männer stürmten in die Kirche und bellten ihre Befehle: »Niemand rührt sich!« – »Schluss mit dem Mummenschanz.« Pasquano hatte das Gefühl, in den falschen Film, in eine Kommandoaktion der Carabinieri geraten zu sein. Die Männer steckten in kaffeebraunen Mönchskutten und hatten schwarze Sturmhauben über ihre Köpfe gezogen. Zwei von ihnen trugen große Jutesäcke über der Schulter, der Anführer hielt ein Sturmgewehr in Händen. Das Trio erinnerte ihn entfernt an das Dreigestirn, das am Nikolaustag um die Häuser zog: der Nikolo mit Krampus und Knecht Ruprecht. Die Metallkappen der wuchtigen Springerstiefel schabten über die Marmorplatten. So als ob es sich um einen von langer Hand vorbereiteten Banküberfall handelte, postierten sich die Männer an strategischen Punkten. Ungläubig rieb sich Pasquano die Augen. Doch er litt nicht unter Halluzinationen, was er sah, war leider wahr. Der Anführer der Bande, dem er den Spitznamen »Don Nicolo« verpasste, fuchtelte mit seiner Knarre herum: »Wenn ihr Weihrauchschnüffler euch ruhig verhaltet und brav unsere Anordnungen befolgt, dann passiert keinem etwas!« Pasquano war ein Mann Gottes, dennoch kannte er sich mit den Dingern bestens aus. Sein Onkel Salvo war über Jahrzehnte hinweg der Waffenspezialist des örtlichen Mafia-Clans gewesen. Der Onkel hatte alles auf Lager gehabt: von der kleinen handlichen Pistole bis zum Präzisionsgewehr mit überlangem Lauf. Er war kein Fachmann wie Salvo, aber er vermutete, dass es sich um einen M4-Karabiner handelte. Eine automatische Waffe, mit der man einen Feuerstoß abgeben oder wie mit einer Maschinenpistole Dauerfeuer schießen konnte. Eine Waffe, die in den falschen Händen absolut tödlich war. Eine der alten Frauen stammelte furchtsam: »Jesus Maria, steh uns bei! Hilf uns in unserer Not.«

»Maul halten, deine Maria ist gerade anderweitig beschäftigt.« Der Mann mit dem Gewehr rief in barschem Befehlston: »Anatol, du durchsuchst diese Jammergestalten, nimm ihnen ihre Handys und Wertsachen ab – dann machst du draußen alle Fahrzeuge und Fahrräder platt. Und vergiss nicht, die Telefonleitung zu kappen, verstanden?« Der Kuttenträger nickte stumm. Er packte eine der vor Angst schlotternden Alten rabiat am Arm, zerrte sie auf den Gang und versetzte ihr unvermittelt einen Schlag in die Magengegend. Die Greisin klappte zusammen und wimmerte vor Schmerzen:

»Heilige Jungfrau … bist voll der Gnaden … rein und schön …« Ungerührt machte sich der Rohling an die »Leibesvisitation«. Donato Pasquano schluckte; das war kein böser Traum, das war blutige Realität.

In selbstgefälliger Pose verschränkte der Bandenchef die Hände vor der Brust: »Na, wie wär's mit einem Hosanna in der Höhe? Hat es euch die Sprache verschlagen?« Kein Ton, nur das leise Wimmern der sich am Boden krümmenden Alten war zu hören. In Feldherrenpose stolzierte der Boss des Räuber-Trios breitbeinig in der Kirche herum und begutachtete mit abschätzigem Blick eine der geschnitzten Holzfiguren: »Kolja, schau dir das an, das alte Zeug setzt hier nur Staub an. Pack alles ein, was sich am Antiquitätenmarkt versilbern lässt. Die Kelche, Kerzenleuchter, Kruzifixe und Monstranzen. Der da …«, dabei deutete der Mann mit ausgestrecktem Zeigefinger auf Pasquano, »… wird uns zeigen, wo er seine Schätze hortet.« Sein Spießgeselle krächzte mit fremdländischem Akzent: »Ich polier dem Fettsack die Fresse, dann rückt er den Schlüssel zur Schatztruhe schon raus, Bruder Boris.«

Der »Bruder« brach in ein rohes, meckerndes Gelächter aus. »Aber Kolja, wir sind doch keine gemeinen Strauchdiebe! Wir halten es wie Robin Hood! Wir nehmen den Reichen und geben den Armen. Unser Bruder Tuck hier wird uns bei der Umverteilung behilflich sein.« In seiner Stimme schwang ein drohender Unterton mit. »Diese selbstgerechten Schweinesäcke helfen ja sonst nur diesen verlausten Schmarotzern, holen diese Drecksflüchtlinge in unser Land und gewähren der Bimbo-Brut auch noch Asyl! Und was tut dieser Scheißstaat? Er zahlt auch noch für diese verkommenen Römlinge. Das muss aufhören.« Wie ein Agitator, der seinen Auftritt mit seinem Rhetoriktrainer einstudiert hat, erhob er seine Stimme: »Bald ist Schluss mit lustig. Das Jüngste Gericht wird kommen – aber nicht euer Jesus, sondern wir werden den Vorsitz führen.« Kolja näherte sich ihm mit einem grimmigen Grinsen und ließ ein Klappmesser aufspringen – doch sein Chef gebot ihm Einhalt: »Lass gut sein, Kolja, du räumst die Kirche aus und ich schnapp mir die Kanaille!« Der Mann verzog seinen Mund zu einer boshaften Grimasse, sodass er aussah wie ein greinendes Kind, dem der Papa untersagt hatte, das Fell seines Angorakaninchens abzuziehen.

Pasquano stand hinter dem Ambo, einer steinernen Stele rechts vorm Hochaltar. Er war wie gelähmt, war unfähig zu sprechen, sich zu bewegen oder sich gar zur Wehr zu setzen. Er erwachte erst aus seiner Starre, als der Anführer der Räuberbande das Gewehr hob und einen Feuerstoß auf einen der Seitenaltäre abgab, sodass der gläserne Sarkophag, der die schwarz verfärbten Gebeine eines unbekannten Märtyrers in sich barg, zersplitterte. Seine Brust füllte sich mit dem Mut und der Wut eines Mannes, der zu allem entschlossen war. Diese Kirche war ihm anvertraut worden und er musste dem Wüten dieser Vandalen Einhalt gebieten. Aus den Augenwinkeln sah er, wie einer dieser Unholde den Reliquienschrein plünderte, Edelsteine und silberne Schmuckstücke in dem mitgebrachten Sack verschwinden ließ.

Er musste diesem Teufelsspuk ein Ende setzen: »Raus hier, ihr Gottlosen! Verdammt sollt ihr sein, die ihr das Haus Gottes besudelt und entweiht.« Er trat hinter dem Ambo hervor und ging auf den Anführer zu. Boris richtete die Mündung seines Gewehrs auf ihn: »Halt, keinen Schritt weiter! Oder du hörst die Engel rückwärts singen!« Pasquano blickte in zwei schiefergraue Augen, die ihn lauernd anstarrten: »Soll ich dich zum Märtyrer befördern? Nein, keine Angst, Priesterlein, den Gefallen tun wir dir feigen Sau nicht.« Mit einem höhnischen Gelächter ließ er die Waffe sinken.

Pasquano schoss die Zornesröte ins Gesicht. »Du verkommene Missgeburt Satans. Der Teufel soll dich holen …« Mit angriffslustig gesenktem Kopf stürmte er auf den Eindringling zu. Wie er es von Onkel Salvo gelernt hatte, vollführte er eine pirouettenartige Drehung, um seinen Gegner zu täuschen und mit einem gezielten Handkantenschlag gegen den Hals außer Gefecht zu setzen. Doch Gott war nicht mit seinem Diener. Boris schien sein Manöver vorausgeahnt zu haben. Ein gezacktes Kampfmesser glitt in seine Hand und er stieß, ohne zu zögern, zu. Die Klinge durchdrang das schwere Brokatgewebe und bohrte sich tief ins Fleisch des Priesters. Pasquano meinte zu hören, wie der Stahl an einer Rippe entlangschrammte und sein Rippenfell in Fetzen riss. Dann taumelte er rückwärts, seine Augen seltsam verdreht. Wie eine vom Blitz getroffene Korkeiche kippte Pasquano langsam zur Seite und fiel der Länge nach hin. Ehe ihn eine gnädige Schwärze umfing, hörte er die seltsam entstellt klingende Stimme des Mannes zetern: »Hat dein Jesus nicht die andere Wange hingehalten, hm? Und du elender Schweinehund willst mir ans Leder, was?« Da verwandelte sich die Schwärze um ihn in ein sattes, purpurnes Blau, blauer noch als der Himmel im sizilianischen Herbst.

DIONYSIUS

Der Lärm, der aus den Gewölben des Kreuzwirts drang, war ein infernalischer. Der Bass wummerte und stampfte, die elektrische Gitarre kreischte und jaulte. Der Sangeskünstler jammerte und lamentierte wie Orpheus in der Unterwelt, sodass die im Hades herumlungernden Schatten von Mozart und Bob Marley, Chuck Berry und Beethoven, Bach und Lemmy Kilmister in seltener Eintracht die Ohren spitzten: »Des is so schee scho, mei bin i da aber froh, o, oho!« Der Bassist pumpte Blut in den Bayern-Blues. Der Mann hinter der Gitarre entlockte seinem Instrument zirpende, flirrende Laute, die das ganze Klangspektrum auf sechs Saiten wiedergaben. Der stoppelbärtige Barde strich sich durch die schon etwas schütter gewordene Haarpracht und schnurrte mit rauchig-rauer Stimme: »Wie ich dich da sah, warst du mir gleich nah, aha-ha-ha!« Die getragene, wehmütige Melodie war voll ehrlicher Leidenschaft, ein Strom sinnlicher Klangkaskaden hallte von den düsteren Gewölben wider und flutete durch den hohen, schmalen, mit einem Gitterrost gesicherten Kellerschacht nach draußen. Doch da war niemand, um den zerfasernden Klanggespinsten zu lauschen. Der Gitarrist, ein vierschrötiger Geselle mit überbreiten Schultern und einem kantigen Kalbsschädel, räusperte sich ausgiebig: »Sorry, Seidel, aber das ist Bullshit. Eine miese Schnulze, Hitparade 70er-Style.« Der Bassist mit einem blässlichen, vom übermäßigen Alkoholkonsum aufgedunsenen Gesicht pflichtete seinem Band-Kollegen eifrig bei: »Nix gegen große Emotionen, aber der Text. Ich mein, ich bitte dich, Lenzi: ›Deinen Haken in der Wand hielt ich in der Hand.‹ Das ist Mist, das kannst nicht bringen!« Der Sänger – niemand anders als Lorenz »Lenzi« Seidel – lief puterrot an. Was erlaubten sich diese Hinterwäldler-Banausen? Er war eben dabei, irgendwelche Flüche und Verwünschungen ins Mikro zu brüllen, als der Gitarrist seine fransigen Rastamann-Zotteln nach hinten warf und in der Manier eines Jimi Hendrix die Gitarre aufheulen ließ. Das Geräusch erinnerte Seidel an den Ansturm einer Horde blutrünstiger Komantschen-Krieger auf dem Kriegspfad. Undeutlich schälten sich aus dem groben Metal-Geschrubbe die Rudimente einer Schlagermelodie, die rein kompositorisch betrachtet aus wenig mehr als ein paar abgedroschenen Akkordwechseln bestand. Seidel schauderte es, als der Gitarrist – kein Geringerer als sein Web-Consigliere Anton Grünauer – zum Mikro stelzte, um eine höchst eigenwillige Gesangslinie in selbiges zu krächzen: »Du bist wie das Wasser, das oiwei fließt, sich in Fluss und Meer ergießt. Ein steter Strom, der oiwei rinnt, einmal langsam, einmal gschwind.« Der Bassmann stand da wie die in Bronze gegossene Figur des bayerischen Heldenkriegers auf dem Marktplatz von Weyarn und zupfte mit ausdrucksloser Miene auf seinen Stahlsaiten herum. Seidel schüttelte nur stumm sein Haupt und strich sich in der Geste des Denkers und Dichters um sein mit Bartstoppeln besprenkeltes Kinn: »Grauenhaft, gruselig! So wird das nie etwas mit dem fetten YouTube-Hit!«, murmelte er resigniert in seinen Dreitagebart.

Nach einem letzten Anlauf, das halbhohe C zu erklimmen, setzten zuerst der E-Bass, dann die Gitarre aus, dann verklang endlich auch der Gesang: »Du brichst entzwei den Felsenstoa durch deine Kraft alloa!« Seine beiden Mitstreiter schnallten mit triumphierender Miene ihre Instrumente ab – und schickten die Verstärker in Standby. Knackend und knisternd kehrte Stille unter den von Spinnweben umsponnenen Gewölben ein. Das muffige Kellergelass diente den »Sonnstüberl Buam« seit vorigem Jahr als Proberaum. Zwei Augenpaare musterten ihn abschätzig. »Und was hältst von der Nummer, Lenzi? Den Text haben wir zusammen geschrieben. Jeder zwei Strophen, cool, oder?«, wollte Bassist Emeram Holzinger, der in Personalunion Nebenerwerbslandwirt und Immo-Spezi bei der örtlichen Bauern-Bank war, wissen. Lorenz Seidel zog die Stirn in Falten. Was sollte er darauf erwidern? Sollte er sich in diplomatischen Wendungen ergehen oder rundheraus sagen, was er von diesem »Meisterwerk der Tonkunst« hielt?

Die vier von der »Sonnstube« hatten sich am Gymnasium Kolbermoor kennengelernt – genauer gesagt in der neunten Klasse – und in diversen Garagen-Bands mit solch hochtrabenden Namen wie »Oldways«, »Finsterwald« oder »Wildöd 4« herumgeklampft. Inzwischen waren die vier halbwüchsigen »Kniebiesler« zu gestandenen Mannsbildern herangewachsen und probten ein- bis zweimal die Woche im Keller des Kreuzwirts. Der Bandkeller war ein idealer Freiraum für die Viererbande, um die Zeit um ein paar Jährchen zurückzudrehen, ihre Bierchen zu leeren und nostalgischen Erinnerungen nachzuhängen, daran, als sie auf ihren auffrisierten Mopeds durch die Botanik geknattert und auf Tuchfühlung mit irgendwelchen Disco-Dotschen in glitzernden Pailletten-Leibchen gegangen waren. Eine schöne, unbeschwerte Zeit, dachte Seidel wehmütig. Die »Sonnstüberl Buam« schwelgten jedoch nicht nur in nostalgischer Hopfen-Seligkeit und stampften im Dezibel-Delirium durch »Smoke on the Water«. Sie hatten sich musikalisch durchaus weiterentwickelt, die gängigen Pop-Melodien und Rock-Rhythmen um Klangelemente der bayerischen Volksmusik bereichert. Ihr letzter Auftritt im Kreuzwirt war ein voller Erfolg gewesen. Die Bude war bumsvoll, die Zuschauer begeistert gewesen und die Lokalzeitungen hatten Lobeshymnen auf das »schlackenlose Zusammenspiel der vier bodenständig gebliebenen Musiker« angestimmt. Nun gut, Lorenz war per Du mit den beiden Damen vom Feuilleton und hatte ihren Enthusiasmus mit einer Einladung zum Nobel-Italiener »Osteria Siciliana« etwas befeuert.

»Ich würde meinen, ausbaufähig, an den Strophen und der Bridge müssten wir zwar feilen, aber im Prinzip …« Seidel, der dem Anlass angemessene Kleidung – eine fleckige, speckige Biker-Jacke und ausgewaschene Fransen-Jeans – trug, musterte seine Bandkollegen von oben herab. Holzinger und Grünauer fläzten sich auf dem durchgesessenen Kanapee mit kackbraunem Veloursbezug und nuckelten selig an ihrem Fläschchen Holzhacker hell. »Baseman« Emeram Holzinger raunzte in konziliantem Ton: »Na ja, mir gefällt das Lied eigentlich so, wie es ist. Der etwas verwaschene Gitarrensound kontrastiert doch perfekt mit den einfach gehaltenen Gesangsharmonien. Gut, die Bridge ist musikalisch und textlich vielleicht nicht so der Hit.« Wenn Holzingers dicke Wurstfinger nicht über die Basssaiten glitten, strich er sich damit eine widerspenstige Elvis-Tolle aus der Stirn oder deutete mit ihnen auf eine Tabelle, aus der sich die Höhe der monatlichen Belastung bei einem variabel verzinslichen Immobiliendarlehen entnehmen ließ. Der in die Jahre gekommene Elvis-Eleve schleppte einen massigen Ripperl-Ranzen mit sich herum. Die wabbeligen Fleischlappen am Kinn verbarg er wohlweislich unter einem üppig sprießenden Spitzbart. Auf den ersten Blick erweckte der vakuumverpackte Presswurst-Prolet leicht den Eindruck, als ob er kaum bis drei zählen könnte. Doch der Eindruck trog. Holzinger war ein knallhart kalkulierender Zahlenfuchs, der danach trachtete, seine Profite zu maximieren. Unter einer weichen Schale verbarg sich ein harter Kern. Wenn er sich kompromissbereit zeigte, dann nur, weil er sich davon einen Vorteil versprach. Da machte sich Seidel keine Illusionen. Der zweite Mann auf der Couch war scheinbar das genaue Gegenteil Holzingers. Anton Grünauer spielte sich gern als »verkanntes Genie« auf. Eine feinfühlige Künstlerseele, die über den profanen Dingen der Welt stand. In Wahrheit war er ein hinterfotziger Pharisäer, der sein »materielles Wohlergehen« nie aus den Augen verlor. Er verdiente sein Geld als freiberuflicher IT-Sicherheitsexperte und ließ sich sein Expertenwissen teuer bezahlen. Was Seidel egal sein konnte. Viel schlimmer wog hingegen der Umstand, dass Grünauer ein unverbesserlicher Klugscheißer und Besserwisser war: »Was heißt hier ›ausbaufähig‹, spinnst du? Hast du was mit den Ohren? Die Nummer ist der Hammer. Durch die Feedback-Effekte bekommen wir einen richtig rauen, ruppigen Sound hin – mich leckst!«

Grünauer war ein unverbesserlicher Hallodri – und genau so sah er auch aus: stiernackig, grobschlächtig, mit dem gewaltigen Brustkorb eines Preisboxers, kräftig und athletisch gebaut. In seltsamem Kontrast dazu standen die eher schmalen, feingliedrigen Hände. Die flinken, gelenkigen Finger waren wie geschaffen, um über die Stahlsaiten zu flitzen und über die Computertastatur zu huschen. Anton Grünauer band seine üppige Langhaarmähne mit einem roten Haargummi zusammen. »Apropos, hat sich eigentlich dieser Marx-Bruder noch mal gemeldet? Ich würde das Geschreibsel dieses Gaudiburschen nicht für bare Münze nehmen, Lenzi. Im Netz ist ja alles unterwegs. Dicktuerische Flachbrunzer, perverse Penner jeder Schattierung. Aber ich kenn keinen, der sich für die Reinkarnation von Che und von dem alten Bauernpropheten Münzer hält. So weit versteigt sich keiner.« In Grünauers kalten grünen Augen lag ein spöttisches Funkeln, das Seidel nur allzu gut kannte. Grünauer war das Musterexemplar eines von sich eingenommenen, geltungssüchtigen Egozentrikers der reinsten Hochlandsorte. Eine Art Kreuzung aus Alpha-Männchen und Platinen-Primat, in dessen dicht behaarter Brust eine High-End-CPU mit Core-X-Prozessor den Takt angab.

Lorenz Seidel war jedoch nicht gewillt, Grünauers Nummer, die den bezeichnenden Titel »Ois im Fluss« trug, mit Lorbeeren zu überhäufen: »Deine Melodie ist stinklangweilig – Soundeffekt hin, überdrehter Beat her. Das klingt genauso bescheuert wie der Techno-Take von DJ Ötzis Anton. Und wolltest du nicht herausfinden, wo das Mail von Mister X nun eigentlich herkommt?« Seine Eloquenz und die Fähigkeit, mit traumwandlerischer Sicherheit den Finger in die Wunde seines Gegenübers zu legen, hatten Seidel zu seinem Job als Chefreporter des Lokalsenders »TV Weiß-Blau« verholfen. Im Mediendschungel hatte er schnell gelernt, sich immer ein Hintertürchen offen zu halten, so fügte er auch jetzt im schmeichlerischen Tonfall eines kreidefressenden Wolfs hinzu: »Das kann ja für einen Crack wie dich nur ein Klacks, ein Kinderspiel sein, oder täusch ich mich etwa?«

Grünauer war ein echter Januskopf, wetterwendisch, sprunghaft und unberechenbar. Er konnte charmant, ja, die Liebenswürdigkeit in Person und kurz darauf ein waschechtes Ekelpaket, rechthaberisch, anmaßend und ätzend, kurzum unausstehlich sein. Grünauer grummelte: »Willst du mir jetzt Vorwürfe machen, weil dich der Hanswurst verarscht hat? Was kann ich dafür, wenn du bei Nacht und Nebel stundenlang auf unseren X-Aktenträger wartest? Die Herkunft eines Mails über die diversen IP-Adressen zurückzuverfolgen, ist nicht so einfach, wie du dir das vorstellst.«

Seidel verspürte nicht die geringste Lust, sich von Grünauer als einfältigen Deppen, den ein halbseidener Verschwörungstheoretiker an der Nase herumgeführt hatte, hinstellen zu lassen. »Hast jetzt was herausbekommen oder nicht? Kommt die Mail aus dem Kreml oder steckt die NSA dahinter?«

Grünauer leerte die Flasche und leckte sich den Schaum aus den Mundwinkeln: »Also, die Amis, NSA, CIA oder FBI kannst getrost vergessen. Deren Handschrift kenn ich. Putins Hacker-Brigaden würd ich ebenfalls ausschließen, die arbeiten anders, die infizieren die Rechner, um ihre Schadsoftware zu verbreiten. Das sind keine filigranen Feinmotoriker, die gehen brachial, nach der Holzhammermethode vor.«

Seinen Kunden begegnete Holzinger mit Zurückhaltung und seriöser Attitüde, unter Freunden tat er sich hingegen keinen Zwang an. Ungefragt mischte er sich in die Diskussion ein: »Diese Malware, Spyware, oder wie der Scheiß heißt, wird doch über Offshore-Hosts verbreitet. Bei uns in der Bank-Branche läuft das jedenfalls so. Irgendein pickliger Netz-Nerd aus Swerdlowsk oder Shanghai hackt sich in unsere Rechner und versucht sich sensible Daten zu krallen – und so viel Schaden wie möglich anzurichten. Hast du daran schon gedacht?«

Grünauer machte ein Gesicht, als ob ihm der Tierarzt eben eröffnet hätte, dass sein geliebter Goldhamster Haimo an Hodenkrebs litt: »Hältst du mich für einen Amateur? Bei einem Cyber-Angriff schicken die dir nicht nur ein Mail über zehn Ecken frei Haus, die wollen dich beklauen oder erpressen. Nein, die einzige Spur, die ich gefunden habe, führt über zig Proxies nach Rom.«

Seidel beäugte seinen Computerexperten argwöhnisch, so als ob er eine Erklärung von ihm erwartete: »Die Jungs in Rom haben eine eigene Top-Level-Domain ›va‹ und verfügen über eine komplexe IT-Landschaft mit Hunderten von Web-Hosts. Wie ich das sehe, könnte irgendein Schwarzkittel in Rom deinem Mail-Schreiber behilflich gewesen sein.«

Seidel schluckte hörbar – und stotterte: »Im Vatikan? Ist das dein Ernst?«

Grünauer schlug die Beine übereinander und nickte. »Da kannst du einen drauf lassen! Die Bande kennt sich mit moderner Chiffriertechnik aus.« War der Deckname »Dan Brown« mehr als ein harmloser Joke? Hatte ihn der Absender ganz bewusst gewählt, um auf dunkle Machenschaften der Messias-Mafia anzuspielen? Seidels Gedanken kreisten um Browns »Geisterwelt«, um die »Illuminati« oder das »Inferno«. Auf was hatte er sich da nur eingelassen? Konnte es sein, dass tatsächlich so eine Art »Che-Code« existierte?

Die Tür flog mit einem dumpfen Knall auf – und ein Fluch dröhnte ihnen entgegen: »Zefix, Kruzifix, sakradi. So ein Scheißtag, da kriegst ja Plaque!« Quirin Berger war ein Mann der klaren Worte, der vor derben bayerischen Kraftausdrücken nicht zurückscheute: »Hundsmiserablige Saubande, Drecksbagage, elendige – unsere Kirch ausrauben und sich an alten Leuten vergreifen. Pfui Deife! Da steckt garantiert dieses Moslemgschwerl dahinter.« Berger war ihr Drummer – und er war Oberkommissar bei der Kripo Rosenheim. Sein in der Muckibude und bei diversen, vorzugsweise grenzgängerischen

Outdooraktivitäten auf Bestform getrimmter Oberkörper steckte in edlem schiefergrauem Zwirn. Dazu trug Berger sandfarbene Hosen aus Chino-Twill. Die verspiegelte Fliegerbrille komplettierte den filmreifen Aufzug. Der Kommissar sah aus wie ein ultracooler Undercoveragent, der eine Bande mexikanischer Drogenschmuggler im Alleingang zu ihren Azteken-Ahnen geschickt hatte.

Anton Grünauer hob die Hand lässig zum Gruß: »Servas, Herr Inspektor. Was geht ab? Macht ein Serienmörder bei uns Urlaub am Bauernhof?«

Mit einer Behändigkeit, die man dem schwergewichtigen Bauern-Banker nicht zugetraut hätte, sprang Holzinger von der Couch hoch: »Hat es etwa einen Terroranschlag gegeben, bei uns da?«

Berger klemmte sich hinter sein Drum Kit: »Ihr wisst's ja – laufende Ermittlungen, polizeiliche Schweigepflicht et cetera.« In seinen kühlen, distanzierten Blick stahl sich ein belustigtes Blitzen. »Aber was soll's. Ihr erfahrt es ja sowieso!« Der Kommissar räusperte sich. »Eine Bande maskierter Männer hat mitten in der Messe einen Raubüberfall auf die Leonhardskirche verübt. Eine ältere Dame wurde mit zwei gebrochenen Rippen sowie Herz- und Kreislaufproblemen ins Klinikum eingeliefert. Der Pfarrer wurde durch einen Messerstich in die Lungengegend lebensgefährlich verletzt und liegt auf der Intensivstation.«

»Wisst ihr schon etwas über die Täter?«, erkundigte sich Holzinger. In seine Stimme mischten sich Besorgnis und Sensationsgier.

»Nein, die Zeugen konnten noch nicht befragt werden. Sie stehen unter Schock – und werden vom psychologischen Notfallteam betreut.«

Bei dem Gedanken, dass die »Reinkarnation Ches« etwas mit der Gewalttat zu tun haben könnte, wurde Seidel mulmig zu Mute. »Habt ihr schon irgendwelche Hinweise, was den Ablauf des Überfalls anbelangt?«

Berger war kein emotionaler, gefühlsbetonter Mensch – er war ein Analytiker durch und durch. Bei der Aufklärung eines Verbrechens ging er streng methodisch vor. Jeder seiner Sätze war überlegt und durchdacht: »Die Kriminaltechniker sind am Tatort. Wir werden sehen, was die Spurensicherung ergibt. Aber ich schwöre euch: Diese brutalen Mistkerle können sich warm anziehen. Also, meine Herren …« Der Kommissar schnappte sich seine dicksten Sticks und zählte mit der Ungerührtheit eines Ringrichters seine Bandkollegen an: »Eins, zwei, drei, vier!« Er fletschte die Zähne und hämmerte mit der Feinfühligkeit eines Hufschmiedes auf sein Schlagzeug ein. Getrieben von dem harten Beat nahmen die »Sonnstüberl Buam« Fahrt auf.

Lorenz hechelte wie ein von Dämonen gejagter Derwisch: »Ohne Umweg zur Höll'. Vollspeed durch die Klamm!« Seidel spürte, wie der Schweiß auf seiner Stirn perlte – doch gleichzeitig lief ein kalter Schauer über seinen Rücken. Er vermeinte geisterhafte Schatten über die Wände tanzen zu sehen. Und es war Lorenz, als ob ihn ein eisiger Hauch streifte, der seinen Atem stocken und sein Herz rasen ließ.

SEVERIN

»Twütu – twütu – twütü – twüdidididü – düdürüdüdü – dü.« Der Zillertaler Hochzeitsmarsch orgelte mit penetranter, aufgekratzter Vergnügtheit aus der Soundbar. Der bereits etwas angegraute Ohrwurm sorgte bei den Gästen des »Paradiso Pubs« noch immer für Bierzeltatmosphäre. Die Schenkel- und Schulterklopfer waren in ihrem Element. Die Maßkrüge klirrten in einträchtiger Hopfenseligkeit. Im Rausch waren alle Saufbrüder vereint. Da wurden zotige Witze gerissen, starke Sprüche geklopft und lauthals nach der »nächsten Hoiben« gebrüllt. Lorenz Seidel war mittendrin im Getümmel, genauer gesagt befand er sich kurz vor dem Ziel, der Toilette. Zwei baumlange Hünen blockierten den Weg und gaben ihm mit abgehackten Grunzlauten zu verstehen: »Hintanstellen, wenn du brunzen willst!« Er blickte in zwei vom harten Stammtischleben gezeichnete Visagen mit Hängebacken, Augensäcken und rotgeäderten Schnapsnasen. Unförmig aufgeblähte Malz-Monstren, die ihn aus verschlagenen, tückischen Schweinsäuglein anstierten – und zu überlegen schienen, ob sie dem Störenfried prophylaktisch in die Eier treten sollten. Sollte er kehrtmachen, um sich zur Eingangstür durchzuschlagen? Draußen fand sich gewiss ein lauschiges Plätzchen, um seine Blase zu erleichtern. Lorenz trat unauffällig den Rückzug an. Sicher war sicher. Auf dem Weg nach draußen fiel sein Blick auf eine untersetzte, massige Gestalt, die Seidel bekannt vorkam. Der kugelrunde Kopf, das teigige, aufgedunsene Gesicht, der schwere, sackartige Körper. Ein Body-Mass-Index, der locker bei 40 plus lag. Der Fettsack war ihm von diversen Auftritten bei »TV Weiß-Blau« bestens bekannt: Beton-Tycoon Severin Stocker führte auch hier und heute das große Wort und blähte seine Schweinebacken: »Ihr wisst's, wie es is: Alles vergeht, Hektar besteht! Land wächst nicht nach. Wenn du in Grund und Boden investierst, liegst du nie falsch. Das Bischöfliche Ordinariat hat mir signalisiert, dass der Grund am Kirchwald demnächst zum Verkauf stehe. Beste Lage. Ein Bombengeschäft wird das! Wir stampfen da eine Appartementanlage, eine Seniorenresidenz und eine Wellness- und Wohlfühltherme aus dem Boden! Wenn ihr euch mit 25.000 oder 50.000 Euro an der Projektgesellschaft beteiligt, winken satte Renditen – das garantiere ich euch.«

Eine üppig ausgestattete Venus vom Lande schmiegte sich an den Baulöwen. Sie trug ein Spaghettiträger-Kleidchen, dazu einen kurzen signalroten Lederrock. Die Abendgarderobe der drallen Ballermann-Ballerina eröffnete tiefe Einblicke in ihr Dekolleté und brachte ihre straffe, braungebrannte Haut zur Geltung. Stocker betatschte voller Besitzerstolz das knackige Hinterteil seiner Begleiterin. Das Gspusi des pekuniär potenten Bau-Moguls quittierte die Intimitäten ihres Galans mit quiekendem Gekicher: »Mausebär, lass das, diese Bauernrammeln schauen schon!«

Stocker ließ von ihr ab und widmete sich wieder der Wahrnehmung seiner geschäftlichen Interessen: »Ihr müsst jetzt investieren! Lasst's euch nicht von den Russen und Chinesen die Butter vom Brot nehmen. Mir leben in Zeiten der Globalisierung, versteht's? Das Kapital zirkuliert heut weltweit. Mit der Therme, dem Appartementkomplex und dem Fünfsternehotel ist es ja nicht getan. Da kommt ein Adventure-Golfplatz rauf, ein Gourmettempel, alles vom Feinsten.«

Einer der potenziellen Geldgeber, der anscheinend an alkoholbedingten Ausfallerscheinungen litt, lallte entrüstet: »Und was ist mit Sankt Leonhard? Reißt ihr die Kirch vorher ab, oder wie? Das ist ja ein, ein …«

Der Geschäftemacher beruhigte seinen Investor in spe: »Aber wo denkst du hin, Riedl. Die Kirche und das Klausner-Häusl stehen doch unter Denkmalschutz. Die Fassaden werden mustergültig renoviert, das Innere der Kirche entkernt – und in eine Sauna- und Badelandschaft im antiken Thermen-Stil verwandelt. Überall Stuck und Marmor, da stehen die Scheichs und die reichen Russen drauf.«

»Geht denn das so einfach?«, wandte ein zweiter, eher hagerer Mann mit Adlernase und Habichtblick ein.

»Null Problemo! Seine Hochwürden Bischof Böck hat mir versichert, dass er sich höchstpersönlich um die Angelegenheit kümmert.«

Der andere Interessent, den Stocker Riedl genannt hatte, schien sich in der kirchenrechtlichen Materie auszukennen. Mit schwerer Zunge gab er zu bedenken: »So schnell schießen die Preißn ned, Stocker! Für die Profanierung braucht's ein Dekret des Ortsordinarius. So weit richtig. Zuvor aber muss der Bischof den Priesterrat einberufen und anhören.«

Der Einwand Riedls brachte Stockers Blut in Wallung. Sein Belli nahm eine ungesunde hummerrote Färbung an: »Ach geh, red doch nicht so gescheit daher. Der Herr Bischof weiß schon, wie er das regelt!« Lorenz Seidel hatte genug gehört – und die Blase drückte.

Die vier »Buam« quetschten sich um einen Ecktisch im hintersten Winkel des »Paradiso«. Seidel steckte seine Nase in eine schmuddelige, abgegriffene Speisekarte: Spaghetti alla Casa 8 Euro 90, Fleischpflanzerl mit Kartoffelsalat 6 Euro 90, eine Halbe Holzbräu hell 2 Euro 90, ein Valpolicella Classico 4 Euro 50. Bayerisches und Italienisches lebten hier in friedlicher Koexistenz nebeneinander – bei moderaten Preisen. Auch bei der Auswahl der Musik schlug man im »Paradiso« Brücken zwischen Rom und Rosenheim, zwischen Zucchero und Zillertaler Zitterklang. Warum auch nicht? Passten doch Limoncello und Lederhose wunderbar zusammen.

Ihre Gläser klirrten gegeneinander wie die Degen von Athos, d'Artagnan & Co. Grünauer und Holzinger führten einmal mehr die schnellste Klinge – und grölten lautstark: »Einer für alle, alle für einen, das will ich meinen!« Lorenz sah keinen Grund, in den Schlachtruf der beiden Boaznbrüder einzustimmen. Übellaunig stierte er in sein halb volles Bierglas. Wer steckte hinter diesem hinterhältigen Überfall auf die Kirche und ihre Besucher? War dieser gwamperte Widerling Stocker in die Sache involviert? Oder gar Bischof Böck selbst? Er könnte versuchen, einen ihrer Kameramänner zu erreichen, um einige Bilder vom Tatort zu drehen. Düstere, bedrohliche Bilder vom Ort des Geschehens bei Nacht und Nebel. Darunter könnte er einen Klangteppich wie im Horrorfilm legen und mit Grabesstimme aus dem Off über die Hintergründe der Bluttat spekulieren. Doch das war es nicht, was er wollte. Er wollte Licht ins Dunkel bringen.

Berger hatte eben seine zweite Halbe bestellt – und brütete stumm vor sich hin. Seine Miene war ausdruckslos und ließ keine Gefühlsregung erkennen. Doch Seidel kannte seinen alten Schulspezl – und wusste, dass es hinter seiner kühn geschwungenen Stirn arbeitete. Seidel senkte die Stimme, sodass sie unter dem rauchigröhrenden Organ Gianna Nanninis kaum zu verstehen war: »Hast du so etwas schon erlebt? Einen bewaffneten Raubüberfall auf eine Kirche? Ich kann mich jedenfalls an keinen ähnlich gelagerten Fall erinnern! Weshalb dieser exzessive Gebrauch von Gewalt? Ich seh da kein rechtes Motiv. Das ist doch das Werk eines kranken Hirns.« Berger stellte sein Trinkgefäß mit einem Ruck ab, der Blick des Kommissars war hart und eisig. »Tja, warum traktiert jemand eine alte, gebrechliche Frau mit seinen Fäusten? Weswegen schlitzt er einen Pfarrer auf, der reihum beliebt ist und keinen dunklen Fleck in der Akte hat? Aus Hass, aus religiösem Wahn? Verrat du es mir!«

»Ein fanatischer Atheist oder ein Sektierer vielleicht, der sich für Jesus oder Moses hält?«, tastete sich Seidel behutsam vor. Kriminaloberkommissar Quirin Berger blieb ihm die Antwort schuldig – und griff zum Glas.

Einmal im Monat moderierte Seidel die Talk-Sendung »Kreuz & Quer«. Deshalb hatte er sich zwangsläufig mit den Themen Religion, Orientierung und Kirche beschäftigen müssen. Seidel hatte Pastoren und Rabbiner, Imame und Yogis, Seelenführer und Jakobspilger, Endzeitpropheten und Zukunftsvisionäre, Zen-Priester und Okkultisten in der Sendung gehabt. Notfalls wäre er in der Lage gewesen, die Positionen und weltanschaulichen Ansichten der führenden islamischen, jüdischen, evangelischen oder katholischen Würdenträger herunterzubeten. Bischof Innozenz Böck war reihum der eindeutig mächtigste und einflussreichste unter all den »heiligen Männern«. Der Bistums-Boss galt selbst in den eigenen Reihen als knochentrockener, erzkonservativer Hardliner. Seine Diözese führte Böck mit eiserner Hand und bot jedweden Reformbestrebungen in »seiner Kirche« die Stirn. Am liebsten hätte er alle Ungläubigen, alle neuzeitlichen Heiden und Hexen auf den Scheiterhaufen geschickt. Wäre auf ihn ein Anschlag verübt worden, hätte ihn dies nicht weiter verwundert. Wer Sturm säte … Andererseits, wenn es sich um die Tat eines Wahnsinnigen handelte? Eines Teufelsanbeters im Drogenwahn, eines Psychos, der seine Gewaltfantasien auslebte, eines Waffenfreaks, der Amok lief, eines Jesus-Junkies, der eine Blutspur des Grauens hinterließ?

Grünauer und Holzinger hatten den Point of no Return erreicht. Die beiden mochten wie Orient und Okzident, wie Himalaya und Schwarzwald sein, in der Liebe zu Hopfen und Malz waren sie vereint. Die trinkfesten Gersten-Gesellen wären ideale Probanden für eine medizinische Langzeitstudie gewesen, die die fatalen Auswirkungen des Alkohols auf den menschlichen Organismus dokumentierte. Ein Blick in die in einer Marinade aus Blut und Bier schwimmenden Pupillen genügte, um festzustellen, dass sich ihre Promillewerte in den Grenzbereichen des Guinness Book of Records bewegten. Die beiden lüpften Halbe um Halbe, als ob der Wetterbericht für morgen früh den Weltuntergang angesagt hätte. Der Barmann – ein Paparazzi-Beau, der schon bessere Tage am Strand von Rimini gesehen hatte – vergriff sich an einer CD mit den schlimmsten Italo-Schnulzen: »Azzurro, so ist der Himmel für Verliebte, denn azzurro heißt blau!« Noch schlimmer war allerdings, dass die beiden Suffdümpfel ihre Stimmbänder kräftig geölt hatten und beherzt in den Refrain einstimmten: »Azzurro heißt blau!«

Berger lehnte sich zu den sangesfrohen Blaumeisen hinüber und erkundigte sich mit spöttelnder Stimme: »Und was meint's ihr, wer Don Pasquano, unseren italienischen Gastpfarrer, auf dem Gewissen hat?«

Das Duo stierte ihn aus blutunterlaufenen Augen an. Endlich schien der Groschen respektive die Lira gefallen zu sein: »Pasquano, das klingt doch schon nach Mafioso«, verkündete Holzinger im Brustton der Überzeugung. »Unser Monsignore gehört garantiert zur Cosa Nostra. Predigt Wasser statt Wein und säuft Asti Spumante. Nebenbei wäscht er nicht nur seine Hände in Unschuld, sondern auch das Schwarzgeld aus illegalen

Geschäften. Menschenhandel, Schutzgelderpressung – alles unterm Deckmantel von Mutter Kirche.«

»Der Pasquano ist ein grundanständiger Kerl. Der dreht keine krummen Dinger und tut keiner Stubenfliege was zu Leide!« Grünauer kratzte sich den wulstigen Stiernacken: »Den Überfall haben radikale Muslims organisiert. Tagsüber Tellerwäscher, abends Taliban!« Berger warf Seidel einen vielsagenden Blick zu, der besagte: »In vino veritas.«

Seidel übernahm die Befragung: »Und wieso schlägt die islamistische Front ausgerechnet in Sankt Leonhard zu – und schnappt sich keine schiitische Pilgergruppe im Hofbräuhaus?«, erkundigte er sich in väterlich nachsichtigem Tonfall. Beide runzelten die Stirn – schienen sie doch tatsächlich den Versuch zu unternehmen, angestrengt nachzudenken.

Holzinger fand als Erster die Sprache wieder: »Weil es ums Geld geht, um Erpressung. Die fangen ganz unten bei den Dorfkirchen an – und arbeiten sich bis zum Regensburger Dom hoch.« Zwischen zwei Rülpsern machte nun auch Grünauer nebulöse Andeutungen und kolportierte einige im Netz gängige Verschwörungsszenarien – so mutmaßte er, dass der Vatikan in illegale Geschäfte mit den islamischen Terrorgruppen verstrickt sei: »Wenn es um Jerusalem geht, sind sich Moslems und Christen einig. Die Israelis sind ihnen ein Dorn im Aug! Und jetzt hat der Mossad reagiert und ein Spezialkommando nach Sankt Leonhard geschickt, als ultimative Warnung. Obacht ihr Betschemelrutscher, wir können auch anders.«

Berger nuckelte mit selbstgewissem Lächeln an seinem Bier. Er zeigte nicht die geringste Neigung, Grünauers wirren, irgendwo zusammengeklaubten Hypothesen Glauben zu schenken: »Klar, der Mossad war's! Ich meld morgen gleich ein R-Gespräch mit Tel Aviv an.«

Grünauer glotzte ihn aus großen, glasigen Augen an: »Du glaubst mir nicht, ha?« Grünauer grummelte etwas Unverständliches – doch er hatte noch ein Ass im Ärmel: »Den Pater Fromberger kenn ich noch aus der Volksschule. Zwei Jahre war er unser Religionslehrer! Ein widerborstiger Tropf, der sich von uns Hundskrüppeln nix hat gefallen lassen. Und jetzt kommt's: Unser Pater ist in diversen sozialen Netzwerken aktiv, Instagram, Twitter. Dort plädiert er für einen radikalen Umbau der Gesellschaft. Direkte Demokratie, Umverteilung der Besitzverhältnisse von oben nach unten, Jesus for President! Schaut's euch den Account an, irgendwo …« Wie ein tapsiger Tapir tastete Grünauer seine Hosen- und Jackentaschen ab, zog ein Smartphone hervor – und wischte wie wild auf dem Display herum. Seidel flüsterte dem Kommissar ins Ohr: »Wer ist dieser Pater Fromberger eigentlich? Den Namen hab ich schon öfters gehört, aber er sagt mir nichts.«

»Cölestin Fromberger ist eine Art Eremit, der sich um die Leonhardskirche und die paar Wallfahrer, die sich zu ihm verirren, kümmert. Soweit ich weiß, gehört er irgendeinem obskuren Mönchsorden an. Am Telefon hat er angegeben, dass er zum Zeitpunkt der Tat einer seiner alten Damen zum Geburtstag gratuliert hat. Die Schupos überprüfen gerade sein Alibi.« Die in Alkohol eingelegte Großhirnrinde Grünauers schien unterdessen erhebliche Probleme zu haben, sich ans Passwort des Mobil-Utensils zu erinnern: »Kreuzkruzifix, wie war das jetzt gleich wieder? Schellenober 17, Bräustüberl 33? Das gibt's doch ned!« Mit wachsender Ungeduld bearbeitete er den koreanischen Wunderkasten. Endlich waren seine Bemühungen von Erfolg gekrönt und der Bildschirm erwachte in Königsblau. Er scrollte hin und scrollte her: »Na bitte, da haben wir ja seine Seite – ›Pro Jesus‹. Wenn ich das richtig verstehe, handelt es sich um eine virtuelle Bruderschaft, die überall auf der Welt klösterliche Gemeinschaften unterhält. Vielleicht hängt der Anschlag mit seinen Netz-Aktivitäten zusammen. Jetzt muss ich aber dringend aufs Häusl.« Ehe er sein Vorhaben in die Tat umsetzen konnte, musste Grünauer allerdings erkennen, dass seine motorischen Fähigkeiten erheblich beeinträchtigt waren. Erst beim dritten Anlauf und unter tätiger Mithilfe Holzingers gelang es ihm, auf die Beine zu kommen. Mehr oder weniger sicheren Schritts steuerten die beiden den Kloschüsseln entgegen. Lauthals schallte es durch das Lokal: »Azzurro – heißt blau!«

Seidel sah ihnen stirnrunzelnd nach: »Was denkst du, Quirin, ist an Grünauers Gefasel etwas dran?« Der Kommissar setzte sein Glas an den Mund – und leerte es in einem Zug: »Nun ja, ich werde unsere IT-Spezialisten auf diese Jesus-Jünger ansetzen. Die sollen die digitalen Fährten Frombergers verfolgen. Ich bezweifle allerdings, dass uns diese Spuren der Lösung des Falls näherbringen.« Berger schien die Ruhe selbst zu sein, keine Wimper, kein Gesichtsmuskel zuckte. Nur die Andeutung eines Lächelns signalisierte, dass er Grünauers Hinweise durchaus ernst nahm und den Pater im Auge behalten würde. »Lass uns zahlen. Morgen wird wieder ein langer Tag.« Seidel nickte wortlos – und erhob sich. Es sprach einiges dafür, dass das ominöse Mail aufs Konto des Web-Propheten ging. Alles passte – passte fast zu gut zusammen. Konnte es sein, dass sich Pater Cölestin für die Wiedergeburt Che Guevaras hielt und unter dem Decknamen »Dan Brown« auf Beelzebub-Pirsch ging? Wer mit solchen Hirngespinsten schwanger ging, bei dem mussten mehrere Spax-Schrauben locker sein.

KRESZENZIA

Fünf nach neun. Die große Uhr am Busbahnhof und seine eigene kleine Armbanduhr, eine Cartier, die keine war, waren sich einig. Dass der Herr Oberkommissar zu einem Date zu spät kam, überraschte ihn wenig. Berger behauptete zwar stets, so zuverlässig wie ein Schweizer Uhrwerk zu sein, aber das stimmte nur zum Teil. Er erschien nur dann pünktlich, wenn es ihm in den Kram und den Terminkalender passte. Ansonsten hieß es warten. Dabei hatte Berger die Frechheit besessen, ihn um Viertel nach sieben aus den kanadischen Gänsedaunen zu klingeln.

In knappen Worten hatte ihm der Kommissar mitgeteilt, dass er ihn zur Befragung der Zeugin Kreszenzia P. ins städtische Klinikum begleiten dürfe. Seine Begeisterung hatte sich in Grenzen gehalten. Seidel hatte gestern Abend eine Bardolino-Buddel geköpft. Der heimtückische Überfall auf das Leonhardskircherl war ihm an die Nieren und nicht aus dem Kopf gegangen. Als Erstes hatte Seidel »Pro Jesus«, die Homepage des Paters, auseinandergenommen – und sämtliche Web-Aktivitäten im Umfeld der digitalen Jesus-Jünger auf Hohlräume und Schlupflöcher abgeklopft. Als ihm seine Recherchen keine neuen Erkenntnisse bescherten, hatte er die Zeitungsarchive nach ähnlich gelagerten Gewaltverbrechen durchwühlt. Wieder und wieder hatte er sich gefragt, welche Absichten die Urheber einer solch aufsehenerregenden Tat verfolgten. War die Leonhardskirche gezielt ausgewählt worden oder durch Zufall ins Fadenkreuz der Verbrecherbande geraten? Dementsprechend spät war er in die Federn gekrochen. Der Schlafmangel rächte sich nun bitterlich. Seidel spähte erneut auf die Uhr: acht nach neun. Er hatte das Handy schon in der Hand, um Berger die Leviten zu lesen, da bog ein cremefarbenes BMW-Coupé ums Eck.

Die Fahrt zum etwas außerhalb des Stadtzentrums gelegenen Hochland-Klinikum hatte nicht länger als eine Viertelstunde gedauert. Seidel hatte befürchtet, dass Berger nur stur geradeaus blicken und kein Wort über die laufenden Ermittlungen verlieren würde. Doch er hatte sich getäuscht: »Die Spezialisten vom KTI sind mit der Spurensicherung durch. Sie haben den Innenraum und die Umgebung der Kirche Quadratzentimeter für Quadratzentimeter penibel abgesucht, um jede noch so kleine Spur der Attentäter zu dokumentieren. Das nenn ich eine Sisyphusarbeit«, hatte er anerkennend vermerkt. »Vordergründig sprechen die Indizien für eine ideologisch motivierte Tat. So wie ich das sehe, haben wir es mit einer Bande von Berufsverbrechern zu tun, die wissen, wie man Spuren verwischt und falsche Fährten legt«, hatte Berger mit düsterer Miene prophezeit.

»Und konntet ihr schon ein paar Zeugen befragen?«

Berger, der in einem lässig-legeren Tweed-Dress steckte, nickte: »Die Aussagen stimmen insoweit überein, als dass die Täter planmäßig und gewissenhaft vorgegangen sind. Die wussten genau, was sie taten, und das macht mir Angst.« Der Kommissar klang wie die trojanische Seherin Kassandra.

»Wieso hat die Bande den Pfarrer abgestochen, wenn sie doch die Kirche ausräumen wollte? Sollte das ein Zeichen, eine Warnung sein?«

Berger wiegte den Kopf hin und her: »Nun ja, drei der Zeugen haben ausgesagt, dass sich Don Pasquano wie ein wilder Stier auf den Anführer der Bande gestürzt hat, als dieser die Altäre unter Beschuss nahm. Da ist er wohl ausgeflippt und dem Mann ins offene Messer gerannt.«

»Eine Kurzschlusshandlung, hm? Was weißt du über das Opfer? Gibt es da irgendwelche Auffälligkeiten, Geldprobleme, Sex and Drugs, Anzeichen für ein Doppelleben?«

Berger schüttelte energisch den Kopf: »Ein wahrer Sonnenschein, überall beliebt. Donato Pasquano stammt aus Sizilien, aus einem kleinen Ort an der Küste. Er kam als Seminarist nach Deutschland und ist hier hängengeblieben. Seit über 20 Jahren ist er Priester. Derzeit betreut er den Pfarrverband Sankt Peter und Paul – so an die 8.500 Schäfchen. Er ist nirgends auffällig oder gar straffällig geworden, seine Akte ist so dünn wie billiges Scheißhauspapier. Der hat eine blütenreine Weste, obwohl er aus Mafia-Country kommt.«

»Bleibt die Frage: Weshalb attackiert er drei hartgesottene Burschen. Das war doch nicht mal seine Kirche. Wieso also riskiert er Kopf und Kragen? Weil er sich irgendwie schuldig fühlte, weil er Dreck am Stecken hat?«, mutmaßte Seidel mit sarkastischem Unterton.

»Es wäre durchaus möglich, dass die Sache aus dem Ruder gelaufen ist. Gewalttaten gewinnen ja oft ihre eigene Dynamik«, relativierte der Kommissar.

»Mir kommt die ganze Geschichte nicht koscher vor. Der Tathergang, das Motiv, Pasquanos Reaktion. Was ist mit diesem schrägen Betbruder, der sich für eine Art Visionär hält? Waren die Kerle eigentlich hinter ihm her?«

Berger zuckte mit den Achseln: »Nun ja, Fromberger ist eher der hochgewachsene, hohlwangige Asketen-Typ. Unser stämmiger, bulliger Sizilianer sieht ihm nicht unbedingt zum Verwechseln ähnlich.« Berger schaltete einen Gang zurück und bog auf den Besucherparkplatz des Klinikums ein: »Fakt ist allerdings, dass sich unser Web-Prophet mit seinen eigenwilligen Ansichten nicht nur Freunde gemacht hat. Strafrechtlich liegt nichts gegen ihn vor, aber den Akten nach scheint er kein duldsamer Diener des Herrn, sondern ein streitbarer Zeitgenosse zu sein. Er hat Protestaktionen gegen den Missbrauch des Kirchenasyls oder gegen die endzeitliche Klima-Hysterie organisiert, aber genauso gegen die Vergiftung unserer Böden und des Grundwassers demonstriert. Unser frommer ›Freund der Erde‹ liefert sich mit Gruppierungen des alternativen Spektrums verbissene Scharmützel, legt sich aber genauso gern mit kommunalen Behörden oder dem Bischöflichen Ordinariat an.«

Seidel strich sich über die Oberlippe, auf der ein zarter Bartflaum spross: »Ich war noch die halbe Nacht im Internet unterwegs. Dieser Pater Cölestin ist alles andere als ein weltfremder Fantast, der am Berg oben seine Schäfchen zählt. Er tummelt sich im Social Web und twittert wie ein Schwarm Spatzen fröhlich vor sich hin. Seine Seite ›Pro Jesus‹ hat mehrere Tausend Follower – und ist mit den Pages von esoterischen, freigeistigen und okkultistischen Gruppen verbandelt. Wie ich das sehe, vertritt ›Anonymus 333‹ – so nennt sich unser starrsinniger Querkopf – kapitalismusfeindliche und gesellschaftskritische Positionen, die eher mit denen eines Aussteigers oder Selfmade-Sektierers als mit denen der katholischen Amtskirche konform gehen.«

Der Kommissar pfiff anerkennend durch die Zähne. »Saubere Arbeit, Respekt! Da stellt sich mir doch die Frage, weshalb ein Hardliner wie Bischof Böck die Aktivitäten von ›Anonymus‹ toleriert und nicht den Stecker zieht. Da muss es doch einen Grund dafür geben. Und den würde ich gern erfahren.« Seidel nickte bekräftigend. Sein Instinkt sagte ihm, dass hier irgendwo ein »Nest« war – und es sich lohnen würde, darin herumzustochern.

Der von Schilf umwucherte Zen-Teich im Park des Klinikums phosphoreszierte im Glanz der Morgensonne. Schlaftrunken schaute Seidel zum Fenster hinaus. Warum dauerte das alles so lang? Die Weißkittel hatten doch grünes Licht für die Zeugenbefragung gegeben. Berger ließ sich seine Ungeduld und Genervtheit nicht anmerken. Er lehnte, scheinbar vollkommen entspannt, an der weiß gekalkten Wand, die in auffälligem Kontrast zum Naturburschenteint seiner Haut stand. In der rechten Hand hielt er einen kaffeebohnenbraunen Plastikbecher, in der Linken eine Zigarette. Die Schilder mit den tiefroten Warnhinweisen »Rauchen verboten« ignorierte er. Der Kommissar spitzte den Mund und ließ die Rauchkringel zur Decke steigen. Der Nikotinduft mischte sich mit dem widerlichen Geruch nach Lösungs- und Desinfektionsmitteln. Zum wiederholten Mal musste Seidel den in ihm aufkeimenden Fluchtreflex unterdrücken. Wenn ihm etwas Unbehagen bereitete, dann waren es Krankenhäuser und Spitäler. Berger schien hingegen immun gegenüber der aseptischen Aura zu sein.

»Sag einmal, Quirin, wie lang dauert das noch? Ich halt diesen ekelhaften Gestank hier drin nicht mehr lange aus!«

Berger musterte ihn von oben herab. »Ihr Fernsehleute seid's allesamt Loser und Luschen! Gut, dass du nicht mit auf der Intensivstation warst. Mit den Gummischläuchen im Mund, in der Nase und der Bauchhöhle schaut der arme Kerl wie ein Oktopus am Spieß aus. Grausig.«

Allein die Vorstellung trieb Seidel kalten Schweiß auf die Stirn. »Ist Pasquano bei Bewusstsein? Habt ihr ihn über die Geschehnisse befragen können?«

Berger warf die Kippe auf den Boden und zermalmte den Glutrest unter den Absätzen: »Ärzte! Angeblich ist sein Zustand stabil. Aber er liegt nach wie vor im künstlichen Koma. Die Verletzungen seien zwar nicht lebensbedrohlich, die dem linken Lungenflügel zugefügten Schäden allerdings irreparabel.«

»Er ist also nicht vernehmungsfähig«, hakte Seidel nach.

Berger verzog seinen Mund zu einem schiefen Grinsen. »Vergiss es. Der Chef-Schnippler hat vorhin gewitzelt, dass der Big Boss im Himmel einen Trupp Schutzengel nach Rosenheim abkommandiert hat.« Der Kommissar seufzte: »Falls er aufwacht, wären seine Aussagen vor Gericht kaum verwertbar. Da, wie es im Juristendeutsch heißt, das Urteilsvermögen des Zeugen durch die verabreichten Schmerzmittel in erheblichem Maß vermindert ist. Scheißparagrafenfuchser!«

Seidel schloss messerscharf: »Folglich kannst du ihn als Zeugen vergessen.«

Berger nickte mechanisch, die Unzufriedenheit über den Fortgang der Ermittlungen stand ihm ins Gesicht geschrieben. »Manchmal kommst du als Polizist schon ins Zweifeln. Du suchst nach Indizien, sammelst Beweise, füllst die Ermittlungsakten – und was machen die Halbgötter in Schwarz? Machen dich gnadenlos fertig, wenn dir bei der Beweisaufnahme auch nur der kleinste Fehler unterläuft.« Berger stieß sich von der Wand ab und vertiefte sich in die Betrachtung des im Sonnenlicht glitzernden Teichs: »Ich bin gewiss kein Law-and-Order-Fanatiker, aber dass man die Täter bei uns mit Samthandschuhen anfasst, ist eine Sauerei.« Bergers Augen fokussierten einen fernen, nur für ihn sichtbaren Punkt am Horizont: »In diesem Fall wissen wir noch nicht einmal, wer die Täter sind. Und was hinter der Tat steckt. Wenn ich eine Kirche ausrauben will, dann mach ich das doch heimlich und schau, dass ich ungestört bin. Und begehe kein Kapitalverbrechen – in Tateinheit mit schwerer Körperverletzung!«

Seidel zog ein ernüchterndes Fazit: »Wir geistern also durchs dunkle Fichtengehölz und sehen den Wald vor lauter Bäumen nicht.«

Berger winkte müde ab und sprach sich selbst Mut zu: »Vielleicht bringt uns die Aussage von Zeugin Nummer zwei weiter. Wäre ja möglich, dass ihr irgendetwas aufgefallen ist, was den anderen entgangen ist. Schließlich hat sie einer dieser Galgenvögel aus der Bank gezerrt und niedergeschlagen. Komm, statten wir der alten Dame einen Besuch ab.« Sie gingen einen weißen, hell beleuchteten Korridor hinunter.

»Meinst du, dass sie einen Hinweis auf die Identität der Täter geben kann?«

Berger kratzte sich am Hinterkopf: »Ich hoffe es zumindest. Kreszenzia Penzkofer ist 82, aber für ihr Alter in guter körperlicher Verfassung.« Der Kommissar senkte die Stimme: »Leider gibt es einen Haken: Frau Penzkofer ist geistig ein wenig verwirrt, bei ihr wurde eine Demenzerkrankung im Frühstadium diagnostiziert. Es steht zu befürchten, dass die traumatische Stresssituation einen akuten Krankheitsschub ausgelöst hat, der mit Gedächtnisstörungen und Angstzuständen einhergeht.« Berger pochte zweimal kurz an die Tür von Zimmer 326 und betrat mit Seidel im Schlepptau den Raum. Die Patientin war nicht allein. An ihrem Krankenbett wachte jedoch kein weißbekittelter Arzt, sondern Pater Cölestin Fromberger. Der Einsiedler steckte – ganz stilecht – in einer haselnussbraunen, von einer weißen Kordel zusammengeschnürten Mönchskutte.

Ein gestrenger Blick aus zwei rotgeäderten Augen bedeutete ihnen, sich fürs Erste im Hintergrund zu halten. Mit besänftigender Stimme sprach Bruder Cölestin der Patientin Trost zu: »Keine Angst, Kreszenz, wird scho' werden, sagt Frau Kern. Beim Herrgott im Himmel ist grad kein Platzerl frei.« Fromberger führte behutsam eine gelbe Schnabeltasse an ihren Mund: »Trink! Das heilige Wasser wird dir guttun.« Der Pater flößte ihr das »Heilwasser« in kleinen Schlucken ein.

Kaum hörbar flüsterte die Alte: »Pater, Sie sind ein Engel. Seit Sie da sind, fühl ich mich gleich viel besser!«

Der Pater winkte Berger und Seidel heran, mahnte sie jedoch zur Zurückhaltung. »Kreszenzia ist noch recht schwach, aber sie ist über den Berg.«

Mit ehrlicher Anteilnahme erkundigte sich Kommissar Berger nach ihrem Befinden: »Geht es Ihnen wieder etwas besser, Frau Penzkofer?« Ihre altersfleckige Haut war bleich und fahl, das Gesicht blass und ausgezehrt, doch die wässrig blauen Augen blickten ihnen neugierig entgegen.

»Wie sagt der Frosch, als ihn der Storch verschluckt: Jetzt geht's aufwärts!« Kreszenzia kicherte wie ein junges Mädchen im Firmunterricht: »Mein Schlüsselbein und zwei Rippen sind gebrochen. Das wird dauern, bis die morschen Knochen zusammenwachsen. Aber – Unkraut vergeht nicht!« Die Patientin wies mit dem Kinn in Richtung des Paters: »Wenn nix schiefgeht, werde ich 100 Jahre alt, gell?«

Der Pater schwenkte mahnend seinen Rosenkranz. »Aber nur wenn du regelmäßig deine Tabletten nimmst – und dir nicht zu viele Stamperl Kräuterlikör genehmigst!« Dann fügte er mit sanfter Stimme hinzu: »Drei Gläser Wasser mit ein bisschen Zitronensaft pro Tag, das ist die beste Medizin.«

Kreszenzias Welt schien wieder heil und nicht länger aus den Fugen zu sein. Lorenz Seidel hatte nicht den Eindruck, dass die alte Frau, die vor ihm im Krankenhausbett lag, übermäßig verwirrt oder desorientiert war. Von einem Moment auf den anderen trat ein harter, entschlossener Ausdruck auf ihr Gesicht: »Ihr seid's doch von der Polizei. Ich möchte eine Aussage machen – und zwar jetzt sofort!« Ihre schmale, knochige Hand griff nach dem Handgelenk des Kommissars: »Diese Kirchenschänder gehören eingesperrt! Für 20 Jahre – oder am besten gleich lebenslang.« Blut schoss in das bleiche Gesicht der Greisin. »Wer keinen Respekt vor Gott und seinen Heiligen hat, der ist zu jeder Schandtat fähig. Dieses Gschwerl soll der Teufel holen!«

Berger war sichtlich überrascht von dem Zornesausbruch der alten Dame, doch er nutzte die Chance, mehr zu erfahren: »Können Sie uns die Männer genauer beschreiben?«

Mit sichtlichem Stolz gab Kreszenzia Penzkofer zu Protokoll: »Die Spitzbuben waren zu dritt. Ihr Anführer hat so ein neumodisches Gewehr, so eines wie beim Militär, in der Hand gehabt! Die Gesichter konnte ich unter den schwarzen Skimützen nicht erkennen. Der mit dem Gewehr hat angeschafft und die beiden anderen – Anatol und Kolja – haben pariert. Dieser Sauteufel war es auch, der mich so zugerichtet hat!« Ehe Berger nach weiteren Details fragen konnte, krähte Kreszenzia mit hoher Fistelstimme: »Die werden sich noch umschauen. Wenn unser Herr Jesus Christus wiederkommt in Herrlichkeit. Amen!«

Pater Cölestin zuckte entschuldigend mit den Schultern und drückte die vor Erregung zitternde Hand Kreszenzias: »Das Reich Gottes kommt – aber so schnell jetzt auch wieder nicht. Die Söhne Satans werden schon noch von der Schwelle seines Hauses gejagt, aber jetzt erzähl den Herrn von der Polizei, ob du etwas gesehen hast, was ihnen bei ihren Ermittlungen weiterhilft.«

Seidel hielt sich bei der Befragung dezent zurück. Schließlich war er nur Zaungast – und nicht einmal in offizieller Funktion hier. Doch auch ihm war nicht entgangen, dass die Täterbeschreibung bislang eher dürftig ausfiel: drei maskierte Männer in langen Kutten, die mittelgroß und wahrscheinlich um die Mitte 30 waren. Einen Zeichner musste man jedenfalls nicht herbemühen. Und auch den Einsatz eines Face-Design-Programms zur computergestützten Generierung von Phantombildern konnte sich die Kripo sparen. Vorerst würde kein Steckbrief von »XY unbekannt« die Dienststellen zieren. Die Bande hatte kein Bekennerschreiben, nichts außer einem an die Wand gekrakelten, kryptischen Schriftzug hinterlassen: »Los von Rom!« Das besagte nicht viel, genau genommen besagte es gar nichts.

Kreszenzia sah ihre Besucher aus großen, treuherzigen Augen an: »Das ist alles furchtbar schnell gegangen. Der Grobian hat mich am Arm gepackt und mit sich gezerrt, dann hat er mir einen Magenschwinger verpasst. Ich bin stangengrade hingefallen – und dann hat er auch noch mit seinen schweren Stiefeln nach mir getreten. Ich hab gedacht, dass mein letztes Stündchen geschlagen hat. Damit dieser Deife von mir ablässt, habe ich so getan, als ob ich in Ohnmacht gefallen wäre. Aber ich habe alles genau mitbekommen – und mir das Fischgrätmuster der Sohle eingeprägt. Mein Mann, Gott habe ihn selig, war nämlich Schuhmachermeister. Mit griffigen wie groben, tiefen oder flachen Profilsohlen kenne ich mich aus. Die Muster sind ganz verschieden.« Berger horchte auf – und auch Seidel spitzte die Ohren. Die Sohlen der Stiefel – auf den Trichter musste man erst mal kommen. Der Zeichner würde doch noch den Stift spitzen – und die Männer vom Erkennungsdienst mit ein paar Schuhschachteln unter dem Arm anrücken.

Zu Seidels Erleichterung hatte Berger die Befragung des Paters kurzerhand in die Cafeteria verlegt. Cölestin Fromberger hatte in die Unterredung eingewilligt – unter der Bedingung, dass man ihm »keine Fußfesseln oder Daumenschrauben anlege«. Das spöttische Grinsen in seinem Gesicht war einem bekümmerten Ausdruck gewichen, als er sich nach Pasquano erkundigte: »Wie geht es Donato? Hat es bei der OP Komplikationen gegeben?«

»Nun, ich würde sagen, den Umständen entsprechend«, ließ sich der Kommissar in neutralem Tonfall vernehmen. »Die Ärzte gehen davon aus, dass er das Schlimmste überstanden hat. Aber seine Genesung wird sich hinziehen. Scheußliche Sache!« Pater Cölestin musterte den Staub auf seinen Schuhspitzen. Von der Zuversicht, die er an Kreszenzias Krankenbett an den Tag gelegt hatte, war nichts mehr zu spüren.

Erst als sie zu dritt um einen Tisch an der langen Fensterfront der Cafeteria saßen und schweigsam in den vor ihnen dampfenden Kaffeetassen rührten, begann der Pater mit leiser Stimme zu sprechen. Seine schmächtigen Schultern waren eingesunken, so als ob er eine schwere Schuld mit sich herumtrug. »Eigentlich bin ich es, der dort oben am Tropf hängen sollte. Pfarrer Pasquano hat mir einen Gefallen getan – und jetzt? Jetzt ringt er um sein Leben. Ist das gerecht?«

Oberkommissar Berger sprach begütigend auf den Pater ein: »Was passiert ist, ist passiert. Sie sind dafür nicht verantwortlich! Helfen Sie uns, die Täter zu finden und zur Rechenschaft zu ziehen. Dann fällt es Ihnen vielleicht leichter, diese traumatischen Ereignisse zu verarbeiten. Die Zeit heilt die Wunden, auch wenn Narben bleiben.«

Seidel wäre in einer solchen Situation heillos überfordert gewesen, aber der Kommissar hatte einige Schulungen in Sachen Krisenintervention und Notfallmanagement hinter sich, sodass er die richtigen, einfühlsamen Worte fand.

Cölestin Fromberger ließ unentwegt den Löffel kreisen, die Welt um sich herum schien er vergessen zu haben. »Donato ist ein guter Freund. Er ist jemand, auf den absolut Verlass ist – und der seine seelsorgerische Tätigkeit als Gemeindepfarrer ernst nimmt und doch offen für das Leben jenseits der Kirchenmauern ist. Er ist ein großer Gourmet und weiß die Ästhetik eines schönen Frauenkörpers zu schätzen.« An dem Resopal-Tisch in der kahlen, steril wirkenden Cafeteria sah der Pater verloren aus, so als ob ihn die guten Geister sowie sein Herr und Meister verlassen hätten. »Ich habe einen großen Fehler begangen – und Don Pasquano unwissentlich in Gefahr gebracht.«

Berger blickte von seiner Tasse hoch, die er eben zum Mund führen wollte. »Inwiefern? Gab es denn einen konkreten Anlass, beunruhigt zu sein? Hat man Sie bedroht oder verfolgt?«

Der Pater legte den Löffel beiseite und starrte in die braune, bittere Brühe vor ihm: »In den letzten Jahren habe ich immer wieder anonyme Briefe und Mails erhalten, in denen ich als Volksverräter, als Asylanten- und Negerfreund, als unpatriotische Drecksau beschimpft wurde! Es gefällt einigen nicht, dass ich mich rückhaltlos für die Schwachen, Schutzbedürftigen und Besitzlosen einsetze, die keine Stimme, keine Lobby haben. Und auch mein Engagement für den Erhalt der Leonhardskirche nehmen mir gewisse Kreise übel.« Die Stimme des Paters klang nun bestimmt und unnachgiebig.

Seidel sah den Zeitpunkt gekommen, sich ins Gespräch einzuklinken: »Wenn ich recht informiert bin, bekommen Sie auch Gegenwind aus den eigenen Reihen. Bischof Böck zum Beispiel zählt nicht unbedingt zu Ihren Unterstützern. Sehe ich das richtig?« Fromberger gefiel die Frage nicht, missbilligend zog er die Augenbrauen hoch.

»Das tut nichts zur Sache. Der Bischof vertritt seine, ich meine Meinung. Und dass unsere Auffassungen über den wahren Weg Christi divergieren, ist kein Geheimnis. Für mich hat der Erhalt der Schöpfung oberste Priorität – geschäftliche Interessen müssen da hintanstehen.« Seine Augen huschten hin und her, der Pater war jetzt auf der Hut, war wachsam wie der Außenposten einer Murmeltierkolonie. Aufmerksam verfolgte Berger jede Bewegung, jede Gefühlsregung des Paters – und lenkte das Gespräch in eine unverfängliche Richtung: »Pater Cölestin, wir bräuchten von Ihnen eine Liste der von den Räubern entwendeten Gegenstände. Insbesondere der Objekte, die am Schwarzmarkt begehrt sind. Heiligenfiguren, Reliquienbehälter, so was. Vielleicht kommen wir über den Hehler an die Täter heran.«

Cölestin zog die Stirn kraus. »Gut, von mir aus. Die Liste bekommen Sie. Es ist mir schleierhaft, weshalb jemand Sankt Leonhard ausplündern sollte. Da gäbe es wahrlich einträglichere Ziele. Das Münster oder die Pfarrkirche zum Beispiel.« Cölestin lachte trocken und humorlos auf. »Die Zeiten, als die Wallfahrer zum heiligen Leonhard gepilgert sind, sind lange vorbei. Heute stiftet niemand mehr feuervergoldete Kelche und silberne Kreuze. Sie können meine privaten Konten und die der Stiftung gerne überprüfen. Das Geld langt noch nicht einmal, um die feuchten, schimmligen Wände fachgerecht zu sanieren.«

Seidel musterte Pater Cölestin von der Seite. Fromberger mochte auf den ersten Blick wie ein gutmütiger älterer Herr mit grauem, verfilztem Seebärenbart wirken. Der erste Eindruck täuschte indes: Der Mann, der scheinbar völlig gelassen an seinem Kaffee nippte, war ein harter Knochen, ein streitbarer Diener Gottes, der keine Kompromisse einging, kein Jota von dem einmal eingeschlagenen Weg abwich, selbst wenn er als »Ketzer« und »Nestbeschmutzer« gebrandmarkt wurde. Sein Haarschopf mochte so grau und struppig wie das Fell eines alten Wolfs sein, doch seine Augen waren klar und scharf wie die eines Luchses. Seidel traute ihm durchaus zu, dass er – schließlich heiligte der Zweck die Mittel –

wie der Erzengel Gabriel seine Frohbotschaft notfalls mit Feuer und Schwert verbreitete. Blieb die Frage: Wie weit würde er gehen, um seine Mission zu erfüllen? War er »Dan Brown«, war er der »zweite Che«? Es ließ sich nicht mit Sicherheit ausschließen. Es erschien ihm aber unwahrscheinlich, dass der Pater ein doppeltes Spiel mit ihnen trieb und sich hinter einem Pseudonym versteckte. Der Pater mochte ein Querdenker und notorischer Querulant sein, aber er war kein janusköpfiger Judas, der im Dunklen seine Ränke schmiedete.

Kommissar Berger kippte den Kaffee hinunter und klappte den Notizblock zu – ehe er die Stopptaste des Diktiergeräts drückte, hielt er jedoch inne. »Eine Frage hätte ich noch. Sagt Ihnen der Slogan ›Los von Rom‹ etwas? Was wollen uns die Täter damit sagen?«

Pater Fromberger seufzte und verdrehte die Augen. Sein Mienenspiel schien zu besagen, dass er die Frage erwartet hatte: »Das ist eine lange Geschichte.«

INNOZENZ

Der Bischofspalast war ebenso klobig und klotzig wie pompös und protzig. Die vor Prunksucht strotzende Fassade lagerte auf einem wuchtigen Sockel aus Tuffstein. Das Fundament des Prachtbaus war genauso fest gefügt wie die Herrschaft der darin residierenden Bischöfe. Eine Herrschaft, die sich nie mit dem Himmelreich allein begnügt hatte. Das Bistum war von jeher eine Macht gewesen. Es hatte einerseits mit den bayerischen Kurfürsten in München und andererseits mit dem Kaiser in Wien beste Beziehungen unterhalten. Begründet wurde es in den dunklen Zeiten der Völkerwanderung von einem schottischen Wandermönch namens Wulfram. Der »Gründervater« und seine Mitstreiter hatten die hier heimischen Heiden »bekehrt« – und zwar ohne Rücksicht auf Verluste. Sie hatten die alten Götter vertrieben, hatten die heiligen Haine abgeholzt und den hier ansässigen Bajuwaren mit Bockbier, Zuckerbrot und Peitsche ihren Christengott schmackhaft gemacht. Die repräsentative Bischofsresidenz stammte jedoch erst aus barocken Zeiten. Das Werk eines italienischen Star-Architekten namens Giovanni Carlo Carlone. Von verspieltem mediterranem Flair war indes wenig zu sehen. Da half es auch nicht sonderlich, dass der Springbrunnen auf dem kleinen, von Blumenrabatten geviertelten Platz gegenüber der Prunkfassade des Palasts lustig vor sich hin plätscherte. Und das Maul eines aus Bronze gegossenen Karpfens das erfrischende Nass in hohem Bogen in das Marmorbecken spie. Das an die 100 Meter lange und gut 20 Meter hohe Gebäude wirkte wie ein steinerner Koloss, wie eine Trutzburg, die die Untertanen das Fürchten lehren sollte. In der Mitte der Fassade öffnete sich ein riesiges, von einem Giebel bewachtes Portal. Das doppelflügelige Tor, durch das ein Elefantenbulle gepasst hätte, ohne dass er den Bauch einziehen oder die Ohren anlegen musste, war unterdes stets verschlossen. Die Besucher mussten sich durch eine schmale, enge Tür am Pförtnerhäuschen hindurchzwängen.

Von Kaiserwetter keine Spur. Der Himmel war von grauen Schleiern verhangen. Regentropfen perlten wie am Schnürchen herab. Vor dem Prunkbau hielt eine Nobelkarosse der Oberklasse. Dem Fond der Luxuslimousine entstieg ein bulliger, breitschultriger Nachfahr jener bajuwarischen Urviecher, denen die Missionare dereinst das Kreuz mitsamt dem Heiland und seinen Heiligen gebracht hatten. Ein ehemaliger Hintersasse, der in den postfeudalen Zeiten zu Geld und Ansehen gelangt war. Der dunkle Nadelstreifenanzug des Bulldog-Bodybuilders spannte an allen Ecken und Enden und drohte jeden Moment aus den Nähten zu platzen. Sein hochroter Kopf hatte die Form, und dem Anschein nach auch die Konsistenz, einer im Treibhaus gezogenen Fleischtomate. Mit verächtlich heruntergezogenen Mundwinkeln betrachtete der vierschrötige Kerl das von Rocaille-Schnörkeln umspielte Wappenschild über dem Portal. In vergoldeten Lettern prangte darauf der Wahlspruch: »Ex iniuria ius non oritur!« Aus Unrecht wird niemals Recht. »Wer's glaubt, wird selig!« Severin Stocker lächelte boshaft. Dann betrat er festen Schritts die Höhle des Löwen.

Stocker rief dem Pförtner in seiner Loge einen launigen Gruß zu: »Ois paletti, Joe? Hast kein Weibsbild im Haus, geht die Freude niemals aus.« Der Pförtner grinste – und winkte ihn lässig durch. Stocker querte den Innenhof und stieg auf einer überbreiten Marmortreppe nach oben in den ersten Stock, die Beletage. Dort residierte der Mann, dem sein Besuch galt: Bischof Innozenz Böck. Auf der obersten Treppenstufe empfing ihn ein spindeldürrer Hänfling mit Leidensmiene und ungesunder gelblicher Gesichtsfarbe. Die Vogelscheuche in ihrer schwarzen Soutane ließ sich zu einem angedeuteten Kopfnicken herab. »Der Bischof erwartet Sie bereits. Wären Sie so freundlich, mir ins Audienzzimmer zu folgen.« Der Privatsekretär des Bischofs hielt es nicht für nötig, mit ein paar glatt polierten Sätzen Konversation zu betreiben, und geleitete ihn ohne jegliche Geste der Ehrerbietung ins Arbeitszimmer seines Dienstherrn. Stocker ballte die Fäuste im Jackett. Irgendwann würde er es Böck und seiner Rotte von Schwarzkitteln heimzahlen, dass sie ihn wie einen lästigen Bittsteller behandelten.

Bischof Innozenz Böck, dem Stocker insgeheim den Spitznamen »Immozenz« verpasst hatte, residierte in einem luxuriös eingerichteten Raum und thronte wie ein absolutistischer Souverän hinter einem monströsen Möbelstück, das nur entfernte Ähnlichkeiten mit einem Ikea-Schreibtisch aufwies. Er beugte sich ostentativ über irgendwelche Papiere und winkte den Besucher gebieterisch heran. Hochwürden hielt es für geboten, ohne Präliminarien und Höflichkeitsfloskeln zum Punkt zu kommen. Wutentbrannt hielt er seinem vor ihm strammstehenden »Vasallen« die aktuelle Ausgabe des »Boten« unter die knollenförmige Nase: »Grausame Bluttat in Sankt Leonhard! Priester kämpft mit dem Tod! Wie erklären Sie sich ein solches Fiasko? Ist Ihnen klar, dass solche Schlagzeilen unser Vorhaben in Gefahr bringen? Eine mehr als peinliche Panne, Stocker!« Böck machte keinen Hehl aus seiner Verärgerung, seine ansonsten zur Schau getragene maskenhafte Miene hatte Sprünge bekommen, ja, ein Speicheltropfen landete auf Stockers Sakkokragen. »Zumindest hat es keine Toten gegeben. Pfarrer Pasquano wird den Anschlag wohl überleben. Dabei lief alles wie am Schnürchen. Der Priesterrat hat mit nur drei Gegenstimmen grünes Licht für die Profanierung gegeben. Und die Verhandlungen mit dem Orden, der als Patron der Stiftung rechtliche Ansprüche an der Leonhardskirche stellen könnte, stehen kurz vor dem Abschluss! Und jetzt schießt da jemand quer!«

Stocker fühlte eine unbändige Wut in sich aufsteigen. Was bildete sich dieser Weihrauchwachler, diese aufgeblasene Schwuchtel, mit seinen Brillantringen an den Wurstfingern eigentlich ein? Nicht einmal einen Stuhl oder ein Glas Mineralwasser hatte er ihm angeboten. Wieso stand diese Vogelscheuche mit ihrer grämlichen Miene und dem gelben Gesicht wie ein Gefängnisaufseher neben ihm? Stocker fand dennoch besänftigende diplomatische Worte: »Eure Eminenz, es freut mich zu hören, dass wir mit einer baldigen Erteilung der Baugenehmigung rechnen können. Kapital ist jedoch ein scheues Wild. Um Investoren für ein solch ehrgeiziges Projekt zu gewinnen, ist es angezeigt, rasch und entschlossen zu handeln. Verzögerungen und ein Klima der Unsicherheit führen unweigerlich …«

Bischof Böck war jedoch nicht in Stimmung, sich auf Diskussionen einzulassen, er wollte seine Wut an dem »unfähigen, uneinsichtigen und selbstsüchtigen« Beton-Bonzen ablassen. Seine sonst so melodiöse, einschmeichelnde Stimme war von einer schneidenden Schärfe: »Bei einem Projekt dieser Größenordnung habe ich mit erheblichen Widerständen zu kämpfen. Es gilt, Rücksicht auf die Befindlichkeiten meiner Amtsbrüder zu nehmen. Die guten alten autokratischen Zeiten sind zu meinem größten Bedauern vorbei. Ich predige nicht umsonst: keine überzogene Gewalt! Ein solches Vorgehen ist unangemessen und inadäquat. Haben Sie mich verstanden, Stocker?«

Stocker hatte verstanden. Seine Nackenhaare sträubten sich wie die eines Katers, der die Duftspur eines Rivalen in seinem Revier witterte. Er verharrte in der Pose des reumütigen Sünders, doch in seinem Gesicht zuckten Zornesblitze.

Böck hob seine fleischigen Stummelarme zu einer theatralisch anmutenden Pose innerer Zerknirschung und Verzweiflung. »Der Erzbischof hat mich für morgen nach München bestellt. Und es wird mich fünf Flaschen meines besten Bordeaux Grand Cru kosten, um ihn gnädig zu stimmen. All diese Widrigkeiten nehme ich in Demut auf mich, damit der Traum einer spirituell-ganzheitlich ausgerichteten Thermen-Oase in Sankt Leonhard Gestalt annimmt.« In Böcks Augen funkelte es tückisch. »Es ist nur gerecht, dass meine Geschäftspartner gleichfalls ein Opfer bringen! Ich denke da an einen Obolus für die Armenkasse des heiligen Antonius. Ein Scheck in Höhe von 5.000 Euro wäre als Bußgeld angemessen.« Ein ironisches, ja, gehässiges Lächeln umspielte die blutleeren Lippen des Bischofs. In Stocker arbeitete es. Der Part des großherzigen Philanthropen behagte ihm nicht. Ein »Blankoscheck« für die Brot- und Obdachlosen – nie im Leben! Er würde einen Teufel tun, auch nur einen Cent auf diese arbeitsscheue Bagage zu verschwenden.

Stocker rang sich zu einer halbherzigen Entschuldigung durch, um seine langfristig orientierten »geschäftlichen Interessen« nicht zu gefährden: »Zweifelsohne hat da jemand übereilt gehandelt. Die Anwendung sinnloser Gewalt habe ich stets entschieden verurteilt. Wir dürfen allerdings nicht vergessen, dass sich das Projekt in einem kritischen Stadium befindet und wir uns eine übergroße Rücksichtnahme auf Einzelinteressen nicht länger erlauben können.« Stocker zog eine Aktenmappe aus den Tiefen seiner Sakkotaschen hervor und drapierte sie so, dass der Bischof nur noch zugreifen musste. »Wären Eure Eminenz so freundlich, einen Blick auf das vorläufige Finanzierungskonzept zu werfen? Der mit einem Bauvorhaben einer solchen Größenordnung verbundene Kapitalbedarf ist doch erheblich.« Eine steile Zornesfalte trat auf Böcks Stirn. Er betrachtete Stockers Unterlagen, als ob ihm dieser ein unmoralisches Angebot unterbreiten wollte.

»Bruder Gregor, lassen Sie die Zahlen von der Finanzkammer eingehend prüfen.« Der Sekretär eilte zu ihm und nahm die Mappe an sich.

Trotz seines großspurigen Gehabes besaß Severin Stocker ein feines Gespür für die Launen und Empfindlichkeiten seiner Geschäftspartner. Dieser siebte Sinn hatte ihm bei schwierigen Verhandlungen schon oftmals geholfen, einen verloren geglaubten Auftrag doch noch an Land zu ziehen. So beeilte sich Stocker auch diesmal zu versichern: »Natürlich handelt es sich hierbei um vorläufige Zahlen. Das Finanzierungskonzept steht unter Vorbehalt. Voraussetzung ist, dass die Projektgesellschaft Naba den Zuschlag erhält und die Fachbehörden im Landratsamt den eingereichten Bebauungsplan genehmigen. Sobald wir das Go haben, können wir zügig mit den Bauarbeiten beginnen.« Mit der Wendigkeit eines Wiesels ergänzte er: »Wie vereinbart enthält der Vertrag eine Klausel, die die mustergültige Sanierung der unter Denkmalschutz stehenden Baulichkeiten regelt.«

Der Bischof entgegnete in einem Ton, der anzeigte, dass die Audienz demnächst beendet war: »Bruder Gregor wird die Prüfung Ihrer Pläne durch die Fachabteilung veranlassen. Apropos, liegen die Ergebnisse der Trinkwasseranalyse bereits vor? Ich erwarte eine Bestätigung, dass die Leonhardsquelle von besonderer Qualität und Reinheit ist – und zwar von unabhängiger Seite.« Wie eine in der Fischreuse zappelnde Forelle schnappte Stocker nach Luft. Bischof Böck wandte sich ohne ein Wort des Abschieds seiner Korrespondenz zu. Sein Sekretär wies Stocker die Tür, so als ob er sich eines unliebsamen Eindringlings entledigen wollte. Mit versteinerter Miene stapfte der Bau-Tycoon den Korridor entlang und die Treppe hinab. Er biss die Zähne so fest zusammen, dass die Kiefer knirschten. »So springt man nicht mit mir um. Nicht mit mir!« Man konnte Stocker vieles nachsagen, aber gewiss nicht, dass er ein Faible für linke, marxistische Ideen hatte. Doch in einem Punkt gab er Lenin, Marx & Co. recht: Die Kirche gehörte enteignet, die Popen in den Gulag. Draußen vor der Tür peitschten ihm heftige Regenschauer ins Gesicht. Stocker sann auf Rache – und langsam nahm ein Plan in ihm Gestalt an, der den Kuttenbrunzern nicht gefallen würde.

ROCHUS

Die Straße durchs Aisinger Filz war wie mit dem Lineal gezogen. Im Abstand von 50 Metern standen Straßenpfosten Spalier. In die einen Meter hohen und zwölf Zentimeter breiten Kunststoffpfosten waren Reflektoren eingelassen, die im Licht der Scheinwerfer aufleuchteten und ihm den Weg wiesen. Über den Moorflächen waberten geisterhaft zerfasernde Nebelschwaden. Das blässliche Licht der einsetzenden Dämmerung versah die einsame Gegend mit einem düsteren Anstrich. Lorenz Seidel spähte angestrengt durch die beschlagene Windschutzscheibe. Der Nebel wurde umso dichter, je mehr er sich der Mitte des Moors näherte. Die Sicht betrug gerade mal noch 100, maximal 150 Meter. Seidel hatte eben die Nebelscheinwerfer eingeschaltet, als vor ihm wie aus dem Nichts die Umrisse eines anderen Wagens aus dem Nebel auftauchten. Der Schattenriss eines SUVs raste mit aufgeblendeten Scheinwerfern direkt auf ihn zu. Was hatte dieser Irre vor, wollte er ihn von der Straße drängen? Seidel sah den Crash kommen, sah ein kleines hölzernes Gedenkkreuz am Straßenrand stehen, das an seinen tragischen Unfalltod bei Kilometer 5,5 der Staatsstraße 2072 erinnerte. Der nackte Angstschweiß schoss ihm aus sämtlichen Poren, er biss sich so fest auf die Unterlippe, dass er Blut schmeckte. Es konnte sich nur noch um Sekundenbruchteile handeln, ehe es hieß: Game Over! Im allerletzten Moment gelang es ihm, das Steuer herumzureißen und dem mit 120 oder 130 Sachen heranrasenden Geländewagen auszuweichen. Bei dem waghalsigen Ausweichmanöver geriet er auf den Seitenstreifen, räumte einige Straßenpfosten ab, die in hohem Bogen davonflogen. Sein getreuer Golf Variant Baujahr 1997 schlingerte heftig hin und her, doch mit dem nötigen Massel und der tätigen Mithilfe seines Schutzengels bekam Lorenz den Wagen wieder unter Kontrolle.

Sein erster Blick galt dem Rückspiegel. Er sah gerade noch, wie die Rückleuchten des »Geisterfahrers« im Nebel verschwammen. Lorenz glaubte, erkannt zu haben, dass es sich bei dem Protzschlitten mit den futuristisch geformten Heckflossen um einen brandneuen Audi Q7 gehandelt hatte. Seidel bremste sachte ab und brachte sein Gefährt ruckelnd und stotternd zum Stehen. Hüftsteif wie ein rheumatischer Rhesusaffe hangelte er sich aus dem Fahrersitz. Er stand unter Strom, seine Nackenhaare sträubten sich, das Blut pochte in den Schläfen und sein Herz hämmerte wie wild: »Du geisteskrankes Arschloch, in welcher Lotterie hast du Irrer den Führerschein gewonnen?«, schrie er die Wut und die Angst aus sich hinaus. Wer war da wie der Erlkönig durch Nacht und Nebel gerast? Ein sturzbesoffener Torftrottel? Ein lebensmüder Selbstmordkandidat auf dem Suizid-Trip? Oder hatte der Dreckskerl in voller Absicht gehandelt? Hatte ihn der Fahrer ganz bewusst aufs Korn genommen, um ihn im Engelschor jubilieren zu hören? Doch aus welchem Grund? Wegen des E-Mails? Weil er den Tätern auf der Spur war? Derweil hatte er nicht die geringste Ahnung, wer hinter der ominösen Bluttat steckte. Und woher sollte »Dan Brown«, oder wer auch immer ihm an den Kragen wollte, wissen, wo er sich gerade aufhielt? War ihm jemand unbemerkt gefolgt und hatte seinen Komplizen verständigt, dass er die Straße durch die Aisinger Filze nahm? Überwachten sie ihn mit einem Peilsender oder hatte diese Verbrecherbande sein Handy verwanzt? Und weshalb das alles? Seidels Gedanken überschlugen sich. Wenn ihm jemand Antwort auf diese Fragen geben konnte, dann Anton Grünauer.

Fernöd war nicht wirklich eine Reise wert. Eine schmale Stichstraße führte zu dem Einödhof, der in einer Mulde unterhalb eines dicht bewaldeten Hügelkamms seit Urzeiten vor sich hin dämmerte. Über die Waldwipfel ragten die schroffen, schneebedeckten Gipfel des Wilden Kaisers. Auf dem Wiesenbuckel oberhalb des Hofs erhob sich eine dickbauchige Linde, unter deren knorrigem Astwerk sich eine kleine Kapelle samt Quelle versteckte, die ein Vorfahr Grünauers als Sühne für eine längst in Vergessenheit geratene Freveltat errichtet hatte. Der Hof selbst war recht stattlich, bot aber dem Besucher keinen sonderlich erbaulichen Anblick: ein zweigeschossiger, schmuckloser Zweckbau unter einem rostroten Ziegeldach. An das Wohngebäude schloss sich der Kuhstall an, den der Hausherr zu einem Web-Loft umgebaut hatte. Unter den mit psychedelischen Farben ausgemalten Gewölben hingen dezibelstarke Boxen. Wo dereinst buntscheckige Kühe das Heu büschelweise aus dem Futtertrog gerupft hatten, roch es heute penetrant nach einer anderen Sorte von Gras, stapelten sich Serverracks vollelektronischem Equipment bis zur Decke. Etwas abseits des Hofs gammelte eine aus Hohlblocksteinen gemauerte Scheune vor sich hin. Darin setzten ein altertümlicher Deutz-Traktor sowie andere längst ausrangierte landwirtschaftliche Gerätschaften wie Eggen, Walzen und Heuwender Rost an. Dem Mercedes-Benz 200 D sowie der auf Hochglanz polierten Triumph Bonneville 750cc war hingegen anzusehen, dass Grünauer ihnen regelmäßig mit Polierschwamm und Lederlappen auf den Leib rückte. Um das rustikale, rurale Bild zu vervollständigen, stapelten sich an der Scheunenwand an die zehn Festmeter Brennholz. Und in den Holzblumenkästen am Balkon ließen sich die ersten roten Geranienblüten blicken.

Seidel reckte die rechte Faust zum proletarischen Gruß. »Immer bei der Arbeit, ha?«

»Eh klar, die Weltrevolution kommt unaufhaltsam.« Der Hausherr fläzte auf einer orange gestrichenen Bank in der Sonne – ein Biertragel in Griffweite. In der Wandnische über ihm wachte der heilige Rochus. Die Rechte des heiligen Mannes umklammerte einen Pilgerstab, die Linke zeigte mit großer Geste auf eine Pestbeule unterhalb seines Knies. Rochus besaß die Gabe, Pestkranke zu heilen, und half notfalls auch bei Fuß- und Beinleiden sowie bei Unglücksfällen jeglicher Art. Vielleicht sollte er ihm demnächst eine Kerze stiften, dachte Seidel in einem Anflug von Sarkasmus. Grünauer, der einen schmutzig grauen Wolljanker trug, drückte Seidel ein Holzhacker Märzenbier in die Hand. »Kommst gerade recht. Die Jeanette richtet grad eine Brettljause her.« Der Bauer a. D. nahm einen Schluck aus der Pulle. »Was verschafft mir die Ehre?«

Lorenz setzte sich zu ihm und ließ sich nicht anmerken, dass er in Gedanken noch immer bei der beinahe verhängnisvoll verlaufenen Begegnung mit dem SUV made in Ingolstadt war. »Die Sehnsucht nach dir, was sonst?«

Anton fletschte eine Reihe leidlich weißer Zähne. »Erzähl mir nix! Entweder hast du deinen Laptop geschrottet oder dein Verstärker ist durchgeschmort.«

Seidel wollte nicht mit der Tür ins Haus fallen. »Brettljause – hört sich fein an. Was gibt's denn Gutes?«

Grünauer grinste über sein ganzes Lausbubengesicht. »Schlachtplatte vegan – mit Tofu-Pressack, gegrillten Gemüsebratlingen und Soja-Pflanzerl. Du kennst doch die Jeanette!«

Seidel verzog den Mund zu einem lahmen Lächeln. »Soja – super. Für die Felder holzen sie doch den Urwald ab. Aber was anderes, Toni. Du hast doch neulich nach der Probe erwähnt, dass du den Pater Fromberger von früher kennst. Kannst dich erinnern?«

Grünauer kratzte sich an seiner ausladenden Kinnlade. »Dunkel zwar – bei dem Rausch! –, aber ja, der Propheten-Pater ist kein Unbekannter!«

Lorenz setzte die Flasche an die Lippen und saugte gierig daran. »Du hast da einen Namen erwähnt: Pro Jesus. Eine Facebook-Gruppe oder so was?«

Grünauer rülpste genüsslich: »Nix Facebook oder Instagram. Solche Gruppen sind ganz anders strukturiert – die haben es auf keine Klicks und Likes abgesehen. Die wollen unter sich bleiben, ein elitärer Zirkel Gleichgesinnter. So wie früher die Magier, Alchemisten und Okkultisten, verstehst?« Lorenz Seidel verstand nicht. Wer oder was verbarg sich hinter »Pro Jesus«? Eine geheime Bruderschaft, eine Internet-Sekte, die im Trüben fischte? Seidel kannte Grünauers Vorliebe für ebenso abenteuerliche wie fantastische und finstere Geschichten, die an der Grenze zwischen Wahrheit und Fiktion oszillierten und sich wie Erfindungen eines im Fieberdelirium herumschwirrenden Morphinisten anhörten. Grünauer senkte die Stimme zu einem eindringlichen Flüstern: »Was weißt du über Sankt Leonhard?« Tja, was wusste er darüber? Das, was in Kunstführern oder Fremdenverkehrsprospekten über die Wallfahrtskirche verbreitet wurde. »Früher gab es dort nichts als öde Wildnis. Unzugänglich und unheimlich. Der ideale Platz für die rituellen Opferfeiern unserer Urahnen.« Grünauer kippte den hopfenhaltigen Zaubertrank auf ex hinunter. »Der Ort war ein keltisches Heiligtum, an dem die Druiden ihre blutigen Rituale im Namen Balors oder Litavis' vollzogen. Ein verwunschener, verfluchter Ort.«

Lorenz nuckelte an seinem Fläschchen und erging sich in Sarkasmus: »Unser Attentäter könnte im früheren Leben also Druide gewesen sein – und geht nun auf einen Rachefeldzug.«

Ein missbilligender Seitenblick strafte den »Unwissenden« mit Verachtung. »Red du nur obergescheit daher! Den Felsen unterhalb der Kirche entspringt eine Quelle, der keltischen Gottheit Borvo geweiht. Ein oben abgeflachter Felsblock diente den Druiden als Blutstein. Darauf wurden nicht nur Lämmer und Ziegenböcke, sondern auch Menschen geopfert. Die keltischen Götter waren blutrünstige Barbaren. Zu ihren Lieblingsbeschäftigungen zählte, sich an dem Gejammer und Geschrei der Gemarterten zu ergötzen. Echt miese, fiese Typen!«

Seidel zeigte sich von den ruchlosen Kelten-Killern nicht im Mindesten beeindruckt. In den alten Sagen und Legenden wimmelte es nur so von bösen Geistern und übernatürlichen Erscheinungen, in Wirklichkeit war es schon damals um Macht und Geld gegangen. »Verschone mich mit deiner Horror-Show. Das Gewäsch von Schamanen, Hexen und Heilerinnen kenne ich aus meiner Sendung zur Genüge. Oder glaubst du im Ernst, dass dort die Teufelsanbeter herumschleichen, um diesem Borvo einen Jesus-Junkie zu opfern? Der Überfall hat handfeste wirtschaftliche Motive. Dieser Pater hängt da irgendwie mit drin, und vermutlich will sich einer der Top-Getränkehersteller die Heilquelle unter den Nagel reißen. Von Volvic bis Vittel wissen wir ja, dass sich mit exotischem Marken-Mineralwasser richtig Kohle machen lässt.«

Grünauers Zähne blitzten, als er mit einem überlegenen Lächeln entgegnete: »Magst noch ein Bier? Oder möchtest lieber ein Glaserl Heilwasser? Wir sitzen hier schließlich an der Quelle.« Mit einem Wegwerffeuerzeug hebelte er den Kronkorken ab und reichte Seidel die Flasche. »Eines muss man ihnen lassen. Im Sudhaus hat den Schwarzröcken keiner etwas vorgemacht! Und einen Schnaps haben die Brüder gebrannt, so fein schon, da kannst bloß staunen!«

Lorenz Seidel seufzte tief und rieb sich die Nasenwurzel. »Ohne reines Quellwasser kein Bier, kein Obstler und kein Willy!«

Anton Grünauer ließ die elysische Essenz die Kehle hinabrinnen. »Also gut, Lenzi, reden wir Klartext. Gestern bin ich mit der Bonnie nach Sankt Leonhard hinaufgetuckert. Rings um die Kirche haben die Kriminaltechniker so ein windiges Absperrbändchen spannen lassen. Dass ich nicht lach! Das Portal war abgeschlossen, aber ich hab mich dort oben ein wenig umgeschaut. Diese Losung an der Wand, dieses ›Los von Rom‹, ist dir doch sicher nicht entgangen, oder?«

Seidel nickte emsig. »Der Spruch ist alt. Er wurde um 1900 von deutschnationalen Kreisen in Österreich geprägt, als antikatholische Parole. Nicht liberal, nicht klerikal, sondern national – so hat das damals geheißen. Aber ich seh da keinerlei Zusammenhang. Soll das eine Warnung sein oder ist es einfach nur das Geschmier einiger halbgebildeter Schwachmaten?«

Grünauer blickte ihn bedeutungsvoll an. »Sonst ist dir nichts aufgefallen? Ich meine jetzt nicht den Wortlaut, sondern die Symbolik des Schriftbilds. Los – von – Rom! Drei einsilbige Wörter, dreimal drei Buchstaben und in der Mitte jeweils ein O, also ein Kreis. Auf den zweiten Blick fällt dir allerdings auf, dass es sich eher um einen ovalen Ring, um die Ziffer Null handelt. Und da wird es interessant.«

Seidels Kinnpartie klappte herunter und seine Augen

rollten. »Jetzt hör aber auf, Toni! Das ist doch lauter esoterischer Dünnschiss!«

Grünauer straffte sich und setzte sich kerzengerade hin. »Mitnichten, Lenzi! Die Null ist ein okkultes Symbol, repräsentiert sie doch das Nichts, das Nichtsein. In uns allen steckt die Urangst vor der Leere, dem Tod, dem Moment, ab dem alles stillsteht. Eine Vorstellung, die übrigens der Gedankenwelt der Manichäer entspringt.« Grünauer befeuchtete seine Kehle mit einer Infusion des malzigen Holzhacker-Stoffs. »Die Anhänger des Propheten Mani haben Teile der persischen Mythologie und der griechischen Gnostik kombiniert und daraus ein dualistisches Weltbild erschaffen. Mit Jesus als Erlöser. Um es kurz zu machen: Am Ende der Zeit kommt es zum Entscheidungskampf zwischen Gut und Böse. Und die Gerechten, also die wahren Jünger Jesu, sind das Zünglein an der Waage.«

»Und was hat das mit ›Los von Rom‹ und deiner Null zu tun?«, stichelte Seidel.

»Gemach! Die Manichäer waren der Ansicht, dass sich in der Welt der Zahlen die reale Welt widerspiegelt. Die Null und das Nichts sind eins.«

Seidel strich sich eine widerborstige Strähne aus der Stirn. »Und was ist mit der 666 – das ist doch die Zahl des Antichristen, oder täusche ich mich?«

Grünauer grunzte ungehalten, war aber mit seinen Ausführungen zum Mysterium der Zahlen noch nicht am Ende: »Die eiförmige Gestalt der Null ist das Sinnbild des Ouroboros, je nach Lesart ein Drache oder eine den gesamten Erdkreis umspannende Schlange, die den magischen Zirkel in sich schließt. Überleg doch: Die

Null an sich ist nichts wert, aber alle anderen Zahlen wachsen an ihr zu astronomischen Größen heran. Hunderttausend, hundert Millionen, hundert Milliarden, Billionen, Trillionen. Null reiht sich an Null«, schloss Grünauer mit dem umnachteten Blick des Geistersehers.

Seidel zeigte sich von Grünauers Rechenexempel wenig beeindruckt: »Nullkommanix also. Doch das beantwortet nicht meine Frage: Wieso überfallen deine Mani-Maniacs ausgerechnet Sankt Leonhard? Wie kommt die Null an die Wand?« Grünauer zögerte, schien ernsthaft über die Kardinalfrage nachzugrübeln.

»Nun, soweit ich mich an die historischen Fakten erinnere, schenkte ein Graf aus dem Geschlecht der Falkensteiner seine Liegenschaften ›ad mons sanctus Leonensis‹ einem Mönchsorden, um hier ein Kloster zu errichten.«

»Erspar mir die Details – und weiter?«, ließ Lorenz nicht locker.

»Daraus wurde nix. Den Brüdern wurde es oben am Berg bald zu ungemütlich. Es gab nix, es wuchs nix – und der Mensch lebt nicht vom Wasser allein. Heute würde man sagen, dass der Konvent des Klosters Konkurs angemeldet hat. Um den Daumen auf ihren Besitztümern, den Jagd- und Holzrechten zu halten, setzte der Orden stattdessen einen Propst, einen Verwalter, ein, der sich wiederum ein paar Dumme suchte, die sich um die Kirche und die Wallfahrer kümmerten.«

»Jetzt komm endlich zum Punkt! Was treibt dieser Pater Cölestin dort? Gehört er diesem alten Orden an – und in welcher Funktion?«

Grünauer leerte sein Flascherl und erhob sich mit Ach und Krach, mit Ächzen und Krächzen von seinem Platz an der Abendsonne. »Gehen wir rein, langsam wird's frisch. Wie schaut's mit einem Schnapserl aus?« Dazu sagte Seidel nicht Nein – und er folgte dem Majordomus auf dem Fuß. Sie tappten durch einen schwach beleuchteten Flur und enterten wie zwei beutehungrige Piraten die Küche.

»Schatzi, wir haben Hunger. Wie schaut's mit einer kleinen Brotzeit aus?« Eine vollschlanke, in eine krachbunte Toga gewickelte Frau stand am Herd und rührte mit andachtsvoller Miene in einem Emailtopf herum. Die Frau war etwa im selben Alter wie die beiden Männer. Ihre nicht gerade figurbetonten Retroklamotten und die lila gefärbten Rastazöpfchen erweckten allerdings den Eindruck, als ob sie einer 20-jährigen Öko-Dotschen beim Afrodance-Festival die Schau stehlen wollte.

»Siehst ned, dass ich grad voll fokussiert bin? Allmächd, weißt du verfressener Säckel eigentlich, wie viel Arbeit in meiner Mondmarmelade steckt? Die Masse muss überall Blasen werfen und unter ständigem Umrühren so lang köcheln, bis sie noch ein wenig flüssig, aber auch schon geliert ist.«

Grünauer schaute betreten aus der Wäsche. »Ja, Spatzl, aber du wolltest doch vorher eine Kleinigkeit herrichten.«

Die Mondmarmeladen-Furie, die eigentlich Gundula Bause hieß, sich aber nach dem Besuch eines Eso-Seminars in den Steinkreisen von Carnac »Jeanette Le Clair« nannte, stauchte ihren Galan zusammen. »Du bsuffens

Woognscheidla, brauchst eine neue Brille? Siehst du die zwei Teller und das Brettl dort am Tisch? Nürnberger Stadtwurst, Vespermet, Zopfwürst, blaue Zipfel, gebrühte Bratwürsterl Hausmacher Art, dazu Gurken- und Tomatenscheibchen, ein Töpfchen mit selbst gemachtem Meerrettich und scharfem Kren-Senf. So, und jetzt setzt's euch in Gottes Namen hin, lasst's euch schmecken und mich meine Arbeit machen!« Jeanette hatte ein Machtwort gesprochen – und die beiden »Mannerleut« gehorchten aufs fränkische Wort. Grünauers Herzensdame war noch nie Seidels Fall gewesen. Sein alter Schulspezl hatte das Rubens-Modell aus den nördlichen Gauen Bayerns vor 20 Jahren bei einer Rastafari-Party mit Ital-Food aufgegabelt – und seitdem hingen die beiden »Hübschen« in Fernöd herum. Einmal im Jahr machte sich das »Traumpaar« für fünf bis sechs Wochen rar, um in einem Zen-Kloster im Himalaya oder einem Ashram auf Sri Lanka an seiner Bewusstseinserweiterung zu basteln. Daheim wurde »Bärli« von seiner Jeanette regelmäßig zu stundenlangen Yoga-Sitzungen samt Chakra-Meditation verdonnert. Der arme Hund, dachte Seidel. Er konnte nicht verstehen, was Grünauer an der abgetakelten New-Age-Zuchtel fand – aber jedem Tierchen sein Pläsierchen. Und kochen konnte die Gundi alias Jeanette Le Clair immerhin.

Der Hausmacher-Presssack, von handverlesenen Bio-Säuen, versteht sich, zerging ihm auf der Zunge. Die grobe Leberwurst, ohne Konservierungsstoffe und Glutamat, die Bratwurst mit einer leichten Majoran-Note, ohne Nitritpökelsalz, Stabilisatoren und Ascorbinsäure, selbstredend, dazu das feinwürzige Schwarzbrot – die fränkische Vesper war ein Gedicht. Seidel schwebte im siebten, für Hausmacher-Delikatessen reservierten, kulinarischen Himmel. Dem »Dozenten« hörte er derweil nur mit halbem Ohr zu.

»Pater Cölestin gehört dem Orden der Augustiner-Barfüßer an. Im Mittelalter waren die ›Barfüßer‹ eine strenge spirituelle Bruderschaft, die die Abkehr der Kirche von materiellen Besitztümern und weltlicher Macht forderte. Ihr Programm war radikal: Jesus in Armut und Demut dienen. Zeitweise wurden sie beschuldigt, das Abendmahl nach manichäischem Ritus zu feiern. Verstehst jetzt die Zusammenhänge?«

Seidel stopfte sich noch ein mit Kren-Senf bestrichenes Schinkenröllchen in die Hamsterbacken und kratzte sich am fleißig sprießenden Stoppelbart. »Und du denkst, dass der Überfall eigentlich Pater Cölestin galt, um ihn als Häretiker mit revolutionären Ansichten zu outen – und ihn aus seiner ›Ketzerburg‹ zu vertreiben?«

Grünauer fischte eine Schnaps-Bouteille sowie zwei zum Obstlergenuss gehörende Gläschen aus dem Einbauschränkchen unter dem Kruzifix. »Glaub mir, das sind keine Hirngespinste, das hat alles einen realen faktischen Hintergrund.« Der Brand-Meister ließ sich nicht lumpen und goss die Gläser randvoll. »Salud! Einer geht allerweil noch!«

Mit wahrer Todesverachtung kippte Seidel den »Edelbrand« aus Grünauers Heimdestille hinunter – doch er war angenehm überrascht, es schmeckte intensiv nach Fruchtaromen, war weder zu mild noch zu rassig.

»Das Marillengesöff ist ned übel, ha? Feines Aroma, ein wenig süßlich. Und der Alkoholgehalt stimmt auch: 42 Prozent.« Grünauer kam auf Pater Fromberger und »seine« Kirche zurück. »Doktor Faustus und der Pakt mit dem Teufel. Deutsch-Grundkurs, Kollegstufe, weißt noch?«

Auf Seidels Gesicht zeigte sich Unverständnis. »Goethe – ja, und? Willst du damit sagen, dass unser Pater mit Luzifer und Belial im Bunde ist? Lachhaft!«

»Ah na, du Hornochs! Liest du etwa keine Zeitung, oder was?« Grünauer kramte in einem Stapel zerfledderter Gazetten und Werbe-Postillen herum – endlich wurde er fündig. Triumphierend hielt er eine Ausgabe des »Boten« in die Höhe. »Da steht es schwarz auf weiß: Der Bischof, die Banken, die Baufirmen, die Anleger und der Landrat – allesamt wollen sie an der geplanten Leonhardi-Therme verdienen. Und dreimal darfst du raten, wer ihnen ein Dorn im Auge ist, weil er ihnen ständig in die Suppe spuckt?« Seidel verstand, dass es sich hierbei um eine rhetorische Frage handelte – und schwieg. »Die wollen den Pater loswerden – aber der ist stur. Also, was tun? Seinen Ruf ruinieren und ihn als ›Ketzerbruder‹ an den Pranger stellen. Hast es jetzt kapiert?« Seidel musterte seinen Freund, der sich noch ein Glas genehmigte. Grünauers Gedankengänge mochten sprunghaft und manchmal nicht ganz nachvollziehbar sein. Doch es sprach einiges für seine Hypothese. Hatte er nicht selbst im »Paradiso« zufällig das Gespräch dieses Widerlings Stocker mit einigen potenziellen Investoren belauscht? Hatte nicht Pater Cölestin angedeutet, dass er mit dem Machtapparat der Kirche im Clinch lag und dass ihn der Bischof etwas am Zeug flicken wollte? Die Story war abenteuerlich – doch sie nahm zusehends Gestalt an. Seidel wollte sich eben noch einmal nachschenken, da drang vom Herd her wütendes Gezeter an sein Ohr: »Brunzverreck! Sakra, warum passt des ned, des Chakra!«

ELISABETH

Der Mond war eine nackerte Kugel, einem mit Silikon aufgepumpten Busen nicht unähnlich. Sonne, Mond und Sterne – alles rund und wohlgeformt. Mochten die Schöpfungsgeschichten der Sumerer, Babylonier sowie die der Bibel auch das Gegenteil behaupten. Unser Planet war nicht flach wie eine Flunder oder eine Scheibe Südtiroler Schinkenspeck. Nein, er war kugelrund. Die alten Griechen hatten erkannt, dass sich die Scheibe am Horizont krümmte. Folglich musste Mutter Erde wie ein Pfirsich oder eine Mandarine aussehen. Mit Pythagoras & Co. hatte die Entschlüsselung der physikalischen Grundgesetze begonnen. Ein roter Faden zog sich von der Kugel des Archimedes zu den Relativitätstheorien Einsteins. Von Zirkeln und Zylindern bis zu Quanten und Quarks. Tag für Tag, Jahr für Jahr, Jahrtausend um Jahrtausend kreiste der blaue Planet auf seiner elliptischen Bahn um die Sonne – und rollte dabei wie wild auf einem von der Raumzeit gekrümmten Billardtisch herum. Nur dass bis heute niemand wusste, wer da von Zeit zu Zeit zum Queue griff.

Landrat Kajetan Ferstl war kein Adonis. Er war weder sonderlich kräftig gebaut, noch besaß er die athletischen

Attribute eines durchtrainierten Ironman. Er war ein Allerweltstyp, weder zu dick noch zu dünn, weder zu klein noch zu groß, mit einigermaßen gefälligem Durchschnittsgesicht und einem Haarschnitt, der nicht weiter auffiel. Das einzig Auffällige an ihm stellte das markante, kantig vorspringende Kinn dar, das Kampfgeist und Entschlusskraft zum Ausdruck brachte. Ferstl war mit Leib und Seele Politiker, sprich, er war Pragmatiker, Populist und Opportunist. Und zwar in dieser Reihenfolge. Loyalität und Prinzipientreue waren Fremdwörter für ihn. In seinen Mußestunden jedoch versenkte er sich mit wahrer Begeisterung in abstrakte naturphilosophische Betrachtungen. Das zweite Steckenpferd des »seit 23 Jahren glücklich verheirateten Vaters von drei Kindern« – wie es auf der offiziellen Website des Landratsamts Rosenheim unter der Rubrik »Über uns« hieß – war delikaterer Natur. Ferstl vertrat insgeheim die Ansicht, dass der Mann von Natur aus ein Jäger und Schürzensammler war und sich deshalb nicht den Zwängen und Beschränkungen monogamer Beziehungen unterwerfen mochte.

Zwei dralle, wohlgeformte Titten schoben sich in sein Blickfeld. Das platinblonde Rasseweib mit der Figur einer Stripteasetänzerin hielt, was ihr Künstlername Juicy Ljuba versprach. Die im horizontalen, mithin ältesten Gewerbe der Welt tätige Halbweltdame hieß mit bürgerlichem Namen Elzbietha Orlowski und war das, was man gemeinhin als »Professionelle« bezeichnete. Kurzum, sie verstand ihr Huren-Handwerk. Früher hatte sich Ferstl mehr als einmal in amouröse Abenteuer verstrickt. Er hatte gefährliche Liebschaften mit seiner Sekretärin oder der Wurstverkäuferin im Edeka-Laden unterhalten. Nachdem er die Sprossen der Karriereleiter hinaufgeklettert und in Amt und Würden war, hütete er sich vor amourösen Eskapaden im Nahverkehrsbereich. Da war es von Vorteil, dass Ljuba und ihresgleichen des Öfteren den Einsatzort wechselten und schon von Berufs wegen zu Diskretion und Verschwiegenheit verpflichtet waren.

Ferstl hatte zwar schon eine äußerst heikle außereheliche Affäre heil überstanden, aber er durfte die Geduld seiner Gemahlin nicht überstrapazieren. Die Whistleblower waren überall – insbesondere in den eigenen Reihen. Unter seinen »Parteifreunden« gab es einige, die nur auf einen Fehltritt von ihm lauerten. Sein Vize Filzmooser zum Beispiel, diese Laus im Pelz. Wer ein öffentliches Amt bekleidete, und sei es auch nur das des Kreisvorsitzenden der FPB, der im Land regierenden Freiheitlichen Partei Bayerns, musste stets auf der Hut sein, um nicht von den eigenen Genossen entmachtet und »liquidiert« zu werden. Er musste also diskret vorgehen – jeder Fauxpas konnte der letzte sein. Das galt beileibe nicht nur für seine Besuche bei Ljuba oder anderen Hinterhof-Hetären, sondern auch bei bestimmten grenzlegalen, dafür aber höchst lukrativen Geschäften, von denen er als stiller Teilhaber profitierte. Hier galt es, im Hintergrund zu wühlen, das Terrain zu ebnen und unauffällig die Strippen zu ziehen. Wer sich als Saubermann und ehrlicher, unbestechlicher Politiker positionierte, durfte jedenfalls unter keinen Umständen in Verdacht geraten, sich mit dubiosen Geschäftemachern wie dem Beton-Amigo Severin Stocker eingelassen zu haben.

Doch genau das hatte er getan. Ferstl war sich schmerzlich bewusst, dass ihm Stockers Lieblingsprojekt, jener luxuriöse Thermen-Tempel, den er beim »Marsch durch die Institutionen« wohlwollend unterstützt hatte, das Genick brechen konnte.

Um körperlich wie geistig am Ball zu bleiben und Stress abzubauen, justierte Kajetan Ferstl in turnusmäßigen Abständen seinen Hormonhaushalt nach. Das Lachen Ljubas klang gespreizt und affektiert. Das gehörte zum Customer Service. Seine gepflegten, fein manikürten Pfoten glitten gierig über das feste, willige Fleisch. Der blondierte Marilyn-Monroe-Verschnitt aus der weißrussischen Provinz war eine ordinäre Dorfdirne und keine hochkarätige De-luxe-Hostess, deren Honorarforderungen sein Budget überstiegen hätten. Und er schätzte ihre direkte Art. Hier musste er sich keinen Zwang antun, keine Gefühle heucheln, um zum Schuss zu kommen. Hier konnte man schnell und professionell sein Geschäft erledigen. Er grunzte wie ein brunftiger Eber, der eine rauschige Sau im Dickicht erspähte. Seine Lanze stand, zitternd vor dem Wurf – und das Abenteuer würde ihn nicht allzu teuer zu stehen kommen. So wie das Verhältnis mit seiner Sekretärin, das ihn 60.000 Euro »Abfindung« und überdies fast seinen Job gekostet hatte. Ferstl spürte förmlich, wie der Speichel aus dem Mundwinkel tropfte, wie der Saft der Manneskraft in die Lenden schoss. Die hundert Euro waren gut angelegt, durfte er sich doch gleich wie ein lüsterner Satyr auf die dralle Silikonschönheit stürzen. Ljuba streichelte ihre Feuchtgebiete und stöhnte wie eine des Kamasutras kundige Kurtisane: »Ich unten schon ganz nass. Komm – fick mich, du starker Stier!« Ljuba spreizte ihre Schenkel. Das raffinierte Miststück trug hochhackige Pumps mit nadelscharfen Absätzen, einen grellroten, mit Rüschen besetzten BH und schwarze Strapse. Ljuba wusste, wie man einen Mann auf Betriebstemperatur brachte. Sein Hirn schaltete auf Autopilot, sein Herz pumpte wie wild Blut in die Arterien, sein Unterleib war bereit.

Seine Hände umschlossen die Arschbacken des verführerisch lächelnden Luders, dann presste er ihren Leib an sich. Seine Zunge fuhr über ihre salzigen, fieberheißen Lippen, ihre harten Brustwarzen rieben an seiner behaarten Brust. Mit aufreizender Lässigkeit tastete sich ihre Hand nach unten, bis sie fand, was sie suchte. Mit letzter Willensanstrengung gelang es ihm, seine Erregung zu bändigen. Ljuba zierte sich nicht lange und arbeitete mit vollem Körpereinsatz. Kajetan Ferstl wusste das zu schätzen. Ihre im Ausland erworbene Berufsqualifikation erkannte er voll und ganz an. Die Grundbegriffe des horizontalen Gewerbes hatte sie als »Servicekraft« in einem Minsker Hotel erlernt, ihre Künste in einem Budapester Bordell verfeinert, ehe sie sich in der bayerischen Provinz als Escortdame einen Namen gemacht hatte. Mit raschen, geschickten Bewegungen massierte sie Ferstls Schwanz. »Du geile Schlampe!« Seine Augen glänzten glasig. In einem orgastischen Glücksmoment vergaß er alles um sich herum: die Abschlagszahlungen von Stocker, das auf dem Konto einer Schweizer Kantonalbank geparkte Schwarzgeld, die Provisionen, die er dem Leiter der Bau- und Planungsabteilung zugeschanzt hatte.

Er riss den biegsamen Leib an sich und forderte mit erregter Stimme: »Dreh dich um, jetzt!«

Ljuba stöhnte lasziv: »Besorg's mir, du wilder Bock!« Landrat Kajetan Ferstl war stets höflich, charmant und zuvorkommend gegenüber der Damenwelt – und als vollendeter Kavalier kam er bei den Frauen gut an. Die Gunst des weiblichen Geschlechts hatte vor drei Jahren für seine Wiederwahl gesorgt. Das hinderte Ferstl nicht daran, die Nutte gegen die Raufasertapete zu drücken. Ihr Hinterteil reckte sich ihm entgegen. Sein Glied zuckte, zitterte vor Erregung. Mit harten Stößen drang er in die enge, feuchte Spalte ein. Seine Geduld war erschöpft, so kam er schnell und ohne langes, erregtes Gekeuche zum Punkt. Ein letztes, animalisches Grunzen. Sekundenbruchteile darauf katapultierte es ihn ins Nirwana. Er ließ von Ljuba ab und gab ihr einen Klaps auf den Po. Ferstl zog sich rasch und wortlos an. So eine Sex-Session war doch Balsam fürs männliche Ego. Mit generöser Geste blätterte er einen Hunderter und dazu einen Fünfziger auf das Nachtkästchen. Wenn jemand ordentliche Arbeit ablieferte, wusste er dies zu honorieren. Ljuba steckte die Scheine kommentarlos in ihre schwarze Lederhandtasche. Als sich Ferstl anschickte, das von Frau Orlowski in der Pension »Edelweiß« angemietete Zimmer zu verlassen, zog die Dame im Evakostüm einen Flunsch. »Nächste Woche, du Fick?«

Der Landrat lächelte gönnerhaft. »Mal sehen, ob es mein Terminkalender zulässt! Ich hab momentan viel zu tun – der Ministerpräsident, dieser Lackaffe, hat seinen Besuch angekündigt.«

»Bitte komm, du guter Mann!«, bettelte Ljuba mit treuherzigem Augenaufschlag. Ferstl schielte aufs Zifferblatt seiner Rolex und schob vorsichtig die schweren geblümten Stoffvorhänge zur Seite: Die Nachmittagssonne schien hell. Draußen war keine verdächtig aussehende Person zu sehen, kein »Schatten« zu erspähen. Ferstl drehte sich ruckartig zu seiner »Herzensdame« um, die gerade in ihr flammend rotes Höschen schlüpfte. »Ljuba, sag, was würdest du mit einem Freier tun, der dich gut und regelmäßig bezahlt, aber andauernd Stress macht, dich bedrängt, zudringlich wird und dich in Schwierigkeiten bringt?« Die platinblonde Russen-Geisha hakte gerade den Verschluss ihres BHs zu.

»So ein Kunde nix gut, bringt zwar Geld, aber zu viel Ärger. Schick ihn zum Teufel. Gibt andere Männer, die auch haben Kohle!« Ferstl nickte bedächtig – das klang vernünftig. Er würde den Rat des schlauen Mädels befolgen.

BEPPO

»E viva la revolución! Hasta la victoria siempre!«, echoten seine alten Kalaschnikow-Kameraden. »E viva el Che! Patria o muerte!« Er ließ den Comandante hochleben – und die Männer skandierten im Hochgefühl ihrer heiligen revolutionären Mission: »E viva Che Guevara! Wir werden siegen.« Die holzgetäfelten Wände des kärglich möblierten Jägerstüberls waren mit Hirschgeweihen, ausgestopften Hähern und Habichten sowie dem Schädel einer Wildsau dem waidmännischen Gout entsprechend dekoriert. Der Sauschädel schien ihn heimtückisch anzublinzeln. Maxi ließ sich von den grimmig und böswillig dreinblickenden Glasäuglein des Borstenviehs nicht irritieren. Es war Zeit, dass Marx mobilmachte. Sie würden in die Fußstapfen der unsterblichen Helden des Sozialismus treten. Sie würden den bewaffneten Kampf mitten hinein ins finstere Herz des Freistaats tragen. Und er, Georg »Joe« Greiner, würde wie dereinst Mao oder Ho Chi Minh seine Truppen zum Sieg führen. Nun ja, noch war es mit seiner Guerillagruppe nicht sonderlich weit her. Aber alle großen Führer von Cäsar bis Napoleon hatten schließlich mal klein angefangen.

Um den wackligen Holztisch hatten sich seine drei verwegen aussehenden Gefolgsmänner geschart. Das

Desperado-Trio hatte bei der Kleiderwahl nichts dem Zufall überlassen und auf das klassische Outlaw-Outfit gesetzt: olivgrüne Kampfkluft im Tarnfleckmuster. Mit dem Dschungelkämpfer-Dresscode war man für alle revolutionären Anlässe passend angezogen. Ihre Bärte waren zerzaust und verfilzt. Über ihre speckigen Uniformkrägen wellte sich langes, lockiges Haar. Das Gorgonen-Haupt krönte ein tannengrünes Käppchen, stilecht mit Gamsbart sowie rotem Revoluzzer-Sternchen dekoriert. Ihre halbautomatischen Gewehre Modell AK-47 lehnten griffbereit neben der Eingangstür. AK-47 war die gängige Abkürzung für Awtomat Kalaschnikowa, obrasza 47 – die Standardwaffe der Untergrundkämpfer weltweit.

Der Erste im Bartträger-Bund, dessen Surhaxen- und Wammerl-Wanst über den Hosenbund hing, ergriff das agitatorische Wort: »Kameraden, es ist Zeit! Es ist an der Zeit, ein Fanal zu setzen! Noch ist Hopfen und Malz nicht verloren. Wir werden alle antiimperialistischen wie antikapitalistischen Kräfte unter unserem Banner vereinen. Der Sieg wird unser sein, ein Hoch auf die revolutionäre Befreiungsfront Bayerns!« Die Gamsbart-Guerilleros trommelten mit ihren Fäusten Applaus.

Ein eher schlanker, hagerer Typ mit eingefallenem Gesicht dankte seinem Vorredner Ober – und erhob sich. Mit ernster Miene und festem, der Morgenröte der Weltrevolution zugewandtem Blick hob er an: »Compañeros! Unser Kampf ist ein gerechter! Wir stehen für die höheren Ideale, für Freiheit und Gerechtigkeit ein. Genossen! Diese Welt ist aus den Fugen! Der weltumspannende Krake der Globalisierung hält Millionen von Werktätigen in seinem Würgegriff!« Wie ein Ankläger vor dem Revolutionstribunal Robespierres stützte er sich auf die fleckige, schrundige Tischplatte. »Wo wir hinsehen, sehen wir Ausbeutung und Unterdrückung, Willkür und Repression – ein Staatsapparat, der in Diensten des kapitalistischen Systems steht – und unter der Maske einer ›freiheitlichen Demokratie‹ die Menschen unters Joch des Kapitals zwingt!«

Greiner fand, dass sein Chef-Ideologe eine gute Performance ablieferte. Demagogisch und rhetorisch einwandfrei prangerte Belle – so sein Kampfname – die infamen Machenschaften der Reaktionäre, die Umtriebe der Konzerne und die Scheinheiligkeit und Heuchelei der korrupten Politikerkaste an: »Diesen Lakaien des Großkapitals, diesen willigen Helfern der Profitmacher und Wucherer, die sich vom Schweiß und Blut der Proletarier nähren, schwören wir ewige, unversöhnliche Feindschaft!«

Der dritte Revoluzzer am Tisch, ein wahrer Hüne von Gestalt, schwieg. Greiners Stellvertreter Spitz war kein Freund großer Worte, er war ein Mann der Tat. Spitz hatte das Format eines Bauernschranks, breit und kompakt gebaut, Eiche rustikal. Ein Mann, so stark und ungehobelt wie ein sibirischer Holzfäller. Doch nicht der bärenstarke Holzfäller, sondern er, der Capitano, führte das Kommando. Capitano Greiner hatte eine gewisse Ähnlichkeit mit Che Guevara, dem großen Idol aller ambitionierten Revoluzzer. Che war eine Ikone, der Inbegriff des Heroischen gewesen. Da konnte er nicht ganz mithalten. Greiner war eher der bullige, untersetzte Typ, die bayerische Variante eines Guerillakämpfers. In bedächtiger Manier schraubte er sich aus dem Sitz. In Chefpose und mit ernster Miene musterte er seine Mitkämpfer und ließ keinen Zweifel daran, dass er die Tarnhosen anhatte. »Man trägt die Revolution nicht auf den Lippen, um von ihr zu reden, sondern im Herzen, um für sie zu sterben.« Ein Zitat von Che, ebenso schmissig wie schwulstig, war unter klassenkämpferisch gesinnten Genossen ein Muss. Ansatzlos hieb der Capitano die Faust auf den Tisch, dass die Bierflaschen klirrten. »Sind wir hier in einem Debattierklub von Salon-Anarchos? Halten wir ein Schwätzchen bei Matetee und Sahnetorte?« In bajuwarischem Brummbass polterte er: »Ein Haufen Schaumschwätzer und Foamzuzler, die sich am Steinkrug festhalten? Nein, meine Herrn vom Gesangsverein!«

Belle, sein stets serviler, linientreuer Agitator, pflichtete ihm prompt bei: »Der Comandante hat recht! Wir dürfen keinen Defätismus, keinen Richtungsstreit in den eigenen Reihen dulden. Gut, wir hätten uns nicht auf dieses fragwürdige Geschäft einlassen sollen! Dass wir uns an dieser unglückseligen Aktion beteiligt haben, war im Rückblick betrachtet ein Fehler. Aber wir sind Guerilleros – wir brauchen monetäre Mittel, für Ausrüstung, für Waffen, für technisches Gerät!«

»Die Verpflegung nicht zu vergessen«, grantelte Ober halblaut.

Spitz befand lakonisch: »Mei, wo gehobelt wird, fallen Späne.«

Der schmerbäuchige Palatschinken-Partisan gab hingegen zu bedenken: »Ein altes Hutzelweiberl und ein Priester – ich bitte euch, da machen wir uns keine Freunde. Denkt nur an die negative Publicity!«

Joe strich sich nachdenklich durch den üppig sprießenden Bart – der Einwand von Compañero Ober war nicht unbegründet. »Es war ein Fehler, mit diesen Konterrevolutionären gemeinsame Sache zu machen, aber es ist, wie es ist! Hammer und Sichel werden in neuem Glanz erstrahlen. Es lebe die Revolution. Es lebe die Befreiungsfront Bayerns!«

Seine drei Mitstreiter stießen ins selbe Horn: »Patria o muerte! Wir werden siegen – oder untergehen!«

Eine Sitzung des »Exekutivausschusses« war eine ernste und manchmal auch langwierige Angelegenheit. Greiner wischte sich den Bierschaum aus dem Bart und rief Programmpunkt Nummer zwei auf: »Allgemeine und spezielle Propagandamaßnahmen zur Beförderung der revolutionären Gesinnung im Volk«. Der für die PR-Arbeit zuständige Volksbeauftragte Belle ergriff umgehend das Wort: »Unser Clip läuft seit gestern auf YouTube und anderen Streamingdiensten. Bekanntermaßen wollen wir via Videomercials Rekruten für den revolutionären Kampf werben. Ich denke, das Filmchen kann sich sehen lassen, aber schaut selbst.« Sechs Augenpaare linsten über Belles schmale Schultern, um einen Blick auf den Touchscreen des Smartphones zu erhaschen. Belle war wieder einmal als Einziger in Sachen IT-Equipment up to date. Aus dem Netz-Nirwana schälten sich zusehends schärfer werdende Bilder, die anfangs noch ruckelten, dann aber ins Laufen kamen. Der Film war aus der Hand gedreht – mit einer tragbaren Kamera. Auf ein Stativ hatte der Filmemacher verzichtet. »Ich habe eine subjektive Kameraführung gewählt, um den Live-Effekt zu betonen«, erklärte der Macher des Streifens mit sichtlichem Stolz. Joe betrachtete das Geschehen auf dem Bildschirm mit skeptischen Blicken: Kampfstiefel stapften durch eine matschig braune Soße, zwei uniformierte Gestalten, die nur von hinten zu sehen waren, bahnten sich einen Weg durchs Unterholz. Die wackeligen Bilder waren mit heroischen Schlachtgesängen untermalt. Auf die Tonspur hatte Belle ein Potpourri aus alten Partisanenliedern und Parteihymnen gemischt. Es klang schauderhaft, aber auch irgendwie martialisch und wild, fand Greiner. Szenenwechsel – als Location diente offenbar ein Waldklettergarten. Belle flüsterte ihm ins Ohr: »Der Blickwinkel suggeriert Authentizität und bezieht den Zuschauer mit ein. So können wir ohne aufwendige visuelle Effekte eine suggestive Wirkung erzeugen.« Einer der Uniformträger balancierte wie ein Slackliner auf einem elastischen, zwischen den Bäumen gespannten Gummiband, dann flog er auf einer Seilrutsche wie dereinst Tarzan im Affentempo von Baum zu Baum. Zum guten Schluss überwand der Typ im Tarn-Dress mit der Behändigkeit eines Schimpansen eine rund drei Meter hohe Bretterwand, ließ sich auf der anderen Seite ins weiche Gras plumpsen und robbte wie ein Special-Forces-Mann unter Feindbeschuss durch den Schlamm davon. Endlich schob sich ein über und über mit Schlamm beschmiertes Gesicht ins Bild, um mit finsterer, bedrohlicher Stimme zu knurren: »Schau nur zu – das kannst auch du! Sei ein Mann – hasta la victoria! Steh auf und zeig, dass du ein Kämpfer bist! Komm zu uns –

zur BAB, zur Befreiungsarmee Bayern. Denk daran, die Revolution wird nicht bei ARD und ZDF übertragen!« Nun ja, dachte Greiner, bei ihrem knappen PR-Budget gar nicht mal so übel. Ob auf das Video hin Scharen von kampfeswilligen Junior-Guerilleros unter die roten Fahnen strömen würden, wagte der »Commander-in-Chief« jedoch zu bezweifeln.

Heiteres Gelächter drang aus der Blockhütte im Wald. Der Exekutivausschuss hatte wieder einmal Einigkeit und Geschlossenheit demonstriert. Unter Schulterklopfen und Bruderküssen gab Greiner seine Pläne zum Besten: »Belle und ich haben ein Rendezvous mit Woife. Wir machen uns auf den Weg zu Depot B, decken uns mit ein paar Packerl Plastiksprengstoff ein und führen die Aktion durch. Ober, du begibst dich umgehend zur Position D und observierst den Zugangsweg E, klar?« Ober alias Hias, der mit einem Quadratschädel und einem fassähnlichen Bier-Body gesegnet war, salutierte militärisch kurz – und verschwand im Dunkel der Nacht. Greiner wandte sich an Spitz, der vor ihm stand wie die Watzmann-Ostwand. »Du gibst uns Rückendeckung! Wenn sich da oben jemand herumtreibt, egal wer, dann halt ihn uns vom Leib. Egal, wie – ich verlass mich auf dich!« Spitz nickte wortlos, umarmte ihn und griff sich seine Kalaschnikow, um beim Koordinatenpunkt G 3 Stellung zu beziehen.

Greiner und Belle blieben allein in der Jagdhütte zurück. Der Guerillaführer blickte angespannt auf die Uhr – es war Zeit aufzubrechen. »Los, drehen wir den Kapitalistenschweinen den Strom ab.«

»Und legen ihre IT-Systeme lahm.« Belle lächelte maliziös und stimmte mit heiserer Stimme ihre Hymne an: »Wacht auf, Verdammte dieser Erde, die stets man noch zum Hungern zwingt! Das Recht wie Glut im Kraterherde nun mit Macht zum Durchbruch dringt.« Die Rucksäcke geschultert, die Knarren vor dem Bauch baumelnd, schlugen sie sich in die Büsche. Der Gesang verhallte im Dunkel des Dickichts.

Die helle Sichel des Monds hob sich deutlich vom nachtschwarzen Firmament ab. Das ferne, fahle Licht tropfte durch die Zweige, sodass die Lichtung vor ihnen in einem milchigen Weiß schwamm. Frierend traten die beiden Revoluzzer von einem Fuß auf den anderen. Es war kurz vor Mitternacht und saukalt. Zumindest bestand hier im Niemandsland zwischen Tanne und Fichte kaum Gefahr, dass sie vom Feind belauert und belauscht wurden. Trotz der zur Schau getragenen Coolness fühlte sich Greiner nicht sonderlich wohl in seiner Haut. Die nächtlichen Geräusche, das Knacken trockener Zweige, das Geraschel und Gewusel tierischer Pfötchen machten ihn nervös. Irgendwie erinnerte das alles an die Mysterythriller, die er sich in seinen Mußestunden bei vier, fünf Halben zu Gemüte führte. Wieso musste man den Guerillakampf immer bei Nacht und Nebel führen – und weshalb war es in den heimatlichen Bergen so arschig kalt? Und wo blieb Woife? Er hatte ihrem Sprengmeister eine nach Geheimcode XB verschlüsselte Botschaft geschickt, die exakte Angaben zu Ort und Zeitpunkt ihres Treffens enthielt. Woife war kein Anfänger, er wusste, was er zu tun hatte: auf Verfolger achten, alle Mobilfunkgeräte ausschalten, Funkstille wahren! Doch nun hingen sie schon seit einer halben Stunde bei Depot B herum – und niemand ließ sich blicken. Noch nicht einmal Mauswiesel, Marder und Fuchs.

Er wurde das beklemmende Gefühl nicht los, beobachtet zu werden. Sein Gefühl trog nicht. Wie aus dem Nichts trat eine dunkel gewandete Gestalt aus dem Schatten der Bäume – das Gesicht trotz der nächtlichen Stunde mit Ruß geschwärzt. Woife verzog keine Miene: »Ich musste sichergehen, dass ich nicht beschattet werde. Habt's den Sprengstoff schon aus dem Versteck geholt?«

Greiner blickte finster drein und deutete nur kurz auf den Rucksack: »Drei Packerl, das langt doch wohl, oder?«

Belle beeilte sich, übereifrig wie immer, die Materialliste zu rekapitulieren: »Drei PVC-Plastikröhrchen mit Semtex-H gefüllt, zwei Ersatzmagazine zu je 30 Schuss, eine Patronenschachtel Kaliber 7,62 x 39 Millimeter.« Und ergänzte eilfertig: »Marschproviant und eine Panasonic-Kamera haben wir auch dabei. Um unser revolutionäres Werk in der Tradition eines Sergej Eisensteins zu dokumentieren.«

Woifes schwarze Schornsteinfeger-Visage verzerrte sich zu einem schiefen Lächeln. »Sauber, Compañeros! Dann steht unserem großen Auftritt ja nichts mehr im Weg. Lassen wir's krachen.«

Im Gänsemarsch ging es den Hang hinauf. Das Brummeln und Grummeln wurde lauter: »Verdammt, wie weit ist es denn noch?« – »Müssen wir wirklich da rauf?« Hintereinander erklommen sie einen steilen Steig, der sich einen von massigen Felsblöcken besäten Abhang emporschlängelte und oberhalb der Bahnstrecke durchs Hinterinntal führte. Nach einigen Minuten lastenden Schweigens zeichneten sich die Konturen eines Strommasts gegen den Himmel ab. Die unter Hochspannung stehende Überlandleitung summte und sirrte wie ein Bienenstock, der sich für den Angriff eines Hornissenschwarms wappnete. Joe murmelte Befehle, dunkle Schatten huschten hin und her.

Belle holte die Kamera heraus und begann wie wild draufloszufilmen. »Ja, gut, roll die Zündschnur aus, ganz langsam! Das wird ein cineastisches Meisterwerk wie ›Panzerkreuzer Potemkin‹.« Belle war überzeugt, dass jede noch so groß angelegte Kommandoaktion verpuffte, wenn man sie nicht propagandistisch ausschlachtete.

Joe ließ ihn gewähren, auch wenn er über Belles Begeisterung für lichtstarke Kameras und ultrahochauflösende Sensoren insgeheim den Kopf schüttelte. »Der Drei-Chip-Bildwandler des Camcorders reduziert das Farbrauschen enorm. Ideal für Drehs bei Nacht und Nebel.« Der Regisseur erteilte seinen Akteuren minutiöse Anweisungen »Super, Woife, gut so, lauf direkt auf die Kamera zu, wie Chuck Norris in ›Missing in Action‹.«

»Belle« kletterte auf einen Baumstumpf und linste mit einem Auge durch den Sucher: »Und Action!« Wie von einem Trupp grüner Teufel gehetzt rannte Woife um sein Leben. Greiner war sich der Tatsache durchaus bewusst, dass sie gefilmt wurden, und gab sich alle erdenkliche Mühe, dem Idealbild des heldenmütigen Guerilleros zu entsprechen. Wie dereinst Comandante Che warf er sich mit der AK-47 im Anschlag in Positur, so als ob er Modell für ein Partisanendenkmal stände.

Die Anschlagsvorbereitungen traten in ihre heiße Phase. Mit Genugtuung registrierte er, dass alles nach Plan A lief. Waffen und Rucksäcke lagerten unter einem Bergahorn, der sich am Rande der Schneise in wilden Windungen verästelte. Die Leitungstrasse selbst war an die 50 Meter breit. Im Abstand von 200 Metern spreizten riesenhafte Stahlträger ihre Zyklopenarme. Die sich von Mast zu Mast spannenden Kabel bildeten das Rückgrat der Hochspannungsleitung. Woife befestigte die Rohrbomben mit geübten Handgriffen an allen vier Seiten des Strommasts. Nicht eine Schweißperle glänzte auf seiner Stirn. Kalt wie eine Schäferhundschnauze, dachte Greiner anerkennend. Er selbst fieberte dem großen Moment entgegen, doch gleichzeitig wuchs seine Anspannung und er wusste nicht, wohin mit seinen schweißnassen Händen.

Woife werkelte an einem der Sprengsätze herum und erklärte seelenruhig: »Keine Panik! Semtex ist ziemlich pflegeleicht, nicht so heikel wie Nitroglycerin. Um das Zeug hochgehen zu lassen, braucht es einen Sprengzünder. Eine Kapsel, die eine kleine Menge Initialsprengstoff enthält, meist Bleiazid. Das einzige Problem daran ist, dass die Sprengladung im richtigen Moment detonieren muss, sonst hörst du die Englein Jingle Bells singen.« Initialsprengstoffe waren hochexplosiv und reagierten äußerst empfindlich auf Berührungen. Deswegen hatte sich Woife bei einem Einbruch in den Materialschuppen des Natursteinwerks Wimmer in Kirchweinting Zündkapseln made in China besorgt. Aber bei dem Glump aus Fernost wusste man ja nie. Woife hob den Daumen: »Alles klar. Ich bin so weit, die Zündschläuche sind per T-Clip an die Hauptsprengschnur angeschlossen. Ein elektrischer Impuls bringt die Ladungen über einen Zündverzögerer zur Detonation. Also packen wir's!«

Greiner rieb sich die schweißnassen Hände an der Tarnhose trocken. Was, wenn etwas schiefging? Was, wenn sie sich wie ein Idiotenhaufen selbst in die Luft jagten? Dann nahm die Revolution ein vorzeitiges, unrühmliches Ende. Nein, das durfte nicht sein!

Belle hatte die Position der Kamera sicherheitshalber ein wenig nach hinten verlegt. Joe straffte sich, ging auf ihn zu und lächelte zuversichtlich, obwohl ihn düstere Vorahnungen plagten. »Bist du bereit für den Showdown?« Belle nickte mechanisch – dem Chef-Propagandisten war sichtlich mulmig zu Mute. »Die Zerstörung der Stromleitung ist erst der Anfang. Wir werden unbeirrt voranschreiten auf dem Weg des Sozialismus.«

Belle schien nicht zu wissen, was er sagen sollte, ehe er, sich geräuschvoll räuspernd, zum gewohnten Pathos fand: »Wir werden unsere Heimat aus der Knechtschaft des Kapitals befreien.«

Es war gesagt, was in einem solch historischen Moment gesagt werden musste – und die drei Revolutionäre gingen unter dem Ahornbaum in Deckung. Was würde geschehen? Würde der stählerne Gigant wie ein Streichholz umknicken? Niemand sagte ein Wort – nur Woife zählte rückwärts: »Fünf – vier – drei – zwei – eins – Zündung!« Es dauerte nur Bruchteile von Sekunden, ehe der Zündimpuls die Sprengvorrichtung erreicht hatte. Wumm! Es gab einen dumpfen Schlag, so als ob ein China-Böller explodiert wäre. Konsterniert suchte Joe Blickkontakt zu seinem Sprengmeister. »Das gibt's doch ned! Das nennst du Sprengung?« Ein Pulverwölkchen kräuselte sich am nächtlichen Himmel, an dem der Halbmond unbeirrt seine Kreise zog. Der Strommast stand da wie Goliath. David hatte versagt, schoss es ihm durch den Kopf.

Woife zuckte mit den Achseln und murmelte in seinen Bakunin-Bart: »Saudreck, geschissener! Was sag ich immer: Von den Schlitzaugen kriegst nur Schund.« Die Enttäuschung war ihnen ins Gesicht gemeißelt – doch es half alles nichts. Der Anschlag auf die Hauptschlagader des Kapitalismus war missglückt. Er bedeutete Belle nachdrücklich, dass die Dreharbeiten beendet waren: »Aus, Ende, Cut!« Auf diesen Found-Footage-Streifen würde die Cineasten-Gemeinde definitiv verzichten müssen.

BENEDIKT

Was war kohlrabenschwarz, megabitter und roch nicht die Bohne nach Kaffee? Ein Espresso? Nein! Lorenz Seidel verzog die Mundwinkel – das dickflüssige Getränk schmeckte einfach nur schauderhaft. Er würde ein ernstes Wörtchen mit der neuen Teamassistentin reden müssen, die dieses eklige Gebräu aus dem Automaten gezapft hatte. Er schob das weiße Porzellantässchen an den Rand seines Schreibtisches, dorthin, wo sich bereits zwei Teller mit den Überresten eines Käse-Schinken-Sandwiches sowie eines Marzipan-Croissants stapelten. »Muss es sein? Ja, es muss sein!« Es war höchste Zeit, sich zu dem wartenden EB-Team zu gesellen. Die Einweihungsfeier der Seniorenresidenz war auf halb drei angesetzt. Mit der Finesse eines Mikado-Meisters zog er eine Klarsichthülle unter dem Stoß aus Aktenmappen und Schnellheftern hervor. Wie ein zweitklassiger Zauberkünstler ließ er den USB-Stick in seiner Jackentasche verschwinden. Die darauf gespeicherte Datei mit dem unscheinbaren Namen »Sankt-Leonhard.docx« hatte die Sprengkraft reinen Dynamits. Der USB-Stick hatte in einem an ihn adressierten Luftpolsterumschlag gesteckt, der gestern in seinem Posteingangskorb gelandet war. In dem Bekennerschreiben übernahm die »Patriotische Front«, eine national gesinnte Extremistengruppe, die Verantwortung für den Überfall auf Sankt Leonhard. In seinem Notizblock hatte Seidel den Inhalt des Schreibens auf drei Kernaussagen komprimiert. Sollte Grünauer mit seiner Hypothese von den »drei Nullen« am Ende recht behalten? Gab sich das Böse hier ein Stelldichein?

Das Terrorkommando »Blaues Land« berief sich auf das Selbstverteidigungsrecht der hier heimischen, germanischen Völker, sich dem Zustrom fremdrassiger Zuwanderer zu erwehren. Diese würden, als Flüchtlinge getarnt, absichtlich ins Land geholt, um den muslimischen Glauben zu verbreiten. Führende katholische Würdenträger seien insgeheim zum Islam konvertiert – und würden deshalb ihren Glaubensbrüdern Asyl und Schutz gewähren. Was für ein bodenloser Unfug! Solch abwegige Thesen vertraten nicht einmal die Propagandisten der Identitären Bewegung. Seidels kritisch geschärfter Verstand zweifelte deshalb an der Authentizität des Schreibens. Zudem fehlten einige wesentliche Bindeglieder in der Kausalkette. Kein Wort über die Motive für den Überfall auf Sankt Leonhard. Kein Wort über die Beweggründe der Bluttat, kein Wort über Pater Cölestin! Wie passte der Pater ins Bild? Fromberger mochte eine Art christlicher Fanatiker sein, der Armut und Demut predigte, aber er zählte seines Wissens keineswegs zu den Geistlichen, die sich für Flüchtlinge engagierten oder von Abschiebung bedrohte Afrikaner zum Mesner ernannten.

Eine seiner letzten Sendungen hatte sich mit dem Thema »Kirchenasyl« beschäftigt. Und er hätte aus dem Stegreif mindestens zwei streitbare Gemeindepfarrer benennen können, die sich als konsequente Asyl-Aktivisten geoutet hatten. Pater Cölestin hatte hingegen die gängige Praxis des Kirchenasyls in mehreren seiner »Episteln« als missbräuchlich und verwerflich kritisiert. Das »Blaue Land« hatte also das falsche Anschlagsziel gewählt. Grünauers Gerede von Kelten-Göttern, Barfüßer-Mönchen und Internet-Ketzern hörte sich für ihn gleichfalls wenig überzeugend an. Diese Geschichten klangen einfach nicht plausibel. Irgendetwas stimmte nicht, passte nicht zusammen. Für den Überfall auf Sankt Leonhard musste es andere, gewichtigere Gründe geben. Und zwar ein monetäres Motiv – manche Menschen gingen für die materiellen Dinge des Lebens bekanntermaßen über Leichen.

Und da war noch etwas, das ihm seltsam vorkam. Weshalb war dieses angebliche Bekennerschreiben erst Tage nach dem Überfall aufgetaucht? Wieso war es bei ihm und nicht bei SAT1, RTL oder dem ZDF gelandet? Er arbeitete schließlich nicht bei Al Jazeera respektive Al Bavaria, sondern als Reporter bei einem Lokalsender mit örtlich begrenztem Sendegebiet. Dem »Blauen Land« müsste doch daran gelegen sein, ein möglichst breites Publikum zu erreichen, um Unterstützer und Sympathisanten für die »rechte Sache« zu werben. Lorenz Seidel strich sich ums Kinn. Wie war er da nur hineingeraten? Erst das sonderbare Mail dieses »Dan Brown« und jetzt der obskure Bekennerbrief. Den Mordanschlag auf ihn nicht zu vergessen. Oder hatte er sich die SUV-Attacke nur eingebildet? Was sollte er mit dem kruden Elaborat anfangen? Sollte er seinen Spezl Quirin Berger einweihen? Oder damit den Reißwolf füttern? »Verdammt, warum gerade ich? Haben diese Irren keinen anderen Deppen gefunden?«, brach der gerechte Zorn des aufrechten Wächters der Wahrheit aus ihm heraus. Er war kein investigativer Journalist, Politik tangierte ihn nur peripher. Geschweige denn nationalistische Ideen oder Bewegungen. Seidel engagierte sich prinzipiell für nichts und niemanden, nicht für den Erhalt irgendwelcher Feuchtbiotope, nicht für die bedrohte Tierwelt und erst recht nicht für irgendwelche idiotischen Ideologien, egal, ob links oder rechts gedreht. Und Religion? Mit religiösen Themen und Fragestellungen beschäftigte er sich nur, um seine Brötchen und Bierchen zu verdienen. Es gehörte zu seinem Job, irgendwelche Lokalgrößen und Provinz-Potentaten zu interviewen. Ihm war es völlig schnuppe, ob er eine pausbäckige Klima-Medusa oder Landrat Kajetan Ferstl, ob er einen Imam der Fundi-Fraktion oder Bischof Innozenz Böck vor der Linse hatte. Hauptsache, der Laden brummte und die Kohle stimmte.

Seidel streifte sein Sakko von der C&A-Stange über und schlenderte zum Aufzug, der ihn schnurstracks in die Tiefgarage befördern würde. Böck und Ferstl würden zweifellos bei der Einweihungsfeier der Seniorenresidenz Sankt Benediktus auflaufen. Er hatte das Bild schon vor sich: zwei Heuchler vor dem Herrn, die dieses »entsetzliche Verbrechen entschieden verurteilten« und hohle Phrasen dreschen würden. Aber was half alles Lamentieren: Dienst war Dienst und Schnaps war Schnaps. Er verließ den Aufzug und steuerte auf den Team-Van zu. Ein scheues Lächeln rötete seine Hamsterbäckchen. Kamerafrau Ricarda »Ruck« Hoog war damit beschäftigt, das Equipment im Heck des VW-Transporters zu verstauen. »Hey, Mädel, alles klar auf der Andrea Doria?«, begrüßte er seine Kollegin von der technischen Abteilung.

Hoog schob das Stativ neben den Kamerakoffer und drehte sich zu ihm um: »Ey, Lenzi, mit dir doch immer! Machen wir uns vom Acker, es wartet ein Haufen alter Knacker.«

Der Stick wog schwer in der Innentasche seines Sakkos. Neben dem Bekennerschreiben befanden sich sechs Bilder im üblichen JPG-Format darauf. Diese dienten, wie es im Begleittext der Patrioten-Fraktion hieß, zu »Illustrationszwecken«. Eine unfachmännisch unterbelichtete Aufnahme zeigte ein düsteres, von Spinnweben verhangenes Kellergelass. Auf dem zweiten, grob unscharfen Bild war ein Steinblock, eine Art Altar, zu erahnen, von weißen Tüchern verhüllt. In seiner Mitte ein siebenarmiger Kerzenleuchter, eine jüdische Menora also. Bild Nummer drei zeigte einen Mann in nutellafarbener Mönchskutte, der hinter ebenjenem Altar einen silbernen Kelch in die Höhe reckte. Das vierte Foto richtete den Fokus auf zwei seiner Mönchsbrüder, die mit brennenden Kerzen in Händen auf einer Büßerbank knieten. Ihre Gesichter blieben unter hohen Ku-Klux-Klan-Kapuzen verborgen. JPEG-Datei_05 bestärkte Seidels Verdacht, dass blutige Leica-Laien die »Regie« geführt hatten. Auf der Fotografie waren nur schemenhafte Umrisse zu erkennen, die von einem Nimbus geisterhaften Lichts umwabert wurden. Das sechste Foto tanzte aus der Reihe: das Porträtbild eines bulligen, untersetzten Kerls, der an einer Holzhütte irgendwo in den Bergen lehnte. Er hatte sich zwar auch ein Mönchsmäntelchen übergestreift, die Kapuze aber unten gelassen. Dafür hatte er sich ein Palästinensertüchlein um Hals und Mund gewickelt und seine Augen hinter einer verspiegelten Sonnenbrille versteckt. Schräg vor der Brust trug er ein Gewehr, das genauso gefährlich und tödlich aussah wie die Knarren irgendeiner Sonder- oder Eliteeinheit im Außeneinsatz am Hindukusch.

Halblaut leierte Seidel eine Passage des Schreibens herunter: »Der Anschlag war erst der Anfang. Das Dritte Reich wird kommen – mit aller Macht und Herrlichkeit!« Gequirlte Kacke oder eine ernst zu nehmende Drohung, fragte sich Seidel zum wiederholten Mal. Andererseits: Was kümmerte es ihn, wenn die »blauen Jungs« von der patriotischen Front vom eschatologischen Endkampf zwischen den Söhnen des Lichts und denen der Finsternis schwärmten? Es war reichlich unwahrscheinlich, dass an den endzeitlichen Prophezeiungen dieser Kapuzen-Kasperl etwas dran war. Düsternis verdunkle den heiligen weiß-blauen Himmel, et cetera pp. Elendige Schwarzfärber! Seidels Hand umklammerte den USB-Stick, um seine Mundwinkel ein spöttischer Zug. Gut, es sprangen genügend durchgeknallte Irre herum, die in ihrem Wahn glaubten, den Code der Evangelien geknackt zu haben, mit Jesus per Du zu sein, und vom Sieg des Guten über das Böse, über die »Hure Babylon« schwadronierten. Arme Irre – armes Bayern. Wieso konnte er nicht einmal eine Volksmusiksendung moderieren, mit einem C-Promi auf einen Gipfel spazieren oder sich von einer anerkannten Trachtler-Koryphäe in die Geheimnisse des Goaßlschnalzens initiieren lassen. Aber nein – es musste ja unbedingt der Pater von Sankt Leonhard sein.

Wie üblich fand sich nirgends ein Parkplatz. Eigentlich war für die Medienvertreter ein Plätzchen reserviert worden, doch was hieß schon eigentlich. Jedenfalls stand dort, wo sie hätten stehen sollen, ein Ambulanzwagen der Malteser. Die Herrin der Objektive fluchte wie ein Rohrspatz: »Stellen sich mit ihren Krankenkübeln überall hin, ey! Frechheit, ey! Is ja wohl noch keine Mümmelmumie aus den Pantinen gekippt, ey! Wenn unser Bayern-Boss demnächst hier aufkreuzt, dann ist totales Chaos angesagt, ey!« Seidel schwieg eisern und grunzte nur wie der Souffleur einer auf Eichelsuche befindlichen Wildsau-Rotte. Seine Stimmung näherte sich dem Nullpunkt. Dieser Dreh war nervig genug, doch jetzt drehten sie auch noch eine Ehrenrunde nach der anderen. Was machte er hier, in den tiefsten Niederungen der Provinz? Weshalb war er nicht längst Auslandskorrespondent in Washington oder zumindest Chefreporter beim Bayerischen Rundfunk? Er, ein Mann von seinen Qualitäten, ein verkanntes multimediales Genie. Ricarda Hoog war auf Hochtouren – und quasselte ohne Punkt und Komma: »Echt abgefahren, ey! Diese Typen sind krasse Brachialos! Irre, ey, räumen die Kirche aus und machen den Popen platt.« Sie kurbelte wie wild am Lenkrad herum, doch keine Parkgelegenheit weit und breit.

»Und wer hat die Horror-Show inszeniert, was denkst du, Sweetheart?«

»Quatsch, ey, nix steckt dahinter! Diese Schmierereien, das ist nur so eine Chamäleon-Nummer! Da hat einer Stress gemacht und die kleinen Monster haben auf Krawall geschaltet, das war's. Die waren voll auf Adrenalin.« Endlich kam Land in Sicht. Die Parklücke war groß genug für ihren Van. Eilig packten Seidel und Hoog ihre sieben Fernsehsachen: Kamerakoffer, Stativ, Tonkoffer. Die heimischen Klänge von Tuba, Trompete und Tschinelle wiesen ihnen den Weg.

Die Blaskapelle mühte sich redlich, einen dem feierlichen Anlass angemessenen getragenen Choral zu intonieren. Inmitten des mit Steinplatten ausgelegten Patios plätscherte ein Springbrunnen. Weißgewandete Ober und schwarzbeschürzte Kellnerinnen eilten geschäftig zwischen den Biertischen hin und her. Bei der Einweihungsfeier der luxuriösen Vier-Sterne-Seniorenresidenz Sankt Benediktus übte man sich nicht in falscher Bescheidenheit. Die vollzählig angetretene Provinzprominenz ergötzte sich an den vom Haubenkoch der »Alten Schmiede« zubereiteten Amuse-Gueules. Einige von Alter und Siechtum gezeichnete Tattergreise hatte man als Alibimaßnahme ins Freie gekarrt und samt Rollstuhl und Rollator an den »Depperltisch« abgeschoben. Die aus ihrer gewohnten Umgebung gezerrten Heimbewohner blinzelten verwirrt in die Sonne oder sabberten teilnahmslos vor sich hin. Pater Cölestin saß mitten unter ihnen. Wie Jesus beim letzten Abendmahl brach er eine Baguettestange entzwei und tunkte ein Stückchen Brot in eine Schüssel voll Curry-Crevetten-Suppe. Eine der geistig verwirrten Alten schnappte mit gichtgekrümmten Fingern nach dem feinen Happen und stopfte ihn hastig in ihren zahnlosen Mund. Nach rechts und links grüßend bahnte sich derweil seine Eminenz der Bischof einen Weg durch die verhalten applaudierenden Gäste. Die Schar der Mümmelgreise samt seinem »Amtsbruder« ignorierte er geflissentlich. Ricarda Hoog folgte ihm, die Kamera im Anschlag. Wie ein Gutsherr der alten Zeiten betrat Böck das Podium, um die Rosenheimer Hautevolee mit herablassender Grandezza zu begrüßen. Sichtlich erstaunt bemerkte Seidel, dass seine Eminenz die Prunkgarderobe samt Mitra und Bischofsstab im Schrank bei den Mottenkugeln gelassen hatte und stattdessen ein schlichtes schwarzes Priestergewand trug.

In seiner Ansprache rühmte Bischof Böck die überwältigende Spenden- und Hilfsbereitschaft seiner Gemeinde: »Der Geist der Caritas ist hier, in unserem ehrwürdigen Bistum, ebenso greifbar wie lebendig. Es wärmt mein Herz und erfüllt es mit Freude, dass wir, dem Gebot der Nächstenliebe folgend, den Alten und Schwachen helfen, die Bürden des Herbsts ihres Lebens mit Würde zu tragen.« Seidel schluckte – das konnte ja heiter werden. »Diesem urchristlichen Gebot unseres Herrn Jesus Christus trägt die hier und heute feierlich eröffnete Wohn- und Pflegeeinrichtung Sankt Benediktus in vorbildlicher, ja exemplarischer Weise Rechnung.« Lorenz' Adlerblicken entging nichts. Die Logenplätze in der ersten Reihe hatte wie üblich die eingesessene Honoratiorengilde okkupiert. Mit betont herzlicher, etwas zu jovial geratener Geste übergab der Bischof das Mikro an den »weltlichen Arm«, an Landrat Ferstl, der auch als Präsident des Stiftungskuratoriums fungierte. Im Vorbeigehen schnappte sich Lorenz ein frisch gezapftes Pils vom

Silbertablett einer geschäftig herumwuselnden Kellnerin. Er nahm einen tiefen Schluck, um sich gegen das drohende Unheil zu wappnen. Kajetan Ferstl war ein Sonntagsredner, ein Schwätzer übelster Couleur. Mit wahrer rhetorischer Wonne ließ er triviale Spruchweisheiten vom Stapel, erging sich in ausschweifenden Lobhudeleien, um am Schluss die soziale Solidarität zu rühmen, die aus der christlich geprägten Ethik des Miteinanders erwachse. Nein danke! Die dem Weißwurst-Carpaccio des mehrfach ausgezeichneten Kochschürzenträgers zusprechenden Gäste klatschten zwischen zwei Bissen folgsam Applaus. Nur Ricarda Hoog stand reglos wie die Statue einer griechischen Göttin, die Kamera fest ans Auge gepresst.

Das Pils war leer – Seidel gähnte. Ferstls Eloge war endlich an ihrem Endpunkt angelangt. Er wühlte hektisch in den Taschen seiner Trachtenjoppe, nestelte einen zerknitterten Fetzen Papier hervor, um ihn wie eine Kreuzesfahne in die Höhe zu halten. Einem altrömischen Volkstribunen gleich, hieb er sich mit der blanken Faust auf die stolzgeschwellte Brust. »Jetzt ist es amtlich, meine lieben Mitbürger. Wir verfügen hier über eine Quelle, aus der klares Gebirgswasser von einer besonderen Reinheit und Heilkraft sprudelt.« Ferstl fuhr fort, dass er kraft seines ihm übertragenen Amtes eine Untersuchung der Wasserqualität der Leonhardi-Quelle angeordnet habe. Unter Federführung des Referats III B »Wasser & Boden« des Landratsamts Rosenheim hätte das Laborinstitut Salutas die entnommenen Proben einem aufwendigen Prüf- und Testverfahren unterzogen. Nun lägen die Ergebnisse der chemischen Analyse vor – und sie fielen eindeutig aus. Ferstl, der in etwa wie der zu kurz geratene Doppelgänger des großen George Clooney aussah, stützte sich aufs Pult, um sich zu seiner vollen Körpergröße von einem Meter 75 aufzurichten. Es stünde zweifelsfrei fest, dass das Wasser aus der Felsquelle unterhalb von Sankt Leonhard extrem viele Mineralstoffe enthalte – über 2.500 Milligramm pro Liter. »Dieser von Natur aus hohe Mineralisierungsgrad ist entscheidend für die Qualität eines Heilwassers«, verkündete Ferstl seine frohe Botschaft. Seidel sah sich nach der Bedienung um. Er brauchte jetzt dringend ein Bier. Was blubberte der Schmarrnkübel da? Es ging hier um die Eröffnung eines Seniorenheims, eines »Leuchtturmprojekts der Menschlichkeit«, wie es in der Pressemitteilung vollmundig hieß. Wen interessierte da der Calcium- oder Kaliumgehalt der Leonhardi-Quelle? Hatte Ferstl das falsche Manuskript eingepackt, den Redetext für seinen Auftritt beim Symposium der Brau- und Getränkeindustrie?

Wie der Umweltreferent des Brauerbunds, der die irreführende Berichterstattung bezüglich der Glyphosatrückstände in bayerischen Bieren zu rügen hatte, rückte der Landrat die Brille auf seiner schmalen, aristokratischen Nase zurecht: »Ebenso wichtig wie der Mineralstoffgehalt, meine Damen und Herren, ist die Art der im Wasser enthaltenen Mineralien. Calcium zum Beispiel ist ein unverzichtbarer Baustoff des Körpers, da dieses Grundelement den Knochen Festigkeit und Struktur gibt.« Seidel fasste es nicht – doch Ferstl war nicht zu stoppen. Magnesium sei unerlässliche Nervennahrung und beuge Herz- und Kreislauferkrankungen vor. Hydrogenkarbonat sorge für ein ausgeglichenes Säure-Basen-Verhältnis und schütze vor Übersäuerung. »Ein Liter pro Tag genügt, um bis ins hohe Alter fit, rege und rüstig zu bleiben.« Ihm war längst klar, dass das Gerede vom Jungbrunnen nur als Tarnmäntelchen diente, um Stimmung für die geplante Vitalia-Therme zu machen. »Die Leonhardi-Quelle weist nur vergleichsweise geringe Spuren an Natrium, Chlorid oder Sulfat auf – und dies bedeutet wiederum …« Nach einer übertrieben langen Kunstpause schloss er mit triumphierendem Lächeln: »… dass wir hier inmitten unserer unberührten Natur einen kostbaren Schatz, einen Gesundbrunnen entdeckt haben!« Zwei leicht geschürzte »Wassernixen« in weiß-blauen Kostümchen schlüpften hinter einem Vorhang hervor und kredenzten dem Bischof und dem Landrat ein Glas Wasser. Beide prosteten sich mit leutseliger Macher-Miene zu. Die Magnaten-Matronen in den vorderen Reihen klatschten vor Begeisterung in die Hände. Nach und nach brandete auch in den hinteren Rängen Beifall auf, ja es waren vereinzelte Bravo-Rufe wie nach einer gelungenen Opernarie zu vernehmen. Sollte er auf sein Pils verzichten und zur Sprudelflasche greifen? Nein, für einen Weisen aus dem Bayernland war Bier das wahre Lebenselixier.

PETRUS

Die »Bedürftigen« stürzten sich wie ein ausgehungertes Rattenrudel aufs kalte Buffet. Die Damen und Herren der »höheren Gesellschaft« delektierten sich an Roasted Beef, Boeuf Stroganoff, Garnelenschwänzen, Rotbarben und Sankt Petersfisch vom Holzofengrill.

Einem der erlauchten Gäste war der Appetit indes gründlich vergangen. Unter Aufbietung eines Höchstmaßes an Selbstverleugnung gelang es Severin Stocker, eine gleichmütige, ausdruckslose Miene zur Schau zu tragen. Innerlich schäumte er. Die Flammen des Zorns loderten fieberrot. Sein erster Impuls war, ans Rednerpult zu stürmen, um den heuchlerischen Pharisäern die Leviten zu lesen. Die aufgetischten Delikatessen hatte er kaum angerührt, die in knallengen Röcken steckenden Knackärsche der Kellnerinnen keines Blickes gewürdigt. Seine Eingeweide krampften sich vor Wut zusammen. Er hatte einen galligen Geschmack im Mund und seine Kehle war wie ausgedörrt. »Dieser hinterhältige Lump. Sich von mir den Arsch pudern lassen und mich dann kalt lächelnd abservieren wollen. Na warte, du mieses Stück Scheiße.« Er verspürte den Drang, Ferstl durch einen Dunghaufen zu schleifen und anschließend einer gründlichen Gesichtswäsche in der Kloschüssel zu unterziehen. Gäbe es nur einen Funken von Gerechtigkeit und Anstand in dieser Welt, würde er dort vorne am Podium stehen, mit dem Lorbeerkranz auf dem Haupt.

Es hatte einiger Überredungskunst bedurft, um eine Gruppe handverlesener Investoren – darunter Bischof Böck – zu überzeugen, dass eine exklusive Seniorenresidenz durchaus lukrative Renditen abwarf. Der in seinem Projektbüro geplante Bau orientierte sich in Sachen Einrichtung und Ausstattung an den höchsten Standards. Für eine optimale medizinische Versorgung und eine Eins-a-Betreuung plünderten die alten Sackgesichter ihre Sparstrümpfe und verscherbelten ihr letztes Hemd. Denn das allerletzte Hemd hatte bekanntlich keine Taschen. Um dem Projekt ein karitatives Feigenblatt zu verpassen, hatte er angeregt, vier Plätze für soziale Härtefälle zu reservieren. Das Grundstück am Sonnenbichl hatte der Stadt gehört und der Rosenheimer Oberbürgermeister Wiesinger hatte es ihm – gegen einen kleinen Gefallen – zum Freundschaftspreis überlassen. Gut, an dem Geschäft hatte er nicht schlecht verdient. Die De-luxe-Therme in Sankt Leonhard würde jedoch noch bedeutend mehr abwerfen. Wenn er denn den Zuschlag erhielt – und die Verträge unterschrieben waren. Stocker ballte die Fäuste. Dieses Fuchsgesicht mit der Statur eines drittklassigen Dressmans besaß die Chuzpe, sich als großen Visionär, ja als Heilsbringer hinzustellen. Dabei hatte allein er das Thermenprojekt initiiert und gegen alle Bedenken und Widerstände vorangetrieben. Ferstl hatte sich lediglich als Bedenkenträger hervorgetan – und die Hand aufgehalten. Dieser hinterhältige Jakob! Ihn würde niemand aufs Abstellgleis manövrieren, ihn nicht. Er würde diesen Auftrag bekommen, das Projektmanagement übernehmen und die goldene Gans schlachten, niemand sonst. Seine Naba Bau GmbH würde dieses Bauvorhaben realisieren, koste es, was es wolle. Dass es bei einem Projekt dieser Größenordnung zu unvorhersehbaren Kostensteigerungen kam, konnte ihm niemand ankreiden. Von irgendetwas musste ein Unternehmer ja leben.

Wer im fremden Revier wilderte, der lebte gefährlich. Zur Not würde er Ferstl und Konsorten mit einer Sonderzahlung abfinden. Und wenn sein Widersacher zufällig unter die Räder eines Radladers kam – auch gut! Unfälle passierten. Tragisch, aber nicht zu ändern. Angewidert schob Stocker den Teller mit Meeresfrüchten von sich. Nicht einmal einen gescheiten Leberkäs oder eine fetttriefende Schweinshaxe gab es hier. »Sternekoch-Küche, dass ich nicht lach! Nicht einmal ein Schnitzel kriegen's hin, diese Haubentaucher«, quetschte er zwischen zusammengebissenen Zähnen hervor. Er musste hier weg, musste auf die Toilette, um den üblen Geschmack in seinem Gaumen loszuwerden. Unter der von überhöhten Blutdruckwerten herrührenden Röte seines von Saufeskapaden und Fressorgien aufgedunsenen Gesichts war Stocker aschfahl. Auf dem Weg zur Toilette wäre er beinahe mit einem ihm flüchtig bekannten Fernsehreporter, der ein frisch gezapftes Pils in Händen hielt, zusammengerumpelt. »Pass doch auf, du Arschgeigen. Hast du überhaupt eine Ahnung, was so eine Countrymodenjacke von Bolero kostet!«

In den Augen des Reporters lag ein verschlagener Ausdruck. »Ja, der Herr Stocker, habe die Ehre! Einen verdorbenen Scampi-Spieß erwischt? Oder war das Bierchen schlecht?« In seinem Blick lag die überhebliche Arroganz dieser aufgeplusterten Schmierfinken-Zunft.

Stocker gab Kontra: »Halt gefälligst deine vorlaute Goschen, sonst gibt's eine dicke Lippe, Burschi!« Stocker sah dem windigen Provinz-Paparazzo mit grüblerischer Miene nach. Sollte er ihm ein paar brisante Papiere, Kontoauszüge et cetera zuspielen? Sollte er die Daumenschrauben anziehen, um den Bischof unter Druck zu setzen? Ein gefährliches Spiel, bei dem er höllisch aufpassen musste, nicht selbst unter die Räder zu geraten. Sein »Imperium« stand auf tönernen Füßen, seine Rücklagen waren fast aufgebraucht. Er brauchte dringend frisches Kapital. Andererseits, ein anonymer Hinweis auf die vom Landratsamt – gegen gewisse Vergünstigungen – tolerierten Verstöße diverser hier ansässiger Firmen gegen geltende Umweltauflagen würde seinen Ex-Amigo gehörig in die Bredouille bringen. Seine Parteifreunde würden Ferstl fallen lassen wie eine heiße Kartoffel – und schlimmer noch, seine Geschäftspartner würden die Bratwurst auf kleiner Flamme rösten. Bei der Vorstellung musste Stocker grinsen. Seine Laune hatte sich schlagartig gebessert.

ÄGIDIUS

Sie lagen Seite an Seite, wie zwei im Kampf um Troja gefallene Helden. Wie Achilles und Patroklos waren Andreas Stuffer und Egid Schwarz auf der Walstatt geblieben. Selbst im Tode war das fest geknüpfte Band einer wahren Männerfreundschaft nicht zerrissen. Die vierschrötigen Bergbauernsprösslinge aus dem Weiler Gmeingeiging hatten ihr Lebtag lang zusammengehalten wie Pech und Schwefel. Stuffer und Schwarz waren seit dem Sandkasten unzertrennlich. Wie Winnetou und Old Shatterhand waren die beiden Blutsbrüder miteinander auf die Jagd in die Wälder und zu den Gebirgsjägern gegangen. Gemeinsam hatten Schwarz und Stuffer bei Preisschießen und Schützenfesten reihenweise gravierte Glaspokale, handbemalte Schützenscheiben aus massiver Buche und andere Trophäen abgeräumt. Gemeinsam hatte sie bei einer Patrouille unter der fernen Sonne des Hindukusch der Heldentod ereilt. Ihr Tod erinnerte an ein Wilderermelodram aus dem vorletzten Jahrhundert. Die wackeren Schützen waren aus dem Hinterhalt erschossen worden. Nur die Täterrolle hatte gewechselt: Kein meineidiger Revierförster, sondern ein Turban-Taliban hatte die Blutsbrüder auf dem Gewissen. Tempora mutantur et nos et mutamur in illis, wie es der Lateiner so trefflich sagte. Die Zeiten änderten sich – und wir uns in ihnen.

Die Särge der beiden Unteroffiziere vom Gebirgsjägerbataillon 222 waren in der leer geräumten, mit schwarzem Flor behangenen Leichenhalle des Rosenheimer Friedhofs aufgebahrt worden. Die Gmeingeiginger Meisterschützen waren zwar im bundesdeutschen Sold gestanden, im Inneren ihres Herzens aber bayerische Patrioten geblieben, die die weiß-blauen Farben der Heimat in Ehren hielten. In einer notariellen Erklärung hatten die beiden strammen Gebirgsschützen verfügt, dass im Falle ihres Todes die Eichensarkophage nicht nur mit dem schwarz-rot-goldenen, sondern auch mit dem weiß-blau rautierten Flaggentuch geschmückt werden sollten. Und man hatte ihren letzten Willen respektiert.

Das Heldenbegräbnis würde mit allem gebotenen Pomp inszeniert werden. Man hatte die Gebirgsschützenkompanie Großgrain in Marsch gesetzt, um am Grab ihrer Kameraden Salut zu schießen. Gestandene Mannsbilder mit wallenden, teils graumelierten Bärten und militärisch kurz geschorenen Haaren, die in Erwartung ihres großen Auftritts ein Bier nach dem anderen aus dem von der Brauerei Irrlinger gespendeten Fass Freibier zapften. In aller Herrgottsfrühe waren bereits die Lieferwägen von Floristen und Dekorateuren angerückt, um Trauergestecke und mit schwarzen Schleifchen umflochtene Kränze um die Särge zu drapieren. Zu der für Punkt 12 Uhr angesetzten Trauerfeier würde jeder anrücken, der im Bayernland Rang und Namen hatte. Den im Kampf gefallenen Vaterlandsverteidigern würden Vertreter der Lokal- und Landespolitik, von Verbänden, Gruppierungen und Vereinigungen ihre Referenz erweisen. Landrat Kajetan Ferstl hatte mehrmals mit der Staatskanzlei telefoniert, um endlich auf höchster Ebene Gehör zu finden. Landesvater Ägidius Sonnöder hatte eigens einige wichtige Termine ab- und sein Kommen zugesagt. In dem vorab veröffentlichten Presse-Release hieß es: Der Ministerpräsident »bedauere zutiefst den Tod der beiden tapferen Gebirgsjäger, die im Rahmen eines Auslandseinsatzes zur Bekämpfung des Terrorismus ihr Leben verloren hatten«. Auf diese Nachricht hin hatte sich Bischof Böck »spontan« dazu bereit erklärt, die Trauerfeier für die heldenmütigen Anti-Terror-Kämpfer höchstselbst zu zelebrieren.

Wo die Granden aus Politik, Religion und Gesellschaft gehäuft auftraten, waren die Vertreter der vierten Gewalt nicht weit. Beim Schaulaufen auf der großen Grabstätten-Gala durfte Seidels Sender nicht fehlen. Der Sender-Chef hatte alles aufgeboten, was er an Sende- und Übertragungstechnik aufzubieten hatte: Der betagte Ü-Wagen samt Satellitenschüssel am Dach blockierte für jeden sichtbar die Auffahrt zum Friedhof. Es waren extra zwei Kamerateams im Einsatz, die die Angehörigen der beiden Gefallenen auf Schritt und Tritt begleiten, sowie zwei VJs, die sich als »Stimmenfänger« unters Fußvolk mischen sollten. Lorenz Seidel würde als offizieller Vertreter des Senders den Trauerfeierlichkeiten beiwohnen. Sprich, er hatte die Arschlochkarte gezogen.

Dem Anlass entsprechend hatte sich Lorenz mächtig in Schale geschmissen. Zum dezenten Anzug in gedeckten Farben trug er eine weinrote Krawatte, mit dem

Logo des Senders, einer weiß-blauen, in einer Satellitenschüssel rotierenden Weltkugel, gebrandmarkt.

Rosenheim befand sich im Ausnahmezustand. Der halbe Ort war auf den Beinen, um den Helden vom Hindukusch das letzte Geleit zu geben. Seidel lehnte am vorderen Eck der Backsteinmauer, die den Gottesacker zur Gänze umschloss. Seine Kamerafrau hatte er an die »Front« geschickt. Auf Ricarda Hoog war diesbezüglich Verlass. Im Geiste sah er ihr von blonden Schillerlöckchen umwelltes Gesicht vor sich. Ihre Hamsterbäckchen von ausgiebigen Grappa- und Gin-Tonic-Gelagen gerötet. Er hörte förmlich, wie sie sich mit rauer Reibeisenstimme durch die schwarzgewandete Schar boxte und zwängte: »Mann, aus dem Weg, ey! Pass auf, du Arsch, ey!« Wie durch ein Kaleidoskop sah Seidel, wie sich die Sony-Schöne über ein Absperrband schummelte, um sich die beste »Schussposition« hinter dem offenen Grab zu sichern. Wenn es darum ging, die besten Bilder einzufangen, kannte Ricarda Hoog kein Erbarmen. Sie würde mittendrin und live dabei sein, wenn die beiden Särge auf den Schultern ihrer grau uniformierten Kameraden zu Grabe getragen wurden. »Vox populi, vox dei, ey!« Nach Ende der Zeremonie wäre er an der Reihe, um Sonnöder, Böck und den ein oder anderen B-Promi vor ihre Kamera zu lotsen. Wie in einem Déjà-vu sah er die Szene vor sich: Der Landesvater würde mit ernster, aber gefasster, der Bischof mit grämlicher, aber blasierter Miene dastehen. Mit fester Stimme würden sie ihre Bestürzung über die verabscheuungswürdige Tat kundtun. Hundertmal dieselbe mit Laienschauspielern besetzte Schmierenkomödie, dachte Seidel. Ergänzt um ein paar Profi-Mimen, die die Kunst der Verstellung aus dem Effeff beherrschten.

Noch war man am Rosenheimer Friedhof mit den Präliminarien beschäftigt. Noch war keiner der honorigen Gäste in Sicht. Seidel schaute nach oben. Über den Himmel segelte kein Wölkchen. Ideale äußere Bedingungen. Die güldenen Gottessöhne auf den schmiedeeisernen Kreuzen glänzten in der Sonne. Die Emailschildchen unter dem Gekreuzigten erstrahlten im leuchtenden Weiß der Unschuld. »Über die Toten nur Gutes«, besagte eines der lateinischen Sprichwörter. Egal, ob diese nun auf Wolke sieben jubilierten oder im Fegefeuer der Eitelkeiten brutzelten. Lorenz Seidel war alles andere als ein Hirschhorn-Hardliner mit einem Faible für althergebrachte Bräuche. Spektakuläre Bühnenaufführungen unter dramatischem Theatergedonner hatte er jedoch immer gemocht. Die bayerisch-barocke Opulenz einer »schönen Leich« war für ihn unerreicht. Der Tod wurde mit theatralischem, ja schwulstigem Pomp in Szene gesetzt. Bei einem feierlichen Leichenbegängnis wurde der Verstorbene wie dereinst die keltischen Stammeshäuptlinge auf den Schild gehoben. Bei der Gelegenheit konnten die Hinterbliebenen über die Vergänglichkeit des Seins sinnieren. Was war der Mensch? Ein elendes, erbarmungswürdiges Geschöpf. Futter für die Würmer. Irgendwann würde einem selbst das letzte Stündlein schlagen. Gottlob wusste man nie, wann. Der Spatz in der Hand war einem dann doch näher als die Tauben auf dem Dach.

Ein leises, fast melancholisches Lächeln huschte über Seidels Lippen. Die Sonne stieg höher und höher. Der trutzige Kirchturm warf kaum mehr einen Schatten. Die Sandsteinquader des mittelalterlichen Monstrums nahmen die erdige Farbe von dunklem Ocker an. Der Messingknauf ganz oben auf der Turmspitze glitzerte im Schein der Sonne. Ein schöner Tag, zu schön fast, um vor Sonnöder & Co. den Bückling zu machen. »Scheiß drauf!« Seidel stieß sich von der Friedhofsmauer ab. Nur Sekunden später schoss ihm ein scharfer, bohrender Schmerz in den Rücken. »Verflucht, diese Bandscheiben, Hölle.« Mit schmerzverzerrtem Gesicht humpelte er zur Tassilo-Linde, unter deren mächtigen Ästen sich eine Sitzbank befand. Die alte Linde markierte den höchsten Punkt einer keilförmig vorspringenden Hügelzunge, die sich gut und gerne 15 Meter über die roten Dächer der Rosenheimer Altstadt erhob. Seidel ließ sich ächzend nieder. Von hier oben genoss er einen Panoramablick auf den Marktplatz und den Hohlweg, der seitlich von ihm zum Kirchberg hinaufführte. Von seiner Bank aus würde er das Defilee der Trauergäste aus der Distanz betrachten können.

Die Menschen standen dicht an dicht. Die Fahnen vor dem Rathaus hingen auf Halbmast, die Geranien auf den Balkonen hatten eine Extraration Blumendünger abbekommen. Drossel, Fink und Star zwitscherten aufgeregt im Geäst über ihm. Aus den Seitengassen drückten und drängten noch mehr Schaulustige auf den Platz, der eh schon rappelvoll war. Seidel nieste, schniefte und schnäuzte sich in ein zerrupftes Tempotaschentuch. War zu allem Überfluss auch noch eine Pollenallergie im Anmarsch? Immerhin verspürte er kein Brennen, keinen Juckreiz in den Augen – noch nicht. Seidels Blick war klar und ungetrübt, wie er sich rasch vergewisserte. Und die Bandscheiben mussten zumindest heute noch durchhalten. Das Kriegerdenkmal war mit Kränzen überhäuft. Vier Gebirgsschützen hielten mit geschulterten Stutzen die Ehrenwache. Breitkrempige Stopselhüte, aufpolierte Schnallenschuhe, rote Wadenstrümpfe, krachlederne Kniebundhosen, haselnussbraune Röcke. Stählerne Absperrgitter und ein Großaufgebot von Sicherheitskräften sorgten dafür, dass auf dem Platz eine Gasse für den Aufmarsch der »Matadoren« freiblieb. Seidel erspähte Kommissar Berger inmitten eines Pulks Uniformierter. Bei solchen Anlässen trug er stets seinen speckigen schwarzen Ledermantel im KGB-Style. Der Kommissar ruderte wie wild mit den Armen herum, um seine Instruktionen mit der gebotenen Dringlichkeit zu unterstreichen.

Unter den Klängen eines schwermütigen Trauermarschs wälzte sich vom Untermarkt her der Lindwurm der Provinzpotentaten herauf. Bürgermeister Willy Wieshuber und Landrat Kajetan Ferstl bildeten die Spitze der Phalanx, dahinter ein langer Rattenschwanz von C-Promis. Die halbseidenen Kumpane der beiden Verstorbenen hatte man ans Ende des Aufzugs verbannt. Die zerzausten Haudegen der Oberländer Sauf- und Raufszene fühlten sich unter all den Frack- und Anzugträgern sichtlich unwohl in ihrer grobporigen Haut. Im Stile eines römischen Senators grüßte Landrat Ferstl mit huldvoller Geste in die Runde. Er schüttelte hie und da eine ihm entgegengestreckte Hand, war jedoch auf eine gewisse Distanz zu seinen Untertanen bedacht. Beim letzten irdischen Gang hatte alles seine hierarchische Ordnung, wusste jeder um seinen Platz. Der Aufmarsch der Rosenheimer Dignitäten war allerdings nur der Prolog des Schauspiels. Die wuchtig dröhnenden Kirchenglocken läuteten den ersten Akt ein. Seidel schnippte ein paar Staubkörnchen von seinem dunklen Anzug und hielt nach seiner Kamerafrau Ausschau, konnte Hoog aber nirgends ausmachen.

Das Gedrängel und Geschiebe auf dem Platz wurde immer heftiger und aggressiver, bis der Menschenauflauf zu einer teigigen Masse verklumpte. Abgerissene, zerlumpte Gestalten, die in schlecht sitzenden Anzügen an ihrem Flachmann nuckelten und den Rummel ringsherum sichtlich genossen. Die Streuner, Strolche und Vaganten wirkten, als ob sie einer Genreszene Bruegels entsprungen wären. Sie hatten es nicht eilig, nutzten die günstige Gelegenheit, um das ein oder andere Portemonnaie aus Hand- und Gesäßtaschen zu stibitzen. Den feinen Herren, allen voran Landrat Ferstl, war die Ungeduld auf die gekrauste Stirn tätowiert. Der Autokorso mit dem Ministerpräsidenten und dem Bischof an Bord ließ auf sich warten. Sonnöder war bekannt für seine herrische, ruppige Art, mochte er nach außen hin auch den grundgütigen Patriarchen mimen. Er war sich seiner Ausnahmestellung bewusst – er konnte es sich leisten, zu spät zu kommen.

Ferstls Pressereferent gab dem Kapellmeister auf dem Podium ein Zeichen und die unter seiner Fuchtel stehende Blaskapelle Rauhholzen stieß ins Horn. Seidel lauschte. Er war zwar kein Meister des volkstümlichen Fachs, aber er registrierte sofort, ob Trommler oder Trompeter auf der Höhe waren. In die markige Melodie des »Alten Kameraden« mengten sich jedoch unüberhörbare Dissonanzen. Dass man diese Gurkentruppe zur musikalischen Rahmengestaltung angeheuert hatte, lag nicht an deren Virtuosität. Für ihr Engagement sprachen persönliche Gründe: In ihren Jugendjahren hatten die beiden Helden bei der Rauhholzener Musikkapelle erste musikalische Gehversuche unternommen, ehe sie Posaune und Flügelhorn mit dem G 36 vertauscht hatten. Es war also Ehrensache, dass die »Rauhholzener« ihren Kameraden den Marsch bliesen, auch wenn sie nicht zur ersten Garnitur der hiesigen Blasmusikszene zählten. Ihr Dirigent schwang seinen Taktstock mit der Gebärde eines Maestros an der Mailänder Scala, aber die »Alten Kameraden« tanzten mutwillig aus der Reihe. Der Tuba-Typ pumpte seine roten Pausbäckchen auf, sein Instrument röhrte wie eine waidwunde Elchkuh. Im Verein mit Posaunen und Trompeten erinnerte der Klang an eine Punk-Band, die im Dünnbierdelirium eine vom Free Jazz inspirierte Nummer probte. Mit einem Röcheln verstummte die Tuba. Der Musikus sprang hektisch von seinem Sitz hoch und beugte sich über die Brüstung. Er würgte und kotzte sich fünf Maß Bier plus zwei Pfund Leberkäs aus dem Leib. Die Umstehenden versuchten dem drohenden Malheur zu entrinnen, wichen kreischend zurück, da platschte ihnen auch schon die volle Ladung vor die Füße. In Seidels Gesicht zuckte es – doch er lachte nicht.

Ein Raunen ging durch die Menge. In der Ferne war das dumpfe Brummen schwerer Motoren zu vernehmen. Aufgeregte Stimmen riefen durcheinander: »Er kommt! Sonnöder kommt!« Vom Untermarkt her näherten sich die schwarzen Panzerlimousinen der chromfunkelnden Karawane. Die Erregung der Menge war mit Händen zu greifen. Das vorderste Fahrzeug der Kolonne hielt unmittelbar vor dem Podium. Den drei folgenden Nobelkarossen entstiegen finster aussehende Bodybuilder-Burschen mit kurzgeschorenem Haupthaar. Unter den halb offenen Sakkos lugten in Schulterholstern steckende Pistolen hervor. Sonnöders Leibwächter verstanden ihr Handwerk. Sie bildeten einen Schutzwall um die vorderste Limousine und kommandierten die Einsatzkräfte der Bereitschaftspolizei und des Bundesgrenzschutzes wie Schulbuben herum. Der Chef der Leibwächter winkte Berger ungeduldig heran und blaffte etwas in sein Walkie-Talkie. Eine surreal anmutende Szenerie, die Seidel an einen Agententhriller des Film Noir erinnerte. Nachdem der Platz gesichert war, öffnete der Chauffeur den Schlag der Limousine. Mit der Resolutheit eines Alphagorillas wuchtete sich Ministerpräsident Ägidius Sonnöder aus seiner Staatskarosse.

Sonnöder war ein Bulle von einem Mann. Er strich sein akkurat gescheiteltes, aschblondes Haar nach hinten und ließ unter dem dunklen Kamelhaarmantel ein beiges Sakko sehen. Er war hier der Chef im Ring. Seine feisten, fleischigen Wangen, sein mächtiges, energisches Doppelkinn legten die Vermutung nahe, dass er kein Asket und Kostverächter war. Sonnöder hatte mit Erfolg einige Polit-Skandale ausgesessen und war derzeit die unumstrittene Nummer eins im Land. Er schob sich durch den Kordon der Securityleute und winkte mit lausbubenhaftem Lächeln seinem Volk zu. Der Ministerpräsident war ein Showman vom Scheitel bis zur Sohle, der Charme und Charisma besaß – und um seine männliche Ausstrahlung wusste. Die »First Lady«, ein unscheinbares Blondchen mit maskenhaften Botox-Zügen, hatte er zu Hause in München gelassen. Nun schälte sich auch Bischof Böck aus der Limousine. Seidel registrierte verwundert, dass er wiederum ein schlichtes Priestergewand gewählt hatte und sich bei der Begrüßung der Menge in Bescheidenheit und Demut übte. In der servilen Haltung von Domestiken eilten Ferstl und Wieshuber herbei, um vor dem »Herrn Ministerpräsidenten und seiner Eminenz« den Kotau zu vollführen.

Seidel grinste gehässig und tastete die Innentaschen des »maßgeschneiderten« Sakkos nach seinem Zigarettenetui ab. Zufällig fiel sein Blick auf die am Kriegerdenkmal Wache stehenden, wie in Stein gemeißelten Gebirgsschützen. Waren die vorhin nicht zu viert gewesen? Hatte er den fünften Mann übersehen? Lorenz kam mühsam auf die Beine und humpelte zur hölzernen Balustrade vor. Der stechende Schmerz im Lendenwirbelbereich war einem dumpfen Pochen gewichen. Wieso nur hatte er die Ibuprofen zu Hause vergessen? In den Ästen über ihm zirpte und tschilpte die froh vergnügte Vogelschar. Die Schützen sahen aus der Ferne aus wie siamesische Zwillinge. Dunkler Vollbart, Festtagsmontur, die Büchse geschultert. Seidel sah genauer hin: Einer der Männer war hinter dem Denkmal verschwunden, auf dem die Bronzefigur eines königlich-bayerischen

Grenadiers ihr Bajonett in den Himmel spitzte. Hatte er eine Maß zu viel intus wie vorhin der Tuba-Typ? Lorenz konnte nicht recht erkennen, was dort unten vor sich ging. Dazu war sein Blickwinkel zu ungünstig. Er hatte den Eindruck, dass der Kerl an seinem Stutzen herumhantierte. Wollte er den Riemen des Gewehrs enger schnallen?

Seidel stockte der Atem. Wurde er hier Zeuge eines Attentats – unfähig, ins Geschehen einzugreifen? Seidel sah einen grobkörnigen Super-8-Streifen vor seinen Augen flimmern. John F. Kennedy winkte unbeschwert in die Menge. Wiederholte sich die Geschichte? Damals Dallas, heute Rosenheim. Täuschte er sich oder montierte der Kerl ein Zielfernrohr auf die Büchse? Ein bezahlter, als Gebirgsschütze verkleideter Killer? Für einen Wimpernschlag setzte sein Herz aus. Wieso hatte er keine Kamera zur Hand? Weshalb nahm niemand Notiz von dem Attentäter? War der Mord von langer Hand geplant, steckten die Sicherheitsleute Sonnöders mit dem Meuchelmörder unter einer Decke? Der Ministerpräsident ließ die Ehrenbezeugungen der vor ihm buckelnden »Vasallen« mit stoischer Gelassenheit an sich abperlen. Dann ging alles ganz schnell – wie im Zeitraffer. Der Gebirgsschütze, der keiner war, ging hinter einem Müllcontainer in Stellung, zielte und schoss – einmal, zweimal, kurz hintereinander. Die Schüsse peitschen über den Platz. Schlagartig brach Panik aus. Hysterisches Geschrei tönte vom Platz herauf. Das tumultuarische Gewimmel verwandelte die Menschenmenge in ein wirres Knäuel. Der Besuch Sonnöders, das Begräbnis der Helden – alles war nun Nebensache. Jetzt, wo es galt, den eigenen Arsch zu retten. Vergeblich versuchten die Bodyguards einen Keil in die Wand aus menschlichen Leibern zu treiben, um die Verfolgung des flüchtigen Schützen aufzunehmen. Um die Menge zurückzudrängen, zogen die Security-Boys ihre Waffen und gaben Warnschüsse ab. Der Attentäter war unterdessen aus Seidels Gesichtsfeld verschwunden. Angesichts des Großaufgebots an Sicherheitskräften würde der Loden-Rambo nicht weit kommen. Alles war in Bewegung, alles lief und rief durcheinander. Nur die vier Gebirgsschützen harrten wie in Erz gegossen auf ihrem Posten aus. Seidel richtete sein Augenmerk auf das Podium inmitten des sich rasch leerenden Platzes. Eine Gestalt im dunklen Anzug lag davor, die Gliedmaßen unnatürlich verrenkt. Eine Blutlache breitete sich unter dem leblosen Körper aus. Seidel hatte schon viel erlebt, aber ein Mord am Ministerpräsidenten? Das war eine neue Dimension des Terrors. Da tauchte die massige Gestalt Sonnöders inmitten einer Traube von Bodyguards auf. Er war offensichtlich am Leben und brüllte aus Leibeskräften irgendwelche Befehle. Seidel bemerkte, wie sich der Bischof über den am Boden liegenden Mann beugte und das Kreuzzeichen schlug. Nerven hatte er, das musste man dem unbeugsamen Hardliner lassen. Hinter ihm stand Bürgermeister Wieshuber, der offensichtlich nicht wusste, wie ihm geschah, und sich verwirrt umsah. Der Tote lag stumm und starr in seinem Blut. Juicy Ljuba hatte einen treuen Kunden verloren. Patroklos und Achilles alias Schwarz und Stuffer hingegen würden demnächst Gesellschaft in Walhall bekommen.

KAJETAN

Es war eine Nacht der langen Schatten. Straßenlaternen warfen ihre Lichtkegel auf die im Dunklen liegende Allee. Rechter Hand breitete sich buschiges Brachland. Linker Hand bot eine von Stacheldrahtrollen bekränzte Mauer einen trostlosen Anblick. Die dahinter liegenden Gebäude einer ehemaligen Kaserne waren nur zu erahnen. Hierhin hatte man im Zuge einer Strukturreform Teile der Rosenheimer Polizeibehörden ausgelagert. Wie in einem Gangsterfilm der 50er-Jahre bog eine schwere Limousine ums Eck und kam auf leisen Pneus angerollt. Die Scheinwerfer des Wagens warfen ihr hartes Licht auf die Stäbe eines Stahltors. Wie von Geisterhand bewegt, öffnete sich das tonnenschwere Tor. Die Limousine querte einen gepflasterten Hinterhof und hielt vor dem Notausgang eines lang gestreckten Baus, der dereinst die Stabsabteilung des Artilleriebataillons 235 beherbergt hatte. Drei zwielichtige, wie drittklassige Gangsterbosse ausstaffierte Gesellen entstiegen dem bei näherer Betrachtung reichlich ramponiert aussehenden Vehikel. Die Männer schlugen die Krägen ihrer Mäntel hoch und zogen die Schiebermützen in die Stirn. Die Besucher wurden bereits erwartet. Vor dem hell erleuchteten Ausschnitt eines Hintertürchens zeichnete sich ein schattenhafter Umriss ab. Der Schattenriss winkte seine Gäste heran und bedeutete ihnen, sich leise und möglichst unauffällig zu verhalten: »Psst, keinen Mucks! Kommt's – da lang.« Oberkommissar Quirin Berger übernahm das Kommando – und Seidel, Holzinger und Grünauer folgten ihm auf Zehenspitzen. Sie schlichen an der verwaisten Pförtnerloge vorbei. Berger gebot seinen hinter ihm hertrippelnden Spießgesellen Einhalt: »Ihr wartet's hier.« Er verschwand hinter einem Mauervorsprung – und kurz darauf flammte das neongrelle Licht der Deckenbeleuchtung auf. »Hier herüber, die Luft ist rein. Pointner, unser Pförtner, dreht um die Zeit immer eine Runde um den Bierautomaten, und wenn wir unverhofft auf Kollegen treffen, dann seid ihr wegen einer Zeugeneinvernahme hier, verstanden?« Seidel nickte wie ein nach einem Fleißkärtchen gierender Musterschüler.

Am hintersten Ende des Flurs lag ein mit elektronischen Gerätschaften und IT-Infrastruktur vollgestopfter Raum. Aus dem Server-Kabuff nebenan drang das monotone Surren der schönen weiten Web-Welt. Der abblätternde Putz, die traurig vor sich hin funzelnden Leuchtröhren sowie die mit Ermittlungsakten vollgestopften Eisenregale beeinträchtigten das Wohlfühlambiente des »Souterrain-Office« beträchtlich. Die drei blickten sich verwundert um. Holzinger strich mit den Daumen prüfend über die zentimeterdicken Ablagerungen auf den Archivregalen. »Die Akten da herinnen haben schon ein wenig Staub angesetzt, ha! Von wegen ›Cold Case – kein Opfer ist je vergessen‹.«

Seidel hackte in die gleiche Kerbe: »Erinnert ein wenig an Rübezahls Rumpelkammer.«

Grünauer würdigte die innenarchitektonische Gestaltung mit keinem Blick und kroch zwischen den Kabelsträngen herum, um die Gerätetechnik einer genaueren Inspektion zu unterziehen. Es ertönte ein anerkennender Pfiff: »Nicht schlecht, der Specht! Nicht übel, der Dübel! Die technische Ausstattung, echt State of the Art. Hätte ich euch Provinz-Bullen gar nicht zugetraut.«

»Logo, unsere System-, Sicherheits- und Netzwerktechnik ist auf dem neuesten Stand. Was denkst du denn«, entrüstete sich Berger. Grünauer plumpste unsanft auf einen orangeroten Plastikstuhl und ließ die Fingerknöchel knacken. Dann legte er mit der Fingerfertigkeit einer Stenotypistin los.

Holzinger lugte ihm über die Schulter: »Was hast vor, alter Hacker? Willst dich in die Rechner des BKA oder des BND einschmuggeln?« Seidel warf nun auch einen Blick auf den Monitor: Zahlenkolonnen galoppierten zusammen mit hieroglyphischen Zeichen über den Bildschirm.

»Wo denkst du hin, ich bin ein anständiger Bürger. Es wäre aber nicht verkehrt, Einblick in die Akten unserer Tatverdächtigen zu nehmen. In die von Severin Stocker zum Beispiel.«

Berger war die Anspannung ins Gesicht geschrieben: »Toni, Schluss jetzt. Im Polizeinetzwerk hast du nichts verloren. Die merken doch, wenn du dich hier einloggst.« Er legte eine kurze, theatralische Pause ein, bevor er fortfuhr: »Ich brauche eure Hilfe. Wenn ich nicht bald Ergebnisse präsentiere, darf ich demnächst im Rahmen eines EU-Austauschprogramms im Norden Lapplands Schneemobile kontrollieren.«

Grünauer drehte sich im Sitz herum: »Wundert mich jetzt nicht, dass ihr Bullen ein Problem habt. Es wundert mich vielmehr, wie es dem Attentäter gelungen ist, trotz eures Staraufgebots einfach so von der Bildfläche zu verschwinden. Das wirft doch Fragen nach der Effizienz der Polizeiarbeit auf.«

Berger murmelte etwas Unverständliches. Einen Haufen von Amateurdetektiven in seine Ermittlungen einzubeziehen, kam einem Offenbarungseid gleich. Der Kommissar lief mit hinter dem Rücken verschränkten Armen hin und her, bevor er endlich mit einem Ruck stehen blieb und seine alten Schulfreunde der Reihe nach musterte. »Der Attentäter juckt mich nicht. Das ist Chefsache. Das Attentat auf den Ministerpräsidenten erfüllt den Tatbestand des Hochverrats. Es handelt sich um einen Angriff auf die verfassungsmäßige Ordnung. Den Fall bearbeiten die Landesstaatsanwaltschaft und das LKA in München. Wenn ihnen nicht das BKA in den Brei spuckt.«

Grünauer lachte übermütig: »Wo ist dann das Problem, Berger? Lass die Top-Cops ran. Du bist aus dem Schneider und kannst in aller Ruhe an deinem Pale Ale zuzeln. Va bene!« Der Server-Crack machte eine Handbewegung, als ob sich die über ihnen schwebende dunkle Wolke in nichts auflöste.

»Schön wär's«, entgegnete Berger trocken. »Es ist nur so: Unser neuer Dienststellenleiter Polizeidirektor Grimme macht mächtig Dampf im Weißwurstkessel. Unser ›Schmalspur-Sherlock‹ vertritt aus unerfindlichen Gründen die Ansicht, dass das Attentat auf den Ministerpräsidenten in einem ursächlichen Zusammenhang mit dem Überfall in Sankt Leonhard steht. Es heißt, dass Sonnöder in Grimmes Büro einen veritablen Tobsuchtsanfall bekommen und eine rasche Aufklärung der Hintergründe verlangt hätte, sonst würden Köpfe rollen. Persönlich denke ich, dass das eine mit dem anderen nichts zu tun hat, aber Ober sticht Unter.« Doch Berger war noch nicht fertig mit seinem Lamento: »Sonnöder soll unserem Chef offen gedroht haben. Angeblich hat er von ihm verlangt, eine Reihe von Razzien im Extremisten- und Salafistenmilieu durchzuführen – und in einer groß angelegten Verhaftungswelle die führenden Mitglieder der Szene in Haft zu nehmen! Ja, er soll von der Einrichtung eines Guantanamo II gesprochen haben.«

Seidel schüttelte mitleidig den Kopf. »Das ist doch alles Humbug. Gerüchte, nichts weiter. Sonnöder ist doch nicht blöd. Der weiß genau, was politisch durchsetzbar ist und was nicht.« Dann machte er einen nicht ganz uneigennützigen Vorschlag: »Nehmen wir doch mal an, dass es zwischen beiden Verbrechen tatsächlich eine Verbindung gibt. Sollten wir uns da nicht zuerst mit der Person beschäftigen, die von der Kugel getroffen wurde – dem Opfer?«

Holzinger wandte, ganz Pragmatiker und Phlegmatiker, ein: »Na ja, was soll das bringen? Ferstl geriet doch nur zufällig in die Schusslinie. Das führt doch zu nichts.«

Grünauer, der als begeisterter Verschwörungstheoretiker stets für konspirative Konstrukte zu haben war, widersprach: »Wir sollten das checken. Die erste Frage bei Agatha Christie & Co. lautet doch immer: Kannten sich Opfer und Täter? Wenn es Querverbindungen zwischen dem Landrat, diesem Pater Cölestin und unserer national gesinnten Räuberbande gibt, hätten wir vielleicht ein Motiv. Lass uns die Tat mithilfe einer Fallanalyse rekonstruieren.«

»Und wie willst du das anstellen?«, erkundigte sich Berger missmutig.

Seidel konterte: »So schwer kann das nicht sein. Nehmen wir mal an, dass es eine geheime Absprache zwischen dem Landrat, unserem rührigen Bauunternehmer Stocker und den Attentätern gab, eventuell ein konspirativer Zirkel, der jetzt aufzufliegen droht.«

Grünauer war sofort Feuer und Flamme: »Entern wir die Server des Landratsamts, dann wissen wir mehr.«

Berger schritt energisch ein: »Stopp jetzt, wir sind hier nicht bei Anonymous. Ich bin der ermittelnde Beamte in dem Fall, ich gebe die Befehle. Welche technischen Mittel wir nach Rücksprache mit der Staatsanwaltschaft einsetzen, um an für den Fall relevante Informationen zu gelangen, bestimme alleine ich.«

Grünauer quengelte: »Berger, mach dich locker. Lass mich das erledigen. Scheiß auf die richterliche Anordnung.«

Bergers Hals verfärbte sich korallenrot. Er hatte genug von dem großsprecherischen Getue Grünauers. Der Kommissar krallte sich die Tastatur und sperrte mit einer nur ihm geläufigen Tastenkombination den Zugang zu den polizeieigenen Informationssystemen: »Stopp! Du lässt die Finger von unseren Fallbearbeitungs- und Fahndungssystemen. Die internen IT-Anwendungen sind tabu. Wenn du in Stockers oder Ferstls Mülleimer herumwühlen willst, dann von zu Hause aus. Falls du bei deinen Recherchen zufällig auf ein Überweisungsformular mit dem Vermerk ›für Mordanschlag A, für Killer B‹ stößt, lass es mich wissen.« Grünauer blickte beleidigt aus der Wäsche. Berger breitete seine Arme in einer ebenso einladenden wie versöhnlichen Geste: »Wir müssen in dem Fall zusammenarbeiten. Ihr seid meine V-Männer, mein Secret Service! Bei der Kripo ist es wie überall, in deiner Bank, Holzinger, oder bei dir im Sender. In jedem zweiten Büro hockt ein intrigantes Arschloch, das hinterrücks an deinem Stuhl sägt und dir andauernd ans Bein pinkelt. Ihr seid mein A-Team, ich zähl auf euch!« Grünauer grinste wie ein Haifisch im Becken. Und auch Seidel kam um ein süffisantes Lächeln nicht umhin.

Mit dürren Worten brachte Berger seine frisch ernannten »Zielfahnder« auf den aktuellen Stand der Ermittlungen. Die Faktenlage war dünn wie die Eisschicht auf dem Tinninger Weiher Anfang Dezember – und die Ermittler tappten weitgehend im Dunklen. Bergers Stimme klang kühl und neutral: »Es ist anzunehmen, dass Sonnöder das Primärziel des Attentäters war, aber es ist nicht zweifelsfrei erwiesen. Es wäre durchaus möglich, dass Bischof Böck das eigentliche Anschlagsziel war. Auch wenn sich die Chefriege auf das ›Sonnöder-Szenario‹ eingeschossen hat.«

Seidel schaltete sich ein: »Böck würde Sinn machen. Der Bischof ist ja selbst in den eigenen Reihen nicht unumstritten: Seine hochfahrende, selbstherrliche Art, seine ultrakonservativen Positionen in Fragen wie der Kommunion für Geschiedene, der Priesterehe oder anderen theologischen Streitfragen haben gelinde gesagt für Irritation gesorgt. Mit seinem kompromisslosen Kurs hat er sich eine Menge Feinde gemacht, die den nicht mehr zeitgemäßen Ultra-Reaktionär gerne loswerden wollen.« Seidel sah sich um und suchte in den Mienen seiner Mitstreiter zu lesen.

Holzinger sah verwirrt drein: »Gibt es jetzt einen Zusammenhang zwischen dem Mordanschlag und dem Überfall oder nicht? Ich komm da ehrlich gesagt nicht mehr ganz mit.«

Grünauer gab sich selbstgefällig: »Holzinger, überleg doch, es liegt doch auf der Hand, dass es da eine Wechselbeziehung gibt. Das spür ich im Urin!«

Berger ließ seinen frisch ernannten Hilfssheriff ins Abseits laufen: »Dann ab aufs WC! Wir wissen nicht, worin die Verbindung besteht, wenn es denn eine gibt. Aber einen Trumpf haben wir doch noch im Ärmel.« Er bleckte sein Raubtier-Gebiss. »Kommt's her und schaut euch das an.« Er rückte ein paar Plastikstühle zurecht und puffte Holzinger mit einem anzüglichen Grinsen in die Seite. »Ich muss dich leider enttäuschen, Holzinger, kein Porno mit Dolly Buster oder Gina Wild in Action!« Berger ließ eine Disc spielerisch um den Zeigefinger kreiseln. »Top secret, Täterwissen. Kein Wort darüber, zu niemandem. Haben wir zwei Tage nach dem Anschlag erhalten, frei Haus per DHL-Packerl.«

Lorenz Seidel schluckte schwer. Die Sache wurde ja immer absurder. Das Bekennerschreiben des »Blauen Lands« lag noch immer in der untersten Schublade seines Sekretärs. Er hatte das ominöse Machwerk nie für bare Münze genommen. Ein Fake – mehr nicht! Wie es aussah, hatte er sich getäuscht, unter Umständen einer Straftat, der Unterschlagung von Beweismitteln, schuldig gemacht. Wieso hatte er den Stick unter Verschluss gehalten? Warum hatte er das Ganze als gegenstandslose Effekthascherei abgetan? Weil er die Kutten-Clowns für Trittbrettfahrer, für wichtigtuerische Maulhelden hielt? Hatte er in seiner selbstgerechten Überheblichkeit einen gravierenden Fehler begangen?

Als wären sie an der Hochschule für Film und Fernsehen, schulmeisterte Berger: »Unsere Experten von der Kriminaltechnik haben das Videomaterial untersucht und analysiert. Fingerabdrücke oder DNA-Spuren – Fehlanzeige. Die simple Dramaturgie und die schlechte Bildqualität legen den Schluss nahe, dass wir es mit Laien zu tun haben! Oder mit professionellen Kriminellen, die so tun, als ob. Aber schaut selbst.« Leise surrend verschwand die silbrige Scheibe im Schacht des Abspielgeräts. Lorenz Seidel rutschte unruhig auf der orangeroten Sitzschale herum. Er ahnte, was nun kommen würde. Das »Blaue Land« – Teil zwei! Die Aufnahmen waren teils unscharf, das Bild verwaschen, die durchlaufenden Streifen erinnerten ihn an seine alten VHS-Kassetten. Es war wenig mehr zu sehen als ein kahler Raum, dessen Einrichtung aus einem Holztisch bestand. An der Wand dahinter hing eine rote Fahne, ein schwarzer, fünfzackiger Stern in deren Mitte.

»Modernes Wohnen«, bemerkte Grünauer spitz.

»Da steppt der Russen-Bär«, sekundierte Holzinger.

»Einen Moment noch, gleich kommt's«, versuchte der Kommissar die Spannung hochzuhalten. Zuerst waren nur diffuse Schatten zu sehen, dann traten zwei Gestalten vor die Kamera. Sie posierten in olivgrünem Guerilla-Look vor der roten Fahne. Militärmonturen, keine Mönchskutten, stellte Seidel verblüfft fest. Die beiden Untergrundkämpfer, Freischärler oder was auch immer sie vorgaben zu sein, hatten ein Gewehr geschultert: »Schnellfeuergewehr Typ Kalaschnikow, neuere Modellvariante«, zischte Berger. Die beiden Uniformierten waren vermummt. Ein mit Ethno-Mustern ornamentierter Schal schlang sich um Nase und Mund. Den Kopf bedeckten schwarze Armee-Käppis, die Augen waren hinter dunklen Sonnenbrillen verborgen. Das waren nicht die Protagonisten vom »Blauen Land«– aber wer war es dann?

»Was ziehen die Komiker da ab, Marx macht Mode, oder was?«, brummte Holzinger bissig. In dem Moment kramte einer der »Komiker« ein Blatt Papier hervor. Das Tuch dämpfte die Stimme des Tarnanzugträgers, sodass diese dumpf und nasal klang: »Dies ist eine Erklärung des bewaffneten Arms der Volksbefreiungsfraktion. Nieder mit den Unterdrückern! Nieder mit den Kriegshetzern und Agenten des Faschismus! Kampf allen Volksfeinden!« O Gott, dachte Lorenz. Die Kerle griffen tief in die Mottenkiste der antiimperialistischen Freiheitsbewegungen der 70er-Jahre. Baader, Meinhof, Raspe und der Rest der RAF ließen grüßen. »Wir sagen den Militärs, Wirtschaftsführern und den von ihnen gekauften Politikern den Kampf an! Sprengt die Fesseln der Ausbeuter, befreit euch vom Joch der Unterdrücker!«

»Proletarische Prosa, eindeutig«, konstatierte Grünauer.

»Ruhe jetzt«, wies ihn der Kommissar zurecht.

Der Redner schlug eine Volte – und rühmte sich des Anschlags auf den Ministerpräsidenten: »Der revolutionäre Klassenkampf ist eröffnet. Wir richten unsere Waffen gegen die Repräsentanten des kapitalistisch-industriellen Komplexes. Und wir lassen die feigen Handlanger des Großkapitals erzittern.« In Seidel keimte der Verdacht, dass sich der »bewaffnete Arm« mit fremden Federn schmückte. Der Wortführer ebenjenes »Arms« wurde nun laut: »Wir sind das Volk! Es werden weitere Aktionen folgen und wir werden die Syndikate, die Herrschaftsapparate und das kapitalistische Unrechtssystem zerschlagen. Es ist Zeit für eine neue Revolution!« Der zweite Mann, der seinen Kommandanten mit der Kalaschnikow eskortierte, ließ die Waffe von der Schulter gleiten und zielte auf einen imaginären Feind, der sich hinter der Kamera befinden mochte.

Was sollte das bitte sein? Seidel kratzte sich hinterm Ohr. Eine makabre Selbstinszenierung? Der verunglückte Versuch einiger überspannter Videokünstler, Aufmerksamkeit zu erheischen und einen YouTube-Hit zu landen? Das war alles nur Show und schlechtes Kino – das spürte Seidel. Einer Gruppe pseudoreligiöser Fanatiker traute er dagegen durchaus zu, einen Anschlag zu verüben. In der Szene gab es genügend Spinner und Sektierer, die sich ein zweites Ich in der virtuellen Welt erschufen und sich für die Tempelritter und einen neuen Kreuzzug gegen die Teppichrutscher begeisterten. Doch wie passte Bischof Böck in dieses Bild? Wieso sollte er ins Fadenkreuz geistesgestörter Web-Templer geraten sein? Ein Reaktionär reinsten Wassers, der am liebsten selbst das Kreuz genommen und Jerusalem mit Feuer und Schwert zurückerobert hätte. Nein, die Hypothese war nicht stimmig.

Der Clip der Alpen-Anarchos verlor sich in einem chaotischen Wust fragmentarischer Pixel. Berger beendete die Vorführung im Kripo-Kino und wandte sich an seine Deputys: »Was haltet ihr von dem avantgardistischen Geniestreich? Dieses Video dient vermutlich einem einzigen Zweck: uns in die Irre zu führen und von den eigentlichen Motiven der Tat abzulenken.«

»Komödienstadel für Arme«, feixte Holzinger. »Dilettanten, Schmierenkomödianten.«

Grünauer sprang über seinen Schatten und erhob keinen Widerspruch: »Holzinger, hundert Punkte. Unsere zwei ›Rotkäppchen‹ haben's nicht im Kreuz. Die scheißen sich in die Tarnhosen und schießen sich selbst in den Hax.«

SALVATOR

Severin Stocker schwebte gerne in höheren Sphären – und am liebsten schwebte er in einer Gondel dorthin. Stocker lehnte mit verschränkten Armen am Metallgeländer der Aussichtsplattform. Dem weiß-blauen Bilderbuch-Panorama der heimischen Bergwelt kehrte er jedoch den Rücken. Eine der rot lackierten Kabinen der Kreuzkofel-Seilbahn schwebte heran und verschwand ruckelnd im Innern der Bergstation. Stocker hatte für Punkt 13 Uhr zu einem Gipfeltreffen oben am Berg geladen. Ein vertrauliches Sondierungsgespräch unter acht Augen. Sein modisch einwandfreies Outdoor-Outfit passte zum alpinen Ambiente: Markenklamotten in den Leuchtfarben der Saison. In dem Aufzug sah Stocker ein wenig aus wie ein bunter Papagei im tropischen Regenwald – aber das störte ihn nicht im Geringsten. Hinter ihm brach eine Gruppe ostdeutscher Bergtouristen in fast schon orgiastische Entzückensschreie aus. Mit unverkennbar sächsischem Zungenschlag pries das Quartett aus Chemnitz oder Görlitz die famose Aussicht: »Oh wie ist das schön, Mirko!« – »Komm hierher, Schatzi. Ich mach da gleich mal ein Foto von dir.« Nicole, Nadine, Ronnie, Mirko & Co. schwärmten in höchsten Tönen von der atemberaubenden Gipfelkulisse: »Bärchen, schau, der Berg dahinten sieht doch genauso aus wie diese Pyramiden von dem ollen Cheops.« Bärchen klärte ihre Wanderfreunde auf: »Weihnachten waren der Ronnie und ich in einer Superduper-Hotelanlage am Roten Meer. Aber dieses Kairo, ich sag euch, igittigitt!«

Stocker linste zu dem aufgeregt vor sich hin schnatternden Touri-Grüppchen, die Mundwinkel abfällig nach unten gezogen, murmelte er halblaut: »Ossis. Keinen übrigen Groschen in der Taschen, aber die Goschen spazieren führen.« Stocker wandte sich angewidert ab und richtete seine Aufmerksamkeit auf eine sich wie in Zeitlupe lautlos nähernde Gondel. Durch die trüben Plexiglasscheiben vermeinte er, eine hagere Gestalt in einem glockenförmigen Gewand zu erkennen. Stocker lächelte zufrieden und sog die frische Bergluft ein. Dass der Pater seiner Einladung gefolgt war, verbuchte er als ersten, wenn auch noch bescheidenen Etappensieg.

Im Gipfelrestaurant »Panorama 2000« ging es feuchtfröhlich zu. Ein schnauzbärtiger Schankkellner hantierte am Zapfhahn und füllte Glas um Glas. Wandergesellen stärkten sich mit einer deftigen Schlachtplatte für Auf- oder Abstieg, die Sportlerfraktion delektierte sich an kohlehydrathaltiger Kraftnahrung und die Stammbelegschaft sorgte dafür, dass der Schankkellner nicht arbeitslos wurde. Aus den Lautsprechern quoll eine altbewährte, aber schon etwas angegraute Mitklatsch-Nummer, die sich unbarmherzig in die Rillen des Cortex brannte: »Ich bin so schön, ich bin so toll, ich bin der Anton aus Tirol.«

Stocker hatte das Meeting ins Nebenzimmer verlegt. Sie saßen zu viert um einen Ecktisch. Er winkte einer zaundürren Kellnerin im aufgedonnerten Dirndl-Dress, die ihrem Zungenschlag und ihrem Teint nach zu urteilen aus den EU-Erweiterungsgebieten stammen musste. »Eine Runde Enzian für die Herrn. Seien Sie doch bitte so nett.«

Die hitzig geführte Debatte über die Spa-Therme »Leonhardsquell« im Speziellen sowie die schwierige lokalpolitische Lage im Allgemeinen hatte die Kehlen austrocknen lassen. Die Ansichten lagen meilenweit auseinander und die gegensätzlichen Positionen waren hart aufeinandergeprallt. Stocker hatte nichts anderes erwartet. Am Tisch saßen vier Dickköpfe, die rechthaberisch auf ihren Standpunkten beharrten und sich äußerst ungern auf Kompromisse einließen. Willy Wieshuber, seines Zeichens Rosenheims OB, angelte ein gefärbtes Osterei aus dem mit giftgrüner Holzwolle gepolsterten Körbchen. »Ein Schoko-Osterei mit Eierlikör-Mascarpone-Creme gefüllt, das wär was Feines.« Wieshuber köpfte das Ei mit einem einzigen, gezielten Hieb.

»Was war zuerst da, Jesus oder das Osterfest? Der Glaube oder die Kirche? Ihre gigantomanischen Pläne sind wider die Natur!« Der Pater erhob seine Stimme voller Ingrimm.

»Das ist die falsche Frage, Hochwürden. Was bringt mehr Profit, eine Thermen-Oase für zahlungskräftige Sauschädel und speckschwartige Wellness-Weiber oder Ihre vergammelte Kirche mit Schimmel und Stockflecken an den Wänden?« Der stellvertretende Landrat Franz Salvator Filzmooser war ein Freund klarer Worte.

Mit seinen theatralischen Gesten suchte er seinen Parteichef Sonnöder zu imitieren. Nach Ferstls Ableben führte er die Amtsgeschäfte, vorerst kommissarisch.

Angeekelt betrachtete Wieshuber den blässlich aussehenden Dotter des Ostereis. »Ja, Pfui Deife.«

Stocker bleckte sein Bulldoggen-Gebiss: »Kommt garantiert vom Bio-Hof, farblos, aber von glücklichen Hühnern.«

Wieshuber, der Augenzeuge der Bluttat geworden war, seufzte. In seiner Stimme lag ein Hauch Schwermut: »Bio, Öko, CO_2. Nix ist mehr, wie es war, Zeit, dass sich was von Grund auf ändert. Dieses gottlose Gschwerl – schießt am helllichten Tag auf unseren Ministerpräsidenten. Das hätte es unterm Strauß nicht gegeben, diesen Abschaum hätte man gleich im Gully entsorgt.« Wieshuber schüttelte kummervoll den Kopf. »Wo soll das bloß noch hinführen?«

Stocker rückte die defätistischen Äußerungen des Bürgermeisters zurecht: »Kopf hoch, Willy, noch ist Polen nicht verloren. Wer sagt uns, dass Sonnöder auf der Abschussliste stand? Der Dreckhund hat wild um sich geschossen und wollte Angst und Schrecken verbreiten. Es hätte genauso gut dich treffen können, Willy! So einfach ist das. Denkt's nur an den Überfall auf Sankt Leonhard. Da drängt sich doch der Verdacht auf, dass diese Verbrecher das bekämpfen wollen, was unsere kulturelle und religiöse Identität ausmacht. Unsere althergebrachten Traditionen, unsere Gebräuche. Nicht wahr, Pater Cölestin?«

Der Pater wandte sich von der Tafelrunde ab und blickte zum Fenster hinaus, hinauf zu den steinernen

Kathedralbauten der Natur. »Politisch motivierte Attentate gab es zu allen Zeiten: Cäsar, Sissi, Trotzki, die Kennedys. Ob man den Ministerpräsidenten oder jemand anderen ermorden wollte, macht für mich keinen Unterschied.«

Der Landrat in spe hatte schon kräftig dem Bier und dem Schnaps zugesprochen. Seine von blauen Äderchen durchzogene Knollennase leuchtete in einem satten Veilchenviolett. »Und ob das einen Unterschied macht! Einen gewaltigen sogar. Wenn der Plan nun folgender war: Sonnöder und der Bischof. Zwei Säulen der Gesellschaft auf einen Schlag, versteht's?«

Severin Stocker warf seinem Kumpan einen anerkennenden Blick zu: »Die Hypothese hört sich glaubhaft an. So könnt' es gewesen sein.«

Wiesinger schnäuzte geräuschvoll in ein Tempo-Taschentuch: »Nein, so war's nicht. Zuerst hab ich gar nicht gecheckt, was los ist. Das ist alles so schnell gegangen. Ich hab den Schalldruck des Geschosses noch in den Ohren, den erstickten Schrei und den dumpfen Schlag, als Ferstl in sich zusammengesackt und zu Boden gestürzt ist. Wie zur Salzsäule erstarrt ist Sonnöder vor mir gestanden. Völlig fassungslos. Der Bischof war irgendwo hinter ihm, inmitten der Leibwächter. Den hätte der Mordschütze gar nicht umnieten können. Aussichtslos.«

Ferstls präsumtiver Nachfolger spann sein Gedankenkonstrukt dennoch weiter: »Du warst live dabei, Willy, du wirst es wissen. Fakt ist doch, dass der Hundsfott mindestens zweimal abgedrückt hat. Wieso?«

»Weil er Sonnöder beim ersten Schuss verfehlt hat«, mutmaßte Pater Cölestin.

»Nein. Den Bildern der Überwachungskameras – sieben Stück an der Zahl – nach zu schließen, hat erst der zweite Schuss Ferstls Herz getroffen. Die erste Kugel ist in der Rückwand eines Marktstands stecken geblieben – und zwar in Hüfthöhe, fünf Meter von Sonnöders Standort entfernt. Spezialmunition, wie sie von Scharfschützen verwendet wird.«

Stocker klang anmaßend, von oben herab: »Mei, der Schütze wird nervös gewesen sein. Es hat ihm das Gewehr verrissen. Das passiert selbst Profis.« Der Bau-Tycoon kraulte die Speckwülste seines ausgeprägten Doppelkinns. »Über das Tatmotiv können wir nur spekulieren. Wer weiß, Sonnöder hat mächtige Feinde. Nicht nur in der Politik. Er könnte sich überhoben und sich mit den falschen Leuten angelegt haben. Dafür hat er die Quittung bekommen. Eine Art letzte Warnung. Ferstl war zwar nur ein kleines Licht, aber er hat sich kaufen lassen. Dadurch wurde er angreifbar und erpressbar. Da landet man schnell auf der schwarzen Liste.«

»Ja, und weiter?«, wollte Wiesinger wissen. »Was willst du damit andeuten, dass man Ferstl quasi liquidiert hat, um dem Big Boss seine Grenzen zu zeigen? Und er nicht nur durch einen dummen Zufall, durch eine unbedachte Bewegung in die Schussbahn geraten ist?«

Filzmooser neigte sich vor und spitzte die Lippen: »Aufgrund des Eintrittswinkels gehen die Ermittler davon aus, dass der Attentäter die Brust Sonnöders im Visier hatte. Die werden's wohl wissen.«

»Und woher weißt du das so genau? Hast etwa einen heißen Draht zum LKA?« Wiesinger blickte kampflustig in die Runde. Wie ein Gockel, der den Misthaufen, auf dem er tagein, tagaus krähte, für den Nabel der Welt hielt. Stocker schmunzelte belustigt. Politiker – lauter aufgeblasene Idioten.

Mit dem Handrücken wischte sich Filzmooser den Bierschaum von den Lippen: »Im Endeffekt hat uns der Bursche einen Gefallen getan. Ferstl war untragbar für die Partei – seine Weibergeschichten, die Huren, die Dauerkarte im Spielcasino und dazu dubiose Geschäfterl, um an Geld für seine Hobbys zu kommen.« Filzmooser atmete schwer. »Korruption gibt's überall, aber in diesem Ausmaß? Das geht nicht lang gut. Wir von der Partei waren schon dabei, den Augiasstall auszumisten.«

Pater Cölestin wog unschlüssig den Kopf. »Aber wie hängen die Umtriebe Ihres Parteifreunds mit dem Überfall auf meine Kirche zusammen? Stecken dieselben Täter, dieselben Auftraggeber dahinter? Oder stochern wir hier nur im Nebel herum – und das eine hat mit dem anderen nichts zu tun?« Pater Fromberger blickte in die schweigsam gewordene Runde. Wieshuber, Filzmooser und Stocker stierten in ihre Schnapsgläser, als ob es sich um Kristallkugeln handelte, in denen sich ihr zukünftiges Schicksal offenbarte. Fromberger faltete die Hände vor der Brust: »Nun gut, Sie wollen vor allem eines: mit diesem Thermenprojekt Ihre Finanzen sanieren. Deswegen wollen Sie einen Deal mit mir. Sie kommen mir entgegen, damit ich mich Ihren Plänen nicht länger widersetze, richtig?« Das »Trio Thermale« nickte stumm. »Nun liegt der Verdacht nahe, dass es Überlegungen gab, meinen Widerstand mit Gewalt zu brechen, richtig?« Stocker zog es vor, keine Reaktion zu zeigen. »Bis vor Kurzem war ich überzeugt, dass dieser perfide

Anschlag auf Ihre Kappe geht. Nun war Ferstl jedoch ein entschiedener Befürworter des Projekts. Wie der Bischof übrigens auch. Das lässt nur einen Schluss zu: Die Puzzleteile passen nicht.«

Von draußen drangen Musikfetzen an Stockers Ohr. Seine Stirn furchte sich. Er dachte angestrengt nach. Dieser Pater war kein Dummkopf. Aber war er Hercule Poirot? Die Puzzleteile sollten andere zusammensetzen. Insgeheim spürte er eine gewisse Befriedigung. Der Abgang Ferstls spielte ihm – genau wie Filzmooser und Wiesinger – in die Karten. Der Kerl war zum Sicherheitsrisiko geworden und hatte doppelt abkassieren wollen. Allein dafür hätte er ihn ermorden können. Falls es ihm gelang, den Pater als »Spiritual Consultant« zu gewinnen, würde er den Bischof, diesen selbstherrlichen Finsterling, kalt lächelnd abservieren. Stocker lächelte in sich hinein. Bei dem Megaprojekt fielen eine Menge Investitionskosten an. Er musste in Vorleistung gehen, aber das Bauvorhaben würde ein Vielfaches an Profit abwerfen und dank einem verschachtelten Konstrukt diverser Scheinfirmen Geld in seine schwarzen Kassen spülen. Diese Milliönchen durfte er sich nicht durch die Lappen gehen lassen.

HILARIUS

Zwölf Wildschweinschädel lagen sauber aufgereiht vor dem Portal von Sankt Leonhard. Auf einem weichen Daxen-Bett. Zwei gewaltige Keilerköpfe bildeten die markanten Eckpfeiler dieser Inszenierung des Grauens. Um eine Kamerafahrt à la Hollywood zu simulieren, beugte sich Ricarda Hoog über die Sauköpfe und spurtete los. Sie verlangsamte ihr Tempo und verfiel in eine Art Schweinsgalopp. »Saugeile Bilder, Lenzi! Sauschädel auf dem Tannentablett, wow! Schaut echt scharf aus.« Hoogs Begeisterung kam ihm etwas abwegig, um nicht zu sagen morbid vor. Seidel war sicher, dass die Grunzeviecher heimtückisch und aufgrund niedriger Beweggründe massakriert worden waren. Es handelte sich also eindeutig um ein vorsätzliches Tötungsdelikt, das den Mordmerkmalen des Paragrafen 211 des Strafgesetzbuchs entsprach. Hinter diesem makabren Schauspiel steckte ein krankes Hirn, daran gab es keine Zweifel. Zwölf Säue – die Analogie zu den zwölf Jüngern Jesu war unübersehbar.

Die Männer in den weißen Overalls hatten ihre Arbeit getan und ihre Aluköfferchen gepackt. Kommissar Berger hatte den Tatort frei und ihnen grünes Licht für die »Dreharbeiten« gegeben.

Der Modus Operandi war simpel, aber effektiv. Die Übeltäter hatten eine Motorsäge oder einen Trennschleifer verwendet, um die Säue zu enthaupten.

»Das Ableben eines Borstenviehs fällt normalerweise nicht in den Zuständigkeitsbereich der Kripo. Dieser spezielle Fall legt jedoch die Vermutung nahe, dass zwischen dem bewaffneten Überfall und dieser Schweinerei hier ein kausaler Zusammenhang besteht.«

Seidel hatte zustimmend genickt – und angemerkt: »Insbesondere wenn man bedenkt, dass man sowohl einen Geistlichen wie auch eine Wildsau scherzhaft Schwarzkittel nennt.« Der Kommissar und der Reporter waren sich einig gewesen: Die per Flex guillotinierten Sauen stellten alles andere als eine leere Drohung dar.

Die winzigen Knopfaugen der geköpften Bache funkelten bösartig. Selbst im postmortalen Zustand flößte ihm der Anblick ihrer spitzen Hauer Respekt ein. Seidel wandte sich ab und betrachtete die Schmierereien, die wie ein Menetekel an der Wand prangten. Schmähsprüche »zierten« die weißgekalkten Mauern: »Volk erwache – der Tag wird kommen«, »Judas – Judenschwein« und ähnlich sublime politische Botschaften. Die Parallelen zum Überfall auf die Messe sprangen einem förmlich ins Auge. Die Indizien schienen eindeutig. Doch Seidel hegte Zweifel ob der Urheberschaft des »Blauen Lands« oder wer immer diese unheimlichen Kuttenmänner waren. Das allzu Offenkundige, Augenfällige kam ihm suspekt und trügerisch vor – er wurde das Gefühl nicht los, dass man das Scharlachrot der Schlachtenszene zu dick aufgetragen hatte.

Hoog hatte die Keiler im Kasten: »Was brauchst du an Schnittbildern, ey?«

»Eine Außentotale, einen Standard-Zoom auf die Kirche«, erwiderte er prompt. »Und einen Schwenk von dem Gemetzel hier zu diesen kunstsinnigen ›Graffitis‹. Danach machen wir das Interview.«

»Wird erledigt, Chef!«, bestätigte Hoog, ohne ein weiteres »ey« darüber zu verlieren.

Ihr Interviewpartner war bereit. Pater Cölestin stand mit versteinerter Miene vor der Tür seines »Häusels«. Das Kuratenhaus mochte zu seiner Entstehungszeit vor 250 Jahren ein stattliches, imposantes Gebäude gewesen sein – hinterließ beim heutigen Betrachter allerdings einen hinfälligen Eindruck. Das in Sandstein gehauene Wappenschild über dem Giebel zeugte von der guten alten Zeit. Zu Zeiten Napoleons, ja noch König Ludwigs waren die Wallfahrer zuhauf hierher gepilgert, um Weihwasser zu hamstern und den heiligen Leonhard um Beistand zu bitten.

Pater Cölestin empfing ihn mit einem kräftigen Händedruck. Das Alter – er musste an die 80 Lenze zählen – merkte man ihm nicht an. Sein Körper war eher der eines Athleten als der eines Asketen. Seine Bewegungen waren kraftvoll und geschmeidig und erinnerten in keinster Weise an einen gebrechlichen alten Tattergreis. Der Pater strich sich durch seine schlohweiße Künstlermähne. Eine Geste, die in Seidel den Verdacht nährte, dass der Pater durchaus auf sein Äußeres achtete, ja zur Eitelkeit neigte.

»Entschuldigen Sie, ich bin gewiss niemand, der den

archaischen Zeiten nachweint, aber diese widerwärtigen Akte der Blasphemie wären früher mit drakonischer Härte geahndet worden.« Seidel nickte verständnisinnig und machte Hoog ein Zeichen, die Kamera laufen zu lassen. »Was bringt einen Menschen dazu, ein solch abscheuliches Sakrileg zu begehen? Es fällt mir schwer, die Niedertracht und Verkommenheit der Welt zu begreifen, den Niederungen der menschlichen Seele mit Sanftmut und Nachsicht zu begegnen!« Der Pater strahlte eine alttestamentarische Strenge und Würde aus. Er schien keiner von denen zu sein, die für ein paar Vaterunser jede Sünde vergaben.

Seidel hatte das Mikro schon in der Hand. Doch er bekam keine Gelegenheit, seine Fragen zu stellen. Fromberger ließ ihn einfach stehen und näherte sich zielstrebig dem Ort des Verbrechens. Segenssprüche murmelnd wanderte er auf und ab. Hoog stürmte mit der Kamera auf der Schulter heran: »Sorry, ey, Hochwürden, das war einsame Klasse. Könnten Sie noch mal das Kreuz schlagen – und zwar bitte auf drei. Eins, zwei …!« Pater Cölestin tat ihr den Gefallen und segnete die von frevlerischer Hand hingeschlachteten Kreaturen.

»Wenn ich bitten darf, hier entlang! Es gibt noch mehr Abscheulichkeiten zu bewundern.« Er bedeutete Seidel, ihm zu folgen. Sie umrundeten die Kirche und gelangten zu einem kleinen, unscheinbaren Anbau, der Sakristei. Seidel sah sich argwöhnisch um. Was sollten sie hier? Giftgrüner Schimmelpilz kroch die Wände empor. Die Zeichen des Verfalls waren allgegenwärtig. Diese Kirche bedurfte dringend einer Rundumrenovierung. Seidel kraulte sich den Stoppelbart. Wieso hatte es jemand auf dieses halb verfallene Gotteshaus an diesem gottverlassenen Platz abgesehen? Hier gab es nichts, hier konnte man höchstens die Patina vergangener Größe von den Mauern kratzen. Hinter einem Weidezäunchen erstreckte sich eine sumpfige Wiese bis zum Waldrand. »Die Wiese hat der alte Mesner-Bauer vor über 40 Jahren gepachtet – und jetzt das.« Die von Fliegenschwärmen umschwirrten Kadaver faulten inmitten des frischen Grüns vor sich hin. Ein bestialischer Gestank hing in der Luft. Seidel musste heftig schlucken. Über den Friedhof der Borstentiere breitete sich eine unheilvolle Aura. Aus irgendeinem Grund musste er an ein Western-Epos denken, an die von toten Bisons übersäte Prärie. Pater Cölestin wandte sich angewidert ab. Seine Stimme klang bitter: »Es ist Mode, die Existenz Gottes und des Teufels zu leugnen. Doch das Böse ist mitten unter uns, ja, in uns. Der Dämon verführt die Menschen, solch widerwärtige Grausamkeiten zu begehen. Es sind die Söhne Satans, die diesen heiligen Ort mit ihren Gräueltaten zu entweihen trachten.« Einmal mehr erschien ihm Pater Cölestin wie ein Prophet, der nicht nur eitel Sonnenschein und Nächstenliebe predigte.

Seidel schwieg. Was hätte er auch erwidern sollen? Er konnte nachvollziehen, dass es in Fromberger rumorte. Der Gedanke war wortwörtlich naheliegend. Der bewaffnete Überfall, die Attacke auf Pfarrer Pasquano, das Wildschein-Gemetzel – all das hatte Methode und folgte einer stringenten inneren Logik. Die Ermittlungsgruppe »Leonhard« unter Leitung Kommissar Bergers war zunächst davon ausgegangen, dass sich die Kirche aufgrund ihrer abgeschiedenen Lage als Anschlagsziel anbot. Diese Hypothese konnte man getrost fallen lassen. Sankt Leonhard war bewusst »auserwählt« worden. Die Gewalttaten gingen aufs Konto einer straff organisierten Bande von Kriminellen. Die Stoßrichtung schien Seidel offensichtlich: Dieser Ort hier sollte in die Schlagzeilen geraten, Pater Cölestin als weltfremder Sonderling, als seniler Spinner, der seinem Amt nicht gewachsen war, abgestempelt werden. Das Motiv hierfür war einleuchtend. Fromberger sollte von hier verschwinden. Und zwar schleunigst.

Das Interview war reine Formsache. Hoog hatte den Pater so platziert, dass die Kirche im Hintergrund zu sehen war. Vor laufender Kamera hielt sich Pater Cölestin merklich zurück, kommentierte weder die möglichen Hintergründe der Tat, noch stellte er Vermutungen darüber an, wer dafür verantwortlich sein könnte. Stattdessen beschränkte er sich auf die üblichen Gemeinplätze: »Ich bin zutiefst schockiert von dieser exzessiven Zurschaustellung von Gewalt. Sankt Leonhard ist ein Ort des Gebets, der inneren Einkehr. Diese verabscheuungswürdigen Missetaten haben mich innerlich aufgewühlt, aber ich möchte mich nicht an Spekulationen über die Identität der Täter beteiligen. Dies ist Aufgabe der zuständigen Ermittlungsbehörden.« Alle Nachfragen blockte er geschickt ab.

Seidel nickte seinem Interviewpartner zu und wandte sich zu seiner Kamerafrau: »Danke! Das war's!«

Ricarda Hoog löste die Arretierung der Kamera und klappte das Stativ zusammen. »Ich wart dann am Wagen, ey.«

Pater Cölestin war nun die Liebenswürdigkeit in Person: »Darf ich Ihnen eine Kleinigkeit anbieten? Einen Becher Wein, ein Glas frisches Quellwasser? Das Gebot der Gastfreundschaft ist unserem Orden heilig. Seien Sie also mein Gast!« Der Pater deutete auf eine Sitzbank, auf die geradewegs ein wärmender Sonnenstrahl fiel. »Einen Moment, nehmen Sie derweil schon Platz.« Es dauerte keine zwei Minuten, ehe sich Fromberger mit einer Flasche Messwein und einer Karaffe Wasser zu ihm gesellte. »Entschuldigen Sie bitte meine Einsilbigkeit vorhin. Den Statuten des Ordens nach dürfte ich mich in der Öffentlichkeit dazu nicht äußern. Aber zu diesen Ungeheuerlichkeiten will ich nicht schweigen.« Seidel nahm einen tiefen Schluck aus dem Becher, ein erfrischendes Gemisch aus Wein und Wasser.

»Eine Frage drängt sich mir als Journalisten auf: Was ist so wertvoll, dass man Ihnen an den Kragen will?«

Ein ironisches Lausbubenlächeln grub Hunderte kleine Fältchen um Augen und Mundwinkel: »Ich verstecke keinen Rubens, Caravaggio oder van Gogh im Safe, auch eine Schatulle voller Edelsteine suchen Sie bei mir vergebens.« Fromberger lachte jetzt übers ganze Gesicht. »Gold und Preziosen bedeuten dem heiligen Leonhard nichts! Wer hierherkommt, geht mit leeren Händen.«

»Vergessen wir Caravaggio & Co. Wie sieht es mit, nun ja, immateriellen Werten aus?«, hakte Seidel mit kreideweicher Stimme nach.

Der Pater musterte ihn mit traurig betrübtem Blick: »Nichts, was Wert für die Welt besäße. Auf keinem der Gemälde findet sich die Signatur eines bekannten Malers, dasselbe gilt für die Schnitzfiguren und das liturgische Inventar – möglicherweise springen auf dem Schwarzmarkt etliche Tausender für das ganze Gerümpel heraus. Aber nimmt man dafür solche Risiken in Kauf?« Fromberger schob eine Strähne seines wirr herabhängenden Haars hinters Ohr. »Falls Sie an den ›Namen der Rose‹, an okkulte, verbotene Bücher, an alchemistische Folianten oder was weiß ich denken, sind Sie falsch gewickelt. Dies war nie eine reiche Pfründe, die Pfarr- und Mirakelbücher waren nur für den Hausgebrauch bestimmt.« Pater Cölestin schlug eine Volte in die Vergangenheit: »Sagt Ihnen das Jahr 1803 etwas?«

Seidel wühlte in der untersten Schublade seines Hinterstüberls: »Die Säkularisation, Montgelas. Die Auflösung der Klöster.«

In den Augen des Paters funkelte es vergnügt. »Wie ich sehe, haben Sie im Geschichtsunterricht nicht nur Papierflieger steigen lassen. Damals wurden die Kirchenmäuse arm, was sich zu Geld machen ließ, wurde verscherbelt.« Seine Stimme triefte vor Spott und Hohn: »Der heilige Leonhard ist ein Bettelmann, er beschützt die Rösser, Ochsen und Esel und somit auch im übertragenen Sinne die heilige Familie im Stall von Bethlehem. Tempi passati – wie der Lateiner sagt.« Pater Cölestin lachte, als ob er eine gelungene Pointe gesetzt hätte.

Seidel strich den zarten Flaum auf der Oberlippe glatt. Seine Annahme, dass es die Verbrecher weniger auf die Kirche als vielmehr auf Pater Cölestin abgesehen hatten, erhärtete sich zusehends. »Werden Sie bedroht oder gar erpresst?« Seidel entschloss sich zum Frontalangriff:

»Darf ich offen sein: Ihre Ansichten sind, nun ja, nicht unbedingt Mainstream. Ihre unverblümte Art, Probleme und Fehlentwicklungen beim Namen zu nennen, hat in Ihren Reihen für böses Blut gesorgt. Haben Sie Feinde, Pater, die Ihnen schaden wollen?«

Cölestin Fromberger hielt seinen Becher in die Sonne und schien in die Betrachtung der sich darin spiegelnden Lichtreflexe versunken zu sein. Als er wieder zu sprechen begann, klang seine Stimme brüchig: »Nein, ich werde nicht bedroht oder der Ketzerei beschuldigt, wenn Sie das meinen. Aber mich peinigt der Gedanke, dass ich eine Mitschuld an Donatos Schicksal trage. Eine quälende Vorstellung.« Der Pater schenkte Wasser und Wein nach. »Wissen Sie, ich möchte mein Licht nicht unter den Schemel stellen. Aber ich bin ein alter Mann, ein Tor, ein Narr, wenn Sie wollen. Wer hört schon auf mich, einen Rufer in der Wüste – niemand!« Seidel konnte sich des Eindrucks nicht erwehren, dass der Pater ihm etwas vorspielte – und den »einsamen Mönch vom Berg« mimte. »Aber es gibt da etwas, das Begehrlichkeiten weckt. Kommen Sie!«

Ein schmaler, glitschiger Pfad führte hinab in den Orkus. Das bewaldete Gelände war abschüssig und fiel zu einer Felsenbarriere hin steil ab. Seidel schlängelte sich wie ein Limbotänzer um einen der unförmigen Gesteinsblöcke herum, mit denen der Bergwald tapeziert war.

Cölestin hatte die Führung übernommen: »Hier geht's steil runter, passen Sie auf, dass Sie nicht den Halt verlieren und abstürzen«, mahnte ihn sein Bergführer zur Vorsicht. »Sehen Sie den Felsüberhang da vorne? Unterhalb davon entspringt die wundertätige Quelle. Kennen Sie die Legende?«

Lorenz hatte alle Hände voll zu tun, sich irgendwo abzustützen und auf dem unebenen Untergrund nicht abzurutschen. So brummte er nur: »Welche Legende denn? Die von Rotkäppchen und Rübezahl?«

Der Pater lachte schallend: »Nein, lassen wir mal die Brüder Grimm! Einem Barfüßer-Eremiten namens Hilarius ist dereinst der heilige Leonhard im Traum erschienen. In seiner Zelle im Kloster Ranshofen. Über 100 Kilometer Luftlinie entfernt. Seine Vision war so plastisch, so wirklichkeitsnah, dass er sich, ohne zu zögern, auf den Weg machte und diesen zwischen hohen Felsen verborgenen Ort in traumwandlerischer Sicherheit wiederfand. Das geschah anno 1653, im fünften Jahr nach dem großen Krieg.« Die Kletterpartie fand ihr Ende und Seidel stand vor einer Grotte, deren felsige Wände vor Feuchtigkeit schwarz glänzten. »Das Wasser galt als besonders heilkräftig, ja wundertätig. In den Chroniken ist verzeichnet, dass es in mehr als einem Fall Todkranke geheilt und wahre Wunder gewirkt habe.«

Das Wasser quoll unter den moosbewachsenen Felsen hervor. Mit der hohlen Hand schöpfte Seidel etwas von dem heilkräftigen Nass und kostete davon. Es schmeckte bitter, säuerlich, schauderhaft. Um den erwartungsvoll dreinblickenden Pater nicht zu düpieren, hielt er sich mit abfälligen Bemerkungen zurück: »Nun ja, erfrischend, aber nicht wirklich prickelnd!« Die Hypothese war nicht sonderlich einfallsreich, aber erschien Seidel plausibel. Ein international tätiger Lebensmittelkonzern wollte an die Quelltöpfe, um dort ein exklusives Markenmineralwasser à la San Pellegrino abzufüllen.

Fromberger grinste nur. »Seien Sie ehrlich, es schmeckt einfach nur widerlich. Bitter wie die Tränen des Herrn im Garten Gethsemane!« Amüsiert sah er ihn unter seinen buschigen Brauen an. »Ich habe das Wasser schon vor Jahren analysieren lassen. Was da aus dem Gestein sprudelt, ist – bemühen wir einmal einen Euphemismus – genießbar.« Cölestin zog einen zerknitterten Zettel aus den Taschen seiner verbeulten Cordhose. »11,2 Milligramm Magnesium, 46,2 Milligramm Calcium, 69,3 Milligramm Sulfat, 47,7 Milligramm Natrium, 288,4 Milligramm Hydrogenkarbonat pro Liter.« Seidel versuchte sich an die Zahlen zu erinnern, die Landrat Ferstl bei der Eröffnung des Senioren-Domizils angeführt hatte. Bei der Präsentation der Quellanalyse hatte es jedenfalls ganz anders geklungen. Ferstl und Bischof Böck hatten die Qualität des Heilwassers in höchsten Tönen gepriesen. Wieso diese Lobeshymne, wenn das Zeug nur als Spülwasser taugte?

Ein sardonisches Lächeln kräuselte die Lippen des Paters: »Und was haben diese abgefeimten Gauner vor? Ein Luxus-Resort soll hier entstehen, gespeist mit diesem famosen ›Heilwasser‹, pah! Welch hirnrissiger Unfug.« Fromberger setzte den Schlussakkord seines Sermons: »Ich sollte mich in einer lauschigen Senioren-Hacienda zur Ruhe setzen, statt mit Bronchitis, Rheuma und dem Undank der Welt zu kämpfen.«

»Was hält Sie noch hier?«, setzte Seidel nach.

»Weil ich ein Mann bin, der zu seinen Verpflichtungen steht und seine Versprechen hält. Aber das klingt in Ihren Ohren wohl zu pathetisch, oder?« Seidel hätte gern den Souffleur gespielt, aber der Pater kam ihm zuvor: »Nein, ich harre hier aus, weil ich ein unbelehrbarer Sturkopf bin, der allergisch auf die pure Profitgier reagiert. So leicht schieben die mich nicht zur Seite.« Sein spöttisches Grinsen verflog, seine Miene wurde ernst: »Unser Weg auf Erden ist lang und gewunden, nur allzu leicht verirren wir uns in dichten, dunklen Wäldern und stoßen auf verwirrend viele Fährten, manche davon führen in einen Abgrund. Raffgier, Rachsucht, Missgunst. Die Versuchungen sind verlockend, aber stürzen uns ins Verderben.«

Seidel hörte die Vögel zwitschern, den kleinen Quellbach vor Freude gurgeln und glucksen. »Wahrscheinlich hat jeder eine dunkle und eine lichte Seite in sich und wir haben die Wahl, welchen Weg wir einschlagen.«

Ein verschmitztes Lächeln blitzte auf: »Alle Wege führen nach Rom, alle Flüsse ins Meer. Nur der Kreislauf des Wassers ist ewig, er kennt weder Anfang noch Ende.« Cölestin fasste ihn behutsam am Arm. »Gehen wir. Ihre Kollegin macht sich sicher schon Sorgen.«

NEPOMUK

Tief im Osten färbte sich der Himmel glutrot. Dank Eos alias Aurora, der Göttin der Morgenröte. Frühmorgens spannte sie ihre Pferde Phaethon und Lampos vor ihren Streitwagen und donnerte auf feurigen Hufen um den Erdball. Der alte Hellenen-Dichter Homer schwärmte von Eos, der weißgeflügelten, rosenarmigen Gottheit. Für einen Marxisten von grobem Schrot und Korn waren die Götter des Olymps nur Trugbilder, Opiumschwaden fürs Volk. Das hatte Marx erkannt. Die Dialektik der Geschichte bestimmte das Geschehen. Und die goldgelockte Griechengöttin war mittendrin. Es war schließlich der Panzerkreuzer »Aurora« gewesen, der anno 1917 den ersten Schuss abgefeuert hatte. Der erste Akt in einem Drama von herausragender historischer Bedeutsamkeit. Nur war das nun 100 Jahre her. Es war höchste Zeit für eine neue, weltumspannende Revolution. Jeder wusste es – doch er, Capitano Greiner, wusste etwas mehr.

Die Gipfel im Süden erstrahlten im Glanz der Abendsonne. Ihr Licht ließ die Felsenkämme in goldenen, rostroten und violetten Farbtönen aufglühen. In den Fichtenforsten des Schwarzenbergs wurde es hingegen bereits finster. Unten im Tal der Schwarzen Ache wuchsen die Schatten zu bedrohlichen Gebilden heran. Eine Schar verwegen aussehender Männer folgte dem schmalen Pfad entlang des tosenden Wildbachs. Das Outfit eines Guerilleros war von zeitloser Eleganz: khakifarbene Mützen, verdreckte Springerstiefel, olivgrüne Armeejacken und zerrissene Flecktarnhosen. Die Männer wateten durch eine Furt und gelangten so auf die andere Seite der Ache. Entschlossenen Schritts stiegen sie durch dichten Wald bergan. Die vier ächzten unter dem Gewicht der mit Munition und militärischen Ausrüstungsgegenständen überladenen Rucksäcke. Nein, das Leben eines Freiheitskämpfers war kein Zuckerschlecken. Er hatte den kühnen Plan sorgsam durchdacht: Für die nötige Rückendeckung würde ihr fünfter Mann sorgen. Joe hatte Ober bei der Höhenmoos-Alm postiert; dort, wo die Schwarze und Weiße Ache ineinanderflossen und sich zwei Forstwege kreuzten, lag ihr etwas zu Korpulenz neigender Mitstreiter auf der Lauer. Ober hielt Funkkontakt mit der Kampfgruppe – er würde sie unverzüglich warnen, wenn es auf den Zufahrtswegen verdächtige Bewegungen gab, ein Konvoi der Bereitschaftspolizei anrückte oder sich diese falschen »Mönche« blicken ließen.

Der Guerillatrupp erreichte eine von wilden Brombeerbüschen überwucherte Lichtung. Im Gänsemarsch folgten sie dem Knüppeldamm, der mooriges, morastiges Gelände querte. Oberhalb einer sumpfigen Mulde hob Greiner seine Linke: »Zehn Minuten Rast.« Wortlos steckten sich die Männer eine Zigarette an. Joe nutzte die Pause, um das Klassenbewusstsein der Kampfgenossen zu schärfen. Er schlug das »Bolivianische Tagebuch« Ches an einer mit rotem Bindfaden markierten Stelle auf: »23. März. Tag kriegerischer Ereignisse. Etwas nach acht Uhr kam Coco in großer Eile, um zu berichten, dass eine Armeeabteilung in den Hinterhalt geraten sei. Das Resultat des Gefechts: sieben Tote, 14 unverletzte und vier verwundete Gefangene.« Comandante Greiner zog an seiner Kippe, dass die Spitze rot glühend aufleuchtete.

Seine Kameraden lauschten schweigend den Heldentaten der Vergangenheit: »So werden wir denn die Nacht verbringen ...« Er klappte das Buch mit dem schmucklosen roten Ledereinband zu, die Lesung aus der »Bibel« war beendet: »Compañeros! Schreiten wir beherzt voran – der Sieg zieht mit uns!«

Ein halb zugewachsener und in der einsetzenden Dämmerung kaum als solcher zu erkennender Pfad schlang sich in weiten Windungen den Abhang empor. Tief unten im Taleinschnitt brodelte die Schwarze Ache durch eine enge, finstere Klamm. Die vier bewegten sich auf dem abschüssigen Gelände schnell und zielstrebig voran. Sie balancierten über glitschige Felsen, griffen nach armdicken Ästen, jeder Handgriff saß, jeder Fußtritt drückte die Signatur ihrer Stiefel in den feuchten Untergrund. Die Kolonne der schweigsamen bärtigen Männer kam zügig voran. Wie berechnet erreichten sie ihr Ziel: eine unter zwei mammutmäßigen Tannenbäumen versteckte Blockhütte. Ihr Dach war nicht etwa mit Schindeln und Feldsteinen, sondern mit Solarzellen gedeckt. Hinter der

Hütte ragte ein hoher Antennenmast durch die Wipfel empor. Das tief im Wald gelegene Klohäuschen diente nicht nur zur Verrichtung dringlicher Geschäfte, sondern beherbergte auch einen mit Diesel betriebenen Generator, der den Stützpunkt notfalls mit Strom versorgte. Greiners schwerer Rucksack glitt zu Boden. Der Führer der Viererbande ließ die Arme wie Windflügel kreisen, um die verspannte Muskulatur zu lockern.

»Diese elende Plackerei«, stöhnte Belle, der lieber Reden schrieb als marschierte.

Spitz, Greiners rechte Hand, schienen die körperlichen Strapazen dagegen zu neuen revolutionären Anstrengungen anzuspornen: »Befehle, Capitano?«

Der Comandante winkte ab: »Brotzeit ist die schönste Zeit!« Mit knurrendem Magen zog niemand gern in den Klassenkampf. Die Brisanz ihrer Mission war jedem bewusst. Mit feierlichem Ernst verzehrten sie die frugalen Feldrationen: hauchdünn geschnittene Käse- und Speckscheibchen, hartgekochte Eier, in Essig eingelegte Gürkchen, mit Koriander und Kümmel gewürztes Krustenbrot. Dazu ein Fläschchen Holzhacker Export Dunkel, das musste genügen. Ein nicht allzu opulentes Mahl erhöhte allemal die Kampfmoral.

Der Capitano wusste die Früchte der bäuerlichen Arbeit in Feld und Flur zu würdigen. Ihr einsamer Kampf galt der Errichtung des ersten Arbeiter- und Bauernstaats auf bayerischem Boden. Das war ihr großes Endziel. Das »Henkersmahl« war beendet, er war bereit, bereit für den Tag X. Aus rauer Kehle bellte er seine Befehle, die von den Felswänden ringsum schaurig widerhallten: »Abmarsch! Ihr wisst, was zu tun ist. Geistern aus dem Schattenreich gleich, werden wir auf den Feind herabstoßen.« Greiner ließ sich von der spröden Poesie seiner Worte mitreißen: »Der Chronometer tickt, der Countdown läuft!« Ihre Stunde war gekommen.

Greiner war bereit, doch waren es auch seine Männer? Zwei seiner Mitstreiter hatten seine Befehle missachtet und eigenhändig gehandelt. Ihr Verhalten war sträflich leichtsinnig, von kleingeistiger, bourgeoiser Geltungssucht fehlgeleitet. Was hatten sich Belle und Woife nur gedacht, per Videoclip die Verantwortung für das Attentat auf Sonnöder zu übernehmen? Diese Vollidioten gehörten auf der Stelle exekutiert. Zumal sie auch noch so dämlich gewesen waren, ihre Knarren in die Kamera zu halten, damit die Bullen diese auch einwandfrei identifizieren konnten. Es hätte wohl nicht viel gefehlt und Belle hätte sein Regiedebüt bei einem Indie-Filmfestival eingereicht. Eines war klar: Die Schaukelbremser hatten ihnen mit ihrer unbedachten PR-Aktion einen Bärendienst erwiesen. Sie mussten unerkannt bleiben, im Untergrund arbeiten. Nur so hatten sie eine Chance, ihre Mission zu erfüllen. Zu einer anderen Zeit, in einem anderen Land hätte er die Quertreiber umgehend standrechtlich erschießen lassen. Doch bei der dünnen Personaldecke hatte er keine Wahl. Fürs Erste blieb ihm nichts anderes übrig, als die beiden Hohlköpfe im Auge zu behalten.

Der Comandante breitete eine Generalstabskarte im Maßstab 1:10.000 auf den Tisch. Er zückte einen Marker und umrandete die »Mission Targets« mit zwei roten Kreisen. Sein Plan sah vor, sich in zwei unabhängig voneinander operierende Kampfgruppen aufzuteilen. Gruppe A bildeten er und Woife. Ihr Ziel war eine mächtige, gut 70 Jahre alte Fichte. Diese galt es, mit gezielten Axthieben zu fällen, und zwar so, dass der Baumstamm auf die Gleise der unterhalb verlaufenden Bahnstrecke stürzte und dabei die Oberleitung so weit beschädigte, dass der Zugverkehr nach Süden für Stunden zum Erliegen käme. Die Baumfällaktion war nicht ganz ungefährlich. Greiner vertraute jedoch auf Woifes Geschick in allen handwerklichen Belangen.

Gruppe B – Spitz und Belle – hatte er die leichtere Aufgabe zugewiesen: den Maschendrahtzaun entlang der Autobahn überwinden, die auf dem Rastplatz geparkten Lkws sabotieren, Reifen zerschlitzen, Öl ablassen, Bremsschläuche abmontieren, die ganze TÜV-Palette. Die Zigarettenautomaten aufstemmen, um die Sabotageaktion wie das Werk einer zerstörungswütigen Diebesbande aussehen zu lassen.

Mit großer rhetorischer Geste schwor er seine Schar auf den bevorstehenden Kampfeinsatz ein: »Wir setzen einen Nadelstich, dort, wo es besonders schmerzt: an der Achillesferse des kapitalistischen Systems. Die Infrastruktur ist der wunde Punkt des globalen Wirtschaftskreislaufs, hier setzen wir an!«

Belle strahlte übers ganze Gesicht: »Auf denn, Compañeros, auf was warten wir noch? Wir schaffen das.« Greiner lächelte verschlagen; er würde die Exekution Belles und Woifes auf unbestimmte Zeit verschieben. Doch wie hieß es in dem Sprichwort: Aufgeschoben war nicht aufgehoben. Die Revolution fraß eben ihre Kinder. Schnipp – schnapp.

EMERAM

Ein Déjà-vu. Es schien Seidel, als ob er das alles schon einmal erlebt hätte. Eine Zeitschleife, eine temporäre Anomalie, in der das Murmeltier jeden Tag aufs Neue gähnend in seinem Bau hockte. Dasselbe Setting, die gleichen Szenen, die sich unablässig wiederholten. War das Bild mitten in der Bewegung erstarrt? Es kam ihm so vor, als wäre nichts geschehen. Dieselben Schmierenschauspieler, die sich durch die hundertste Folge einer drittklassigen Seifenoper quälten. Der Überfall auf Sankt Leonhard, der Anschlag auf Sonnöder, der Tod Ferstls – war das alles nur Stoff für eine mittelmäßige Telenovela gewesen? Einmal mehr ging es um heilkräftiges Wasser, diesmal um einen 60 Grad heißen Hot Spot in den Gesteinsschichten unterhalb von Sankt Leonhard. Eine ergiebige Thermalquelle, die sich mit einer gezielten Bohrung anzapfen ließe.

Im Foyer der Bad Aiblinger Rupertitherme promenierten die von Severin Stocker und dessen Holdinggesellschaft »KonzeptB« geladenen Gäste. Im Rahmen einer bunt choreografierten Kick-off-Veranstaltung sollten die Pläne für den Neubau einer Bade- und Kurtherme samt Therapiezentrum, Sauna- und Wellnesslandschaft sowie dem dazugehörigen Hotelkomplex mit allen Annehmlichkeiten eines Fünfsterneresorts präsentiert werden – bei Hechthäppchen, Rollmops-Röllchen und Fischbrötchen, versteht sich. Um das Element Wasser kulinarisch gebührend zu würdigen, war das Buffet mit feinen Delikatessen der heimischen Fischfauna bestückt. Geistesabwesend biss Seidel in ein labberiges, mit geräuchertem Forellenfilet belegtes Baguettebrötchen. Seine Umgebung nahm er wie durch einen Schleier wahr. Wie ein Schlafwandler tapste er zwischen den angeregt palavernden Provinzgranden herum. Beinahe wäre er in seine Kamerafrau hineingerannt, die mit Urgewalt durch die hungrige Häppchen-Meute pflügte und unentwegt ihr Mantra murmelte: »Sorry, ey! Ich muss hier durch, ey!«

Oben am Podium sonnten sich Bischof Innozenz Böck, Ferstls Nachfolger Franz Salvator Filzmooser sowie Severin Stocker, der geschäftsführende Gesellschafter der Naba Projekt- und Entwicklungsgesellschaft mbH, im Licht der Scheinwerfer. Unermüdlich begrüßte das Thermen-Trio mit großspurigem Gehabe und festem Händedruck die zwischen Cocktailbar und Bistro-Buffet herumwuselnde Gästeschar. Seidel staunte nicht schlecht, als er durch die Gästeliste blätterte. Stocker war es gelungen, nicht nur den am Alpenrand ansässigen Geldadel und die üblichen neureichen Parvenüs in sein Reich zu lotsen, sondern auch einige Portfolio-Manager von kapitalkräftigen Venture-Capital- und Vermögensverwaltungsgesellschaften. Die Moden- und Loden-Männer scharten sich um die mit den Schätzen Poseidons gedeckte Tafel. Es ging zu wie in einem Bienenstock zur Rushhour. Eine Show-Band sorgte mit jazzig angehauchten synkopierten Melodien für die adäquate musikalische Untermalung. Wie sanfter Sommerregen plätscherten die Herzschmerz-Melodien dahin – und die Soul-Lady in einem seidenen, schulterfreien Abendkleid wisperte ins Mikro: »Purple rain, purple rain.«

Seidel besann sich auf seine Kämpferqualitäten und eroberte mit robustem Ellbogeneinsatz einen etwas erhöht gelegenen Logenplatz, von dem er einen guten Überblick über das bunte Treiben hatte. Wie ein Bussard hielt er Ausschau nach Beuteobjekten, die sich bereitwillig ergreifen und vor die Kamera schleppen ließen.

Oben auf der Liste stand Stocker selbst: Der krachlederne Trachten-Tycoon war stets für ein paar deftigderbe Sprüche und ebenso witzige wie boshafte Kommentare gut. Stocker war ein manischer Macher, der es wie sonst nur Jesus verstand, an mehreren Orten gleichzeitig zu sein, jede in seiner Reichweite befindliche Hand zu schütteln, seine Pranke auf jede erreichbare Schulter zu legen und seine jeweiligen Small-Talk-Partner auf deren Eignung als potenzielle Investoren und Geldgeber hin zu taxieren. Ein durchtriebener Sauhund, der stets darauf lauerte, ob nicht irgendwo ein saftiger Knochen für ihn abfiele. Die Veranstaltung gab Stocker Gelegenheit, sein ehrgeiziges Immobilienprojekt per Power-Point-Präse und Animationsfilmchen einer kapitalkräftigen Klientel schmackhaft zu machen. Auf den Bistrotischen stapelten sich bunte Hochglanzprospekte mit dem Wahlspruch »Beauty aus den Bergen«. Einige Schriftgrade kleiner suggerierte der Sub-Slogan

Bade- und Saunafreuden im urgemütlichen und doch stylischen Ambiente: »Alm-Öhi meets Ötzi. Leonhardus Spa – natürlich hautnah«. Videobeamer projizierten die von einem Hauch Erotik umwehten Bilder einer schönen neuen Thermen-Erlebniswelt auf die Leinwand. Computeranimierte Modelle im 3-D-Format veranschaulichten die Dimensionen des Megaprojekts.

Seidel hielt Ausschau nach lokaler Prominenz. Sollte er den Bischof vors Mikro zerren? Böck hatte allerdings die ungute Angewohnheit, die Kamera mit Kanzel und Katheder zu verwechseln. Mit seinem näselnden Organ erging er sich in langatmigen theologischen Diskursen und kehrte den Sonntagsprediger heraus, in dessen kunstvoll verschachtelten Satzungetümen man vergeblich nach einem tieferen Sinn suchte.

Wie der Waldkauz eine dicke Feldmaus erspähte Seidel ein ihm wohlbekanntes Gesicht. In der einen Hand balancierte der rotgesichtige, übergewichtige Hirschleder-Haderlump einen mit Fisch-Fressalien sowie einem Haufen Kartoffelsalat überquellenden Teller, in der anderen einen überschäumenden Maßkrug. Holzinger bahnte sich mit rüdem Ellenbogen-Einsatz einen Weg durch die Honoratioren-Horde. Der Vizevorsitzende der Rosenheimer Genossenschaftsbank fiel zwar als Interviewpartner durchs Raster, dennoch freute sich Seidel, den versoffenen Lackel zu sehen. Seidel stürzte sich ins Getümmel und näherte sich Holzinger auf leisen Sohlen: »Ja, wen haben wir denn da? Gehst in der Hautevolee auf Fischfang?«

Emeram Holzinger zuckte erschrocken zusammen und verschluckte sich fast an einem Bissen fein gerächerten Saiblings. Er sah so schuldbewusst drein, als ob man ihn in flagranti beim Frisieren der Bilanzen erwischt hätte.

»Hast du die Türsteher bestochen, dass sie dich Bauernfünfer reingelassen haben?«

Holzinger sah ihn aus treuherzigen Hundeglupschern an. »Na, ich habe eine Einladung, ganz offiziell, da, schau«, protestierte er matt.

Seidel verbiss sich ein Grinsen. »Was meint der Fachmann? Soll ich ein paar Tausender in Stockers Leuchtturmprojekt stecken? Lohnt sich das Investment?«

Holzinger erwachte aus seiner Hopfen-Lethargie und stotterte verdattert: »Na ja, ja, nein, mein ich, aber hock dich doch her!« Holzinger schien etwas verdattert zu sein, fing sich aber rasch wieder. »Lenzi, was hast du unter all den Bau-Bonzen und Mörtel-Madonnen verloren?« Er grinste ihn aus glasigen Neufundländeräuglein an. »Ich mein, unter all den Hochstaplern und Großkotzen?«

Seidel erspähte eine schwarzgelockte, leicht geschürzte Bedienung und deutete auf das Krügerl: »Zwei Weiße bitte!«

Die Aussicht auf ein süffiges Hefeweißbier ließ den Genossen-Banker gesprächig werden: »Vergiss es, so eine Therme ist als Anlageobjekt uninteressant. Hohe Fixkosten, teuer im Unterhalt, magere Gewinnaussichten. Na merci.« Ein verächtlicher Ausdruck legte sich auf sein von chronischem Hopfen- und Malzmissbrauch aufgeschwemmtes Gesicht. »Schau dir doch die Zahlen in dem Geschäftsbericht der Projektgesellschaft an. Natürlich eine GmbH – mit Nullhaftung und minimalem Eigenkapital. Das Ergebnis einer risikoadjustierten Performancemessung fällt garantiert vernichtend aus.« Er raunte Seidel hinter vorgehaltener Hand zu: »Das ganze Projekt ist eine Blase – Stocker hat bloß eins: leere Hosen. Ein Investment in die Holding ist hochspekulativ, dagegen sind argentinische Staatsanleihen mit zehn Jahren Laufzeit grundsolide.« Holzinger schnaubte wie ein dampfiges Ross: »Unser Bauherr braucht unbedingt zahlungskräftige Investoren, sonst geht's den Bach runter. Ich rate dir eines: Steig in die Transport- und Logistikbranche ein – da liegst du goldrichtig, Lenzi. Unternehmen wie P & O oder Greenline sind seriös und hoch profitabel.«

Seidel hakelte nach: »Und was ist mit Böck? Die katholische Kirche ist doch ein milliardenschwerer Konzern. Unser Herr Bischof hat doch sicher genug Kohle auf der hohen Kante, um das Projekt anzuschieben, oder?«

Holzinger flüsterte ihm heimlichtuerisch zu: »Denkst du! Die finanzielle Lage des Bistums ist, nun ja – angespannt. Ich steck da nicht drin, aber ich habe die Sauglocken läuten hören, dass sich die bischöfliche Finanzkammer auf riskante Commodity-Geschäfte eingelassen und im Derivatehandel Federn gelassen hat.«

»Was im Klartext bedeutet?«, maulte Seidel.

»Die Herrn mit den Chorröckchen brauchen dringend Bares, liquide Mittel, um ihre Rechnungen zu bezahlen. Schon mal was von Insolvenz gehört?« Der Bauern-Banker hatte ein bauernschlaues Grinsen im Gesicht. »Weshalb wohl engagiert sich der Bischof so für dieses Projekt, ha? Weil er einige Grundstücke zum Höchstpreis versilbern will, die nur zum Teil dem Bistum gehören!«

»Stimmt das?«

Holzingers Grinsen wurde breiter und breiter: »Sodom und Gomorrha, sag ich da nur!«

Die Bedienung tänzelte zwischen den Tischen zu ihnen durch und kredenzte den Hopfentrunk mit aufgesetztem Saftschubsen-Lächeln. »Zum Wohlsein!«

Holzinger stürzte das nahrhafte Malzgetränk in einem Zug hinunter. »De facto ist Stocker pleite. Seine Bonität liegt bei null, das Ausfallrisiko ist enorm. Seine GmbHs sind unterfinanziert, die Bau- und Transportfirmen defizitär. Wenn ich Staatsanwalt wäre, würde ich schon mal ein Ermittlungsverfahren wegen Betrug und Insolvenzverschleppung einleiten.« Seidel spitzte die Ohren. Falls sich Holzingers pessimistische Beurteilungen bestätigten – dann waren der Bau-Mogul und der Bischof in einer unfreiwilligen Schicksalsgemeinschaft aneinandergekettet. Zwei Hyänen in einem Käfig. Das erweiterte die Palette der Tatverdächtigen.

Am Podium tat sich etwas. Ferstls Nachfolger Filzmooser stelzte zum Rednerpult. Die Geschichte wiederholte sich tatsächlich. Seidel wiegte den Kopf. »Uns bleibt auch nichts erspart.«

War Ferstl ein Sonntagsredner und Selbstvermarkter gewesen, so war Filzmooser eine einzige Katastrophe. Ihm fehlte es an Eloquenz, Charme und Witz. Bei den ersten Sätzen geriet er bereits ins Stocken und Stottern: »Verehrte Gäste, liebe Mitbürger! Laptop und Lederhose, modernste Technik und althergebrachtes Handwerk – Bayern ist ein Musterbeispiel für eine gelungene Symbiose von wirtschaftlichem Erfolg und traditionellen Konventionen. Die Leonhardstherme setzt dieses Erfolgsrezept auf exemplarische Weise in die Tat um. In einem prächtigen barocken Ensemble wird eine luxuriös ausgestattete ›Kaisertherme‹ mit Fitness-Lounge und spirituellen Relax-Oasen entstehen, in der Gäste aus aller Welt ein Ambiente vorfinden, das zum Entspannen einlädt. Ein Hort der inneren Harmonie und Trans, Transen…« Das Wort »Transzendenz« wollte nicht über seine Lippen.

Seidel lächelte vergnügt in sich hinein. Filzmooser galt als geschickter Strippenzieher, als gewiefter Taktiker mit einer starken Hausmacht innerhalb seiner Partei. In rhetorischer Hinsicht war er dagegen eine Nullnummer. Filzmooser würde dennoch Karriere machen. Daran bestand kein Zweifel.

Bischof Innozenz Böck war ein ganz anderes Kaliber als der Fichten-Fiesling Filzmooser. Wie ein Prediger, der seine Herde durch die Wüste Sinai lotsen wollte, trat er mit weit ausgebreiteten Armen ans Pult. Böck schnurrte wie ein Perserkätzchen und beschwor mit der seidenweichen Stimme eines Wolfs im Schafspelz einen neuen Geist weltlicher Spiritualität. Der Bischof betonte, dass sich die heilige Institution Kirche den neuen wirtschaftlichen Herausforderungen nicht verschließen dürfe. Nach einer Kunstpause ließ er die Katze aus dem Sack: »Dieses wegweisende Projekt steht unter dem Schutz des heiligen Leonhard. Seien wir uns bewusst, dass wir innovative Wege beschreiten müssen, um die dringend benötigten finanziellen Mittel für den Erhalt unseres kulturellen und religiösen Erbes aufzubringen.« Mit über dem Zwerchfell gefältelten Händen bekundete er seine Bereitschaft, in diesen schweren Zeiten Opfer zu bringen: »Wir müssen mit der Zeit gehen und uns von den Objekten trennen, die für die seelsorgerische Arbeit nicht unabdingbar nötig sind.« Für seine Rede bekam der Bischof Szenenapplaus aus dem Publikum. Stocker und Konsorten klatschten kräftig in die Patschehändchen. Böck hob seine knochige, knotige Hand, um seine sich vor ihm verneigenden »Untertanen« zu segnen.

Wie bei solchen Anlässen üblich, umringte ein Pulk von Gaffern und Wichtigtuern die anwesende Prominenz. Bischof Böck zog einen Schwarm Sakkoträger an wie Motten das Licht.

Holzinger rülpste Seidel ins Ohr: »So ein falscher Fünfziger! Hier macht er einen auf Messias, dabei geht es dem Hundskrüppel nur ums Geld. Denn das gibt seine Eminenz gern mit vollen Händen aus – für exquisite Weine, für repräsentative Zwecke, für die ›innere Mission‹. Wir reden hier von Summen jenseits der Zehnmillionenmarke – und das per annum!« Die Nummer zwei der lokalen Genossenschaftsbank suchte aus dem Hefesatz am Boden ihres Weißbierglases zu lesen. »Ich bin Banker, Lenzi, ich hab nix dagegen, wenn die Leute bei uns Kredite aufnehmen – ganz im Gegenteil! Ich muss ja auch von meinen Margen leben. Aber wenn jemand andauernd über seine Verhältnisse lebt, dann geht das auf Dauer in die Hose. Trinken wir noch eine Maß?«

Seidel hob den Daumen. »Eine geht noch! Ich bin kurz draußen – fresh air snapping!« Holzinger grinste wie ein zahnerter Holzfuchs. »Da ist was im Busch, da habe ich ein Gespür für!« Seidel sah ihm nach, wie er in Schlangenlinien den Ausschank ansteuerte.

Die gläserne Flügeltür schloss sich mit einem Schnapplaut hinter Seidel und die Geräusche verebbten. Er sog die frische Abendluft ein – endlich allein, dachte er. Doch er hatte sich geirrt. Der Lichtschein einer Straßenlaterne fiel auf die massige Gestalt Severin Stockers, der heftig gestikulierend auf einen zweiten Mann, einen Typ mit durchtrainierter Bodybuilderfigur, einredete. Das ungleiche Paar war zu weit entfernt, als dass er etwas verstanden hätte. Nur ein undeutliches, wütendes Geknurre drang an sein Ohr. Stocker war auf Hundertachtzig, tobte und brüllte wie ein HB-Männchen kurz vor dem Herzinfarkt. »Diese Arschlöcher, diese gottverfluchten …« Um unbemerkt zu bleiben, drückte sich Seidel dicht an die Wand. Was versetzte den Baulöwen derart in Rage? Wer war dieser Martial-Arts-Typ mit dem raspelkurzen Haar? Einer von Stockers Security-Leuten? War es zu Protestaktionen von Umweltaktivisten, zu gewaltsamen Ausschreitungen gekommen? Hatte es Randale, Verletzte gegeben? Seine journalistische Neugier war erwacht.

Der Marmor-Magnat redete unaufhörlich auf den kahlgeschorenen Kantkopf ein, der wie ein Zinnsoldat vor ihm strammstand. Stocker wütete weiter: »Befehl ist Befehl! Verdammt noch mal, wir sind hier nicht in Bayerisch-Kongo!« Seine Stimme überschlug sich: »Waren die Anordnungen etwa nicht deutlich genug? Kein unnötiges Aufsehen, Sicherheitsmaßnahmen treffen, diskret und unauffällig.« Das Jackie-Chan-Double ließ die Wuttirade ungerührt über sich ergehen. »Ich bin

Geschäftsmann, ich muss mich darauf verlassen können, dass Sie Ihre Arbeit sauber und gründlich erledigen.« Seidel ging hinter einem Mauervorsprung in Deckung und schielte ums Eck. Was ging da vor? Er fühlte sich an eine Szene in einem Agenten-Thriller aus der Zeit des Kalten Kriegs erinnert. »Der Spion, der aus der Kälte kam«, oder so ähnlich. Stocker steckte seinem Kompagnon hastig einen Umschlag zu. Ein kaum wahrnehmbares Kopfnicken, dann verschwand der Mann im Dunkel der gepflegten Parkanlage, die die Rupertitherme umschloss. Stocker schnaufte heftig, dann stampfte er mit schweren Saurier-Schritten davon. Seidel rieb sich verwundert die Augen. War er eben Zeuge einer geheimen Geldübergabe geworden? Wer war dieser Kerl, der offenbar auf Stockers Lohnliste stand? War das Boris? Der dunkle Mönch?

VALENTIN

Die Spatzen zankten sich um die Brezenbröserl im Biergarten, die Meisen zwitscherten von Zweig zu Zweig und die Tauben gurrten auf den Dachgesimsen der Stadt. Der Tag war noch jung und erfüllt von der schwerelosen Leichtigkeit des Seins. Es war ein ausnehmend schöner Tag, die Morgensonne meinte es gut mit dem Land vor den Bergen. Ihr milchiges Licht ergoss sich kübelweise über den Platz im Herzen der Stadt. In der guten alten Zeit landete hier alles, was von Nord nach Süd oder von Süd nach Nord über die Berge gekarrt worden war: Garn, Werg, Wein, Wolle, Holz, Honig, Pferde, Rinder oder Schafe, Salzblöcke und Bierfässer, Tuchballen und Säcke voller Getreide. Heute war »Downtown« Rosenheim zur Flaniermeile für Döner-Djangos und Body-Beaus, Krampfklampfer und Feierabendrocker verkommen. Kebab-Kaschemmen, Szenecafés, Designershops und Ramschboutiquen lockten mit ihren Neonleuchtreklamen – und die Lifestyle-Lemminge stürzten sich unbesehen über die Konsum-Klippe.

Früh am Vormittag war die kleine Welt jedoch noch heil. An einem Sonnentischchen des Eis-Cafés »Dolomiti« leckte Lorenz den Milchschaum aus dem Mokka-Pott. Er strich mit den Fingerspitzen übers Kinn und ertastete borstige Bartstoppel. Die Rasur war nicht sonderlich gründlich ausgefallen. Wenn sich Severin Stocker ein Kinnbärtchen stehen ließ, dann war das sicher fein säuberlich gestutzt. Ein Ganove war er trotzdem. Einen Korbstuhl weiter rührte Kommissar Quirin Berger mit sauertöpfischer Miene im lauwarmen Cappuccino herum: »Grausiges Gesöff!« Berger schaufelte drei gehäufte Löffel Zucker in die milchige Brühe: »Vielleicht ist es dann genießbar!« Lorenz Seidel verlangte es schon beim Zusehen nach einer Insulin-Injektion. Mit der Zungenspitze testete Berger, ob Süße und Konsistenz des koffeinhaltigen Trunks seinen Erwartungen entsprachen: »Süß wie die Sünde und braun wie die Haselnuss, so muss er sein.« Berger seufzte, er schien nicht sonderlich erpicht darauf zu sein, die Ereignisse der letzten Tage noch einmal durchzukauen. »Was willst du, Lenzi, wir sind dran! Ich veranlasse, dass Stockers Telefon- und Internetanschlüsse überwacht werden.«

Berger lutschte gedankenverloren am Löffel.

»Es bleibt dabei. Wir ermitteln in alle Richtungen. Solange wir keine stichhaltigen Beweise haben, ist jeder verdächtig: Stocker, der Pater, selbst unsere Video-Spartakisten. Vorläufig will ich nichts ausschließen, die Kriminaltechniker suchen intensiv nach verwertbaren Spuren der Keiler-Killer. Wir haben beim LKA einen Profiler angefordert, der eine Matrix mit möglichen Täterprofilen erstellt. Wir sind die Guten und wir kriegen die Schurken.«

Berger angelte nach der Kuchenkarte, offensichtlich fahndete er nach zuckerhaltigen Substanzen, nach Sachertorte, Spanischer Vanille, Donauwelle. Es war ihm rätselhaft, warum Berger bei seinen Ernährungsgewohnheiten nicht längst zum Bud-Spencer-Klon mutiert war.

»Ach, eins noch: Bei uns ist ein Päckchen eingegangen. Kein Video diesmal, sondern ein Liebesbriefchen. Unsere Experten haben es nach allen Regeln der forensischen Textanalyse zerpflückt und sind zu dem Ergebnis gelangt, dass der Verfasser eine Frau um die 40, kein Intelligenzbolzen und eher praktisch veranlagt ist. In dem Schreiben beschuldigt unsere Anonyma ihren Ehepartner, in den Fall Ferstl verwickelt zu sein.«

Seidel schnaubte: »Red ned so geschwollen daher und komm zum Punkt!«

Berger ignorierte die brennende Ungeduld Seidels und studierte die Eiskarte so eingehend wie ein Glaziologe die Gletscherströme Grönlands. »Coppa Amarena, Coppa Croccante, Coppa Nocciola oder ein simples Spaghetti-Eis, was meinst?«

Seidel rang die Hände in stummer Verzweiflung. »Aber bitte mit einem Schlag Sahne. Um was geht es in dem Schreiben denn?«

Seufzend klappte der Kommissar die Karte zu. »Die enttäuschte Ehefrau wirft ihrem Gatten vor, dass er ihr zu wenig Aufmerksamkeit schenke, keinen Bock auf Sex habe, bla bla bla.«

»Wieso lässt sich die Ziefern dann nicht scheiden?«, brummelte Seidel unleidlich, der endlich auf Stockers verbrecherische Machenschaften zu sprechen kommen wollte.

Berger war nur halb bei der Sache, schwankte innerlich zwischen Eisbecher und Sahnetörtchen. »Nur deshalb habe sie ihren Mann betrogen – und zwar, jetzt kommt der Knaller, mit unserem verblichenen Landrat Kajetan Ferstl, dieser Filzlaus.«

»Wie bitte? Mit Ferstl!« Seidel kippte fast vom Stuhl. »Das ist nicht wahr, oder?«

»Und ob das wahr ist. Das rückt das Attentat in ein gänzlich neues Licht«, konstatierte Berger mit Genugtuung. »Dem Schreiben lag übrigens ein Foto bei. Darauf rekelt sich Ferstl im Adamskostüm auf dem Bärenfell. Ein Anblick für die Götter.«

»Fehlt nur noch das Bunga-Bunga-Shirt«, kommentierte Seidel sarkastisch. »Das Foto ist vorerst unter Verschluss, nehm ich an?«

Bergers Augen verengten sich. »Laufende Ermittlungen. Vergiss es!«

»Und wer ist diese Lady Blaustrumpf?«

Der Kommissar zuckte hilflos mit den Achseln. »Wissen wir noch nicht. Sie hat Handschuhe benutzt und sich alle Mühe gegeben, keine Spuren zu hinterlassen. Aber die KTU findet garantiert noch etwas, eine Hautschuppe, ein Härchen.« Der Kommissar schielte nach der Schiefertafel, auf der die Torte des Tages angepriesen wurde. »Mmmh, Prinzregententorte, Schokoladenbuttercreme auf dünnem Biskuitboden, mit Aprikosenmarmelade bestrichen, und oben drüber eine Schokoglasur.« Seidel verkniff sich den Seitenhieb, ob er ihn prophylaktisch bei den »Weight Watchers« anmelden sollte. »Die Lady beschuldigt ihren Gemahl, den Mord an seinem Nebenbuhler von langer Hand geplant zu haben. Deswegen habe er versucht, über entsprechende Seiten im Darknet einen Berufskiller anzuheuern. Ihr Gatte habe sich überdies ein hieb- und stichfestes Alibi für den Tatzeitpunkt verschafft.« Der Kommissar hatte einen Entschluss gefasst, er erteilte der neben einem Bistrotischchen ausharrenden Kellnerin eine klare Order: »Ein Stück Prinzregenten und die Coppa Frutta, bitte.«

»Und weiter, jetzt erzähl schon«, drängte Seidel.

»Ihr Mann habe weniger aus Eifersucht als aufgrund anderer persönlicher Motive wie Rachsucht und Profitgier gehandelt.«

»Ach was«, frotzelte Seidel spitzzüngig.

»Sie habe ihrem Gatten versichert, dass sie einen großen Fehler begangen und das Verhältnis mit Ferstl beendet habe. Ihre Versicherungen hätten ihren Mann wenig beeindruckt, vielmehr habe ihn das Geld gereut. Der Killer habe 15.000 Euro für seine Dienste verlangt – die Hälfte davon im Voraus. Daraufhin habe er von seinem Vorhaben abgelassen.«

Seidel blinzelte irritiert. »Wie bitte? Ferstl ist aber doch erschossen worden, oder?«

Der Kommissar zögerte, ehe er süffisant erwiderte: »Das Foto beweist lediglich, dass besagte Dame ein amouröses Tête-à-Tête mit Ferstl hatte – nicht mehr. Wenn man dem Dorftratsch Glauben schenkt, war sie da nicht die Einzige.«

»Hast du in Erwägung gezogen, dass uns diese Tussi ein Lügenmärchen auftischt, um sich sowohl ihres eifersüchtigen Ehemannes als auch ihres lästigen Liebhabers zu entledigen?« Seidel entwickelte aus dem Stegreif einen überzeugend klingenden Plot: »Madame XY führt ein recht komfortables Leben. Sie hat genug Kohle im Lederhandtäschchen, um regelmäßig zu shoppen und zum Nobelfriseur zu gehen. Ihr schnittiger silberfarbener SUV parkt vor der Tür. Bei ein paar Drinks gabelt sie in der Cocktailbar einen feurigen Lover auf, der jedoch für seine sexuellen Dienstleistungen monetäre Gegenleistungen erwartet. Da trifft es sich gut, dass sie eh vorhat, den unliebsamen Gatten loszuwerden. Doch eine Scheidung kostet.« Der Kommissar war ganz Ohr und – oh Wunder – stellte keine Zwischenfrage. »Unter der Trockenhaube liest sie vom Anschlag auf Sonnöder. Da kommt ihr eine geniale Idee, wie sie ihren Mann aus dem Weg räumen kann: Ihre Affäre mit Ferstl, die sie nach einigen Bärenfell-Begattungen beendet hat, ist der Schlüssel zu einer raffinierten Intrige. Sie legt sich ein Konzept zurecht – und setzt ein anonymes Schreiben an die Polizei auf.« Seidel hielt die Hände über Kreuz, als ob er nur darauf wartete, in Handschellen abgeführt zu werden: »Siehe da, ihr Mann wandert hinter Gittern. Chapeau!«

Berger hatte den Löffel weggelegt und fuchtelte nun mit der Gabel herum: »Du solltest Liebesromane schreiben. Die Rache der Desdemona oder so …«

»Oho, Othello! Deutsch-LK, ha?« Seidel rang sich ein gequältes Lächeln ab. Er würde Berger schon noch zeigen, dass er es in puncto Spürsinn mit jedem Rosenheim-Cop aufnehmen konnte. »Glaub mir, ihr ermittelt in die falsche Richtung. Ich verwette einen Monatslohn darauf, dass Stocker den Überfall auf die Kirche angeordnet hat.«

Der Kommissar winkte verächtlich ab: »Was ist mit dem Mord an Ferstl? Geht der auch auf sein Konto? Und die zwölf Schweine? Die stehen doch wohl sinnbildlich für Stocker, das Kapitalistenschwein.«

Seidel war kein typischer Choleriker, doch jetzt drohte er, wie ein Knallfrosch zu platzen: »Das ist eine unmissverständliche Warnung an den Pater: Das nächste Mal kostet es dich deinen Kopf.«

Mit der Abgeklärtheit eines Profis hielt ihm Berger entgegen: »Denkst du! Vielleicht war das Ganze eine geschmacklose PR-Aktion: Schaut her, in Sankt Leonhard ist der Teufel los, oder so. Wer sagt dir, dass Pater Cölestin nicht im Hintergrund die Fäden zieht und ein paar Wilderer für die Drecksarbeit angeheuert hat!«

Sobald er sich in seine Beute verbissen hatte, ließ ein Terrier nicht mehr los. Ein Charakterzug, der Seidel durchaus sympathisch war: »Ich geb der Tussi in einem Punkt recht: Ferstl sollte ins Gras beißen – und niemand sonst. Der Attentäter hat den Richtigen erwischt. Und Severin Stocker hatte das Motiv, die Mittel und die Möglichkeit, basta!«

Bergers Blick schweifte über den Platz, der wie das Rund eines von der Morgensonne ausgeleuchteten Amphitheaters vor ihnen lag: »Warum ein solches Risiko eingehen, wieso diese Unkosten? Ferstl war politisch erledigt. Sein Rücktritt nur noch eine Frage von wenigen Wochen. Ferstl hat Stocker von Anfang an unterstützt, er hat die Pläne von den diversen Ausschüssen absegnen lassen. Mir fehlt der letzte Beweis, aber ich bin mir sicher, dass Ferstl massiv bestochen wurde.«

Seidel holte kurz Luft: »Das klassische Motiv: Rache! Ferstl stand mit dem Rücken zur Wand. Er hat seinen alten ›Amigo‹ erpresst und gedroht, die Sache publik werden zu lassen. Ein Mann wie Stocker lässt einen solchen Erpressungsversuch nicht unkommentiert stehen. Der schlägt zurück.«

Die Kellnerin nahte – endlich! Sie flötete mit glockenhellem Stimmchen: »Ihre Prinzregententorte, lassen Sie es sich schmecken!« Dies ließ sich der Kommissar nicht zweimal sagen – und lud sich ein Sahnestück auf die Kuchengabel.

»Ferstl war korrupt bis auf die Knochen. Die Liste der gegen ihn erhobenen Anschuldigungen ist länger als die Pergamentrolle mit den 95 Thesen Luthers: illegale Wahlkampffinanzierung, Bestechung, Vorteilsannahme, Untreue im Amt, Begünstigung von Unternehmen mit öffentlichen Geldern. Das Problem daran: Wer dem einen etwas gibt, nimmt dem anderen etwas weg.« Die Schokoglasur zersplitterte wie das Eis auf den Teichen im Frühjahr. »In den Archiven der Staatsanwaltschaft stapeln sich die Akten. Es gab mehrere Anzeigen ob der obengenannten Vergehen. Es wurde jedoch nie ein Ermittlungsverfahren eröffnet, um den Fall vor Gericht zu bringen. Was indes weniger für Ferstls Unschuld als für dessen exzellente Kontakte spricht.« Unter mehreren Schichten Buttercreme kam der Boden zum Vorschein: »Wenn jemand beabsichtigt hat, Ferstl umzubringen, dann hätte er es sich bedeutend einfacher machen können! Einen Sprengsatz unter seinen Wagen – und puff! Nein, deine Hypothese überzeugt mich nicht.« Ehe er Einspruch erheben konnte, legte ihm Berger eine Hand auf den Arm. »Wir kümmern uns um Stocker, keine Bange. Fürs Erste darfst du dir ein Fleißkärtchen verdienen. Das Video unserer Volksbefreier erweist sich als wahre Fundgrube. Wir haben darauf etwas Interessantes entdeckt.«

»Ein Ansichtskärtchen aus Havanna?«, konterte Seidel schlagfertig.

Der Kommissar fuhr ungerührt fort. »Unsere Techniker haben einen bestimmten Bildausschnitt so weit vergrößert, bis eine Art Sticker auf einem der komischen Käppis sichtbar wurde.«

»Der schwarze Stern der Tupamaros.« Wieso erzählte ihm der Kommissar das? Diese Typen waren doch nur Trittbrettfahrer.

»Ein Pin mit ovalem Wappenschild.«

»Ostalgie, samt Hammer und Sichel?«

»Die bayerische Fahne, umrahmt von Eichenlaubkranz und Königskrone.« Schon im Grundkurs Geschichte hatte Berger stets das letzte Wort haben müssen – daran hatte sich bis heute nichts geändert.

Seidel saugte den kümmerlichen Schaumrest aus der Tasse. Wie er es auch drehte und wendete, es ergab doch keinen Sinn. Wieso hisste jemand die bayerische Flagge? Um seine patriotische Gesinnung und seine Treue zum Freistaat Bayern zu bekunden. Am Käppi eines Kalaschnikow schwingenden Revoluzzers hatte dieses Emblem definitiv nichts verloren. Es gab nur zwei Erklärungen: Die Kerle waren entweder komplette Idioten oder sie spielten ein doppeltes Spiel. »Das ist in etwa so, als ob der autonome Block mit Ami-Fahnen zur Demo zieht.«

Berger knurrte wie ein angriffslustiger Pitbull, der sein »Ripperl« mit Krallen und Zähnen verteidigte: »Ich weiß, das klingt nach absurdem Theater. Der Anstecker ist eine Sonderprägung, die die Gebirgsschützenkompanie Audorf zum Anlass ihrer Jubiläumsfeier vor drei Jahren bestellt hat. In limitierter Auflage: 1.000 Exemplare.«

Seidels Denkerstirn legte sich in Falten: »Tausend Stück, das klingt übersichtlich – könnte trotzdem schwierig werden, die Anstecknadel im Heuhaufen zu finden.«

Bergers Miene hellte sich auf: »Von den Audorfer Schützen haben wir erfahren, dass die Nadel an die Besucher einer Festveranstaltung zum 100-jährigen Bestehen der Kompanie für drei Euro das Stück verjubelt wurde.«

Seidel ärgerte sich über die ihm zugedachte Statistenrolle, ja seine Wut wuchs. »Ich soll also herausfinden, wer noch ›an der Nadel‹ hängt? Ist nicht dein Ernst, oder?«

Der Kommissar stopfte sich die Hamsterbacken voll und gab sich freigiebig: »Magst probieren? Köstlich.« Schlagartig wurde er ernst: »Sahne beiseite. Ich habe einen Namen für dich. Der hat die Veranstaltung damals mitorganisiert und die Sticker bestellt.«

»Und wo finde ich ihn? Bei der Gamsjagd im Gebirg?«

Ein letzter Bissen, ein halblautes Schmatzen, dann war die Prinzregenten-Zeit Geschichte. »Muss ein ziemlich wunderlicher, knurriger Kauz sein, dieser Schwarz. Der alte Herr hat sich mit sämtlichen Nachbarn und Nachfahren überworfen.«

»Der freut sich sicher, mich zu sehen«, höhnte Seidel.

Ungerührt rezitierte Berger den Steckbrief des Gesuchten. »Max Schwarz war in den 60er- und 70er-Jahren mehrmals hintereinander Gauschützenkönig. Nächstes Jahr wird der wackere Schütz 84!«

»Und wo verbringt unser Schütz seine alten Tage – an den Gestaden Gran Canarias oder in der Seniorenresidenz Sankt Benediktus?«

In den Taschen seiner geliebten Lederjacke steckte ein

zerknitterter Umschlag: »Wir haben nicht sonderlich viel über ihn. Schwarz verbringt den Sommer auf seiner Alm. Er hat seinen ›Berghof‹ mit Stacheldraht abgezäunt und brennt jedem ungebetenen Besucher eine Schrotladung auf den Pelz.«

»Super«, entfuhr es Seidel. »Im Hundezwinger hält er ein Rudel Mastinos.«

Der Kommissar sprach beruhigend auf ihn ein: »Aber nein. Du musst da nicht hin. Jeden Donnerstag, ab halb sieben hockt Schwarz beim Tarocken im Auracher Stüberl.«

»Und ich soll den misanthropischen Alm-Öhi bei ein paar Stamperl Schnaps aushorchen«, biss Seidel in den sauren Apfel.

»Du gibst vor, dass du eine Dokusoap über seine große Zeit als Gauschützenmeister machen möchtest, und schon hast du ihn am Wickel.« Die Häme in seiner Stimme war unüberhörbar.

Seidel bedachte seinen »Freund« mit einem Fluch: »Zefix, was soll das bringen? Selbst wenn er früher ein Meisterschütze war, wird er wohl kaum nach Rosenheim runter sein, um Ferstl aufs Korn zu nehmen. Das ist doch eine Sackgasse.«

Berger zog ihn gnadenlos auf: »Wo bleibt dein Abenteuergeist, hinauf auf die Bergeshöhen!«

»Ist ja gut, ich schau mir diesen Schwarz an. Hat er Familie? Habt ihr da jemanden auf dem Schirm?«

Wenn er Zahlen und Fakten herunterrattern konnte, war Berger in seinem Element: »Recherche ist das A und O, das brauch ich dir ja nicht zu sagen. Schwarz war nicht immer der Alm-Eremit. Der hatte es faustdick hinter den Ohren, Schwarzbrennerei, Schwarzarbeit, Steuerbetrug. Mehrere Verurteilungen, dabei eine nach Paragraf 292, Jagdwilderei. Sage und schreibe zehn Kinder von drei Frauen, 18 Enkel, fünf Urenkel. Damit liegt er der Statistik nach eindeutig über dem Schnitt.« Der Kommissar drückte ihm den Umschlag in die Hand. »Da findest du die Basics. Mein Gefühl sagt mir, dass wir bei Enkel Nummer zwölf fündig werden: Wolfgang Unterwieser. 29 Jahre alt, gelernter Starkstromelektriker, hat zwei Jahre als Sprenghelfer bei einem Hartsteinwerk gearbeitet und sprengtechnische Grund- und Sonderlehrgänge absolviert. Die dafür erforderliche Unbedenklichkeitsbescheinigung wurde ihm erteilt. Nach der Ausbildung war er drei Jahre lang als Sprengmeister in dem Betrieb tätig. Dann haben sie ihn rausgeschmissen. Weshalb, ist unklar. Derzeit ist Unterwieser arbeitslos gemeldet – offiziell zumindest.« Versonnen betrachtete Berger die Kaffeetasse in seiner Hand. »Bei dem sollten wir mal auf den Busch klopfen – unauffällig, versteht sich, sonst kann ich gleich einen Streifenwagen vorbeischicken.« Quirin Berger schob den Stuhl zurück. »Du zahlst! Irgendwelche Fragen?«

Die Sonne meinte es gut. Sie fiel weder vom Himmel, noch verschwand sie hinter finsteren Wolken. In solch raren Momenten himmlischer Harmonie tat man gut daran zu schweigen.

MAURUS

Der grün-weiß lackierte Polizeihelikopter mit dem Codenamen »Maurus 2« knatterte durch das enge, dicht bewaldete Gebirgstal der Oberen Ache. Aus der Vogelperspektive betrachtet, sahen die Familienkutschen unten auf der Achtal-Bundesstraße wie Matchbox-Mobile aus. Der Hubschrauber zog eine enge Kurve und flog aus dem Talkessel heraus. Rasch gewann die Maschine an Höhe, schraubte sich vor der imposanten Gebirgskulisse empor und war bald nur noch ein Fliegenschiss am Horizont.

Berger hätte ihm doch einen Hubschrauber zur Verfügung stellen können, dachte Seidel in einem Anflug von Neid. Immerhin wühlte er für ihn im Untergrund. Aber nein, er durfte mit seinem »Luxusschlitten« die enge Serpentinenstrecke nach Sperlasreuth hinaufzockeln. Die Welt war eben ungerecht. Die steile Bergstraße krümmte sich unter einer nahezu lotrechten Felswand, die selbst Kletter-Assen wie den Huberbuam Respekt abgenötigt hätte. Hinter der letzten Biegung verengte sich die Straße und bot auf einer Länge von knapp 100 Metern nur noch Platz für ein Fahrzeug. Prompt kam ihm ein Kastenwagen entgegen. Der Fahrer drückte auf die Hupe und gab Gas. Um einen Zusammenstoß zu vermeiden, blieb Seidel nichts anderes übrig, als auf die Bremse zu steigen. Wutentbrannt zeigte er dem Lenker den Stinkefinger, was der Fahrer der Rostlaube mit zornigem Gehupe quittierte. »Dummes Arschloch, anzeigen sollte ich dich!«

Langsam nahm sein betagter Golf Variant wieder Fahrt auf. Dem Straßenschild nach betrug die Steigung in diesem Abschnitt über 20 Prozent. Im Schneckentempo zockelte er durch einen in den nackten Fels gesprengten, von trübe funzelnden Lampen spärlich erleuchteten Tunnel. Zwei Spitzkehren weiter wurde die Straße breiter und besser.

Vor ihm erstreckte sich eine weite Hochfläche: saftig grüne Wiesenbuckel mit glücklich grasenden Kühen als Farbklecksen darauf. Ein weiß-blauer Postkartenhimmel spannte sich über die bunt gescheckten Wiederkäuer. Hinter dem letzten Hügel kam das Dörfchen Sperlasreuth in Sicht. Ein schlankes, spitzes Messias-Minarett ragte zur Wohnstatt des Herrn empor. Um die Kirche herum leuchteten die ziegelroten Dächer des Dorfes. Ländliche Idylle pur, wenn man einmal davon absah, dass sich das schmucke Kuhkaff die ganze Saison über in der Hand solventer Touristen aus Nahost und Fernost befand.

Er hatte ursprünglich vorgehabt, den Alp-Anarcho beim Stammtisch abzupassen, um ihn bei ein paar Obstlern mürbe zu machen. Seidel hatte die Idee aber wieder verworfen. Er durfte sich nicht gleich als neugieriger Schnüffler outen. Deshalb hatte er sich dazu durchgerungen, Schwarz in seinem Bergrefugium einen unangemeldeten Besuch abzustatten. Das Überraschungsmoment wäre auf seiner Seite. Und wenn irgend möglich, wollte er den hadersüchtigen Haudegen allein sprechen.

Für Reisebusse, Wohnmobile und Fahrzeuge aller Art war an der Schneeberg-Alm Endstation. Seidel ignorierte das rot umrandete Verbotsschild und bog auf die Forststraße ab, die in das Hochtal hinein- und den Berg hinaufführte. Kies und Splitt knirschten unter seinen Pneus. Wie der riesenhafte Leib eines Lindwurms zog sich die Straße an den waldigen Hängen entlang. Eine waghalsige Holzkonstruktion schlug eine Brücke auf die andere Seite eines wild dahinschäumenden Bergbachs. Seidel krümmte sich um das Lenkrad und stierte angestrengt nach vorn. Jeden Moment konnte ein überladener Holzlaster ums Eck geschossen kommen oder ein schwergewichtiger Keiler über die Fahrbahn stolzieren. Wieso hatte er sich auf dieses gewagte Unterfangen eingelassen? Was versprach sich der Kommissar von einem informellen Besuch bei diesem eigenbrötlerischen Wurzelsepp? Im Geiste sah sich Seidel schon in der Notfallambulanz des Rosenheimer Klinikums liegen, um sich wegen diverser Hundebisse behandeln und sich eine Tollwutspritze in den Allerwertesten rammen zu lassen.

Der Forstweg endete in einem riesigen Wendeplatz. Seidel parkte den Variant hinter einem dreckverkrusteten Bulldog. Er verspürte nicht die geringste Lust, auszusteigen und sich auf den Weg hoch zur Wengwieser Alm zu machen. Er verstaute eine Flasche Williams-Christ-Edelbrand der Privatbrennerei Steinhauser, eine kleine

Wegzehrung und das Diktiergerät im Rucksack, dann stapfte er leise vor sich hin schimpfend los.

Die Weg- und Wetterverhältnisse waren nicht dazu angetan, seine Laune zu heben: Es hatte zu nieseln begonnen und der Almweg war dabei, sich in eine Schlammspur zu verwandeln, die kreuz und quer durch eine morastige Wiese mäanderte. Trotz der Profilsohlen fanden seine Bergstiefel auf dem rutschigen Untergrund kaum Halt. Sein Groll wuchs Meter um Meter, sein Unmut wurde zu Wut. Seidel schwor sich, dass er es Berger heimzahlen würde, dass er ihn mutwillig ins Niemandsland zwischen Kuhfladen und Nebelschwaden geschickt hatte. Hinter einigen kahlköpfigen Fichten kam endlich die Alm in Sicht. Wie eine Fata Morgana tauchte die Holzhütte mit ihrem Schindeldach und der kleinen Veranda aus dem diesigen Grau. Über dem Kamin hing eine Rauchfahne. Schwarz schien zu Hause zu sein. Vor seinem inneren Auge entstand das Bild eines Alpenidylls samt Hüttenzauber: ein gemütlich vor sich hin bullernder Kanonenofen, ein Teller voll köstlich duftendem Kaiserschmarrn. Ein Bild, das Sekundenbruchteile später wie eine bunt schillernde Seifenblase zerplatzte.

Wie aus dem Boden gestampft stand urplötzlich ein Wichtelmann mit Rauschebart und einem speckigen Hirtenhut auf dem von eisgrauen Locken umsponnenen Haupt vor ihm. Ein Zigarrenstummel klemmte in seinem Mundwinkel, ein kurzläufiger Stutzen lag lässig in seiner Armbeuge. Die Waffe ähnelte auf beängstigende Weise derjenigen, die der noch immer flüchtige Attentäter benutzt hatte. Ehe er sich's versah, schaute er in die

Röhre respektive in einen dunklen Lauf aus kaltgewalztem Stahl. Klick! Seidel hörte, wie die Waffe gespannt wurde. Der Reporter erstarrte, wilde Panik durchflutete ihn. Sollte er Fersengeld geben? Würde ihn der Irre am Ende noch hinterrücks abknallen? Er schluckte heftig, brachte jedoch keine einzige verständliche Silbe zuwege. Dafür erhob nun der Alte seine kieksige Stimme: »Was schleichst du wie ein Zigeuner hier herum? Hast du das Schild am Gatter unten nicht gelesen? ›Privatbesitz‹, steht da! Betreten strengstens verboten!«

Fieberhaft suchte Lorenz nach einer plausibel klingenden Erklärung, weshalb er unbefugt ins »Sperrgebiet« eingedrungen war. Welche Story würde den grimmigen Hitzkopf besänftigen und ihn nachsichtig stimmen? Sollte er ihm die Mär des vom rechten Jakobsweg abgekommenen Pilgers auftischen? Sollte er sich als Paketbote ausgeben, der sich auf dem Weg zur Nachbarsalm im Nebel verirrt hatte? Der auf seine Brust gerichtete Gewehrlauf spornte seine grauen Zellen zu Höchstleistungen an.

Seidel beschloss, dass es klüger wäre, zumindest zum Teil mit der Wahrheit herauszurücken, um den Rübezahl nicht noch weiter zu reizen: »Herr Schwarz, grüß Sie Gott! Ich arbeite an einer Reportage zum Thema ›Bedrohung Wolf – Artenschutz kontra Almwirtschaft‹. Ich bin hier, um betroffene Almbauern nach ihrer Meinung zu fragen. Welche Lösungen sehen Sie?« Wenn er gehofft hatte, dass der offizielle Anstrich seines Erscheinens den Waldschrat versöhnlich stimmte, sah er sich getäuscht.

»So, Journalist bist. Die Saubagage kann nur eines: Lügengeschichten verbreiten.« Schwarz quäkte wie die

Kassandra von Troja: »Mach, dass du weiterkommst, du windiges Zeitungsbürscherl! Sonst hörst gleich die Englein singen.« Sein Zeigefinger krümmte sich um den Abzug.

Seidel unterdrückte den aufkeimenden Fluchtreflex. Der schießwütige Hundsbeidl würde ihm, ohne mit der schlohweißen Wimper zu zucken, eine Kugel hinterherjagen. Er nahm daher all seinen Mut zusammen und trat einen Schritt vor. »Sperr deine Lauscher auf, du verschissener Kuhfladenklauber, ich bin kein Zeitungsbürscherl, sondern Redakteur beim Fernsehen. Und jetzt nimmst gefälligst deinen Schießprügel herunter, sonst schicken sie dir gleich morgen den Zeiserldoktor vorbei!« Die Angst verlieh Seidel Flügel: »Wenn du mich noch länger mit der Schusswaffe bedrohst, landest du in Gabersee – und zwar in der geschlossenen psychiatrischen Abteilung, klar?«

Die Drohgebärde zeigte Wirkung. Der Almbauer schien sich der möglichen Konsequenzen bewusst zu werden, wenn er kurzerhand abdrückte. Langsam wie in Zeitlupe ließ Schwarz das Gewehr sinken.

Der Wildschütz musterte ihn aus tückisch funkelnden Augen. »Na gut, von mir aus, hock dich her.« Schwarz deutete auf einen wackligen Stuhl – und Seidel tat, wie ihm geheißen. »Was willst denn wissen über den Wolf?« Ein boshaftes, geringschätziges Lächeln lag auf seinem runzligen Gesicht.

Tja, was wollte er über Meister Isegrim wissen? Eigentlich war er hier, um etwas über den Verbleib der ominösen Anstecknadel in Erfahrung zu bringen. Wie sollte er darauf zu sprechen kommen, ohne dass der

Graubart misstrauisch wurde? Er musste extrem vorsichtig vorgehen, zumal mit dem Alten nicht zu spaßen war. »Nun, der Wolf steht zwar unter strengem Artenschutz, andrerseits stellt er eine akute Gefahr für die Weidewirtschaft in den Bergen dar. Ich könnte mir vorstellen, dass es da ziemliche Konflikte gibt.«

Der Alte wog sein Gewehr in der Hand. »Konflikte? Das ist ein bisserl untertrieben. Es geht um unsere Existenz, verstehen S'? Vor 130 Jahren wurde der Wolf bei uns ausgerottet – und kein Mensch hat sich daran gestört. Und jetzt auf einmal plärren die grünen Arschlöcher alle: Der Wolf ist wieder da, Artenschutz! Diese Tierschutz-Aktivisten sind wie die Nazis, schlimmer als die Gestapo.« Der Almbauer schnaubte unwillig: »Wenn sich ein Kälbchen auf der Flucht vor den Drecksviechern den Haxen bricht und elendiglich verendet, lässt das diese ›Tierschützer‹ völlig kalt. Die würden lieber uns Bauern abschießen als ihre geliebten Wölfe.« Seidel wusste nicht recht, was er darauf erwidern sollte. Offensichtlich hatte er einen echten Freischärler der Berge vor sich. »Ich kann durchaus verstehen, wenn die Betroffenen unter diesen Umständen zur Selbstjustiz greifen, um ihre Herden zu schützen.« Schwarz wedelte erregt mit den Armen herum. »Wenn einige Wildschweine, wie neulich drunten in Sankt Leonhard, abgeschossen werden, regt sich auch keiner auf. Aber wenn es um den Wolf oder den Luchs geht, ist das Geschrei groß! Dabei sind das Raubtiere – absolut unberechenbar.« Der Muh-Meister schien sich auf seine Gastgeberpflichten zu besinnen: »Magst einen Schnaps? Einen Himbeergeist – Eigenbrand.«

Seidel blickte ihn verwundert an. »Da hätte ich nix dagegen einzuwenden.«

Schwarz nickte wortlos und verschwand im Inneren der Hütte.

Ihm kam ein verwegener Gedanke: War er durch Zufall auf eine frische Fährte gestoßen? Wusste Schwarz etwas über die Urheber des Wildschweinmassakers? Ahnte er gar, wer den Überfall auf Sankt Leonhard begangen hatte? Hatte er die Täter beim Anmarsch beobachtet? Seine Alm war nur gut zwei Kilometer Luftlinie von Sankt Leonhard entfernt – und ein alter Pilgerweg führte direkt unterhalb der Wengwieser Alm vorbei. Seidel zog die Schnallen des Rucksacks auf und stellte sein Mitbringsel, die Williams-Christ-Birne, in die Mitte des Tischs. Der Graubart tauchte mit zwei Emailtassen und einer Buddel Schnaps unterm Arm wieder auf. Seinen Stutzen hatte er gottlob an den Haken gehängt. Als der Almbauer der Flasche auf dem Tisch ansichtig wurde, schnalzte er anerkennend mit der Zunge: »Ein Willy vom Steinhauser, ned schlecht. Aber probier erst mal den, selber gebrannt. Schwarz natürlich – nomen est omen!« Der Alte stieß ein keckerndes Lachen aus. Ein Schluck genügte, um Seidel die Tränen in die Augen zu treiben und einen Hustenanfall zu provozieren. Was war das für ein Gesöff? Lirum, larum, Delirium? Schwarz gluckste vor Vergnügen: »Ein wenig rass, ha? Nach einer Rezeptur von meinem Großvater. Er hat jeden Tag zwei Stamperl von dem Zeug auf ex hinuntergekippt und ist 98 geworden. Prost!« Schwarz wischte sich über die rissigen Lippen. »Dagegen kannst alles andere vergessen, Ginkgosaft, Ginsengextrakt, Baldriantinktur – so ein Schnapserl ist das einzig wahre Lebenselixier.«

Der Hustenanfall verebbte und Seidel räusperte sich krächzend: »Ein Wunder der Natur. Vielleicht ein bisserl zu heftig für meinen Geschmack.«

Der Alte von der Alm grinste über beide Ohren – und schien in seiner Gegenwart langsam aufzutauen. »Lang ruhig zu, Bua! Ich hab noch ein paar Plastikkanister im Keller unten. So jung kommen wir nicht mehr zusammen.« Schwarz hob die Tasse in die Höhe und brachte einen Toast aus: »Auf die Jagd und unser Gewehr, die Grattler schicken wir zum Luzifer!« Der hochprozentige Spezialbrand gurgelte seine Kehle hinab. »Ich sag dir eins – und das kannst gern in deinem Käseblatt schreiben: Falls sich eines dieser Drecksviecher zu uns verirrt und ein Geißlein reißt, dann spielen wir Brüder Grimm!«

Seidel verzichtete auf den erneuten Einwand, dass er fürs Fernsehen tätig war, und fragte stattdessen: »Haben Sie denn Anzeichen dafür, dass sich hier ein Wolf herumtreibt? Unser neuer Landrat Filzmooser hat ja erst vor zwei Tagen den gesamten Landkreis zur wolffreien Zone erklärt.«

Max Schwarz machte es sich auf der Bank neben Seidel bequem und drehte am Schraubverschluss des Willys. Offenbar hatte er genug von seinem eigenen »Göttertrunk«. »Der Filzmooser ist ein Hamperer, eine Sprichfotzen. Der Duttentandler hat keine Ahnung von der Materie. Da war mir der Ferstl ja noch am Arsch hinten lieber, der korrupte Weiberer.« Der Almbauer fuhr sich mit der Hand durch die ergraute Mähne, die schon lange keinen Kamm mehr aus der Nähe gesehen hatte.

»Ich sag dir eines, irgendetwas ist da faul – meine Viecher spüren das. Die Kühe sind unruhig und schreckhaft, die Schafe sind ängstlich und weichen mir nicht von der Seite. Komm, ich zeig dir was.« Litt der Almvater unter Verfolgungswahn und sah im Obstlerrausch Gespenster? Andererseits hatte er sich selbst davon überzeugen können, dass Schwarz noch hellwach war und ein scharfes Auge besaß.

Brombeerbüsche, verfilztes Gestrüpp, Dornensträucher, umgestürzte Bäume, Brennnesselfelder. Der Almbauer ließ nichts aus und Seidel blieb nichts erspart. Dann hatten sie das hinterste Eck des umzäunten Alm-Areals erreicht. »Da war's! Hier habe ich die Spuren gefunden. Stiefelabdrücke im Matsch. Ein Stück weiter unten, dort, wo mein Grundstück an den Pilgerpfad nach Sankt Leonhard grenzt, hat jemand den Weidezaun mit der Blechschere aufgeschnitten. Ich könnte es nicht beschwören, aber ich bin mir ziemlich gewiss, dass ich in der Dämmerung zwei Gestalten im Tarnanzug gesehen hab. Dicke Rucksäcke haben's dabeigehabt – wie beim Militär. Ich hab gleich an diese militanten Tierschützer gedacht, dieses Gesindel!« Schwarz ereiferte sich: »Die brechen in die Gehege ein, um das Wild zu befreien. Und damit der Wolf in seinem natürlichen Lebensraum frei herumstreifen kann, reißen die Zipfelklatscher unsere Schutzzäune um.«

Seidel erkundigte sich interessiert: »Könnten das nicht Jäger gewesen sein? Ich mein, solche von hier?«

Der frühere Hauptmann der Audorfer Gebirgsschützen widersprach energisch: »Nie und nimmer, die schleppen keine solch unhandlichen Rucksäcke mit sich herum. Und was sollten die auf meiner Alm wollen? Die Jäger halten sich an die Regeln und die Grenzen ihres Reviers.«

Seidel überlegte, ob es sich bei den beiden Gestalten nicht etwa um PETA-Aktivisten, sondern um die gesuchten Attentäter gehandelt haben könnte. Um diesen Boris und einen seiner Komplizen. Oder verlor er sich in haltlosen Spekulationen? Seinem eigentlichen Auftrag, etwas über den Verbleib der Anstecknadel mit dem weiß-blauen Fähnchen in Erfahrung zu bringen, war er jedenfalls keinen Schritt näher gekommen. »Machen denn die Almbauern keine Lobby-Arbeit? Zusammen mit den Brauchtums- und Schützenvereinen könnten sie die Problematik doch aufgreifen. Soweit ich mich erinnere, waren Sie doch lange Jahre ein hohes Tier bei den Audorfer Gebirgsschützen.« Es konnte schließlich nicht schaden, Schwarz etwas Honig ums Maul zu schmieren. Die knochigen Finger des alten Zausels zwirbelten die gabelförmigen Spitzen seines Barts.

»Ach geh, für die Politiker sind wir doch bloß ein Haufen Querulanten. Die Masse der Leute schert sich einen feuchten Dreck um uns und unsere Sorgen. Die sehen im Fernsehen ein Tierfilmchen über die süßen, niedlichen Wölfchen – und schreien dann: Ja, der Wolf gehört zur heimischen Fauna wie Hase und Igel! Diesen Spinatwachteln haben sie doch ins Hirn geschissen!« Schwarz schnaubte wie ein kastilischer Kampfstier, dem man ein knallrotes Tuch unter die Nüstern hielt: »Und wir? Wir sind so deppert und lassen uns alles gefallen, was uns die Trottel diktieren. Solidarität? Das kannst du dir schmelzen!«

Lorenz spielte den Überraschten: »Das verstehe ich jetzt nicht. Man trifft sich doch beim Stammtisch, bei Sitzungen oder sonst wo und redet über alles. Auch über den Wolf, oder?«

Schwarz rümpfte die Nase: »Ich bin raus aus dem Zirkus. Da fragen Sie besser einen meiner Enkel, den Maxi oder den Woife. Die sind bei den Gebirgsschützen an vorderster Front. Zurzeit streiten sie, ob unsere Stopselhüte mit Goldschnur und Goldposchen noch zeitgemäß sind. So hat jeder seine Probleme.«

Der alte Almbauer blickte sich mit sorgenvoller Miene in seinem Reich um – er bedeutete Seidel, ihm ins Dickicht zu folgen, und führte den Reporter zu einer Stelle, an der die Halme in weitem Umkreis umgeknickt und zwei hüfthohe Jungfichten umgehackt worden waren: »Sehen S', da hat jemand sein Zelt aufgeschlagen oder irgendetwas Schweres gelagert. Was suchen diese Burschen hier, wenn nicht Ärger?«

Seidel hatte einen Verdacht – doch er blieb dem Alten die Antwort schuldig. Die Aussicht, dass sich hier ein Terrortrupp breitgemacht hatte, würde ihm nicht gefallen. Wohl oder übel würde er Maxi und Woife ein paar unangenehme Fragen stellen müssen, um mehr über den Verbleib dieses vermaledeiten Ansteckers zu erfahren.

WALBURGA

Der Mann sah aus, als ob er als Außendienstmitarbeiter eines mexikanischen Drogenkartells im Bayernland unterwegs wäre. Mit einigen Zentnern Koks im Kofferraum. In der Manier von Mister Cool hockte er hinterm Steuer einer rostigen Kastenkarre, die nach dem nächsten TÜV-Termin in der Schrottpresse enden würde. Die Karosse zierte die Aufschrift »Sicherheitstechnik Dürrnholzer – Safety first«. Mister Cool trug Casual Wear: himbeerfarbenes Sakko, bambusfarbene Chinohosen, Lederslipper in Kiwi-Braun und dazu eine Ray-Ban-Brille, schwarz und verspiegelt. Der Fahrer sah nach allem aus, nur nicht nach dem Servicetechniker einer privaten Sicherheitsfirma. Die Bang-&-Olufsen-Boxen wummerten, ruhelose Rumba-Rhythmen im Latino-Groove setzten den Kontrapunkt zu dem Stakkato des Sprechgesangs made in Puerto Rico: »Despacito. Pasito a pasito, suave suavecito. Nos vamos pegando poquito a poquito.«

Eine bläuliche Flamme sprang aus dem Silberfeuerzeug, der Koks-Kurier hielt eine Fluppe in die Glut. In Ciudad Juarez, Acapulco oder anderen Hochburgen des organisierten Verbrechens wäre der halbseidene Desperado nicht weiter aufgefallen, »schmutzige Jobs« wurden hier wie am Fließband erledigt. Doch der von Bogenlampen beleuchtete Asphalt zog sich nicht etwa durch ein von Drogenbossen bewohntes Villenviertel oder durchschnitt die Elendsquartiere irgendeiner Favela. Die einsam und verlassen daliegende Straße querte den Ortsteil Grünrain und führte weiter nach Schwaigried, einem 20-Seelen-Weiler, dessen einzige Attraktion aus einem Schweinemastbetrieb und der akut vom Einsturz bedrohten, der heiligen Walburga geweihten Dorfkapelle bestand. Der Mann hinterm Steuer war denn auch weder ein Killer des Sinaloa-Clans noch ein Undercoveragent der amerikanischen Anti-Drogen-Behörde DEA, sondern Oberkommissar Quirin Berger. Berger hatte genug von dem Latino-Gebrabbel über feurige Margarita-Mädels und Macho-Macker, mit einem Handgriff schaltete er das Soundsystem aus.

Wie der schielende Serien-Löwe Clarence aus der Uralt-Serie »Daktari« lugte Berger zu dem schmiedeeisernen Eingangstor hinüber, hinter dem sich die Umrisse eines Protzbaus im Landhausstil abzeichneten. Das hell erleuchtete Panoramafenster der guten Designerstube warf einen breiten Lichtstreifen in den mustergültig gepflegten Steingarten im Zen-Look. Genervt blickte Berger auf seine Armbanduhr: gleich acht Uhr – Tagesschau-Time! Der Mann des Hauses war vor einer Stunde mit einem breitbereiften Allrad-Monster davongebraust. Doch dessen »getreues« Eheweib machte keine Anstalten, das Haus zu verlassen. Berger hätte schwören mögen, dass sich die Lady die Abwesenheit ihres Gatten zu Nutze machen würde, um zu ihrem Herzbuben zu eilen. Doch nichts geschah! Wahrscheinlich hockte die Alte vor der Glotze und suckelte an einem Prosecco.

Man hatte das vorliegende Material zunächst auf genetische Fingerabdrücke hin untersucht. Bei der DNA-Spurenanalyse hatten die Labortechniker jedoch kein Glück gehabt. Keine Hautpartikel, Kopfschuppen oder irgendwelche Körpersekrete. Die KTU hatte einige Sonderschichten eingelegt – und war schließlich doch noch fündig geworden. Nicht auf dem Briefpapier, nicht auf dem Umschlag, sondern auf der Rückseite des Fotodruckpapiers. Den Kriminaltechnikern war es gelungen, einen, wenn auch reichlich verwischten, Fingerabdruck mit Grafitpulver sichtbar zu machen und mit einem Klebeband zu sichern. Die Papillarleisten, das charakteristische Linienmuster der Fingerkuppen, waren so fein geschwungen wie in der Tuschezeichnung eines Kalligrafen. Dank des automatisierten Fingerabdruckidentifizierungssystems der deutschen Polizei, kurz AFIS, war es für die bearbeitenden Kollegen vom LKA nur mehr eine Fingerübung gewesen, die Identität der Urheberin des anonymen Schreibens zweifelsfrei zu klären. Die »Bärenfell-Gespielin« Kajetan Ferstls war als Renate Eckmaier in Lindenzell geboren worden, 41 Jahre alt und seit 13 Jahren »glücklich« verheiratet. Nach der Heirat hatte sie den Doppelnamen Eckmaier-Filzmooser angenommen. Das Paar hatte Steuerklasse III und einen schulpflichtigen Sohn, elf Jahre alt. Ihr Mann war niemand anders als Franz Salvator Filzmooser, seit kurzem Landrat von Rosenheim und seit 2013 Kreisvorsitzender der FPB, der seit über 60 Jahren im Freistaat regierenden

Partei. Renate F. war deswegen in der nationalen Fingerabdruckkartei registriert, weil etliche schwerwiegende Verkehrsdelikte auf ihr Konto gingen: stark überhöhte Geschwindigkeit, gefährliches Fahrverhalten und Trunkenheit am Steuer. Wegen letzteren Vergehens war sie 2014 vom Amtsgericht Bad Aibling zu 7.500 Euro Strafe und einem Führerscheinentzug von sechs Monaten verurteilt worden – die »schnelle Renate« war also vorbestraft. Was Berger zu seinem Glück noch fehlte, waren Slip- und Körbchengröße seiner möglichen »Kronzeugin« – der »Bärenfell-Boy« auf dem Foto konnte ihm allerdings diesbezüglich keine Auskunft mehr erteilen.

Nachdem die Identität der Briefeschreiberin geklärt war, hatte der Kommissar ihr persönliches Umfeld durchleuchten lassen. Ein Kollege von der Schutzpolizei, ein schwergewichtiger Polizeihauptwachtmeister namens Schorsch Wammetsberger, war zufälligerweise Mitglied bei der Schützenkompanie Audorf – und zwar in führender Funktion. Daher kannte er den Mann der Ferstl-Geliebten persönlich. Seiner Aussage nach war der Verdächtige vor fünf Jahren besagter Gebirgsschützenkompanie beigetreten und nahm regelmäßig am Vereinsleben teil. Filzmooser war ein ganz passabler Schütze, belegte bei Preis- und Regimentsschießen jedoch nur mittlere Plätze. Nach Bekunden Wammetsbergers genoss Franz Filzmooser bei seinen Vereinsgenossen nicht den besten Ruf. Der reihum bekannte Lokalpolitiker galt als Schleimsau, Schulterklopfer und Schaumschläger. Ein opportunistischer Ehrgeizling, der sich überall Liebkind machen wollte, nebenher aber nur allzu gern sein Lästermaul aufriss, um unliebsame Rivalen anzuschwärzen und in Misskredit zu bringen. »Ein widerlicher Dreckbatzer«, so lautete Wammetsbergers geringschätziges Resümee.

Filzmooser war gelernter Zimmermann und hatte sich von der Pike zum Polier hochgearbeitet. Später war er zum Bauleiter aufgestiegen und hatte es unter der Fuchtel des Zement-Zaren Severin Stocker bis zum Projektleiter gebracht. Zusammen mit seinem Herrn und Meister war Filzmooser für einige der übelsten architektonischen »Missgeburten« zwischen Holzkirchen und Karwendel verantwortlich. Zu ihren »Meisterwerken« zählten die Verwaltungsgebäude der IHK, das Factory Outlet Center an der A 8 sowie der Fun- und Freizeitpark Ruhpolding. Dann war Filzmooser nahtlos ins Kreisbauamt und in die Politik gewechselt.

Für seine Bausünden sollte man den Saukerl eigentlich in die Stahlbetonträger eines seiner Mammonsmausoleen einbetonieren, dachte Berger, dessen Herz für alte Bauernhäuser, holzvertäfelte Kaminstuben und Lüftlmalereien schlug. Berger war indes nur ein einfacher Kriminalkommissar und würde sich hüten, sich mit den Amigos von der Maurer-Mafia anzulegen. Bedenklicher war jedoch, dass die Ermittlungserfolge im aktuellen Fall bislang ausblieben. Was hatte er in Händen? Verdammt wenig. Seidels informeller Besuch bei dem Alm-Öhi hatte immerhin einen Anhaltspunkt für weitere kriminaltechnische Untersuchungen ergeben. Ob die ED-Beamten an dem Lagerplatz jener Banditenbande, die höchstwahrscheinlich die Kirche überfallen hatte, noch irgendwelche verwertbaren Spuren finden würden, war fraglich. Und was sollte er mit dem

Bericht der Polizeidienststelle Brannenburg bezüglich eines Falls von Vandalismus, Raub und schwerer Sachbeschädigung auf einem Rastplatz der A 93 anfangen? Zwei Kollegen der Streifenpolizei, ein PK Brandstätter sowie ein POM Gschwandtner, hatten die Anzeigen mehrerer erboster Brummi-Fahrer, denen man die Reifen zerstochen und deren Bremsanlagen man sabotiert hatte, aufgenommen. Die Kollegen hatten ihm überdies berichtet, dass in derselben Nacht ein »lustiger Holzhackerbua« eine über 20 Meter hohe Fichte oberhalb der Bahnlinie durchs Hinterinntal gefällt habe, die nunmehr den Wanderweg durch selbiges Tal blockiere. Passten diese Steinchen irgendwie ins Mosaik? Berger beschlich das ungute Gefühl, dass auch die Beschattung der Bärenfell-Bajadere zwar zu etlichen Überstunden, ansonsten aber in eine Sackgasse führen würde. Es war gut möglich, dass die frustrierte Ehefrau die Gunst der Stunde nutzen wollte, um ihrem Ehemann einen Auftragsmord anzuhängen. Ob sie aber etwas zur Aufklärung der beiden Gewaltverbrechen beitragen konnte, war mehr als fraglich.

Plötzlich tat sich etwas. Ein Wagen kam ums Eck gebogen und beschleunigte. Die Geschwindigkeit der sich nähernden Limousine lag deutlich über dem in der Zone 30 erlaubten Tempo. Die Lichtkegel zweier Scheinwerfer blendeten ihn. Berger duckte sich instinktiv und machte sich auf dem Beifahrersitz klein. Bremsen quietschten und der Wagen kam unmittelbar vor Filzmoosers Anwesen zum Stehen. Dem Gefährt mit mindestens 250 Hengststärken unter der Haube entstieg eine gedrungene Gestalt. Der Trachtenjoppen-Typ hatte, auf fast schon comichafte Art und Weise, frappante Ähnlichkeiten mit dem Michelin-Männchen. Berger hob die Kamera mit Tele-Linse ans Auge – zoomte den Mann heran, schaltete in den Serienbild-Modus und drückte ab. Der Fettkloß strich sich durchs schüttere Haupthaar und sah sich mehrmals nervös um, ob im Dunkel ein Paparazzo lauerte.

Der Hopfen-Herkules kam ihm bekannt vor. Wenn ihn nicht alles täuschte, handelte es sich bei dem nächtlichen Besucher um einen alten Bekannten, der wie ein Bartgeier überall dort auftauchte, wo er frisches Aas witterte. Der Michelin-Mann schien jedenfalls mit den Gegebenheiten vor Ort vertraut zu sein. Zielstrebig steuerte er auf eine Pforte neben dem Garagentor zu, öffnete diese und näherte sich mit trippelnden Schritten der Haustür. Wie ein DHL-Bote, der es besonders eilig hatte, sich seiner Pakete zu entledigen, drückte er mehrmals hintereinander auf den Klingelknopf. Die Tür schwang auf und der späte Gast verschwand im Innern der Villa. Die Hausherrin hatte den Besucher anscheinend schon erwartet.

Berger ließ die Kamera sinken. Der Heimlichtuer mit der Depardieu-Wampe war niemand anders als Severin Stocker, da war sich der Kommissar sicher. Klar kannte er Filzmooser, schließlich war der mal sein Angestellter gewesen. Aber in welcher Beziehung stand Stocker zu dessen Ehefrau? Wie ein Belami für gewisse Stunden sah er nicht aus. Er konnte sich schwerlich vorstellen, dass dies der Liebhaber von Lady Filzmooser sein sollte, schon eher ihr Komplize. Stocker bezahlte Frau F. für ihre Spitzel-Dienste. Die verschaffte ihm Insiderinformationen über ihren Mann und ihre Liebhaber. Für die Hypothese sprach, dass Stocker kurze Zeit später mit einer Aktenmappe unterm Arm wieder auftauchte und zu seinem Protz-Boliden watschelte. Falls er mit seiner Vermutung richtiglag, befanden sich in der Mappe vertrauliche Dokumente aus dem Besitz Filzmoosers. Das Schwergewicht wuchtete sich hinters Steuer und preschte mit aufheulendem Motor davon. Berger wartete, bis die Schlusslichter nur noch verschwommene Lichtpunkte waren, dann nahm er die Verfolgung auf.

Der schwere Sattelschlepper fuhr ruckelnd an. Die riesigen Pneus des Trucks ließen den Rollsplitt knirschen. Der Lkw nahm langsam Fahrt auf und schob sich durch die Optik des Nachtsicht-Fernglases. Berger spähte zu dem Kiosk hinüber – an dem sein Zielobjekt stand, eine Bierdose in der Hand. Das »Ranger Pro« gehörte zur Standardausrüstung bei Nachteinsätzen. Die Spezialoptik des Geräts war so konzipiert, dass man selbst bei schwierigen Lichtverhältnissen eine Wildsau oder einen Waffenschieber ausmachen und aus sicherer Distanz observieren konnte. Der einzige Nachteil: Das Teil wog gut zwei Kilo, und mit der Zeit bekam man einen Krampf im Arm. Seit einer geschlagenen halben Stunde wartete Berger nun schon am Rastplatz Gletschergarten. Doch alles blieb ruhig, verdächtig ruhig – keine besonderen Vorkommnisse, würde er in seinem Observationsbericht vermerken. Der Fettsack lehnte wie ein Model für Umstandsmode an einem der Bistrotischchen – und hatte abwechselnd die Bierdose und das Handy in der

Hand. Stocker hatte mehrere Telefonate geführt, drei Bierchen gekippt und eine Bratwurstsemmel hastig in sich hineingestopft. Eine Gastritis war da vorprogrammiert.

Sein Magen knurrte. In der Hektik hatte er die »Notausrüstung« im Kastenwagen liegen lassen: die mit frisch gebrühtem Kaffee befüllte Thermosflasche, Power-Bars und Müsliriegel sowie das Obstler-Fläschchen für den absoluten Härtefall. Nur das klobige Funkgerät und seine Dienstwaffe, eine Heckler & Koch P7, hatte er eingesteckt. Die lagen nun wie Bleigewichte in den Hosentaschen des mausgrauen Monteur-Overalls, den er noch schnell übergestreift hatte, um nicht allzu sehr aufzufallen. Sollte er seinen Beobachtungsposten verlassen, um sich etwas Essbares aus der Karre zu holen? Den Kastenwagen hatte er vorsichtshalber im hinteren, unbeleuchteten Teil des Parkplatzes abgestellt. Hinter einem Abfallcontainer, gut 150 Meter von seiner jetzigen Position entfernt. »Verdammt, was geht da vor? Soll ich näher ran?« Berger ärgerte sich, dass er keinen Peilsender zur Hand hatte, um ihn am Auto des Verdächtigen zu platzieren.

Solche Anfängerfehler durften einem Profi wie ihm eigentlich nicht unterlaufen, doch gottlob hatte er das Zielobjekt nicht aus den Augen verloren. Ohne größere Schwierigkeiten war er dem breitbereiften Gefährt bis zum Rastplatz an der A 93 gefolgt. Seit einer halben Stunde hockte er hier fest – doch es passierte nichts. Der Kiosk war nur 50 Meter entfernt. Er könnte sich näher heranschleichen, um Stockers Gespräche »abzuhören«. Die Alternative wäre, einen Streifenwagen anzufordern. Die Kollegen könnten Stocker ins Prüfröhrchen blasen lassen. Für 0,8 Promille sollte es allemal reichen. Sobald sie die Personalien aufgenommen hätten, würden sie Stockers Wagen mit dem Kennzeichen RO-GO 63 abschleppen und von einem ED-Team auseinandernehmen lassen. Berger schien es jedoch vorerst angezeigt, ihn weiter zu beschatten.

Stocker war einer dieser präpotenten Provinz-Potentaten, die den Erfolg im Leben ausschließlich an der Höhe ihrer Profite bemaßen. Sein Konterfei prangte regelmäßig im Wirtschafts- und Regionalteil des »Kreisboten« oder des »Tagblatts«. Und er war ein gern gesehener Gast in den Talkrunden des Lokalfernsehens. Er war das Sprachrohr der hiesigen Beton-Fraktion und hielt die Fahne des freien Unternehmertums hoch. Seine Lebensaufgabe schien darin zu bestehen, überall seine Duftmarke zu hinterlassen, gesichtslose Reihenhaussiedlungen aus dem Boden zu stampfen, gigantomanische Gewerbegebiete in Felder und Wälder zu klotzen. Kein Biotop, kein Feuchtgebiet war vor ihm sicher. Sein Rücken schmerzte, sein Magen rebellierte. Am liebsten hätte er seine Waffe gezückt, um sie dem Fettsack unter die Knollennase zu halten. Er würde ihn in ein abgedunkeltes Verhörzimmer schleifen, um wie die Amis in Guantanamo oder Abu Ghraib zu brachialen Methoden wie Waterboarding zu greifen. Der Beton-Baron würde singen wie ein Zeiserl. Doch wie lautete die Anklage? Den Überfall auf Sankt Leonhard, die Sau-Schlächterei und den Mord an Ferstl in Auftrag gegeben zu haben? Für seine Anschuldigungen hatte er nicht den geringsten Beweis. Das oberste Gebot eines Ermittlungsbeamten sollte jedoch das der Objektivität sein. Ließ sich eine Hypothese nicht erhärten, dann blieb sie hypothetisch.

Ein Rascheln ließ Berger herumfahren. Zwischen den Sträuchern, dem »Straßenbegleitgrün«, am Rand des Rastplatzes bewegte sich ein dunkler Schatten. Hatte sich ein Trucker in die Büsche geschlagen, um seine Blase zu erleichtern? Nein, der Parkplatz war fast menschenleer, niemand war auf der Suche nach einem stillen Örtchen gewesen.

Der »Buschmann« entpuppte sich als athletisch gebaute Gestalt, die offenbar viel Zeit und Kraft darauf verwendete, ihren Körper in Topform zu halten. Was hatte dieses Muskelpaket hier verloren? War er zu Fuß hergekommen? Oder parkte sein Fahrzeug auf dem Feldweg, der jenseits des Wildschutzzauns parallel zur Autobahn verlief? War das hier ein Schwulen-Strich? Der Bodybuilder steckte in khakifarbenen Armeehosen und hatte einen Kapuzenpullover über die Muskelberge gestreift. Wie ein Toy Boy sah er gewiss nicht aus. Schon eher wie ein Schläger und Geldeintreiber, der sich hier heimlich mit einer Unterwelt-Größe traf.

Stocker verharrte in der Haltung eines römischen Imperators. Mit gebieterischer Geste winkte er den Steroidschlucker heran. Berger richtete seinen Feldstecher auf die Männer und verdoppelte den Vergrößerungsfaktor: Mit seinen grob geschnittenen Gesichtszügen, den stacheligen, blondierten Haarstoppeln und der ihn umgebenden Aura von Gewalt und Brutalität wäre der Glatzkopf die Idealbesetzung für die Schurkenrolle in einem finsteren B-Gangstermovie. Das Schwarzenegger-Replikat strahlte eine rücksichtslose Entschlossenheit aus. In Bergers Job schloss man zwangsläufig Bekanntschaft mit allen möglichen zwielichtigen Gesellen: Gewohnheitsverbrecher aller Art, Hinterhof-Halunken, asoziale Ekelpakete, pädophile Triebtäter, Psychopathen und Pyromanen, Trickbetrüger und Totschläger. Berger kannte seine Klientel – und es stand für ihn fest, dass man sich vor diesem Kleiderschrank in Acht nehmen musste: »Blondie« würde seine eigene Großmutter entjungfern, sofern man ihn dafür großzügig entlohnte.

Stocker deutete mit großer Gebärde auf sein Mobilfunkgerät, fuchtelte erregt mit den Armen herum und schien sich über die Unbedachtheit und Unfähigkeit seines »Mitarbeiters« zu echauffieren. Stockers Gschwollschädel war krebsrot angelaufen. Berger konnte nur vermuten, was den Herrn der Fallrohre und Hohlziegel in solche Erregung versetzte. Hatte sein Muskelmann überreagiert und einem unbotmäßigen maghrebinischen Maurer einen Betonschuh verpasst? Oder hatte der Bizeps-Filou einen dringlichen Auftrag auf die lange Bank geschoben. Was es auch war, »Blondie« mimte den ultracoolen Macker und steckte sich eine Kippe an. Stockers Schimpfkanonade verpuffte. Mit angespannter Miene lugte Berger durch den Sucher des Fernglases. Er rechnete jeden Moment damit, dass »Blondie« ein Springmesser ziehen und Stockers fetten Hals aufschlitzen würde. Doch nichts dergleichen geschah. Stocker verstummte und schob eben jene Aktenmappe über den Tisch, die ihm Madame Filzmooser hatte zukommen lassen. Der Kommissar runzelte die Stirn. Er hätte gern mehr über den Inhalt gewusst: belastendes Material, Bündel gebrauchter Geldscheine oder beides. »Blondie«

setzte ein Barrakuda-Lächeln auf und hielt seinem Auftraggeber eine Packung Zigaretten hin. Stocker griff aber nicht zur Kippe, sondern zum Handy. Er warf sich in die lächerliche Positur eines Selbstdarstellers, der sich für den King of Rosenheim hielt.

Bergers Arme schmerzten höllisch, doch er spähte weiter konzentriert durchs Fernglas. »Blondie« bearbeitete einige Grasbüschel, die zwischen den Betonplatten zu seinen Füßen hervorspitzten, mit den Stahlkappen seiner Doc Martens. Stocker deutete auf die Mappe und »Blondie« nickte gelangweilt, der Deal war besiegelt. Kein Zweifel: Hier ging es um kriminelle Geschäfte und es war seine Pflicht, einzugreifen, um Beweismittel, sprich die Aktenmappe, Mobilfunkgeräte et cetera sicherzustellen. Berger setzte das Fernglas ab und verließ sein Versteck hinter einem niedrigen Betonmäuerchen. Er schlug einen Bogen, hielt sich im Schatten der Tanklaster und Tieflader und näherte sich so dem Kiosk von hinten. Mit einem Seitenblick überzeugte er sich davon, dass weder Blondie noch Stocker etwas bemerkt hatten. Berger brachte sich hinter einem Mauervorsprung in Stellung, zog die Heckler & Koch und brüllte: »Hier spricht die Polizei! Severin Stocker, Sie sind vorläufig festgenommen. Legen Sie sich mit ausgestreckten Armen und Beinen auf den Bauch, sofort! Das Gleiche gilt für Ihren Begleiter, Hände hoch und Hosen runter!«

Ein gesetzestreuer Bürger hätte seine Anweisungen wohl befolgt, nicht so Stocker. Im Ferkelgalopp hetzte er davon. Doch kam nicht weit. Eine der nicht sonderlich fachmännisch verlegten Steinplatten hatte sich nach oben gewölbt – was ihm zum Verhängnis wurde und seine Fluchtpläne vereitelte. Mit einem gewagten Ausfallschritt suchte er das Unheil abzuwenden, stolperte dabei aber über seine eigenen Füße und schlug mit der Grandezza eines drittklassigen Amateurboxers der Länge nach hin. Sein Schädel knallte ungebremst aufs Pflaster. K. o. in der ersten Runde.

»Blondie« hatte den Ausbruchsversuch genutzt, um mit einem katzengleichen Satz zur Seite zu hechten und hinter einem weißen Lieferwagen in Deckung zu gehen.

Berger bellte: »Kommen Sie mit erhobenen Händen raus. Sonst sehe ich mich gezwungen, von der Schusswaffe Gebrauch zu machen!« Doch »Blondie« kam ihm zuvor. Eine Pistole Kaliber 9 x 19 Millimeter – wie die Spurensicherer feststellen sollten – erhöhte den Schadstoffgehalt der Luft. Irgendwo hinter ihm zerbarst eine Fensterscheibe, es regnete Glassplitter. Ein Geschoss prallte von einem dekorativ herumstehenden Wertstoffcontainer ab, pfiff Zentimeter an seinen Ohrwascheln vorbei und blieb in der Mauer hinter ihm stecken. Berger drückte sich so dicht wie möglich an die rau verputzte Wand. Er hatte es mit jemandem zu tun, der, ohne zu zögern, das Feuer auf einen Polizeibeamten eröffnet hatte. Einem Gegner, der auf Recht und Gesetz spuckte.

Berger drückte ab – einmal, zweimal. Er durfte nicht wahllos drauflosballern, das Magazin der Heckler & Koch fasste nur acht Patronen. Das Ersatzmagazin lag im Handschuhfach – prima.

»Blondie« litt offensichtlich nicht unter Munitionsmangel. Er deckte ihn mit einem wahren Kugelhagel ein, gab Schuss um Schuss ab. Sein Gegner wollte ihn zwingen, den Kopf unten zu halten. »Blondie« wusste zwar ungefähr, wo sich sein Kontrahent befand, hatte aber kein freies Schussfeld. Im Gegensatz zu ihm. Berger gedachte, diesen Vorteil zu nutzen. Er lugte hinter dem Mauereck hervor, zielte und feuerte zweimal. Die Antwort würde nicht lange auf sich warten lassen. Doch alles blieb ruhig – sein Feuer wurde nicht erwidert. Hatte es »Blondie« erwischt – am Bein, am Arm, war ihm gar ein Blattschuss gelungen? Berger befürchtete allerdings, dass sich das Dreckschwein einer List bediente. Würde er über die Flanke kommen oder von hinten her angreifen? Berger spitzte angestrengt die Ohren. Nichts, der Jäger würde lautlos kommen. Ihm kam eine dritte Möglichkeit in den Sinn. »Blondie« könnte sich abgesetzt haben. Von seinem Standort aus war nicht auszumachen, ob der Saukerl seinen Standort gewechselt hatte. Im Innern des Kiosks waren die Lichter ausgegangen, lediglich zwei Bogenlampen beleuchteten die surreal anmutende Szene. Wo war er? Bergers Nervensystem stand unter Starkstrom. Sein Herz hämmerte wie wild gegen den Brustkasten. Es verging eine Minute, zwei Minuten. Wieder und wieder lauschte er in die Nacht hinein – doch draußen rührte sich nichts. Dafür drangen nun Stimmen aus dem Innern des Kiosks, verzagte, ängstliche, heisere Stimmen, die sich zu einer wirren Kakofonie verwoben.

Berger nahm sich ein Herz und näherte sich, die Pistole im Anschlag, dem Lieferfahrzeug. Doch von »Blondie« keine Spur, keine Blutflecken, nichts. Da lag nur der massige Leib Stockers, der, aus der Bewusstlosigkeit erwacht, leise vor sich hin wimmerte: »Meine Nase, ich hab mir meine Nase gebrochen. Holen Sie den Notarzt –

aber schnell!« Berger hielt das Funkgerät ans Ohr. »Zentrale, bitte kommen, hier Alpha Bravo 12!« Die Zentrale würde umgehend die Kavallerie in Marsch setzen: einen mit Wärmebildkamera und Suchscheinwerfer bestückten Heli, das MEK, das mobile Einsatzkommando, und die Sicherungskräfte der Bereitschaftspolizei. Berger hoffte, dass ihnen »Blondie« ins Netz ging. Die Zentrale würde auch den Notarzt verständigen. Sollten die Sanis ihre Arbeit tun und dem Fettsack die Nase pudern, ehe er ihn in die Mangel nahm.

ZENO

Ein vierschrötiger Forstarbeiter in der Kluft seiner Zunft machte Kleinholz aus den am Waldrand gestapelten Fichtenstämmen. Dank zweier überdimensionaler Ohrschützer hörte der Mann nicht, dass sein Arbeitsgerät einen höllischen Lärm verursachte, dessen Dezibelspitzen sich in schwindelnde Höhen schraubten. Die Sicherheitsjacke des Festmeter-Fetischisten leuchtete orangerot. Der Waldboden war in weitem Umkreis über und über mit Sägemehl und Holzspänen bedeckt. Seine beiden zottelbärtigen Gehilfen hatten ihre Hände in den verfilzten Wolljoppen versenkt und schauten dem Tannen-Terminator bei seinem Rekordversuch fürs Guinness Book of Records über die Schulter. Die Zottelbärte schienen für ein Waldarbeiterdenkmal Modell zu stehen. Auf den Anhängern zweier behaglich vor sich hin tuckernder Traktoren stapelten sich Buchen-, Birken- und Fichtenhölzer und warteten geduldig auf den Weitertransport ins Tal.

Die Gespanne blockierten den Forstweg, der zur Klause am Nußlberg hinaufführte. Festen Schritts näherten sich Seidel und Grünauer dem bäuerlichen Genregemälde. Zwischen dem auf- und abschwellenden Gekreische der

Kreissäge drangen Gesprächsfetzen an ihr Ohr: »Da Maschdei haut nei, ha?« – »Wo der hinlangt, wächst kein Kraut mehr.« – »Grad pressant hat er es, der Stocker! Die Bäume müssen bis nächste Woche weg, wegen der Zufahrtsstraße zur Baustelle hinauf!« Die beiden Bauernfünfer unterhielten sich im derben, ungeschliffenen Idiom der hiesigen Ureinwohner: »Weiter oben wollen s' die Hälfte vom Kirchholz umschlagen. Angeblich wär' der Borkenkäfer drin gwen!« Der zweite Bauer lachte hämisch auf: »Sagt wer?« Sein Joppen-Genosse raunzte: »Der Stocker, der elende Siach, wer sonst?« – »Dass so ein Thermen-Tempel droben am Berg überhaupt genehmigt wird, wundert einen schon!«, wandte der Hagere der beiden Waldschrate ein. »Ja mei, Gore«, keckerte der andere Fassförmige, dass sein Adamsapfel nur so auf- und abhüpfte, »wo der Teufel seinen Bocksfuß schwingt, tut sich der Himmelvater hart!«

Seidel und Grünauer mussten ins trockene Bachbett ausweichen, um sich an den Gefährten mit ihrer Fichtenfracht vorbeizudrücken. »Servus beinand, ihr macht's den Weg frei, ha?« Ihr freundlich gemeinter Gruß verhallte ungehört. Die zottelbärtigen Bauernrammel machten keine Anstalten, ihren Gruß zu erwidern. Grünauer stapfte mit festem Schritt bergan: »Maulfaule Muhackl. Bei den Inzüchtlern da herinnen hast noch nicht mal Empfang. Kein Internet, kein Google Maps, nix!«

Seidel nahm den roten Faden auf: »Hast gehört, die Stimme des Volkes. Es hat sich bis hierher herumgesprochen, dass Stocker zum Kahlschlag ansetzt.« Der Weg führte durch dichten Bergwald, das disharmonische Gekreische der Motorsäge verebbte. Das Zwitschern der Vögel, die Geräusche der Natur umfingen die beiden Wanderer.

»Ah geh, vergiss das Gewäsch dieser Bauernfünfer. Wenn ihnen der Stocker beim Schützenfest ein paar Maß ausgibt, ist er der Höchste«, mokierte sich Grünauer über die Wetterwendigkeit des Nährstands.

Vor Jahrzehnten war hier eine Mure abgegangen. Größere und kleinere Geröllbrocken lagen verstreut zwischen den Bäumen herum. »Hast gehört, Stocker ist wieder auf freiem Fuß – gegen Kaution. Ein Münchner Staranwalt hat ihn herausgeholt.«

»Er erwägt eine zivilrechtliche Klage auf Schmerzensgeld, sein Mandant sei Opfer von Polizeiwillkür geworden«, ätzte Grünauer.

»Der ist so unschuldig wie ein Wolf, dem der blutige Lammhax noch aus dem Maul hängt«, sekundierte Seidel. »Rechtsstaat, ha! Berger hat ihn doch auf frischer Tat ertappt, wie er sich mit diesem Verbrecher getroffen hat.«

Grünauer erhob die Stimme: »Und was macht dieser Haftrichter? Lässt ihn einfach so aus seiner Zelle spazieren. Die sind doch alle gekauft.«

Seidel kratzte sich hinterm Ohrläppchen. »Das Problem ist nur, dass dieser Boris oder wie immer er heißt, entkommen ist. Berger hat also nichts in der Hand. Nur zwei Personen wissen, was in der Mappe war: Filzmoosers Frau und Stocker selbst – und die schweigen wie ein Pharaonengrab!«

Wütend beschleunigte er seine Schritte.

Unter einem Felsbrocken sickerte frisches Quellwasser hervor. Neben dem Petrus-Bründl hatte man einen schweren Holzpfosten in die Erde gerammt. Station drei des Kreuzwegs am Nußlberg. Seidel sah kurz zu Jesus empor, der eben das erste Mal unters Kreuz gefallen war. Grünauer keuchte wie ein asthmatisches Walross heran: »Mir geht es gleich wie dem Heiland. Was rennst denn so?«

»Auf geht's, du sitzt zu oft vorm PC und bei der Brotzeit. Wenn du nicht aufpasst, lässt dich deine holde Eso-Maid sitzen«, unkte Seidel und schlug ein strammes Marschtempo an. Sollte sich Grünauer ruhig ein Beispiel am Messias nehmen und Blut und Wasser schwitzen. Erst bei der übernächsten Station legte er eine Pause ein. Der Maler, der hier am Werk gewesen war, war kein Leonardo der Leinwand gewesen. Er mochte wohl fromm, aber als Künstler nicht sonderlich begnadet gewesen sein. Das Sujet war bekannt: Ein stämmiger Bauernbursche trottete, das Kreuz im Schlepptau, gehorsam gen Golgatha. Der Inschrift nach zu schließen, handelte es sich bei dem Mann im morgenländischen Rock um Simon von Kyrene. Neben dem kräftig gebauten Hünen schlurfte ein kleines Zwetschgenmanderl, in wallende Gewänder gehüllt, einher. Der Heiland sah so sorglos drein, als ob nicht er, sondern jemand anderes ans Kreuz genagelt werden würde.

Kalvarienberge gehörten zu Bayern wie die Schäfchenwölkchen am Himmel. Jedes Dorf hatte seinen eigenen Kreuzweg, der den Gläubigen die Leiden Christi ebenso plastisch wie drastisch vor Augen führte. Jeder, der hier hochstieg, sollte sich der Tatsache schmerzlich bewusst werden, dass er in die Fußstapfen des Herrn trat. »Kalvarienberg« bedeutete schließlich nichts anderes als »calvariae locus«, sprich Schädelstätte. Grünauer sank erschöpft auf die Bank neben dem Kreuzwegtaferl. Seidel betrachtete ihn mitleidig: »Na, so wird das nichts mit der Passion Christi. Für den Jesus in Oberammergau werden's wohl jemand anders vorsprechen lassen müssen.«

Grünauer rang sich ein gequältes Lächeln ab. Wer den Schaden hatte, brauchte für den Spott nicht zu sorgen.

Es war immer das Gleiche mit diesem Sprücheklopfer, wie damals im Sportunterricht, dachte Seidel. Erst riss er das Maul auf, dann hinkte er hinterher. Dieser faule Hund! Bei Station neun nahm das Drama seinen Lauf. Jesus konnte nicht mehr und kauerte wie ein Häuflein Elend am Boden.

»Ursprünglich hatte der Kreuzweg keine 14, sondern nur sieben Stationen«, dozierte Grünauer kurzatmig. »Die Sieben ist eine symbolische Zahl: So wurde die Welt von Gott bekanntlich in sieben Tagen erschaffen. Man sprach daher früher von den sieben Fällen Jesu.« Wieder einmal konnte es der »Googlegelehrte« nicht lassen, mit seinem Wikipedia-Wissen zu glänzen: »Erst in der Barockzeit wurde die Vorstellung eines Kreuzwegs in 14 Akten populär!«

Sein boshafter Konter blieb nicht aus: »Aha, wieso fällt Jesus dann dreimal? Weil er am dritten Tag aufersteht?«

Grünauer stieß unverständliche Grunzlaute aus und trabte wie ein Sherpa auf Reha brav bergan.

Drei Stationen weiter weitete sich der Blick auf eine 40 Meter hohe, nahezu lotrecht abfallende Felswand. Das Gestein war von Rinnen und Rissen durchzogen. In der Wand klafften zwei trichterartige Öffnungen. In der größeren der beiden höhlenartigen Vertiefungen hatten Strauchdiebe, Sektierer und Einsiedler gehaust. Teufelskerle allesamt. Er würde es keine drei Tage in diesen ewig feuchten, windumtosten Höhlennestern aushalten. Der Weg wand sich am Fuß der Wand entlang, zog sich durch lichtes Gehölz hinauf und erreichte eine mit Almblumen übersäte Wiese. Über flachen, von Flechten zerfressenen Fels ging es zum Gipfel.

Der »Gipfel« des Nußlbergs bestand aus einem Plateau, auf dem nur dürres Gras und mickrige Büsche und Stauden wuchsen. Der Boden war karg und steinig. Oberhalb des Steilabbruchs stemmten sich die Mauern der Kapelle gegen die Unbilden der Natur. Über dem mit Schieferplatten eingedeckten Dach erhob sich ein spitz zulaufendes Glockentürmchen. Wenige Schritte von der Kirche entfernt duckte sich die halb verfallene Behausung des Klausners unter einem von den Gletschern der letzten Eiszeit hierher gewälzten Findlingsblock. Den Monolithen aus hammerhartem, kristallinem Gestein krönte ein verwittertes, windschiefes Steinkreuz. Ein Platz, der aus Raum und Zeit gefallen war. Der letzte Klausner war längst fort, die verfallenen Gemäuer hatten Mäuse, Eidechsen, Spinnen und andere Krabbeltiere zu ihrem Zuhause auserkoren. Der Gipfelsturm war geglückt, die Zweier-Seilschaft ließ sich erschöpft auf dem blanken Fels nieder. Seidel entledigte sich seiner klobigen Bergstiefel, reckte und streckte sich. Sein Bergkamerad fischte eine Buddel Gerstensaft aus dem pinkfarbenen Rucksäckchen, um mit einem »Berg Heil« auf die gelungene »Erstbesteigung« anzustoßen. Seidels Blick wanderte zu der reichlich ramponierten Kapelle hinüber. Der Putz war abgeblättert, die Wände von einem pockennarbigen Geflecht entstellt. Im Mauerwerk oberhalb der Pforte war eine kleine Nische ausgespart worden. Darin erhob der Heiland seine Rechte zum segenspendenden Gruß. Der Salvator mundi schien ihm zuzuflüstern: »Siehst du, der Glaube versetzt doch Berge.«

Die Breze hatte Biss. Um nicht zu sagen, sie war steinhart.

»Die ersten Eremiten haben in den Höhlen unten in der Wand kampiert.« Grünauers Hauer gruben sich in einen Schoko-Nuss-Riegel.

»Lauschiges Plätzchen. In den Monaten November bis März vielleicht ein wenig ungemütlich und zugig.« Missmutig betrachtete Seidel die Hardcore-Breze aus dem SB-Backshop.

»Irgendwann hatten die Eremiten ihr Höhlenmenschendasein satt. Sie zogen hier herauf und errichteten Kirche und Klause.«

»Überleg doch mal! Das ist doch alles von vorgestern. Heute interessieren sich die Leute eher für Transvestiten als für Eremiten! Weshalb sollte ein Bau-Bonze wie Stocker seine Kettenhunde auf ein paar Hutzelweiber hetzen? Was hat Sankt Leonhard, was Sankt Pankraz oder Sankt Andreas nicht haben? Diese ›Heilquelle‹? Haha, das Wasser schmeckt wie Sake, nur saurer. Seine Therme kann er doch auch irgendwo anders in die Botanik knallen«, machte Seidel seiner Ratlosigkeit Luft.

Zwischen zwei Haselnusssplittern meldete sich Grünauer zu Wort: »Warst du schon im bischöflichen Archiv? Dort findest du alles über die Leonhardi-Kirche: alte

Pergamente, Wiegedrucke, die Pfarrakten, Gestionsprotokolle, handschriftliche Aufzeichnungen der Barfüßer-Brüder, Mirakelbücher. Du musst nur wissen, wonach du suchst.«

Seidel ließ von der Breze ab. »Und was wäre da von Interesse? Die satanischen Verse des Fürsten der Finsternis? Du hast zu viele halbgare Mystery-Schinken gelesen. Die verstaubten Folianten, in denen die Formel des ewigen Lebens geschrieben steht, existieren nur im Da-Vinci-Code.« Wie in dem obskuren Mail, das ein gewisser »Dan Brown« an ihn adressiert hatte. Gut, das hatte sich als schlechter Scherz, als die Ausgeburt eines kranken Geists entpuppt. Oder steckte da doch mehr als ein bloßer Zufall, eine statistische Varianz dahinter?

Grünauer zerknüllte das Hochglanzpapier, in das der Müsliriegel eingewickelt gewesen war. »Wie war dein Alm-Ausflug? Hat dich der gscherte Hammel einen Napf blauer Bohnen auslöffeln lassen?«

»Ich hab ihm einen edlen Obstbrand spendiert. Um ein Haar hätte er mich adoptiert.« Durfte er Grünauer einweihen, ihm Einblick in seine Ermittlungen gewähren? Das Base-Camp auf der Alm, der Badge der Auer Gebirgsschützen auf dem Käppi? Was konnte es schon schaden? Grünauer war zwar ein Depp, aber immerhin einer mit Niveau.

Grünauer hatte aufgehorcht, als Seidel von den Beobachtungen des Alten berichtete. »Das waren definitiv die Kerle, die die Kirche ausgeplündert und den Monsignore ins Messer haben laufen lassen! Der alte Pilgerweg führt von der Alm direkt nach Sankt Leonhard. Zu

Fuß eine halbe Stunde – maximal.« Wie damals in der Kollegstufe ruhte er sich auf fremden Lorbeeren aus: »Da hast du es – passt doch alles! Stocker ist der Mastermind, der Joker, Ferstl und der Bischof segnen seinen Plan ab. Ist dieser Pater Cölestin erst weg, geht die Kirche quasi zum Nulltarif her. Darum muss es auch Sankt Leonhard sein. Nicht wegen der Heilquelle, sondern weil der Grund der Kirche gehört. Über eine einschlägige Website im Darknet organisiert Stocker ein paar unterbeschäftigte russische Milizionäre. Ihr Auftrag: Angst und Schrecken verbreiten, Cölestin, dem alten Krauterer, Beine machen.« Seine Stimme war jetzt nur noch ein Flüstern: »Als Zugabe haben die Burschen ein paar Sauen tranchiert und zur Ablenkung extremistische Parolen an die Wände geschmiert. Jetzt sitzt der Pater in der Patsche!«

Seidel hüstelte, das klang alles zu simpel. »Was ich nicht versteh: Stocker ist nicht sonderlich solvent, Holzinger meint, dass sein Laden kurz vor der Pleite stehe und er händeringend Investoren suche. Woher hat er also das Geld, um Boris und seine Bande zu bezahlen? Die wollen Bares, keinen ungedeckten Scheck. Hat ihm jemand die Kohle vorgestreckt? Bischof Böck, dieser Geizhals? Unwahrscheinlich.«

»Na ja, vielleicht geht der Anschlag ja gar nicht auf Stockers Konto. Denk an all die religiösen Fanatiker und Extremisten, die ganz versessen darauf sind, eine gottgefällige Tat zu vollbringen.«

»Und Pater Cölestin wirbt einen Möchtegern-Märtyrer an, um Ferstl zu liquidieren und den Bau der Therme zu stoppen.« Seidel stöhnte genervt. »Ich geb auf!«

Grünauer nuckelte an seinem Fläschchen. »Nicht im Ernst. Du sollst nicht töten, Moses, der Berg Sinai et cetera. Der Pater weiß, dass er nur eine Chance hat, wenn er Jacuzzi und Whirlpool in seiner Krypta verhindern will. Er muss den Gegner zermürben. Juristisch gegen das Projekt vorgehen, die Medien manipulieren, einen Shitstorm entfachen und die Community auf seine Seite bringen. Dann wird das kostspielig und langwierig – das schreckt die Investoren ab.«

»Wie weit sind die Planungen eigentlich gediehen? Wann legen die los?« Seidel ärgerte sich, dass er seine Hausaufgaben nicht gründlich genug gemacht hatte.

»Die Liegenschaftsverwaltung des bischöflichen Ordinariats hat den Verkauf der entsprechenden Grundstücksflächen an die Projektgesellschaft bereits genehmigt, das Landratsamt als obere Baubehörde hat grünes Licht gegeben. Demnächst beginnen die Erdarbeiten, dann rücken die mit Baggern und schwerem Gerät an. Für unseren Pater wird es langsam eng!«

Grünauer mochte sich über ein Serviceportal ins kommunale Behördennetz einklinken oder den Account des Immobilien-Portfoliomanagers des Ordinariats hacken können, dafür beherrschte er das klassische Recherche-Fach. »Der Pater hat ein As im Ärmel. Ist dir das Rechtskonstrukt der öffentlich-rechtlichen Zweckbindung respektive Widmung geläufig?«

Irritiert zog Grünauer die Augenbrauen hoch. »Nein, Jura war noch nie so mein Ding.«

»Kirchliches Verwaltungsvermögen, insbesondere Grundstücke können mittels einer Widmung dem privaten Rechtsverkehr entzogen werden. Dazu muss es sich um keine ›res sacrae‹, keine liturgischen Gerätschaften wie Messkännchen, Hostienbehälter oder Aspergill handeln. Capito?«

»Klar doch, so ein Rib-Eye-Steak vom Asperger-Grill, mmh!« Grünauer bewies einmal mehr, dass er ein Meister der unqualifizierten Bemerkungen war.

»Scherzkeks! Bei kirchlichen Lehen handelt es sich um rechtlich selbstständige Grundstücksvermögen, die einer besonderen Aufgabe gewidmet sind. Ob sie öffentliche Sachen sind, hängt davon ab, welcher Art von Diensten sie gewidmet sind. So dient das Pfarrhaus nicht nur privaten Wohnzwecken, sondern der Widmungswille lässt es zu einer öffentlichen Sache werden. Kannst du mir folgen?«

»Logo, der Widmungswille macht's«, quäkte er vorlaut.

»Pass auf! Gewidmete Grundstücke und Gebäude dürfen nicht in Verkehr gebracht, sprich veräußert werden. Dazu gehören Kirchlehen – in der Regel Grundstücke mit einem Kirchengebäude oder einem Friedhof. Einen Sonderfall stellen die geistlichen Lehen dar, die primär den Unterhalt von Personen im Verkündigungsdienst, also eines Pfarrers, absichern. Letztere werden rechtlich vom Bezirkskirchenamt vertreten.«

»Harter Stoff«, räumte Grünauer kleinlaut ein.

»In die Entwidmung geistlicher Lehen, die mit einer Stiftung verbunden sind, muss nicht nur das Bezirks-, sondern auch das Landeskirchenamt einwilligen.«

»Puh, ich passe«, konzedierte der notorische Besserwisser.

Seidel ließ sich zu einer großmütigen Geste herab: »Zugegeben, komplizierte Materie. Nach der Aufhebung des alten Klosters wurde Sankt Leonhard keine eigenständige Pfarrei, sondern eine mit einem Vikar besetzte Expositur. Unsere Klause hier gehörte übrigens kirchenrechtlich zu Sankt Leonhard.«

»Verstehe«, bemerkte Grünauer. Sein Gesichtsausdruck ließ hingegen das Gegenteil vermuten.

»Die Gemeinde war arm, der Vikar lebte von der Hand in den Mund.«

»Jetzt komm zum Punkt«, quengelte Grünauer.

»Geduld, back to the roots. In den Nachwirren des Dreißigjährigen Kriegs kam ein Pater Hilarius hierher. Ein Barfüßer-Mönch des Klosters Ranshofen, dem der heilige Leonhard in einer Vision erschienen war. Der Abt des Klosters erhob seinen Mitbruder ohne Rücksprache mit dem Bischof zum Pfarrvikar und bestellte ihn zum Seelsorger für die Bergbauernfamilien, die in den verstreut liegenden Höfen am Kirchwald ihr bescheidenes Dasein fristeten.«

Seidel strich sich über den munter sprießenden Dreitagebart. »Damit Pater Hilarius seinen seelsorgerischen Aufgaben nachkommen konnte, wurde ein Benefizium eingerichtet.«

»Aha, soso, ein Benefizium«, brummte Grünauer, dem es sichtlich Unbehagen bereitete, nicht das große Wort führen zu dürfen.

»Das ist so eine Art Stipendium für Geistliche.« Seidel fuhr unbeirrt fort: »Nach dem Tod des Gründervaters beginnt ein dunkles Kapitel. Pater Cölestin hat die Ereignisse der Jahre 1673 bis 1676 mir gegenüber jedenfalls mit keiner Silbe erwähnt. Der neue Vikar, ein Frater Zeno, errichtete hier so eine Art Ashram. Zeno behauptete, dass ihm Jesus bei einem Spaziergang in der Gloriole des Taborlichts erschienen sei und ihm den Weg zu einer der Höhlen am Nußlberg gewiesen habe. Im hinteren Teil habe er neben einem menschlichen Skelett ein halb im Boden vergrabenes Tongefäß entdeckt. In dem dünnwandigen Krug steckte eine Pergamentrolle – eng beschrieben mit bislang unbekannten Sprüchen und Gleichnissen Jesu.«

Grünauer sah aus wie das Abziehbild des ungläubigen Thomas. »Dieser Prophet Mani hat doch auch behauptet, dass er im Besitz eines geheimen Buchs Jesu gewesen sei.«

»Tja, wer glaubt, wird eben selig! Die unwissenden Bauern haben ihm die Ammenmärchen jedenfalls abgenommen und ihn wie einen Heiligen verehrt.«

»Das wird dem Bischof und der weltlichen Obrigkeit kaum geschmeckt haben, zumal es nach Ketzerei und Häresie riecht«, folgerte Grünauer.

»Das ist noch nicht alles, Zeno posaunte zu allem Überfluss heraus, dass ihn Jesus zu seinem Jünger erwählt habe. Der Gottessohn hätte ihm, seinem treuen Diener, anvertraut, wie man sich die Dämonen der Unterwelt mithilfe einer Reihe von Zaubersprüchen gefügig machen könne.«

Grünauer dachte laut nach: »Für einen solchen Spruch würden die Leviten Luzifers über Leichen gehen.«

»Und nicht nur die«, ergänzte Seidel ahnungsvoll. Das Ende des Ketzer-Priesters war absehbar: »Zeno muss ein charismatischer Redner und ein talentierter Rattenfänger gewesen sein. Er hatte jedenfalls reichlich Zulauf, vielleicht auch deshalb, weil er die heilige Messe in Form einer Orgie, eines Bacchanals zelebrieren ließ. Seine Anhänger wurden jedenfalls in dem folgenden Prozess vor dem bischöflichen Inquisitionsgericht beschuldigt, unzüchtige Handlungen begangen, unter dem Kreuz Jesu der Fleischeslust gefrönt und sich wie die Flagellanten mit Ruten den Rücken blutig gepeitscht zu haben. Du kannst dir vorstellen, wie man mit den Irrgläubigen verfahren ist.«

Zu seiner Verwunderung grinste Grünauer nur anzüglich. »So ein Sadomaso-Swingerclub war seiner Zeit gewiss weit voraus. Und in den Folterkammern der Inquisition fühlt sich ein Masochist doch wie im siebten Himmel.«

Lorenz bedachte den spottsüchtigen Zyniker mit einem tadelnden Seitenblick. »Der Vorsitzende des Inquisitionstribunals, ein gewisser Dietrich von Fronberg, machte kurzen Prozess mit der Ketzerbrut. Die reumütigen Sünder ließ er im Kerker der Burg Falkenstein verrotten und die verstockten, unbußfertigen Teufelsknechte bei lebendigem Leibe auf dem Scheiterhaufen verbrennen.«

»Ja, ja, die gute alte Zeit, da war die Welt noch in Ordnung«, räsonierte Grünauer. »Und der gute Zeno? Wurde in Stücke gehackt und an die Wildschweine verfüttert.«

Seidel wollte sich die Pointe nicht vermasseln lassen: »Ein gewisser Beatus, offenbar seine rechte Hand, schwor noch im Angesicht der am Scheiterhaufen emporzüngelnden Flammen seinem Herrn und Meister die Treue. Dieser habe vom wahren Blut Jesu, vom reinen Quell des Heiligen Geists getrunken.«

Grünauer gähnte ostentativ. »Packen wir's langsam wieder, ha, heute gibt's fränkische Rostbratwürste nach einem alten Rezept von Jeanettes Oma!«

»Du meinst wohl Tofu-Zipfel Nürnberger Art mit dunkler Sojasoße«, zog ihn Seidel auf.

»Nix Soja, Dijon-Senf mit Honig, da schaust. Und sind die Dämonen der Hölle zur Hinrichtung Zenos erschienen?«

»Der verschwand spurlos im Dunkel der Geschichte.«

Die leere Bierflasche noch in der Hand, protestierte Grünauer: »Ach geh! Das kann Hollywood besser. Der Ketzer-Kapo gehört aufgespießt und wie ein Mastochs auf der Wiesn gegrillt, so als kleiner Vorgeschmack aufs Fegefeuer.«

Seidel hob entschuldigend die Hände. »Sorry, in den Chroniken heißt es dazu lapidar: Der Frevelpriester sei für seine Untaten zu ewigen Höllenstrafen verdammt worden.«

Grünauer winkte entnervt ab. »Sei es drum. Wer weiß noch von dieser Pergamentrolle mit den O-Tönen Jesu? Irgendein Irrer, der an diesen Schwachsinn glaubt und sich das Teil unter den Nagel reißen will?«

Seidel überlegte angestrengt. Suchte hier jemand ernsthaft nach der Hinterlassenschaft des Häretikers Zeno? War das Thermen-Projekt nur ein Vorwand, um in aller Heimlichkeit Grabungen durchzuführen und jeden Quadratzentimeter der Leonhardskirche nach einem Geheimversteck abzusuchen? War Pater Cölestin so etwas wie der »Hüter des Grals«? Er würde es wohl nie erfahren – und wahrscheinlich waren das eh nur Hirngespinste. Sein Blick verlor sich in der Ferne.

Die Sonne war im Sinkflug, bald würde sie glutrot hinter den Felsenburgen im Süden versinken. Jenes Leuchtgestirn, jene Urkraft des Lebens, das die Menschen seit jeher verehrt hatten. Eine Gottheit, die viel älter war als Jesus und all die Heilsbringer und »Erlöser« vor und nach ihm. Es war Zeit, sich an den Abstieg zu machen.

MAGDALENA

Der Himmelsdrache spitzte sein Maul, Rauch und Feuer stoben aus seinen Nüstern. Die Luft erhitzte sich und stieg den Gesetzen der Thermodynamik gehorchend nach oben. Es bildeten sich Wirbel, Turbulenzen. Das zarte Lüftchen wurde zur steifen Brise. Der Sturm wuchs sich zum Orkan aus, der mit wütendem Geheul um die Fels- und Eisgipfel tobte. Der Wind, der vom Mittagsmeer her blies, besaß die magische Kraft eines Hexenmeisters, der seinen Zauberstab schwang, um die Form und das Aussehen der Dinge in Windeseile zu verwandeln. Wie die Haut eines Chamäleons wechselte der Himmel seine Farbe, changierte von einem lichten Veilchenlila über ein sattes Königsblau zum tiefdunklen Indigo eines in Färberwaid getunkten Wolltuchs. Die heiße, von den Graten und Gipfeln herabfegende Luft schärfte die Umrisse und Konturen, ließ die Rippen und Risse der Felswände in luzider Klarheit hervortreten, so als ob die Berge zum Greifen nah wären. Ein Phänomen, das nach Überzeugung der Meteorologen von aerosolarmen Luftmassen verursacht wurde. Oder handelte es sich doch ums Hexenwerk einer archaischen Gottheit?

Die Bergbauern auf den Feldern, die Holzknechte in den Wäldern – sie alle hielten in ihrem Tagwerk inne.

Furchtsam spähten sie nach oben, suchten den Himmel nach Unheil verheißenden Erscheinungen ab. Eine innere Unrast, ein Gefühl der Verzagtheit bemächtigte sich ihrer Herzen. Eine böse Ahnung beschlich sie, Gottesfurcht erfüllte ihre Seelen. Hastig wurden die Kühe von den Weiden getrieben, in aller Eile wurde das Fuhrwerk beladen, Axt, Sense oder Stutzen geschultert.

Ursache für all diese hektische Betriebsamkeit war der Föhn. Ein böiger Fallwind, dessen Name sich vom römischen favonius, vom rätoromanischen fuogn herleitete.

An diesem Abend brauste der Föhn mit ungestümer Urgewalt durchs Tal der Ache. Die Wipfel des Waldes rauschten unter dem Flügelschlag des Äolus. Die Götter des Winds ließen die Zweige der Buchen und Eschen, der Erlen und Eichen geisterhaft rascheln. Die Mauern der Leonhardskirche widerstanden den heidnischen Urgewalten, trotzten dem Ansturm der Erd- und Luftgeister. Pater Cölestin verschloss den Tabernakel, stellte den siebenarmigen Kerzenleuchter, die Menora, davor. In dem Schrein befand sich das Allerheiligste, der Leib Christi. Dann wandte er sich zum Gehen, verrammelte die Eingangstür aus massiver Eiche mit einem schweren Querriegel. Man wusste ja nie – und das Böse war immer und überall.

Der Sturmwind fuhr wutschnaubend in den Hohlweg hinein. Ein altes, asthmatisches Motorrad knatterte durch eben jene hohle Gasse bergan. Mit klappernden Ventilen hoppelte das museumsreife Gefährt über Stock und Stein, kämpfte mit der Kraft von 23 Pferdestärken gegen den Föhnsturm. Unter dem schwarz lackierten Tank schlug das metallene Herz der Maschine: ein 600-Kubikzentimeter-Parallel-Twin-Motor. Die Norton Dominator 99, Baujahr 1962, wäre der ganze Stolz jedes Che-Reliquien-Händlers. Ein ähnliches Modell hatten Ernesto Guevara de la Serna und sein Kumpel Alberto Granado auf ihrem legendären Roadtrip durch Lateinamerika benutzt. Auf eben jenem schwarzglänzenden Tank prangte in roten, wild geschwungenen Lettern die Aufschrift »La Poderosa« – die Mächtige. Er hatte lange überlegt, ob er sich einen Nom de Guerre à la »Comandante Adelante« zulegen sollte. Hatte sich dann aber – aus Gründen der Bescheidenheit – dagegen entschieden.

Sein gedrungener, kompakt gebauter Körper steckte in einem olivgrünen Kampfanzug, seine Füße in klobigen Militärstiefeln. Unter einer fellbraunen Vintage-Lederkappe wellten sich die langen Locken über dem aufgestellten Uniformkragen. Um dem Wind eine möglichst geringe Angriffsfläche zu bieten, beugte sich Joe tief über den Lenker. Wie der Reitersmann aus Goethes »Erlkönig« ritt er mit flatternder Mähne durch Nacht und Wind. Doch Greiner war nicht auf dem Weg ins Märchenland, er war in geheimer Mission unterwegs.

Seine Mission war so geheim, dass keiner davon wusste, weder sein »Vize-Comandante« Spitz Schwarz noch ein anderes Mitglied seiner Untergrundarmee. Greiner war gefrustet – der revolutionäre Kampf lief nur schleppend. Um ehrlich zu sein, ihre Aktionen waren bislang ein einziges Desaster gewesen. Beim letzten »Fronteinsatz« wären er und Woife beinahe von dem um die eigene Achse kreiselnden Baumstamm erschlagen worden. Und es drohte weiteres Ungemach: Es war nur noch eine Frage der Zeit, bis die Kripo ihre beiden Leinwandhelden hopsnahm und in U-Haft schmoren ließ. Ob die beiden dichthielten – solo dios sabe! Sein Vorbild hatte seinem Tagebuch anvertraut: »Hegst du Zweifel an der Loyalität eines Kämpfers, dann töte ihn, ehe er dich verrät!« Die Message war unzweideutig. An einer anderen Stelle hieß es aber auch: »Der wahre Revolutionär lässt sich von großen Gefühlen der Liebe leiten.« Schön und gut, er befand sich jedenfalls in einem Dilemma. Belle und Woife hatten in ihrer Unbedachtheit und Naivität einen unverzeihlichen Bock geschossen. Diese Amateur-Anarchos! Als ob diese Stümper zu einer solch tolldreisten Aktion fähig gewesen wären. Der Attentäter war ein Profi gewesen, eiskalt und abgebrüht. Belle, ihr IT-Experte, war immerhin so schlau gewesen, ihre digitalen Spuren zu verwischen und sich diskreter Web-Hoster in den ehemals sozialistischen Bruderländern Weißrussland und Moldawien zu bedienen. Die Spezialisten für Cyber-Crime im LKA würden den Weg des Videos dennoch bis zur Quelle zurückverfolgen – und eines nicht allzu fernen Tages würden die Handschellen klicken – was dann?

»Diese Dorftrottel, diese hirnamputierten Schwachköpfe!« Der Anstecker auf Woifes Käppi würde selbst einem minderbemittelten Kripo-Knecht auffallen: Die Anstecknadel zum 100-jährigen Jubiläum des Gebirgsschützenvereins Audorf war in limitierter Stückzahl produziert worden – so ließ sich der Kreis der Verdächtigen einengen, die Schlinge zuziehen. Woife war fällig. Der bewaffnete Kampf war beendet, bevor er begonnen hatte. Eine Blamage. Gebetsmühlenhaft murmelte er in seinen Bart: »Wie dumm, wie deppert! Wie dumm, wie deppert …« Greiner lachte hart und humorlos auf. In einem solch eklatanten Fall von Inkompetenz und Idiotie hätte Che keinen Moment gezögert: zwei Schuss – und Schluss. Seine Ceska Modell CZ 82 steckte im Brusthalfter, unbenutzt! Er würde nicht den Henker spielen, das sollten die Schergen der Ordnungsmacht besorgen. Ersatz wäre schwer zu finden. Das Klassenbewusstsein hierzulande war bedauerlicherweise nur höchst rudimentär ausgebildet. Kein Baubaraber, kein Landstreicher und Lackierer, kein Gas- und Wasserinstallateur scherte sich um Che & Co. Da war die Revolution zwangsläufig zum Scheitern verurteilt.

Der Föhnwind stob durchs dürre Geäst. Krachend fiel ein schwerer Ast herab und verfehlte ihn nur knapp. Abgebrochene Zweige verwandelten den Waldweg in einen Slalom-Parcours. Marx lehrte, dass der Mensch frei über die Produktionsmittel verfügen musste, um eine neue, bessere Welt zu erschaffen. Doch was war mit der geistigen Natur des Menschen, war diese befähigt zu wahrer Erkenntnis? Joe riss am Lenker, doch das Stahlross bockte wie ein störrischer Mustang. Der betagte Motor war am Limit, sobald er das Gas wegnahm, knatterten die Fehlzündungen wie Gewehrfeuer durch die Nacht. Endlich kam die Karre auf Touren. Ein tiefes, sattes Brummen. »La Poderosa« beschleunigte, auf 30, auf 50 Stundenkilometer. Das Ziel konnte nicht mehr weit sein.

Greiner kaute nervös auf seiner Unterlippe herum. Wie sollte es nun weitergehen? Als Erstes musste er sich um einen Fluchtweg kümmern, um sich notfalls rasch ins Nachbarland absetzen zu können. Obendrein brauchte er ein sicheres Versteck, jemanden, der ihm Unterschlupf bot.

Cölestin Fromberger war kein verknöcherter Frömmler, er war ein kritischer, Neuerungen gegenüber aufgeschlossener Geist. Es gab durchaus Berührungspunkte zwischen Cölestins eigenen Ansichten und den Forderungen der Befreiungstheologen Südamerikas, die sich rückhaltlos für die Belange der Armen einsetzten und das oligarchische System der Unterdrückung und Ausbeutung in Bausch und Bogen verdammten. Manch ein Priester hatte die Rechte der Armen mit der Waffe in der Hand verteidigt. Pater Cölestin war indes kein Camilo Torres. Aber er brachte dem ideologischen Eifer und Kampfeswillen seines »Ziehsohns« ein gewisses Verständnis, ja Sympathien entgegen. Er würde ihm helfen. Bevor er jedoch bei ihm um Asyl nachsuchte, musste er in den sauren Apfel beißen. Greiner sah dem Zusammentreffen mit seinem früheren Mentor mit gemischten Gefühlen entgegen. Er hätte keinen Deal mit dieser Söldnertruppe schließen sollen. Sie hatten ihnen 10.000 Euro geboten und er hatte widerstrebend eingewilligt. Spitz und Woife hatten Boris und seine Mannen logistisch unterstützt und sie mit den Örtlichkeiten vertraut gemacht. Am Grund und Boden von Woifes Opa hatten sie ihr Basislager eingerichtet und mit Tarnnetzen abgedeckt. Gegen ein kleines »Extra« hatte Spitz zwei Enduros samt falschen Kennzeichen besorgt. Damit schien die Angelegenheit erledigt zu sein. Erst später hatte er erfahren, dass es die Bande auf Sankt Leonhard abgesehen hatte. Cölestin würde ihm die Hölle heißmachen, wenn er seinen »Fehltritt« beichtete. Er würde ihm mehr als nur ein paar Vaterunser als Strafe aufbrummen. Für seine guten Absichten sprach, dass er dem Pater die Sauköpfe auf dem Präsentierteller serviert hatte – gegen eine geringe pauschale Aufwandsentschädigung. Er, Woife und Ober hatten sich zwei Nächte um die Ohren geschlagen, um auf Sau-Pirsch zu gehen. Das war A nicht ungefährlich und B zu einer stundenlangen Schinderei ausgeartet. Die Sauen wogen bis zu 70 Kilo – und diese Monster unbeobachtet nach Sankt Leonhard zu schaffen, war ein physischer wie logistischer Gewaltakt gewesen.

Alles ruhig. Auf seinem Kontrollgang hatte er nichts Auffälliges bemerkt. Fromberger machte es sich auf der Eckbank im Herrgottswinkel bequem, ließ einen 2014er Blauburgunder im Rotweinglas kreisen und steckte sich eine Zigarre, eine Cohiba Robusto, an. Feierabend!

Da pumperte jemand mit dem Ungestüm Knecht Ruprechts an die Tür: »Pater Cölestin, ich bin's!« Der Pater erkannte die Stimme seines ehemaligen Ministranten sofort. »Kann ich reinkommen? Wir sollten reden, da ist etwas, was …«, druckste sein Besucher herum.

»… sicher auch bis morgen warten kann«, vollendete der Pater den Satz und versetzte bärbeißig: »Ich komm ja schon. Also sei so nett und lass die Tür ganz!«

Die Stimme klang so kleinmütig wie die eines Bauernbengels, der die Zwetschgen aus Nachbars Obstgarten stibitzt hatte: »Entschuldigen Sie bitte die späte Störung, Pater, es ist nur so, dass ich Sie dringend sprechen müsste, weil, ich hab da ein Problem!«

Der Brummbass Cölestins bekam einen ironischen Unterton: »Und ich soll dir helfen, es zu lösen? Um welche Art von Problem handelt es sich denn? Eines von mathematischer, sexueller oder metaphysischer Natur?«

»Soll ich dir am Ende die Beichte abnehmen?«

Greiner zuckte zusammen. Am Ende im Beichtstuhl. Nein, alles nur das nicht! Es käme einer beispiellosen Demütigung gleich, wenn ein gestandener Verächter des Glaubens zu Kreuze kroch. Und dennoch, er musste Pater Cölestin milde stimmen. Um sich seines Wohlwollens zu versichern, griff er zum Mittel der Bestechung: »Ich würde gern ein bisserl über die alten Zeiten plaudern – bei einem feinen Wein. Ein Flascherl Lagrein zum Bleistift!« Neben Blauburgunder und Sankt Magdalener war der Lagreiner ganz oben auf der »Shortlist« des Paters. Joe legte den Köder aus: »Einen 2010er, Grieser Sonnenhang. Der erweckt die Lebenden von den Toten.«

Für einen exquisiten Lagreiner musste man Opfer bringen – selbst wenn es mit dem gemütlichen Dämmerschoppen nun Essig war. Er machte sich an dem schweren eisernen Türriegel zu schaffen: »Moment noch! Vorsicht ist die Mutter aller christlichen Tugenden. Wer weiß, welche Dämonen sich da draußen rumtreiben.«

Eine Viertelstunde später hockten »Che« und Cölestin einträchtig an einem massiven, aus Nussbaumholz geschreinerten Ecktisch. Das antike Möbelstück hatte der Pater für sich abgezweigt, bevor das Mobiliar der alten Propstei unter den Hammer des Auktionators gekommen war. Jeder Antiquitätenhändler, der Ahnung vom Geschäft hatte, hätte sich die Finger danach abgeschleckt. Vor ihnen standen zwei bauchige Bouteillen sowie ein Brotzeitbrettl, darauf etwas Schinkenspeck, Sennkäse und Brot. Der Pater ließ den rubinroten Rebensaft gedankenvoll kreiseln, während Greiner an einem dicken, aus handverlesenen Tabakblättern gerollten Stumpen zog. »Ah, die Cohiba, die ungekrönte Königin Havannas.«

Blauer Dunst stieg in kleinen weißen Wölkchen zur holzvertäfelten Decke der Kaminstube empor. Der Revoluzzer, der einmal sein Musterschüler gewesen war, prostete ihm listig lächelnd zu. Greiner war ein schlauer Fuchs.

»Auf die Revolution – und auf die Frauen!«

»Auf das Heil des Herrn, auf seinen Sohn Jesus Christus!« Der hagere Pater in seiner abgewetzten Kutte und mit dem zerzausten Lockenkopf und der zur Korpulenz neigende Comandante in seiner Bikerkluft und mit dem fein gekräuselten Karl-Marx-Gedächtnisbart mochten auf den ersten Blick wenig gemeinsam haben, doch trotz aller weltanschaulichen Differenzen verstanden sich die beiden prächtig.

»Der Speck ist der Wahnsinn, Pater, zum Niederknien.«

»Der Lehenbauer züchtet eine alte, stämmige Schweinerasse, die wirft zwar weniger Ferkel und es lassen sich weniger Koteletts aus den Rippen säbeln, dafür ist das Fleisch schön mager und nicht so fett und wässrig wie das der Mastsauen, die ihr Leben in einem dunklen, dreckigen Stall fristen.«

Der bärtige Revoluzzer pflichtete dem Pater zwischen zwei hauchzarten Speckscheiben bei: »Der zergeht einem auf der Zunge! Jeder hat das Recht auf ein menschenwürdiges Leben – auch die Sau!«

Cölestin Fromberger nickte bedächtig: »Der Lehenbauer schlachtet selbst. Und er setzt ihnen auch den Gnadenschuss – in einem separaten Koben. Davor krault er dem Schweinderl hinterm Ohr, ehe es Peng macht. Ein gnädiger Tod.«

»Ein Genickschuss ist manchmal die humanste Lösung«, pflichtete ihm Joe bei und ließ einen perfekt geformten kreisrunden Rauchkringel zur Decke steigen: »Die industrialisierte Landwirtschaft, die Massentierhaltung, das sind alles Auswüchse der kapitalistischen Profitgier. Ob Bauer oder Sau, beide werden ausgezuzelt wie eine Weißwursthaut. Die gewissenlosen Profitmacher, die Spekulanten, alle, die das Geschäft der Gewinnmaximierung betreiben, stürzen die Welt in den Abgrund. Der Teufel von heute ist der Herr des Kapitals!« Zufrieden mit seinem rhetorischen Kunstgriff stopfte sich Greiner die Hamsterbacken voll.

Cölestins Adleraugen bedachten seinen Ex-Ministranten mit skeptischem Seitenblick. »Joe, lass den Teufel in der Hölle. Woran es uns heute am meisten gebricht, ist die Liebe. Dort, wo es an Liebe fehlt, dort gedeiht die Kälte, der Hass. Der heilige Franz lehrt uns: Hingabe und Gottvertrauen. Also, was kann ich, ein demütiger Knecht im Weinberg Gottes, für dich tun?«

Sein ehemaliger Zögling zwirbelte seine Bartspitzen. »Tja, nun, ich bin da in etwas hineingeraten. Ohne eigene Schuld, Pater. Es könnte aber sein, dass ich ein paar Tage untertauchen muss.« Seine Worte klangen nachdenklich: »Wissen S', der Franz von Assisi ist schon ein komischer Heiliger. Wer spricht schon mit den Vögeln und tanzt mit Bruder Mond und Schwester Sonne Ringelreihen? Der Übervater aller Hippies! Da ist mir der Apostel Petrus schon lieber, der das Schwert zieht, um seinen Herrn zu verteidigen.«

Cölestin strich sich um sein langes, spitz zulaufendes Kinn. »Gut, in der Sakristei kannst du vorläufig schlafen. Da sucht dich keiner. Dann sehen wir weiter, wie wir dich und deine Knatterkiste verschwinden lassen. Erinnerst dich an die Szene, als Jesus die Geldwechsler aus dem Tempel prügelt?«

Greiner nickte mechanisch – ohne zu begreifen, worauf der Pater hinauswollte.

»Gut so! Die Römer waren Imperialisten wie heute die Amis.« Fromberger fuhr ihm unwirsch ins Wort: »Darum geht's doch ned. Wer andere betrügt, ihnen mit wucherischem Zins den letzten Groschen abknöpft, der versündigt sich wider die Gebote Gottes. Christus greift deswegen so hart durch, weil er von uns Gerechtigkeit verlangt. Es geht nicht nur um Vergebung, sondern auch um Gehorsam. Diese ›dunkle Seite‹ Jesu wird heut gern verschwiegen. Aber gut – hast du sonst noch etwas auf dem Herzen, Joe?«

Der wich dem bohrenden Blick des Paters aus. Er sog an der Zigarre, stieß Rauchringe aus, die Manitu besänftigen mochten. Das schlechte Gewissen stand ihm ins Gesicht geschrieben: »Pater, da draußen« – dabei vollführte er mit den Händen eine Art Kreisbewegung – »ist etwas im Gange. Seien Sie bitte auf der Hut und wenn es kracht, lassen S' den Kopf lieber unten.« Im Telegrammstil berichtete er von seiner Begegnung mit Boris, den undurchsichtigen Aktivitäten der Verbrecherbande, die sich aus ehemaligen Soldaten einer Eliteeinheit rekrutierte. Dass er an deren Aktivitäten nicht gänzlich unbeteiligt gewesen war, ließ er dann lieber doch unter den Ecktisch fallen.

Der Pater leckte sich die Lippen: »Ah, die Frucht des Weinstocks, ein Gottesgeschenk! Rührend, dass du dich so um mich sorgst.«

»Ich meine es ernst, ich habe ein mulmiges Gefühl. Wenn es ums Geld geht, geht die Moral vor die Hunde.«

Pater Cölestin zog die Stirn kraus. »Verschweigst du mir etwas? Wer finanziert diese Privatarmee? Die sind doch nicht zum Spaß hier.«

»Ich hab nichts Konkretes, keinen Beweis oder so. Da ist nur so ein Bauchgefühl.«

Der Pater fixierte ihn wie der Beichtvater sein Beichtkind: »Und du denkst, dass ich auf der Abschussliste bin?«

»Nicht unbedingt, es gibt ja auch subtilere Methoden, um den Sekt kalt zu stellen. Man könnte Ihnen zum Beispiel etwas unterschieben, Drogen, Schmuggelware, Hehlerei. Eine Anklage ist schnell zusammengezimmert und dann sitzen Sie erst einmal in U-Haft fest und sind niemandem mehr im Weg. Ich will ja den Teufel nicht an die Wand malen, aber.«

Pater Cölestin kaute gedankenverloren auf einem Speckröllchen herum. »Durchaus denkbar. Bestochene Zeugen, getürkte Beweise. Mundus vult decipi, ergo decipiatur.« Cölestin leerte sein Glas in aller Seelenruhe. »Ich kann auf dich zählen, notfalls?«

Greiner nickte. »Ich hau Sie da schon raus! Und nehmen Sie sich vor dieser Ratte Stocker in Acht.«

Der Pater lächelte, aber es war kein entsagungsvolles Lächeln voller Sanftmut und Opfersinn. »Dann bin ich ja beruhigt. Aber du bist auf dem falschen Dampfer. Stocker will mich mit im Boot haben. Wenn mich die Konditionen des Beratervertrags überzeugen, bin ich geneigt, mich auf einen Pakt mit dem Teufel einzulassen. Unser kleiner, dicker Beelzebub wird sich noch wundern!« Pater Cölestin brach in schallendes Gelächter aus. Greiner blickte ihn sichtlich beunruhigt an, so als ob sich der alte Herr übernommen und einen Zacken in der Krone hätte. Cölestin entkorkte den Lagreiner und schenkte ordentlich ein. »Bleib sitzen. Darauf trinken wir!« Er drückte Greiner sein Glas in die Hand – in dem der schwere, herbe Wein funkelte wie ein Rubin. »Und was diesen Boris, unseren ominösen Mister X betrifft, lassen wir ihn doch sein eigenes Grab schaufeln.«

BLASIUS

Der Garten war mustergültig gehegt und gepflegt. Den Mittelpunkt der kleinen Grünanlage bildete ein Springbrunnen, aus dem eine gischtende Fontäne ins Himmelsblau schoss. Um den Brunnen herum hatte man Blumenbeete angelegt, die in ihren streng abgezirkelten geometrischen Formen den Symmetriegedanken der barocken Gartenbaukunst widerspiegelten. Das Barockgärtchen umschloss ein Wall von exotischen Ziersträuchern und Staudengewächsen. Entlang der geschotterten Fußwege standen in regelmäßigen Abständen moosgrün gestrichene Parkbänke. Auf der Sonnenseite der Gartenanlage hatten sich ältere Damen und Herren niedergelassen. Einige davon in Ausgehgarderobe, die Mehrzahl aber im legeren Casual Look, in zerbeulten Stoffhosen, schreiend bunten Leggins oder der neuesten »Jogging-Mode«.

Hier war die alte Welt noch in Ordnung: Man mümmelte an Torten- und Kuchenstückchen, machte sich über die Spleens und Marotten der Demenz-Fraktion lustig, redete sich über die Saumseligkeit und Unfähigkeit des Klinik-Personals den Mund fusselig und beklagte ganz allgemein den sittlich-moralischen Verfall in der Welt von heute. Aber auch im Mikrokosmos einer teuren Privatklinik wie dieser gab es die Außenseiter und Outlaws, die trotz aller ärztlichen Verbote an ihren Kippen hingen und aus alterstrüben Augen in die Leere starrten.

Aus alter Gewohnheit hatte sich Seidel in eine der hinteren Bankreihen verdrückt und inhalierte den nikotingeschwängerten Rauch. Vor über einem halben Jahr hatte er sich geschworen, sich sukzessive das Rauchen abzugewöhnen. Doch heute war er rückfällig geworden und hatte dem diensthabenden Weißkittel eine »Tschick« abgeschnorrt. Seidel sog an der Zigarette und versuchte, ihrer Stippvisite am Krankenbett des Bulldozer-Moguls etwas Positives abzugewinnen. Genau besehen war es aber eine Farce gewesen.

Severin Stocker hatte in einer strahlend weiß getünchten Privatpatientensuite logiert – und Seidel dabei an eine aufgespeckte Version König Ludwigs erinnert. Wie nicht anders zu erwarten hatte er sich zum arglosen Opfer einer Intrige stilisiert und war vor Selbstmitleid schier zerflossen. Mit dem Pathos eines Hinterhoftragöden klagte er über höllische Kopf- und Gliederschmerzen. Überdies litt er angeblich an einer partiellen Amnesie, die Folge: ein »totaler Blackout«. »Gedächtnislücken« waren schließlich auch bei Politikern ein probates Mittel, um sich unangenehme Nachfragen zu ersparen und die Wahrheit für sich zu behalten. Der Bauunternehmer hatte eine solch salbungsvolle Leidensmiene zur Schau getragen, dass er sofort den Part des Judas bei den Oberammergauer Passionsspielen hätte übernehmen können. Mit erstickter Stimme und tränenfeuchten Augen hatte Stocker beteuert, dass er sich das »Ganze« nicht erklären könne. Er habe plötzlich Hunger bekommen – und deswegen den Autobahnrastplatz Gletschergarten aufgesucht. Er habe etwas gegessen, ein oder zwei Bier getrunken und sich angeregt mit einem anderen Kunden des Schnellimbisses unterhalten. Auf einmal sei alles ganz schnell gegangen – er habe Schreien und Rufen vernommen, so als ob jemand das Lokal ausrauben wolle. Da er etliches an Bargeld bei sich gehabt habe, sei er in Panik geraten und bei seiner überstürzten Flucht unglücklich gestürzt. Mehr wisse er beim besten Willen nicht.

Kurzum, Stocker hatte das Unschuldslamm gemimt, sich ansonsten wenig kooperativ gezeigt. Auf Bergers Nachfrage, um welche Themen die Unterhaltung mit dem »großen Unbekannten« gekreist sei, hatte sich Stocker am Hinterkopf gekratzt und so getan, als ob er angestrengt nachdächte: »Warten S', ja, jetzt fällt es mir wieder ein. Der Mann hat erzählt, dass er aus Berlin komme und geschäftlich nach Italien müsse – nach der anstrengenden Fahrt bräuchte er eine kleine Pause. Obendrein habe er Probleme mit dem Vergaser.« Bergers Lider hatten gefährlich gezuckt, seine kohlrabenschwarzen Augenbrauen sich wie dunkle Gewitterwolken zusammengezogen. Den Krokodilstränen nah hatte ihnen Stocker versichert, dass ihm der ganze Zwischenfall unerklärlich sei: »Herr Kommissar, ich bin ein umgänglicher, hilfsbereiter Mensch – und ich helfe, wo ich kann. Der Mann war nicht von hier – also habe ich ihm die Adresse einer Reparaturwerkstätte gegeben. Auf den Gedanken, dass er mich bestehlen wollte, bin ich gar nicht gekommen. Und jetzt ist die Dokumentenmappe samt wichtigen geschäftlichen Unterlagen weg. Eine Katastrophe!« Mit dem Gestus eines neuen Cicero forderte er Berger auf, alle nur denkbaren Anstrengungen zu unternehmen, um den hinterhältigen Kofferklauer dingfest zu machen.

»Einen hilflos am Boden liegenden Menschen berauben – wo kommen wir da hin?«

Der Kommissar hatte nur ungehalten geblafft: »Der Haftbefehl ist draußen, die Fahndung läuft. Ich kann Sie also beruhigen, Herr Stocker. Schließlich hat Ihr ›Dieb‹ versucht, mich zu erschießen.«

Seidel hatte sich bei der Zeugeneinvernahme im Hintergrund gehalten und den »Zeugen« genau beobachtet. Stocker hatte zweifellos das Zeug zum Laiendarsteller im Bauerntheater. Seine Lügen waren so dreist wie seine Wangen feist. Seidel hatte nie einen Pfifferling auf Stockers vorgebliche Seriosität gegeben. Für ihn war er das Musterexemplar des habgierigen Halsabschneiders, des niederträchtigen Parvenüs und gerissenen Betrügers. Die Rolle des leutseligen Biedermanns war bloße Fassade. Stocker war ein knallharter Ganove, ja ein »Amigo-Mafioso« der übelsten Sorte.

»Wie wär's mit einem Bier, eine deftige Brotzeit dazu? Geht aufs Haus!« Ohne die Antwort seiner »Gäste« abzuwarten, hatte Stocker nach der Schwester geklingelt, die wie der Blitz angestöckelt kam. »Geh, seien S' doch so lieb, Mei Ling, bringen S' uns ein paar Bier, ein Dunkles, gell!« Die mandeläugige Schönheit aus Fernost eilte im Laufschritt davon und Stocker ließ sich mit zufriedenem Seufzer in ein weiches Ruhekissen sinken.

»Meine Herren, es liegt in meinem ureigensten Interesse, dass Sie diesen Schurken hinter Gitter bringen – und die mir entwendeten Unterlagen wiederbeschaffen.«

Mit Bravour meisterte er nun auch die Rolle des ehrlich besorgten Geschäftsmanns: »Wissen Sie, Herr Kommissar, die 600 Euro kann ich verschmerzen, zur Not auch den Verlust der Kreditkarten, die lassen sich sperren. Aber wenn diese streng vertraulichen Papiere in die Hände der Konkurrenz gelangen, dann kann mich das Millionen, ja die Existenz kosten. Zig Arbeitsplätze gehen verloren – ein harter Schlag für die ganze Region.«

Seidel warf, seine bisherige Zurückhaltung aufgebend, ein: »Um welche Art von Unterlagen handelt es sich denn? Was ist so wichtig, dass Sie das Schlimmste befürchten?«

Stocker seufzte wie ein Opernheld im letzten Akt. »Es handelt sich um geschäftliche Interna, Kalkulationen, Kostenanalysen, Layouts. Davon darf nichts nach außen dringen. Es geht, grob gesagt, um ein geplantes Joint Venture mit einer Tiroler Baufirma. Um Infrastrukturmaßnahmen, die in Zusammenhang mit dem Bau der Spa-Therme Leonhardus anfallen.« Als ob er ihnen das Geheimnis des Grals anvertrauen wollte, raunte er: »Die Mitbewerber dürfen keinen Wind von der Sache bekommen, deshalb haben wir uns zu einem Geheimtreff in Wörgl verabredet. Da geht es ans Eingemachte, um die Rahmenkonditionen oder das zu erwartende Auftragsvolumen zum Beispiel. Karl Knorr wird Ihnen bestätigen, dass wir uns an dem Abend zusammensetzen wollten, um strittige Punkte auszuräumen und einen Vorvertrag abzuschließen. Ich hab also quasi ein Alibi.« Stocker rang verzweifelt seine Hände und hauchte theatralisch: »Das kann das Aus bedeuten!« Seidel stenografierte fleißig mit: Karl Knorr, Bauunternehmer, Wörgl in Tirol.

Berger schnaubte unwillig. Noch hielt er seinen Zorn in Zaum, noch schlug er einen sachlichen Ton an: »Wir haben die Aufnahmen der Überwachungskameras gesichtet – und da drängt sich der Eindruck auf, dass Sie und Ihre ›Zufallsbekanntschaft‹ heftig miteinander diskutierten, ja dass Sie wütend und laut geworden sind. Haben Sie dafür eine Erklärung?«

Stocker betrachtete die Schnabeltasse, die auf dem Sideboard neben dem Patientenbett stand, schien jedoch keine Neigung zu verspüren, am Früchtetee zu suckeln: »Nun, Sie sind Kriminalbeamter, Sie müssen so etwas fragen. Wir haben uns übers Wetter, über Bayern unterhalten und irgendwie kam die Sprache auf Fußball, auf die Bundesliga. Wenn jemand den FC Bayern madig macht, dann werde ich fuchsteufelswild, da hört sich der Spaß auf. Mia san mia, verstehn S'! Und wenn mir so ein dahergelaufener Hertha-Fan blöd kommt, dann kann ich schon mal laut werden.«

»Und wie hat der Herr mit dem kurz geschorenen Haar auf ihre verbalen Ausfälle reagiert? Ist er da nicht wütend, aggressiv geworden?«

Zum ersten Mal im Laufe der Befragung geriet Stocker in Verlegenheit, er zögerte die Antwort hinaus. Schließlich entschloss er sich auf Nummer sicher zu gehen: »Ehrlich gesagt, weiß ich das nicht mehr so genau. In der ganzen Hektik hab ich irgendwie panisch reagiert – und dann hat es auch schon ›bums‹ gemacht – Filmriss.

Ich bin erst in der Notfallaufnahme wieder aufgewacht. Und was sehe ich da?«

Berger hatte ihn achselzuckend angeblickt. »Den Onkel Doktor mit der Spritze?«

»Ein Negerweib mit einem Riesenarsch.« Stocker hatte laut aufgelacht. »Da habe ich geahnt, dass ich noch nicht im Himmel bin!« Was für ein erbärmlicher Chauvi-Joke, hatte Seidel gedacht. Doch er passte zu diesem Mann, dessen Unverschämtheit und Unverfrorenheit grenzenlos zu sein schienen.

Seidel war gut in seinem Job, er hatte ein untrügliches Gespür dafür entwickelt, ob ein Interviewpartner seinen Fragen bewusst auswich, die Fakten großzügig auslegte oder wie Stocker log, dass sich die Balken bogen. Offenbar war er geübt darin, die Tatsachen zu verdrehen, mit Halbwahrheiten zu operieren und ein unentwirrbares Lügengespinst zu spinnen.

»Stocker ist unser Mann, glaub mir. Wenn es um den Profit geht, scheut der vor nichts zurück. Der Kerl ist ein Krimineller, der beschäftigt nicht nur ein paar Schwarzarbeiter und hinterzieht Steuern. Dem traue ich alles zu – sogar einen Auftragsmord.«

»Du wiederholst dich. Wir brauchen Beweise – schon vergessen?«

Seidel und Berger waren durch eine Flucht von mit Linoleum belegten Gängen geirrt – ehe endlich ein Leuchtschild mit der Aufschrift »Ausgang« den Weg wies.

»Stocker ist ein verlogener Mistkerl, aber er ist nicht unser Mann. Sein empörtes Getue vorhin, das ist alles nur Fassade. In Wahrheit hat das Sackgesicht Angst. Und ich werde herausfinden, wieso er die Armani-Unterhose gestrichen voll hat.«

Berger war, das Handy am Ohr, Richtung Parkhaus verschwunden. Seidel hatte seine Gedanken sammeln wollen und eine Runde durch den Park der Privatklinik Dr. Schönberger gedreht. Wieder einmal wusste er nicht weiter, fand keinen Ausweg aus dem Labyrinth. War er auf dem Holzweg? Wer war dann ihr »Mister X«? Grünauers »diskrete Überprüfung« von Stockers Geschäftskonten hatte nichts Greifbares ergeben, nichts, was auf größere Unregelmäßigkeiten hindeutete. Stockers »Stecken« war gründlich gereinigt worden. Seidel schnippte die heruntergebrannte Kippe auf den frisch geharkten Kiesweg. Seidel sah sich hastig um, ob jemand seine »Missetat« bemerkt hatte. Doch die Alten waren noch immer eifrig dabei, Löcher in die Luft zu starren.

ACHAZ

Die Bandprobe fiel aus. Bei dem Wetter wollte niemand in die stinkige, stickige Kellergruft. Nicht eine Schäfchenwolke graste am kornblumenblauen Himmel. Frisches Frühlingsgrün deckte Feld und Flur. Nur die Gipfel im Süden hüllten sich noch in ihre blütenweißen Hermelinmäntel. Der Lenz war da – und hielt mit aller Macht Einkehr. Noch um vier Uhr nachmittags zeigte das Thermometer satte 22 Grad. Fast zu warm, um wahr zu sein.

Die vier »Bavarian Djangos« hatten sich in der Schenke »Zum Hölli« verabredet. Eine Location, die einige »logistische« Vorteile bot. Steini, der Wirt, war einer der besten Freunde Grünauers und spendierte seinen Stammgästen schon mal eine Runde Freibier. Das Bier sprudelte frisch vom Fass und unter den Kastanien befand sich ein Hot Spot, der Netzwerkern via Wireless LAN einen direkten Zugang in die digitale Welt eröffnete. Gleich hinter dem Wirtsgarten führte obendrein der Kölbl-Steig über den spärlich bewaldeten Felsbuckel des Höllensteins nach Sankt Leonhard hinauf.

Die »Hölle«, wie die Stammgäste die Spelunke scherzhaft nannten, war also der ideale Ausgangspunkt, um auf dem kürzesten Weg zum Lenhardi-Kircherl zu gelangen.

Die vier hatten sich in Outdoor-Kluft geschmissen, um auf »Spurensuche« zu gehen – und den oberen Kirchwald planmäßig zu durchkämmen. Vielleicht hatten die Profis vom Ermittlungsdienst in ihrer Betriebsblindheit ja einen entscheidenden Hinweis übersehen. Etwas, was erklärte, weshalb die baufälligen Gemäuer auf einmal solche Begehrlichkeiten weckten. Seidel hatte seine Freunde gewarnt, dass es durch Gestrüpp und Geäst gehen könnte. Nun standen seine »drei Musketiere« gestiefelt und gespornt vor ihm. Die Garderobe des Erkundungstrupps stammte aus Beständen der Bundeswehr, genauer gesagt aus dem »Nachlass« der Brannenburger Gebirgsjägertruppe. Der Standort am Inn war längst dicht. Berger hatte jedoch den Spieß der Versorgungskompanie überredet, Mäntel, Jacken, Parkas, Hosen und Stiefel zum »Nice Price« an die »Kollegen von der Kripo« abzugeben. Das Trio wirkte in seinen Second-Hand-Kampfklamotten ein wenig »overdressed«. Berger, Grünauer und Holzinger gaben sich alle erdenkliche Mühe, wie ein Trupp SEKler auf geheimer Mission auszusehen. Mit mäßigem Erfolg, wie die mitleidigen Seitenblicke ihrer Kaschemmen-Kumpane erkennen ließen.

Seidel wollte eben das Signal zum Aufbruch geben, da kam ihm ein berückender Gedanke: Die Tarnfleck-Monturen ähnelten denen der Volksbefreier wie eine Matroschkapuppe der anderen. Hatten sie ihre Klamotten im »Gebirgsjäger-Outlet« oder im G.-I.-Online-Shop erstanden – und mit Karte bezahlt? Und woher stammten die Kutten dieser Brüder vom »Blauen Land«? Aus einem Kostümverleih, aus der Kleiderkammer eines

Klosters? Hatte die Kripo das schon überprüft? Und was hatte die Einvernahme der Ex-Geliebten Ferstls ergeben, dieser zwielichtigen Loden-Dirn? Berger würde mehr wissen.

Olivgrün war Seidels Farbe nicht. Er bevorzugte sportlich-saloppe Funktionskleidung: Jacke und Hose leuchteten in modisch grellen Signalfarben. Dazu trug er leichte Trekkingschuhe mit Profi-Profilsohlen.

Prompt machte sich Holzinger über ihn lustig: »Bunter wie ein Papagei! Da sieht dich ein sehbehinderter Tiger aus hundert Metern Entfernung durch den Bambushain stolpern.«

Seidel reagierte vergrätzt: »Jetzt hör aber auf. Die Sachen sind funktionell, atmungsaktiv, halten Wind, Regen und Schnee ab. Wüste Gobi, Dhaulagiri, kein Problem.«

Nun motzte auch noch Berger: »Schon mal was von Tarnung gehört, von Schlammfarben und Kriegsbemalung, damit einen der Feind nicht gleich von Weitem erkennt?«

»Welcher Feind denn? Wir suchen nach einer Fährte, einem weggeworfenen Kaugummipapierl, Zigarettenstummel, Taschentücherl, Gummikondom!« Seidel schluckte seine Wut mit einem Schluck Bier hinunter. Es war eindeutig unter der Gürtellinie, dass er sich ob der Farbe seiner Trekkinghose vorm Tribunal der Tarnfarbenträger rechtfertigen sollte.

Grünauer hob die Hände, als ob er wie Jesus am See Genezareth die Wogen glätten wollte: »Was ned geht, geht ned! Auf einen Freund von uns schießen geht gar ned! Das soll uns dieser Boris büßen!« Selbst an den

Nachbartischen erhob sich zustimmendes Gemurmel. Die Maßkrüge klirrten wie dereinst die Schwerter der Kreuzritter vor Jerusalem.

Der Kölbl-Steig stellte einen Alpinisten vor keine größeren Schwierigkeiten. Der Pfad schwang sich in Spitzkehren durch einen lichten, mit einzeln stehenden Föhren und Fichten durchwirkten Laubwaldteppich. In unregelmäßigen Abständen tauchte ein Bildstock am Wegrand auf, davor ein schon halb verrottetes Kniebänkchen, um dort ein stilles Gebet zu verrichten. Der Weg schattig, die Steigung moderat, keiner der vier musste ans Limit. Stimmengewirr hallte durch die Waldesstille. »Hast diesen Woife ein wenig unter Druck gesetzt? Wenn wir ihn in die Enge treiben, macht er Fehler, dann haben wir ihn«, bekundete Berger mit inquisitorischer Schärfe.

»Eine harte Nuss, nicht gerade auskunftsfreudig. Er hat rundweg geleugnet, dass er so einen Anstecker besitzt. Die Gebirgsschützen seien ein Kackverein und sein Opa nicht mehr ganz hell in der Birne. Sein altes Armee-Käppi hat er angeblich irgendwo verloren, das ›Graffel vom Bund‹, Parka, Stiefel et cetera den Maltesern gespendet. Ein ziemlicher Unsympath, der handgreiflich wurde, als ich ihm von meiner geplanten Enthüllungsstory erzählt habe«, stilisierte sich Seidel zum unerschrockenen Vorkämpfer der freien Presse.

»Was zögerst da so lang rum. Verhafte den Nasenbären und durchsuch seine Bude«, schritt Holzinger, zumindest verbal, zur Tat.

»Kommt schon noch«, knurrte Berger. »Wir machen ihn erst mal mürbe und warten vorläufig noch ab. Seit zwei Tagen werden sein Handy, seine E-Mail-Kommunikation, die Nachrichten auf WhatsApp überwacht. Früher oder später wird er unvorsichtig und führt uns zu seinen Komplizen.«

»Was hat die Überprüfung von Stockers ›Alibi‹ ergeben?«, hakte Seidel nach.

Berger zuckte mit den Achseln: »Sowohl dieser Knorr als auch Seidels Sekretärin haben Stockers Version der Geschichte bestätigt. Er war definitiv zu einem Geschäftsessen in Wörgl verabredet!«

Grünauer forderte drastische Maßnahmen: »Scheiß doch auf den Staatsanwalt und den Untersuchungsrichter. Schnappen wir uns das Schwein und bürsten ein bisserl seine Borsten. Dann quiekt er schon wie ein Ferkel nach der Mama.«

Berger fluchte leise: »Im Prinzip hast ja recht! Aber ich hab keinerlei Druckmittel gegen ihn in der Hand. Das weiß Stocker. Darum tischt er uns ja diese Lügenmärchen auf, die so fadenscheinig sind wie ein zerflicktes Batikhemd. Und dieser Boris ist wie vom Erdboden verschluckt – und hockt in irgendeinem Rattenloch!«

Das Frühjahr war eine schöne Zeit. Nur breiteten sich jetzt auch wieder die Stechmücken in Hain und Flur aus. Mit einem gezielten Hieb machte Seidel eines der Plagegeister platt. »Was ist mit Filzmoosers Weib? Kannst du die nicht in den Schwitzkasten nehmen? Es müsste doch in ihrem Interesse sein, mit der Kripo zu kooperieren. Wenn sie den Mord an ihrem Ex-Geliebten rächen und ihren Gatten loswerden will, dann müsste sie doch gegen ihn aussagen – und dann kriegen wir auch Stocker dran.«

Berger hob abwehrend die Hände. »Die wird sich hüten – die steckt doch mit drin und versorgt Stocker heimlich mit Informationen.«

»Und Filzmooser selbst?«

Der Kommissar schüttelte den Kopf: »Ein anonymes Schreiben, das ihn einer schweren Straftat bezichtigt: Anstiftung zum Mord, Paragraf 211 und 26 StGB. Sein Anwalt wird sofort behaupten, dass hier wissentlich falsche Anschuldigungen gegen seinen Mandanten erhoben werden. Und er selbst wird die Aussage verweigern.«

Holzinger grinste hinterhältig. »Es könnt doch nicht schaden, unserem frischgebackenen Landrat eine Kopie des Briefs zukommen zu lassen. Er muss doch über die außereheliche Affäre seiner liebreizenden Gattin mit seinem Amtsvorgänger im Bilde gewesen sein. Wenn nicht, umso besser.«

Berger blieb skeptisch: »Nein, das würde ja nur Sinn machen, wenn etwas Wahres an der Geschichte dran ist und wir belastendes Material gegen Filzmooser in die Hand bekämen: den Mitschnitt eines Telefongesprächs, den Kostenvoranschlag des Killers. Sonst kann ich mich gleich darauf einstellen, dass uns prompt ein Dementi plus Dienstaufsichtsbeschwerde ins Haus flattert.«

Der Wald wurde dichter. Von stämmigen Querästen hingen die Zweige wie Weihnachtslametta herab. Trotz Profilsohle rutschte Grünauer auf einem glitschigen Wurzelknoten aus, taumelte nach vorn und stützte sich geistesgegenwärtig an einem hüfthohen Felsblock ab. »Ze Fix, jetzt brech ich mir noch einen Hax und leiste Stocker Gesellschaft!«

Holzinger half ihm auf die Füße. »In die Privatklinik Schönberger, haha. Wenn du Glück hast, bekommst ein Doppelzimmer bei den Barmherzigen Brüdern und einen beinamputierten Hardcore-Nikotiniker als Bettnachbarn.«

Grünauer war schon einen Schritt weiter: »Was habt ihr über diesen Bodybuilder, diesen Boris. Wieso ist er noch hier? Warum hat er auf dich geschossen? Wohl doch nur, weil ein Haftbefehl gegen ihn vorliegt. Europol, Interpol, was weiß ich.«

Berger lachte gequält »Er ist zur Fahndung ausgeschrieben – samt Phantombild. Sonst haben wir verdammt wenig. Die Spurensicherung hat insgesamt sechs Patronenhülsen sichergestellt, Kaliber 9 mal 19 Millimeter respektive 9 Millimeter Parabellum. Die Munition findest du da, wo es selbstladende Pistolen gibt. Also überall. Bei der Waffe handelt es sich wahrscheinlich um eine Glock P 17 oder 19 – Halbautomatik mit Selbstlademechanismus. Sehr handlich, sehr leicht. Nur der Lauf und der Verschluss sind aus Metall, der Rest aus Kunststoff. Das Praktische an der Glock ist, dass sie aus nur 33 Teilen besteht, was die Wartung erleichtert. Ein echtes Erfolgsmodell, bei Polizisten, Personenschützern und Spezialeinsatzkommandos beliebt – und weltweit im Einsatz!«

Beim Anschlag auf Ferstl war ein Karabiner zum Einsatz gekommen, somit konnte man sich einen Abgleich der Patronenhülsen sparen, dachte Seidel.

Holzinger pfiff durch die Zähne. »Eine Glock, sauber. Wenn dieser Boris keine Angst davor hat, auf der Fahndungsliste ganz oben zu landen, muss er sich verdammt sicher fühlen. Er könnte Teil eines internationalen Verbrecherrings sein oder eines Familienclans vom Balkan.«

Berger ließ die Achseln sinken. »Das sind doch nur wilde Spekulationen, vermutlich gehört er irgendeiner europaweit operierenden Bande an, arbeitet als Waffen- oder Drogenschieber und erledigt auf Anfrage und gegen gute Bezahlung Spezialaufträge, aber das bringt uns nicht weiter. Solange wir kein Foto, keine Fingerabdrücke, keine klar zuordenbare DNA haben, wird es schwierig. Selbst wenn er in einer Verbrecherkartei gespeichert ist, wäre es purer Zufall, wenn ihn die Software zur automatisierten biometrischen Gesichtserkennung anhand eines Phantombilds identifizieren würde. So doll wie im Kino funktioniert das in der Praxis nicht.«

Eine solche Steilvorlage ließ Grünauer nicht ungenutzt, war er doch in der konspirativen Welt der Verschwörungstheorien zu Hause. »Wir sind uns doch insoweit einig, dass Ferstls Tod nicht als Kollateralschaden zu bewerten ist, sondern dass er ganz gezielt eliminiert wurde. Und zwar so, dass es aussieht wie ein terroristischer Anschlag auf den MP! Wieso ist der Attentäter aber dann entkommen? Weil er im Auftrag Sonnöders oder eines anderen Parteigranden gehandelt hat. Ein Scharfschütze von der GSG 9 zum Beispiel.«

»Ach, hör doch auf«, echauffierte sich Berger. »Das ist doch Bullshit!«

»Nein, es ist nur logisch. Ferstl hatte seine langen Finger überall mit drin – Veruntreuung öffentlicher Mittel, illegale Parteienfinanzierung, Kontakte in die Unterwelt. Ein Sumpf von Bestechung und Korruption – da ziehen die Chefs in München die Notbremse.«

Holzinger rieb sich die Nasenspitze. »Hm, ich glaub ja nach wie vor, dass die Amis am Mond waren, aber in diesem Fall würde es einige auffällige Ungereimtheiten erklären.«

Seidel nahm den Ball auf: »Es würde erklären, weshalb der Mörder völlig ungestört zum Schuss kam, obwohl es am Tatort vor uniformierten und zivilen Einsatzkräften wimmelte.«

In Bergers Stimme lag eine metallische Härte: »Schluss jetzt, selbst wenn es so gewesen wäre, ist das Thema tabu! Ist das klar?«

KATHARINA

Über ihnen wölbte sich das Blätterdach des heimischen Regenwalds. Die Bäume standen starr und schweigsam. Ringsum wuchs und wucherte es wie in einem Treibhaus. Flora goss ihr Füllhorn aus, dass es eine wahre Frühlingsfreude war. Zugegebenermaßen hatte ein Tarnanzug im Dickicht des Dschungels so seine Vorteile. Berger, Holzinger und Grünauer verschmolzen fast mit dem in allen erdenklichen Grüntönen schattierten Hintergrund.

Seidel kam aus dem Grübeln nicht heraus. In dem Konglomerat aus Halbwahrheiten, Hypothesen und Gedankenkonstrukten mochte ein Körnchen Wahrheit stecken. Es war zumindest denkbar, dass der Mordschütze Komplizen in den Reihen der Sicherheitskräfte und Personenschützer gehabt hatte. Doch er fand keinen vernünftigen Grund, weshalb irgendwelche hochkarätigen Hintermänner den Anschlag auf einen unbedeutenden Provinz-Politiker wie Landrat Kajetan Ferstl decken sollten. Seine Recherchen hatten ergeben, dass Ferstls dereinst hoffnungsvolle Parteikarriere vor gut einem Jahr ein unrühmliches Ende gefunden hatte. Falls Ferstl im Fadenkreuz des Attentäters gewesen war, musste mehr dahinterstecken als parteipolitische Machtspiele.

Und wenn er bei seinen Recherchen die falschen Ansatzpunkte, die falschen Suchparameter gewählt hatte und er deswegen zu keinen überzeugenden Ergebnissen gekommen war? Google war nicht Gott und Wikipedia nicht sein Prophet.

Der Steig wurde seinem Namen nun doch noch gerecht. Zwischen zwei Pfeilern aus porösem Kalkgestein ging es über Felsstufen nahezu senkrecht nach oben. Fingerdicke Drahtseile spannten sich entlang der Felsen – und erleichterten den Aufstieg durch die zerfurchte Felsklamm. Quirin Berger übernahm den Vorstieg. Seidel erklomm, am Seil Halt suchend, Stufe um Stufe. Hinter der Engstelle öffnete sich der Blick in eine von Moosen und Flechten bewachsene Kluft. Die Felsen glänzten vor Feuchtigkeit. Im Innern der sich höhlenartig weitenden Klamm hörte man es plätschern, gluckern und glucksen. Aus dem kalkigen Gestein perlte quellfrisches Wasser, eines der »heiligen Bründl«, an denen die Menschen früher ihren Durst gestillt und auf Heilung ihrer Gebrechen gehofft hatten. Berger blieb wie angewurzelt stehen und auch er konnte sich der eigenartigen Magie dieses Ortes nicht entziehen. Seidel lauschte dem Sirenenklang des tropfenden, gurgelnden, sprudelnden Wassers – jenem Grundton allen Lebens. Das Wasser floss in ein natürliches ovales Felsenbecken. An vielgliedrigen Eisenketten baumelten feuchtfleckige Schöpfkellen und Trinkbecher. Selbst Holzinger und Grünauer hielten für einen Moment ihren Schnabel.

Grünauer hob die Schöpfkelle an den Mund: »Spürt ihr die Kraft, die von diesem Ort ausgeht? Den Genius loci? Die erhabene Stille um uns – Ehrfurcht gebietend, von übernatürlichen Kräften beseelt.«

Der eher pragmatisch veranlagte Holzinger rekapitulierte die ihm geläufigen Fakten: »Unsere Bank hat eine Festschrift zur 1.200-Jahrfeier von Holzolling gesponsert – und in dem Artikel von dem Lokalhistoriker Feldmaier steht drin, dass sich in der Felsschlucht des Mühlbachs eine keltische Opferstätte befand.«

Ihr ortskundiger »Mysterienforscher« korrigierte umgehend: »Der Quellgottheit Bedaius geweiht. Bei Grabungsarbeiten an den Vorgängerbauten der Leonhardskirche haben Archäologen der Uni München Fundstücke aus keltischer Zeit zutage gefördert: Tonscherben, rostige Spangen, Fibeln, Schwerter und Schmuckbänder. Der Höllenstein wird seit Urzeiten vom Nimbus des Göttlichen umstrahlt.« Ihr Wald- und Wiesenmythologe strich mit der Hand über den nasskalten Fels: »Unsere Ahnen haben an diesem Ort des Numinosen ihre rituellen Opferzeremonien vollzogen. Die römischen Historienschreiber wissen von grausigen Initiationsriten zu Ehren des keltischen Pantheons zu berichten, von Menschenblut als Götterspeise.«

Zu Bergers charakterlichen Defiziten zählte seine Ungeduld. Ging ihm etwas gegen den Strich, wurde er unausstehlich: »Schnapp dir eine Schamanentrommel und spring ein wenig auf und ab. Wir sind hier nicht auf Geister-, sondern auf Verbrecherjagd.«

Holzinger war dagegen der geborene Opportunist, der stets den Konsens suchte, um es sich mit keinem seiner potenziellen Kunden zu verderben: »Wir könnten es doch auch mit einer Sekte zu tun haben, mit religiösen Fanatikern, die dasselbe wollen wie der Pater. Ihre heiligen Stätten vor der Entweihung durch den Götzen Mammon schützen.«

Grünauer hieb in die gleiche Kerbe, sah er doch immer und überall okkulte, satanische Mächte am Werk: »Weshalb sollen wir im Unterholz herumkriechen, um nach einem Fetzen Klopapier zu suchen, wo es doch ums größere Ganze geht! Alles dreht sich um diesen ›heiligen Ort‹, der alles wie in einem Brennspiegel bündelt. Überlegt's doch mal, angefangen hat alles mit einer Gruppe Männer im Mönchskostüm, die in die Leonhardskirche eingedrungen sind, um alles zu verwüsten.« Grünauer baute sich vor Berger auf. »Wir sind bislang von der Annahme ausgegangen, dass es um Geld, um Habsucht und Machtgier geht. Was aber, wenn diese Verbrechen tatsächlich aus religiösen Motiven heraus begangen wurden? Wenn es sich um eine ›Ketzer-Sekte‹ handelt, die glaubt, im höheren Auftrag zu handeln? Und Boris dafür engagiert wurde, um die Feinde des alten Glaubens, die Ungläubigen zu bestrafen.«

Seidel wog einen von der Kraft des Wassers glatt geschliffenen Kieselstein in Händen: »Quatsch! Wir sollen denken, dass es um den Glauben an irgendwelche Götter und Geister geht. Genau das beabsichtigen die Täter. Diese dämlichen Videos, die ungereimten Schmierereien an der Wand, all das hat nur einen Zweck: uns auf falsche Fährten zu locken. Warum sollte es nicht ganz banal um das älteste Motiv der Welt gehen: Geld regiert nun mal die Welt!«

Hatte Grünauer einmal Blut geleckt, gab er nicht so leicht klein bei: »Die Alpen-Stämme der Räter, der Rukinaten, Likatier und Caternaten waren Hardcore-Heiden, die sich nicht zum neuen, christlichen Glauben bekehren lassen wollten.« Als ob es sich um eine Geschichtssendung in Gebärdensprache handelte, fuhrwerkte er mit den Händen in der Luft herum: »Das hier war die Heimat von Faunen und Feen, von Nixen und Trollen, von Kobolden und Wichtelmännern. Um die Naturgeister zu bannen, wurden Kirchen über den alten Kultplätzen errichtet. Kreuze und Heiligenfigürchen übernahmen die Funktion von Amuletten und Talismanen. Die alten Götter aber lebten unter der christlichen Tünche weiter.«

Berger war Praktiker und Pragmatiker. Geschichten, die keinen Bezug zur Gegenwart, zu aktuellen Ereignissen aufwiesen, interessierten ihn nicht weiter. Der Kommissar bewegte sich – zumindest glaubte er dies – stets auf dem Boden der Tatsachen. »Nun mal langsam. Es geht hier um Fakten, meinetwegen um Indizien. Fakt ist, dass wir an keinem Tatort ein keltisches Kreuz, ein Pentagramm oder ähnliches Okkultisten-Glump gefunden haben. Aber auf dem Video ist ganz deutlich eine Anstecknadel der Audorfer Schützen zu sehen. Ist das auch ein Satanisten-Symbol, oder was?«

Seidel nahm einen Schluck aus dem steinernen Quellbassin. Das Wasser schmeckte leicht salzig, nach irgendwelchen Mineralien, aber lange nicht so bitter wie das Wasser aus der Leonhardsquelle unterhalb des Kirchhügels. »Um Öl werden Kriege geführt – das wissen wir alle. Warum nicht auch um Wasser, den wertvollsten aller Rohstoffe? Scheinbar gibt es Wasser im Überfluss, aber in Wahrheit ist der Kampf um den Besitz ergiebiger Quellen längst entbrannt. Hier verfolgt jemand handfeste ökonomische Interessen – und lässt seine Handpuppen den Hexenreigen tanzen.«

In der Pose eines antiken Philosophen stützte Berger sein Haupt auf die Hand: »Ganz meine Meinung. Nehmen wir aber mal an, dass an Grünauers Hypothese was Wahres dran wäre. Wer sind die Sparifankerl, die für unsere graue Eminenz den ganzen Hokuspokus aufführen? Sobald wir einen Verdächtigen haben, nageln wir ihn fest. Wir durchsuchen die Wohnung, die Konten, die Telekommunikationsdaten, wir finden eine Spur und wir folgen ihr bis zu seinen Hintermännern. Also! Wer kann mit Waffen umgehen, ist draußen in der Wildnis zu Hause und weiß um die alten Mythen und Legenden?« Seidel, Grünauer und Holzinger standen da wie drei Hinterbänkler, die sich um eine klare Antwort herumdrückten. Die Schläfenadern an Bergers Stirn pulsierten, ein deutliches Zeichen, dass der Kommissar angestrengt nachdachte. »Eine gute Frage habe ich noch: Ist es nicht merkwürdig, dass die ehrwürdige Mutter Kirche ihr Plazet zum Verkauf des heiligen Bodens an einen windigen Immo-Hai wie Stocker gibt? Ich meine, in der Leonhardi-Spa-Therme werden sich in Zukunft doch die Mammonsjünger im Jacuzzi suhlen und den Arsch von Thai-Masseusen einölen lassen. Wenn das keine Blasphemie ist.«

Wenn es um Finanzen ging, war Holzinger ein Crack. »Seine Exzellenz ist knapp bei Kasse. Die bischöfliche Finanzkammer hat sich Darlehen bei kirchlichen Stiftungen und karitativen Einrichtungen besorgt und das Tafelsilber verpfändet, sprich Grundstücke mit Hypotheken belastet, um kurzfristig ihre Liquidität zu sichern.

Da leuchten bei mir die Alarmlämpchen.« Wenn Holzinger etwas verstand, dann seinen Job.

»Über welche Summen reden wir hier?«

»Das lässt sich nicht exakt beziffern«, grummelte Holzinger. »Ich bin ein kleiner Provinzbanker und nicht George Soros! Offenbar schenkt Bischof Böck der Debet-Seite seiner Bilanzen keine größere Beachtung. Ich vermute allerdings, dass jemand die Hand über ihn hält. Ohne Protektion von oben wäre das Bistum wohl schon zahlungsunfähig.«

Berger schien Morgenluft zu wittern: »Und wo sind die Milliönchen abgeblieben? Wurden damit Bodybuilder-Boris und seine Entourage finanziert?«

Grünauer widersprach mit öliger Stimme und polemischem Unterton: »Wo denkt ihr hin? In seiner grenzenlosen Güte hat unser Herr Bischof die Armen und Notleidenden, sprich die Partei unseres Ministerpräsidenten unterstützt!« Die Analogien waren offenkundig. Wie das Wasser floss das Geld aus dunklen Quellen und schien nie zu versiegen – Grünauer hatte den Nagel auf den Kopf getroffen.

Schweigend machten sich die vier auf den Weg. Einen mit Findlingsblöcken besäten, von Fichten und Bergahorn überschatteten Abhang hinauf. Hinter einem Felsen tauchte die Silhouette der Kirche auf, die von einem hellen, fast überirdischen Lichterkranz umgeben schien. Seidel hingegen sah die Gestalt des Bischofs vor sich, die sich schattengleich über das friedvolle Bild legte. Bischof Böck war ein stattlicher Mann, der um seine Wirkung wusste. Eine imponierende Erscheinung, die körperliche Präsenz und geistige Energie ausstrahlte. Böck hatte nichts Vergeistigtes, nichts Asketisches an sich. Nach außen hin gab er den bescheidenen, mal leutseligen, mal gestrengen Provinz-Patriarchen. In früheren Zeiten hätte er das Zeug zu einem ebenso herrschsüchtigen wie hochmütigen und gebieterischen Kirchenfürsten gehabt, der seine Untertanen die Knute spüren ließ. Ein Autokrat, der mit eiserner Hand regierte. Würde Böck einen Mord in Auftrag geben, um seinen Arsch zu retten? Solange er seine eigenen Hände in Unschuld waschen konnte, würde er keine Skrupel kennen.

Sie querten einen schmalen Steg und stapften weiter, der alten Wallfahrtskirche entgegen. Es schien ihm fast zu einfach, Böck die Rolle der grauen Eminenz auf den Leib zu schneidern. Seine Physiognomie, sein ganzes Wesen glich dem eines Renaissance-Regenten von machiavellistischer Natur. Böck genoss seine öffentlichen Auftritte und trat gern mit großem Gefolge auf. Inmitten von Prunk, Pomp und monarchischem Gepränge übte er sich in Demut und Mildtätigkeit. Dann ließ er die Kindlein zu sich kommen, um ihnen den Kopf zu tätscheln und mit pathetischer Stimme den Geist der Barmherzigkeit zu beschwören. Bischof Böck war klug genug, sich aus den tagespolitischen Niederungen herauszuhalten, er wollte hoch hinaus und galt als einer der führenden Vertreter des konservativen Flügels der deutschen Bischofskonferenz. Weshalb aber engagierte sich ein Mann wie Böck, der nach Einfluss und Macht gierte, für ein eher lokales Projekt wie die Leonhardi-Therme? Gut, er musste seine Kassen sanieren. Und was sonst noch? Seidel überlegte. Wollte er sich mit dem prestigeträchtigen Projekt profilieren, Beziehungen zu einflussreichen Kreisen anknüpfen, die im heilkräftigen Paradies-Pool planschten? Ein Mann, dessen Ehrgeiz schier schrankenlos war, der Erzbischof und Kardinal werden wollte, würde zum Schein auch ein Attentat inszenieren, um sich ins rechte Scheinwerferlicht zu rücken. Kollateralschäden inbegriffen. Seidel schluckte. Wenn sie Nachforschungen in diese Richtung anstellten, würden sie definitiv in Teufels Küche geraten. Sie würden schwerlich Beweise für eine Hypothese finden, die am Machtgefüge des »Imperiums« rüttelte. Ein kalter Schauer jagte über seinen Rücken. Seidel bekam es mit der Angst. Hastig blickte er sich um. Doch da war niemand. Dass hoch oben am Himmel eine Drohne ihre Kreise zog, sah er nicht.

VITUS

Die Sonne stand im Zenit, die Sterne günstig. Die in warmen Ockertönen ausgeleuchtete Felsbarriere der Nordkette schob sich in die Bläue des Himmels. Jede Zuckerbäckerzinne, jede Spitzzacke war scharf gezeichnet, wie per Bildbearbeitungsprogramm nachkoloriert. Ein Tag wie geschaffen, um sich in die alpinen »Todeszonen« der Gipfel und Grate zu begeben. Ein breitbereifter Geländewagen hielt vor dem Eingang des Innsbrucker Hauptbahnhofs. Dem Fond des blaumetallic schimmernden SUVs entstieg eine auffallend, um nicht zu sagen auffällig gekleidete Gestalt. Unter der mit Kringeln, Spiralen und anderen Ethno-Ornamenten bedruckten Djellaba bauschten sich buntscheckige Pluderhosen. Auch die Kopfbedeckung war extravagant. Der Sohn der Wüste trug statt des üblichen Burnus' eine Ballonmütze in den Rastafari-Farben Grün, Gelb und Rot. Einige sorgsam geflochtene Zöpfe hingen über den hochgestellten Kragen eines Bermuda-Hemds. Das knochige, kantige Gesicht war von der tiefen Bräune eines De-luxe-Aussteigers, der jahrelang auf seiner Yacht zwischen den Inseln der Karibik herumgeschippert war. Farbe und Form der Augen konnte man hinter der verspiegelten Pilotenbrille der Kultmarke Ray Ban, Modell Aviator, nur erahnen.

Der Rastamann auf Tirol-Tour öffnete die Heckklappe und wuchtete eine schwere Reisetasche auf das Trottoir. Er ging um den Wagen herum und erteilte dem Chauffeur seine Anweisungen. Der Mann nickte beflissen, fuhr an und beschleunigte.

Die Reinkarnation von »Daddy Cool« schob sich eine Selbstgedrehte in die Mundwinkel und beobachtete mit ausdrucksloser Miene, wie das geländegängige Gefährt auf extrabreiten Pneus davonrollte. Bei einem Einsatz achtete er stets darauf, dass seine Männer genau wussten, was sie zu tun hatten. Ein Befehl musste unmissverständlich formuliert sein. Anatols Aufgabe bestand darin, für die nötige logistische Unterstützung zu sorgen und ihre Rückzugswege abzusichern, Kolja würde er an den vereinbarten Koordinaten im Zielgebiet treffen, um den Anschlag mit der Präzision eines Schweizer Uhrwerks auszuführen. Bei einem Kampfeinsatz beherzigte er stets den Moltkeschen Grundsatz: getrennt marschieren, vereint schlagen! Alles würde klappen, auf seine Leute war Verlass. Sie hatten hart trainiert, die Gegebenheiten vor Ort eingehend studiert und alles minutiös geplant. Seine beiden Mitarbeiter besaßen die nötige Erfahrung und Kaltblütigkeit, um umsichtig und überlegt zu handeln. Sie wussten, wie man Fallen stellte, Minen legte, Sprengkörper zündete, waren in Nahkampftechniken ausgebildet und konnten mit allen Arten von Waffen vom Granatwerfer bis zur Eierhandgranate umgehen. Die harten Burschen hatten ihr militärisches Handwerk bei der Eliteeinheit SpezNas gelernt und waren echte Profis. Ein Gutachter vor Gericht hätte bei Anatol, Kolja und ihm gravierende Persönlichkeitsstörungen diagnostiziert. Boris war sich dessen bewusst, aber er achtete streng darauf, keine unberechenbaren Psychopathen mit narzisstischen Störungen zu rekrutieren. Und seine beiden »Dobermänner« hatte er im Griff – und hielt sie an der kurzen Leine.

Er schob die Ray Ban in die Stirn, um sich auf dem Platz, den er nur von Google Street View her kannte, zu orientieren. Vor ihm erhob sich die Fassade des Bahnhofsgebäudes. Über ihm hingen die rot-weiß-roten Flaggen von einem Fahnenmast schlaff herab. Massige, mit irgendwelchem Grünzeug bepflanzte Betonkübel würden einem Attentäter, der mit dem Lkw in die Schalterhalle brettern wollte, den Weg versperren. Boris rückte die dunkle Sonnenbrille auf der Nasenwurzel zurecht. Trotz aller zur Schau getragenen Selbstsicherheit lag ein Schatten der Angst über ihm. Insgeheim zweifelte er, ob die Aktion so glatt über die Bühne gehen würde wie geplant. Bei der Geldübergabe am Rastplatz hatte es unvorhergesehene Komplikationen gegeben. Ein solcher Fehler hätte ihm nicht unterlaufen dürfen. Er hätte vorher checken müssen, ob die Luft rein und der Ort der Übergabe sauber war. Dieser Polizist hatte ihn auf dem falschen Fuß erwischt – und er konnte von Glück sagen, dass der Mann allein gewesen war, sonst wäre die Falle zugeschnappt. Und wer hatte ihn in die Scheiße geritten? Dieser Holzkopf, der offensichtlich nicht mitbekommen hatte, dass man ihn verfolgte. Er hätte diesen unfähigen Trottel, diesen von sich eingenommenen, eitlen Pfau am liebsten abgeknallt. Solche Eigenmächtigkeiten hätte ihm sein Klient allerdings übelgenommen. Und wer zahlte, schaffte bekanntlich an.

Die Sprunghaftigkeit und Unentschlossenheit ihres Auftraggebers hatte unnötige Verzögerungen nach sich gezogen und ihn zu Korrekturen an den bereits vollständig ausgearbeiteten Plänen gezwungen – er hatte also improvisieren müssen. Eine nationalistische, antiklerikale Organisation mit dem Namen »Blaues Land« ins Spiel zu bringen, war an sich keine schlechte Idee – doch die Ausführung zu laienhaft und inkonsequent gewesen. Man hätte Plakate kleben, im Internet Gerüchte und Fake News streuen, Webseiten basteln und online stellen sollen, um das »Blaue Land« in den Fokus zu rücken. Nach den Schüssen auf Ferstl hatte es jedoch keinen Sinn mehr gemacht, Nebelgranaten zu werfen. Nun lagen die Karten auf dem Tisch, man musste sie nur umdrehen. Dieser Einsatz noch, dann würden sie sich absetzen. Sie mussten also keine unnötigen Rücksichten mehr nehmen.

Schon am Schulhof in einem winzigen Dorf im Norden Kasachstans hatte er als »Wolgadeutscher« gelernt, hart gegen sich und andere vorzugehen und auf niemanden als auf sich selbst zu bauen. Er war ein Einzelgänger gewesen, ein gefürchteter Schläger, verschlossen, listig und verschlagen. Ein rotzfrecher Rowdy, der gegen jegliche Form von Autorität rebellierte und nur dem Gesetz der Gewalt gehorchte. Wo er herkam, galt das Recht des Stärkeren, des Schlaueren, des Gewissenlosesten. Er hatte früh im Leben erkannt, dass er nicht nur härter, sondern auch gewiefter als andere war, vielleicht kein Genie, aber ein findiger, unruhiger Geist, der sich darauf verstand, Dinge zu organisieren und Menschen zu manipulieren. Und er hatte seit seiner Kindheit ein klares Ziel verfolgt: sich nach oben zu boxen und sich Respekt zu verschaffen. Das war Jewgenij Göttmann alias Boris gelungen. Und er hatte es für seine bescheidenen Verhältnisse weit gebracht. Er war Eigentümer einer global tätigen Beratungsfirma für Sicherheitsfragen jeglicher Art. ICC – International Conflict Consulting – mit Firmensitz in Tiraspol, der Hauptstadt der international nicht anerkannten Transnistrischen Republik. Einem Eldorado für Geschäftsmänner wie ihn. Überall auf der Welt waren Sicherheitsexperten gefragt, die Spezialaufträge in den Grauzonen der Legalität zuverlässig und diskret erledigten.

Boris warf die Reisetasche über die Schulter und betrat die Schalterhalle. Je auffälliger und schriller das Outfit, desto weniger beachteten einen die Passanten. So paradox es klang: Im bunten »Narrenkostüm« wurde man mit einem geringschätzigen, amüsierten oder überheblichen Seitenblick bedacht und nicht für ernst genommen. Die Rastamann-Maskerade verschaffte ihm einen unschätzbaren Vorteil, erstens »übersah« man ihn und zweitens war er nicht zu identifizieren. Für den Fall, dass er von einer Polizeistreife kontrolliert, sein Gepäck durchsucht werden sollte, hatte er Vorkehrungen getroffen. Hinter dem bordeauxroten, vom Grand-Duché de Luxembourg ausgestellten Reisepass steckte eine leichte, handliche Glock 19 – geladen und schussbereit. Wenn es sein musste, würde er die Beamten außer Gefecht setzen. Mit zwei, drei gezielten Schüssen in die Oberschenkel. Die Oberschenkelarterie des Menschen war ein neuralgischer Punkt. Eine solche Wunde blutete extrem stark, verursachte heftige Schmerzen und machte den Gegner bewegungsunfähig. Die Leute wären beschäftigt, den Verletzten notdürftig zu versorgen, die Blutung zu stillen und schnell Hilfe zu holen. Ihn würde niemand verfolgen. Am ÖBB-Reiseschalter bezahlte er sein Ticket zweiter Klasse nach Nürnberg in bar und schlenderte gemächlich durch die Ladenpassage. Der ICE nach München würde in fünf Minuten auf Gleis Nummer vier einfahren. Eine weitere goldene Regel seines Berufsstands lautete: Hinterlasse nur dann eine elektronische Signatur, wenn sie deine Verfolger in die Irre führt. Boris tat so, als ob er es nicht eilig, ja alle Zeit der Welt hätte. Dabei war alles exakt durchgeplant. Er würde den ICE in Kufstein verlassen, um in einen Regionalzug umzusteigen. Wenn es zu keinen Verspätungen im Fahrplanablauf kam, wäre er in einer Stunde und zehn Minuten in Audorf. Im Fahrradständer neben dem Bahnhof würde ein von Anatol »organisiertes« E-Bike auf ihn warten. Mit vollen Akkus sowie einem codierten Panzerkabelschloss Sicherheitslevel 25. Unterwegs würde er sich irgendwo des Karnevalskostüms entledigen – ja, und dann wäre er gleich mit dem Radl da.

CYRIACUS

Hart und erbarmungslos fiel das Licht des Morgens auf das Antlitz eines Asketen – hager, knochig und kantig. In seinen Augen glitzerten Funken des Zorns. Beim Anblick der blauen Overalls und gelben Schutzhelme, die geschäftig hin und her wuselten, empfand er nichts als Verachtung. Der Bautrupp sollte den schmalen Forstweg entlang des Grießbachs begradigen und verbreitern. Engstellen mussten entschärft, das Bankett befestigt, die Böschungen abgeschrägt werden. Anschließend würden die »blauen Ameisen« die Deckschicht aus Splitt und Grus walzen und verdichten. Der Ausbau der Straße war notwendig, um Kräne und anderes schweres Gerät zur Thermen-Baustelle hinaufzukarren. Erst dann konnte Stocker mit den eigentlichen Bauarbeiten, dem Aushub des Erdreichs und dem Betonieren der Fundamente, beginnen.

Um halb sieben Uhr in der Früh waren die Bauarbeiter samt ihren Gerätschaften angerückt. Sie hatten Bagger, Planierraupen und diverse Ausrüstungsgegenstände von den Tiefladern rollen lassen. Seit einer halben Stunde rissen die stählernen Klauen eines Schaufelradbaggers tiefe Furchen in den Waldboden. Der Abraum wanderte in die wartenden Muldenkipper. Seine Unterlippe bebte.

Stocker hatte ihn getäuscht und belogen. Dafür würde er büßen – wenn nicht in diesem Leben, dann im nächsten!

Von oben betrachtet schrumpften die wie prähistorische Monster aussehenden Ungetüme auf ihre »wahre Größe« zusammen: seelenlose Maschinen aus anorganischer Materie, bar jeglichen göttlichen Funkens. Pater Cölestin war gewiss kein heimlicher Häretiker, der irgendwelchen abstrusen Ketzereien und ominösen Heilspropheten anhing. In einem Punkt hatten die Mani-Jünger, Katharer und all die anderen Epigonen der griechischen Gnostiker recht: Geist und Materie waren grundverschieden, ja so unvereinbar wie Leben und Tod. Zwischen dem »Geistigen«, der Seele, und dem »Stofflichen«, dem Körper, bestand ein unüberbrückbarer Gegensatz. Dieses ewigen Antagonismus war sich Pater Cölestin Fromberger zutiefst bewusst. Das Monstrum aus Metall fraß sich mit seinem gewaltigen Gebiss durch weiche Erde und hartes Gestein. Im Gefolge der Maschinen-Monster verrichteten die Bauarbeiter ihre Fron- und Spanndienste – wie man in den alten, feudalen Zeiten gesagt hätte. Zwischendurch steckten sich die Blaumänner eine Kippe an oder leerten eine schnelle Helle.

Unter einer gewaltigen Staubwolke brauste ein bulliges Allrad-Fahrzeug den von Rinnen und Rillen zerfurchten Forstweg herauf. Der staubbedeckte SUV hielt unmittelbar neben einem der Lkws. Dem Gefährt entstieg ein bulliger Mann mit der Wampe eines Weißwurst-Yogis: Sein »Freund« Stocker war persönlich gekommen, um den Fortgang der Arbeiten zu inspizieren. Hätte

Cölestin in diesem Moment einen Scharfschützen-Stutzen zur Hand gehabt, hätte er der Versuchung nicht widerstehen können – und abgedrückt. So aber zerriss kein Schuss die Stille der Wälder. Stocker stolzierte mit dem Gehabe eines römischen Tribuns umher und legte seine Bärenpranke um die Schulter eines schmächtigen, blässlichen Kerls, der wohl der zuständige Projektleiter war. Stocker wusste, wie man die Horde der Blaumänner für sich einnahm. Er schnappte sich Spitzhacke und Bierflasche und hackelte wie wild drauflos. Cölestins Gesicht verzog sich zu einer Grimasse des Ekels. »Du Megaarschloch. Wieso pustet dir niemand dein degeneriertes Hirn weg!« Stocker war der Prototyp des bedenkenlosen Geschäftemachers, der um des lieben Profits willen alles verscherbelte. Auch die eigene Seele. Ein doppelzüngiges Lügenmaul, das ihm den Posten eines »Spiritual Consultant« aufgedrängt und ihn mit falschen Versprechungen zu ködern versucht hatte – und nicht müde wurde, ihm Honig ums Maul zu schmieren.

Stocker hatte die Chuzpe besessen, ihn bei einem seiner Krankenbesuche in der Seniorenresidenz Sankt Benediktus abzupassen und ihn zur Seite zu ziehen. »Pater, Sie können auf mich zählen. Das Leonhardskircherl wird in neuem Glanz erstrahlen, versprochen!« Wie die Schlange am Ölberg hatte er gezischelt: »Die Investoren und meine Teilhaber, darunter auch unser ehrwürdiger Herr Bischof, wollen Sie aus Ihrem Paradies vertreiben. Ich stehe zu meinen Plänen, hier ein Heilbad samt Thermenlandschaft und Wellnessoase hochzuziehen, aber ich werde nicht dulden, dass man dabei die gewachsenen

Strukturen zerstört.« Mit der Miene des rechtschaffenen Maklers hatte er beteuert: »Es bestehen erhebliche Differenzen zwischen mir und dem bischöflichen Ordinariat. Ich will keinen Kahlschlag, ich strebe eine einvernehmliche Lösung an und wäre an einem tragfähigen, alle Beteiligten zufriedenstellenden Kompromiss interessiert.« Wie der Versucher in der Wüste hatte er ihm zugeflüstert: »Sie sind ein Mann von stählernem Charakter, Pater. Sie sind unbeugsam, ehrlich und geradeheraus. Sie haben etwas von einem – verzeihen Sie mir bitte den Ausdruck – Guru. Ihnen glaubt man, dass Sie über besondere spirituelle Kräfte verfügen!« Stocker hatte ihm hinter vorgehaltener Hand zugeraunt: »Ganz im Gegensatz zu seiner Eminenz, mein lieber Pater. Wer einen solch luxuriösen Lebensstil pflegt und sich wie ein Großfürst gebärdet, muss sich nicht wundern, wenn er den Rückhalt bei den Gläubigen, ja in den eigenen Reihen verliert.«

Pater Cölestin hatte ihn eindringlich gemustert. »Was wollen Sie damit sagen? Was erwarten Sie von mir? Dass ich mich gegen den Bischof stelle?«

In einer theatralischen Geste hatte Stocker abwehrend die Hände gehoben: »Aber nein! Es ist nur so, dass Bischof Böck den Blick für die Realitäten verloren hat. Durch seine waghalsigen Finanzgeschäfte hat er die ökonomische Basis des Bistums zerrüttet, ja es droht der Bankrott.« Cölestin hatte ihn entgeistert angestarrt. Er hatte nicht gewusst, dass die finanzielle Lage des Bistums derart desaströs war.

Wie der Königsmörder in einem Shakespeare-Drama hatte Stocker den »Dolch« gewetzt: »Die Machenschaften des Bischofs fügen dem Ansehen der Kirche nicht wiedergutzumachenden Schaden zu. Wir müssen ihm Einhalt gebieten. Hier meine Karte!« Eigentlich hatte er die Visitenkarte des Ränkeschmieds in Stücke reißen wollen, doch er hatte sie behalten. Bischof Innozenz Böck hatte immer wieder Intrigen gegen ihn angezettelt, er hatte alles versucht, um ihn bei seinen Ordensoberen zu desavouieren, ihn als »Abweichler« und »Spinner« verunglimpft, den man unmöglich auf seinem Posten belassen könne. Böck war sein erklärter Widersacher – und wenn er ihm Kontra geben konnte, dann würde er das tun.

Böck verkörperte all das, was Cölestin anwiderte, was er an der kirchlichen Hierarchie mit ihren Kardinalsroben und Mitren verabscheute: die Selbstüberhebung, die Scheinheiligkeit, die Heuchelei, die Großmannssucht. All diese Eigenschaften besaß Böck auf eine fast schon lächerliche, klischeehafte Art und Weise. Wenn es um den Erhalt der Macht ging, traute er ihm jede Schurkerei, Hinterlist, Treulosigkeit und jeden Verrat zu. Für ihn heiligte der Zweck Mittel und Methoden. Falls Böck mit dem Rücken zur Wand stand, würde er alle Hebel in Bewegung setzen, um doch noch an Geld zu kommen und seinen Kopf aus der Schlinge zu ziehen – derweil würde jemand anderes als Sündenbock herhalten müssen.

Der Pater dachte nach. Nun, er hatte sich nicht kampflos in sein Schicksal ergeben. In puncto List, Schläue und Hinterhältigkeit stand er seinem scheinbar übermächtigen Gegner in nichts nach. Er mochte ein kleiner, unbedeutender Pater sein, aber er war wie David, der sich Goliath entgegenstellte. Er hatte diesem eitlen, von sich eingenommenen Journalisten anonyme Schreiben zukommen lassen, um ihn neugierig zu machen – und Aufmerksamkeit für sein Anliegen, die Rettung der Leonhardskirche, zu bekommen. Jemand anderen vor seinen Propaganda-Karren zu spannen, war immer der Königsweg. Und wenn bildgewaltige PR-Aktionen wie das Wildschweinmassaker Sympathisanten und Follower auf den Plan riefen, umso besser.

Pater Cölestin wusste, dass er sich auf dünnem Eis bewegte und Menschen brauchte, die für ihn durchs Feuer und auf die Barrikaden gingen. Wenn man die rechtlichen Bestimmungen als bindend betrachtete, war er im Recht. Doch was würde ihm das im Ernstfall gegen die Übermacht findiger und skrupelloser Anwälte nutzen? Es existierte zwar der im Original erhaltene Stiftungsbrief, der dem jeweiligen Pfarrvikar von Sankt Leonhard gewisse Rechte zusicherte – unter anderem ein »ewiges« Wohnrecht »bey der Kirch«. Doch der Teufel lag im Detail, waren die verbrieften Rechte doch an bestimmte Pflichten geknüpft – und ein durchtriebener Winkeladvokat fand immer ein Haar in der Buchstabensuppe. Er hatte genug gesehen und wandte sich zum Gehen. Gegen die Arbeiten unten im Tal konnte er nichts unternehmen. Doch falls die Söhne des Demiurgen Hand an »sein Reich« legten, würde er ihnen im Namen Sankt Leonhards die Stirn bieten. Er war entschlossen, standhaft zu bleiben und vor »Satan« nicht zurückzuweichen. Es gab Dinge im Leben, für die lohnte es sich zu kämpfen.

BENNO

Das Rattern der Bagger, das Hämmern der Bohrer unten im Tal war auch hier oben deutlich zu hören. Joe Greiner saß auf einem Hochsitz und spähte durch einen Feldstecher mit lichtstarker Optik. Er verfolgte die Geschehnisse mit Argusaugen. Sein automatisches Sturmgewehr lehnte griffbereit neben ihm. Die AKM, das Nachfolgemodell der legendären AK-47, war auf Hochglanz poliert. Ein solches Schmuckstück war selten. Sein Exemplar hatte er auf dem Asia-Markt in Tschechien erstanden und vom Jais Dammerl, einem seit der Bundeswehrzeit mit ihm befreundeten Büchsenmacher, generalüberholen lassen. Die Feuerwaffe vom Kaliber 7,62 mal 39 Millimeter besaß eine effektive Reichweite von gut 400 Metern und eine Feuerrate von bis zu 600 Schuss pro Minute. Das Magazin, krumm wie eine Banane, war mit 30 Patronen vom Typ M 43 bestückt. Es gab weitaus modernere Gewehre, doch die AKM war auch unter extremen Wetterbedingungen ein Wunder an Verlässlichkeit.

Fünf Meter unter ihm machte sich sein Vize Spitz lautstark bemerkbar: »Wie schaut's aus? Greifen wir an?«

Der Boss aller bayerischen Bolschewiken brummte übellaunig: »Wir warten. Ich trau Stocker nicht! Da lungern irgendwo ein paar Security-Typen herum.«

Spitz bemängelte seine zögerliche Haltung: »Ah geh, losschlagen, sag ich.«

»Jetzt brüll hier nicht so herum. Der Feind hört mit!«

Spitz hatte seinen eigenen Dickkopf: »Jetzt hör aber auf, du Hosenscheißer. Von hier oben haben wir freies Schussfeld, also!«

Er war der Chef – und durfte solch ehrenrührige Unterstellungen nicht dulden. Wütend blaffte er: »Du hast jetzt Sendepause. Ich weiß selbst, was ich zu tun und zu lassen habe. Die Entfernung in der Luftlinie beträgt Pi mal Daumen 700 Meter. Im Dauerfeuermodus ist die Streuung zu groß – und bei einem Einzelschuss kannst du nur beten.«

Spitz brannte vor Ehrgeiz, seine Scharfschützen-Qualitäten unter Beweis zu stellen: »Wir haben einen festen Auflagepunkt und das Visier lässt sich justieren und auch auf größere Distanzen genau einstellen. Ich erledige das!«

Der Comandante wusste um die Schwächen der AKM auf lange Distanzen. »Dir dürfte bekannt sein, dass bei höherem Geschossgewicht und geringerer Mündungsgeschwindigkeit die Krümmung der Flugbahn zu- und die Treffsicherheit abnimmt.« Er justierte das Okular des Feldstechers nach. Stocker schwang voll jugendlichem Elan die Schaufel. »Der Schuss muss auf Anhieb sitzen. Deshalb blasen wir die Aktion ab.« Er hängte sich den Feldstecher um, schulterte das Gewehr und stieg die roh gezimmerte Leiter hinab.

Spitz starrte ihm aus ungläubigen Augen entgegen.

»Was stehst du da noch rum? Wir gehen erst zur Wengwieser Alm. Dort nehmen wir den Pilgerweg nach Sankt Leonhard.«

Der Angesprochene zog seine Theo-Waigel-Gedächtnisbrauen zusammen. »Wieso das? Sollten wir uns nicht nach einem anderen Plätzchen umsehen, das näher an der Baustelle liegt?«

»Ich habe meine Gründe. Wir müssen das höher liegende Gelände erkunden. Für den Notfall brauchen wir einen Unterschlupf, um uns verstecken zu können.«

Das sardonische Lächeln von Spitz sprach Bände. »Scheiß drauf, sag ich! Knallen wir die Kanaille ab und dann machen wir den Abflug. In Donezk oder auf der Krim findet uns keiner.«

Die beiden Männer verwischten sorgsam ihre Spuren und folgten einer schmalen Trittspur ins Gestrüpp. Im »Dschungel« fühlte er sich so sicher wie im Mutterleib, so unsichtbar wie unter Laurins Tarnkappe. Dass dies in Zeiten der Aufklärungsdrohnen und Minicopter nur eine Illusion war, war ihm klar. Mithilfe fein kalibrierter FLIR-Wärmebildkameras würden sie auf den Schirm der Zielfahnder geraten. Trotzdem spürte er tief in seinem Innern, dass er abseits der ausgetretenen Pfade auf dem richtigen Weg war. Ihm kam ein Ausspruch des mexikanischen Freiheitshelden Emiliano Zapata in den Sinn: »Prefiero morir de pie a vivir de rodillas!« – Ich würde lieber aufrecht sterben, als auf den Knien zu leben!

Mit der Umsicht von abgezockten Partisanenkämpfern schlugen sie sich durchs Fichtenfilz – und achteten peinlich genau darauf, nur ja kein Zweiglein abzuknicken.

»Haben sich Gruppe B und C inzwischen gemeldet?«, erkundigte sich Spitz in harschem Ton. Die Frage war durchaus berechtigt.

»Nein, wir halten besser Funkstille. Belle und Ober sind aber auf Abruf einsatzbereit.«

Spitz blaffte: »Und was ist mit Woife? Der Vollidiot hockt im Knast. Wir hätten ihm das Maul stopfen sollen – aber nein!«

Der Marx-Maestro suchte ihn zu beruhigen: »Er wird nichts ausplaudern, glaub mir!«

»Dios lo sabe«, murrte Spitz, »allein mir fehlt der Glaube. Wenn ihn die Verhörspezialisten etwas härter anpacken, verwickelt der sich doch in Widersprüche. Und ich befürchte, dass es da noch mehr gibt, Tapper auf dem Umschlag zum Beispiel. Zuzutrauen ist diesem Deppen alles.«

Mit der Umsicht eines erfahrenen Guerillakämpfers schob sich Greiner durch den Vorhang der bis zum Boden herabhängenden Äste. Vor ihnen weitete sich eine Lichtung inmitten des Dickichts. In einer beschwichtigenden Geste legte er Spitz den Arm um die Schulter. »Das ist nicht das BKA, das ist die Kripo Rosenheim. So leicht kriegen die ihn nicht. Wenn er brav das Maul hält, können sie ihm nichts nachweisen.«

Die Zweifel seines Mitstreiters ließen sich nicht zerstreuen. »Ich sag dir doch, diese Zipfelklatscher haben ihre Drecksgriffel spazieren geführt und ihre Spucke abgesondert, damit sie ihre DNA schön gleichmäßig verteilen. Und dann ist er dran!« Und wir mit ihm – ging es Greiner durch den Sinn.

Spitz ging vorneweg, Greiner fünf Schritte hinter ihm. Sie stiegen gemächlich einen mit jungen Nadelbäumen bepflanzten Abhang hinauf. Am Rande des Jugerts erhob sich eine einzelne, frei stehende Buche.

Der Baumriese markierte die Stelle, an der sich ihr Waffen- und Munitionsdepot A befand. Der Zugang zu dem Erdloch lag unter einem Haufen Daxen verborgen. Es gab nicht das geringste Anzeichen, dass hier jemand herumgeschnüffelt hatte.

Spitz' Miene hellte sich auf: »Dort unten haben wir doch eine Granatpistole und die dazugehörige HE-Munition gebunkert. High Explosive – wär das nix?«

Greiner hatte verstanden. Die HK69 war ein »heißes Gerät« – mit durchschlagender Wirkung. »Mit der ausklappbaren Schulterstütze können wir die Bulldozer aus 350 Metern anvisieren. Dann legt unser Bautrupp auch ohne gerichtliche Verfügung einen Baustopp ein!« Das Versteck lag keine zehn Meter entfernt – und er wollte geradewegs darauf zusteuern, doch Spitz hielt ihn zurück. »Was ist?«

Sein Begleiter deutete auf einen metallisch funkelnden Gegenstand, der aus den Grasbüscheln zu ihren Füßen ragte. Joe bückte sich und besah sich das Objekt aus der Nähe. Da er einer alteingesessenen Wilderer-Sippe entstammte, erkannte er auf Anhieb, was sich da im grünen Gras versteckte: eine Geschosshülse, Kaliber 5,56 mal 45 Millimeter. Ein Kaliber, das kein Jäger, dafür aber das Militär verwendete. Irgendjemand wilderte in ihrem Revier.

CHRISTOPHORUS

Wer um diese Zeit auf der Bundesstraße gen Süden, gen Tirol unterwegs war, konnte entweder nicht anders oder war nicht ganz bei Trost. Die Blechkarawane staute sich auf fünf Kilometern Länge und kroch im Weinbergschneckentempo dahin. Ein chromfarbener BMW X3, das Standardmodell der bayerischen Polizei, bog auf Höhe des Weilers Altenburg von der Hauptstraße ab und gab Gas. Der Feldweg war vor einigen Jahren oberflächlich asphaltiert worden, wies inzwischen jedoch zahlreiche Dellen und Schlaglöcher auf. Wie es sich für einen Wagen der Münchner Edelmarke gehörte, pufferte die Federung die Stöße ab. Im Gegensatz zu seiner gebrauchten Chaise. Der Weg führte durch saftige Wiesen geradewegs den Berghang hinauf. Eine Horde graufelliger Kühe käute und kackte friedlich vor sich hin. Die Straße beschrieb eine enge Kurve und stieg an. Der Fahrer tupfte nur leicht aufs Gaspedal und schon kam der Sechszylinder auf Touren. Ohne den Motor in den oberen Drehzahlbereich zu schinden, bewältigte das Gefährt die Steigung von gut 20 Prozent mühelos. Seidel war der pure Neid ins Gesicht geschrieben. Die Karosse bot De-luxe-Komfort, beige Ledersitze, mit Holz vertäfelte Armaturenbretter, dazu Surround-Sound aus einem

120-Watt-Lautsprecher-System mit Subwoofer: »Lasciatemi cantare con la chitarra in mano, sono un italiano, un italiano vero.« Toto Cutugno ließ krächzen.

Seidel mochte Italien, Pizza, Pasta und Parmigiano Reggiano. Und er liebte den schmalzigen Italo-Sound. Bei Gianna Nannini, Umberto Tozzi und Zucchero schmolz er dahin wie Süßrahmbutter unter der Höhensonne. Die Schmacht-Songs klangen für ihn nach Sonne, Strand und Aperol Sprizz, kurzum, fantastisch!

Kommissar Berger hingegen litt an chronischer Italophobie – weniger auf kulinarischem als auf musikalischem Gebiet. Der eingefleischte AC/DC-Fan reagierte allergisch auf Al Bano oder Ricchi e Poveri. Prompt bellte er den Fahrer an: »Schalt sofort das gruselige Gnocchi-Gedudel aus, Moosbauer. Da kriegst du ja die Krätze.«

Der Mann hinterm Steuer tat, wie ihm geheißen – und es kehrte Ruhe ein. Seidel kannte diesen Moosbauer vom Sehen. Er arbeitete als Zivilfahnder in Bergers Team – trug eine hellbraune Lederjacke und modisch geschnittene Jeans. Ein einsilbiger Geselle von athletischem Körperbau, mit einem nicht weiter auffälligen Allerweltsgesicht gesegnet. Berger starrte durch die Windschutzscheibe, die Anspannung war ihm nicht anzumerken. Der vierte Mann, ein gewisser Jochen Koschnick, saß stocksteif neben ihm. Der Kerl war Profiler beim LKA oder, wie er selbst vor Antritt der Fahrt nachdrücklich betont hatte, »Spezialist für operative Fallanalyse«. Der »Fallanalytiker« trug einen maßgeschneiderten anthrazitfarbenen Agenten-Anzug und linste durch die getönten Scheiben nach draußen, als ob es dort mehr zu sehen gäbe als Fichten und Tannen, Tannen und Fichten. Die pure Präsenz des Angebers im 007-Retrolook war ihm auf seltsame Weise unangenehm. Dieser Koschnick tat so, als ob sie alle Dorftrottel wären und er den »Thermen-Fall« im Handumdrehen lösen würde. Seidel fühlte sich fehl am Platz. Was machte er hier? Den »embedded journalist« spielen? Andererseits fühlte er sich Berger verpflichtet, ja er stand in seiner Schuld. Sein alter Freund fütterte ihn mit internen Informationen aus erster Hand. Was konnte sich ein Reporter mehr wünschen?

Berger wandte den Kopf. In seiner Stimme schwang ein sarkastischer Unterton: »Ich bin schon gespannt, wie Sie den Fall beurteilen, Koschnick. Es existieren ja bereits mehrere divergierende psychologische Täterprofile, wäre schön, wenn Sie uns ein präzises Psychogramm dieser Typen zeichnen. Schön zu wissen, nach wem man sucht.«

Der spöttische Ton des Kommissars missfiel dem arroganten Pinsel. Pikiert gab er zurück: »Sie hängen da falschen Vorstellungen nach. Im Kern geht es bei der Fallanalytik darum, anhand vorhandener Indizien auf das Verhalten des Täters zu schließen. Im Idealfall wird ein Muster erkennbar, das Rückschlüsse auf die Herkunft, den sozioökonomischen Background des Gesuchten zulässt.« In Koschnicks Stimme, die zunächst betont emotionslos geklungen hatte, schlich sich der überhebliche Tonfall des ewigen Klugscheißers: »Bei meiner Arbeit geht es weniger um psychologische Aspekte als um kriminologische und soziopathologische Fragestellungen. Die exakte Fallanalyse stützt sich auf die im Rahmen erkennungsdienstlicher Maßnahmen erhobenen Fakten.« Bergers Gesichtszüge drohten zu entgleisen. Das herablassende Gehabe Koschnicks war ihm sichtlich zuwider.

Seidel verdrehte die Augen. Koschnick plapperte so munter drauflos wie ein Papagei auf Koks: »Eine Fallanalyse kann grundlegende Entscheidungshilfen liefern, um die Ermittlungen zu strukturieren und um den Täterkreis nach Kategorien wie Bildung, Alter, sozialer Kompetenz et cetera enger zu fassen. Nehmen wir zum Beispiel einen der Verdächtigen, den von seiner Gattin beschuldigten Ehemann, diesen …«

»Filzmooser«, soufflierte der Mann am Steuer.

»Ein Typ, der bei Shakespeare den Schuft spielen könnte. Von Ehrgeiz zerfressen, von Macht besessen, vom dramaturgischen Standpunkt her eine Macbeth-Figur. Und dennoch glaube ich nicht, dass dieser Filzmooser als Täter infrage kommt.«

Berger versetzte genervt: »Aber das ist doch kalter Kaffee. Für den Zeitpunkt des Attentats hat er ein wasserdichtes Alibi. Wir haben keine auffälligen Geldbewegungen auf seinen Konten entdeckt. Filzmooser hat keinen Killer engagiert, da leg ich mich fest.«

Der Münchner Profiler überging Bergers Einwand und bastelte an einer neuen Hypothese: »Für mich ist dieser Stocker ein heißer Kandidat. Als Chef mehrerer ineinander verschachtelter Firmen hatte er die Möglichkeit, Gelder auf schwarze Konten abzuzweigen, um Ausgaben zu tätigen, die nirgends aufscheinen.« Das Plappermäulchen kannte keine Pause: »Die Vorgehensweise zeugt von perfider Raffinesse. Er ging von der

Überlegung aus, dass die Ermittler annehmen würden, dass der Anschlag dem Ministerpräsidenten galt. Doch mitnichten! Das eigentliche Ziel war dieser sexgeile Lokalpolitiker …«

Moosbauer war prompt zur Stelle: »Ferstl!«

»Ferstl hat ihn bedroht. Er hatte vor, die illegalen Machenschaften seines Komplizen aufzudecken. Deswegen musste er ihn aus dem Verkehr ziehen!«

»Das wissen wir doch längst«, erwiderte Berger schmallippig. Stocker hatte zweifellos ein starkes Motiv – und er hatte einen »Mann für alle Fälle« zur Hand. Dass sich in dem Umschlag, bei dessen Übergabe Berger zufällig Zeuge geworden war, ein Packen gebrauchter Geldscheine oder der Schlüssel eines Schließfachs befunden hatte, konnte sich jeder Laie ausmalen. Dazu bedurfte es keines Profi-Profilers aus München.

Berger blickte ostentativ zum Fenster hinaus, während er laut nachdachte: »Ich frage mich, wo der richterliche Durchsuchungsbeschluss für die Privat- und Geschäftsräume Stockers bleibt? Der Staatsanwalt hat ihn beantragt, doch der Herr Ermittlungsrichter lässt sich Zeit. Ich würde des Weiteren gern Einblick in die Vermögensverhältnisse des bischöflichen Ordinariats nehmen und mir die Konten dieser Kuttenbrunzer ansehen. Aber da sehe ich schwarz.«

Koschnick fühlte sich sofort angesprochen: »Ich werde München einschalten, den Präsidenten des LKA, das Innenministerium, damit die in der Sache ein bisschen Druck machen. Selbst wenn der Herr Ministerpräsident nicht …« Der LKA-Profiler kam nicht mehr dazu, seinen Schachtelsatz auszuformulieren. Der Wagen bog um eine enge Kurve – und dahinter lag ein massiger Baumstamm, quer zur Fahrbahn. Moosbauer stieg so hart in die Eisen, dass die Bremsklötze glühten. Die Karre schlingerte in dem schmalen Hohlweg gefährlich hin und her, doch Moosbauer gelang es, das Fahrzeug abzufangen und zum Stehen zu bringen – keinen Meter vor dem Hindernis aus Massivholz.

Moosbauer, der nicht unbedingt ein großer Redner war, fluchte: »Saxendi, wie gibt's jetzt das? So ein Baum fällt doch nicht von allein um.«

»Los, Mosi, diesen ›Umfall‹ schauen wir uns genauer an. Du gibst mir Feuerschutz. Dieser Boris ist kein Amateur.« Auf Bergers Kommando hechteten die beiden Kripobeamten aus dem Auto. Moosbauer verschanzte sich hinter der Fahrertür und hielt mit der Waffe im Anschlag Ausschau nach möglichen Angreifern. Berger hetzte in geduckter Haltung zu dem umgestürzten Baum, um dahinter in Deckung zu gehen. Seidel selbst saß wie angewurzelt auf der Rückbank. Koschnick machte keinen Mucks. Dem LKA-Profiler hatte es offenbar die Sprache verschlagen, sein Gesicht hatte die Farbe von frisch angerührtem Mörtel angenommen. Berger und Moosbauer waren im Alarmmodus und scannten mit allen sieben Sinnen die Umgebung. Es war weit und breit niemand zu sehen und nur leises Vogelgezwitscher zu hören. Berger winkte ihm zu und übertönte das Gezwitscher mit seinem kräftigen Organ: »Seidel, das musst du dir anschauen. Hast die Kamera dabei?« Die Fichte war keiner Orkanböe zum Opfer gefallen. »So eine Sauerei! Das ist kein Zufall! Da will uns jemand den Weg versperren«, keuchte er.

Moosbauer, der einer alteingesessenen Waldbauernfamilie entstammte, kroch derweil zwischen den Ästen herum. »Saubere Arbeit. Erst eine Kerbe in Fallrichtung geschlagen – und dann ein wenig oberhalb der Kerbe die Kettensäge angesetzt. Glatter Schnitt. Die Kerle verstehen ihr Handwerk.«

Berger beugte sich über den Baumstumpf und strich prüfend darüber: »Das Holz sondert jede Menge Harz ab. Die Wunde ist noch ganz frisch.«

Vom Wagen her drang die etwas zaghaft klingende Stimme Koschnicks zu ihnen herüber: »Was hat das zu bedeuten, Herr Kommissar?«

Bergers Erwiderung fiel lapidar aus: »Ärger!«

Pater Cölestin erfüllte seit über 25 Jahren getreulich seine Pflichten – so wie sie in dem stockfleckigen Stiftsbrief von anno dazumal festgeschrieben waren. Dafür stand ihm, dem Pfarrvikar von Sankt Leonhard, ein Anteil an den Erträgen aus dem Stiftungsvermögen zu. Dazu kam das Messstipendium in Höhe von 13 Euro 50 pro Messe. Besser als ein münzloser Opferstock. Zu seinen weiteren Obliegenheiten zählte es, für die armen Seelen im Fegefeuer – insbesondere die des Stifters – zu beten und die vierzehn Nothelfer um Beistand zu bitten. Seit der Messerattacke auf Don Pasquano fand die Messe allerdings meist unter Ausschluss der Öffentlichkeit statt. Die Gläubigen hatten schon zuvor den weiten Anfahrtsweg gescheut. Und zu Fuß pilgerte kaum jemand mehr nach Sankt Leonhard. Einzig der krummbeinige, bucklige Mesner-Bauer hielt ihm die Treue. Und natürlich die Zenz. Kreszenzia Penzkofer hatte sich überraschend schnell von dem Schock erholt – und trotz zweier gebrochener Rippen war ihr Mut ungebrochen. Die Zenz hatte mehr Mumm in den morschen Knochen als so manche Teenie-Göre. Sie hatte das Hochland-Klinikum auf eigene Verantwortung verlassen, war in den museumsreifen Benz ihres verstorbenen Mannes geklettert und nach Sankt Leonhard hinaufgetuckert. Dass die bei ihr diagnostizierte Demenzerkrankung ihre Spontaneität und Unternehmungslust beflügelte, stand auf einem anderen Blatt.

Der Pater seufzte. Heute würde er die Messe allein feiern müssen. Der bucklige Bauer war beim Preis-Schafkopfen, Kreszenzia beim Kaffeekränzchen und sein frischgebackener »Messdiener« wandelte auf Abwegen, sprich, er war in revolutionärer Mission unterwegs, um doch noch die Proletarier aller Alpenländer hinter sich zu vereinen. Nun, sein Gamsbart-Guerillero musste selber wissen, was er tat. Cölestin schloss die Sakristeitür hinter sich ab und betrat den Altarraum durch den vom Kirchenschiff her nicht einsehbaren Seiteneingang. Unter der Kasel trug der Pater nur ein schlichtes schwarzes Gewand. Sollte der Herr Bischof ruhig seine Hochämter im goldbestickten Ornat feiern und sich am Duft von Weihrauch und Myrrhe berauschen. Cölestin glaubte allerdings, dass er näher dran war an dem wundersamen Wunderheiler aus Galiläa. Er kniete vor dem Altar und rezitierte die uralten liturgischen Formeln. Er feierte eine Privatmesse sine populo, also für sich allein – und trug somit den Bestimmungen des Stifterbriefs Rechnung.

Bei der Heiligen Messe war jede Geste, jedes Wort

genau geregelt. Die liturgischen Texte kannte er aus dem Effeff, konnte sie bei Tag und Nacht vorwärts und rückwärts aufsagen. Es blieb ihm überlassen, ob er Teile davon deklamieren oder singen wollte. Zwischen den Gebeten, den Lobpreisungen und der Feier der Eucharistie hatte er viel Zeit, um nachzudenken. Die Frage, weshalb man Ferstl ermordet hatte, beschäftigte ihn nach wie vor. Es ergab keinen Sinn. Wenn Bischof Böck jemanden beauftragt hatte, um Unfrieden und Chaos zu stiften, um die Kirche samt den zugehörigen Grundstücken in seine Gewalt zu bekommen, dann musste es auch einen triftigen Grund für Ferstls Exekution geben. Einen Grund, den er nicht kannte. Oder sollte ihn die Kugel gar nicht treffen? Sollte das Attentat fehlschlagen – und beide Schüsse danebengehen? Pater Cölestin murmelte den urchristlichen Segensspruch: »Ite, missa est, gehet hin in Frieden. Amen.« Da fiel ein Schuss, erst einer, dann kurz darauf zwei, drei weitere.

Cölestin bekreuzigte sich hastig und rannte zum Hinterausgang des Gotteshauses. Er zog die Tür einen Spaltbreit auf und spitzte seine Luchslauscher. Kein Zweifel. Aus südöstlicher Richtung, vom Grießbachtal her drang Gewehrfeuer an sein Ohr. Dort, wo sich Stockers Baukolonne einen Weg durch Schutt, Schlamm und Geröll fräste. Es hörte sich so an, als ob sich zwei rivalisierende Drogenbanden ein Feuergefecht in Dolby-Surround-Sound lieferten. Er musste zum Haus hinüber, um sich sein Gewehr zu schnappen. Vorsichtig tastete er sich an der Wand entlang. Was war da drunten los? Nahmen militante Naturschützer die Beton-Crew aufs

Korn? Hatte ein mit Stocker verfeindeter Bagger-Baron eine Gebirgsschützen-Gang mobilisiert?

Wie von Furien gehetzt spurtete er los. Er hüpfte die Kellertreppe hinab und zog einen Karabiner, Modell Mauser K98, aus dem Mauerloch, in dem er ihn versteckt hatte. Für Notfälle, versteht sich. Der Pater warf sich eine Windjacke über und machte sich auf den Weg zum Ausguck. Er musste sich dringend einen Überblick über das Kampfgeschehen verschaffen. Der Gefechtslärm ebbte kurz ab, dann flammte zwischen Bäumen und Büschen erneut Gewehrfeuer auf. Endlich hatte er den kleinen, etwas erhöht gelegenen Jagdunterstand erreicht. Cölestin schob das Kinn nach vorn und kniff die Augen zusammen. Seine Sinnesorgane waren – dank des Wunderwassers – so fein kalibriert wie eh und je. Das wellige, waldige Terrain machte es jedoch unmöglich, die Position der Schützen genauer zu lokalisieren. Der Pater blickte sich hastig um. Die Lage war äußerst unübersichtlich. Was wurde hier gespielt? Krieg und Frieden? Zu seiner Verwunderung entdeckte er einen Trupp Männer, der aus westlicher, also aus der entgegengesetzten Richtung kam und sich auf die Kirche zubewegte. Die Gruppe lief im Zickzackkurs zwischen den Kühen des Mesner-Bauern hindurch. Er lugte wieder ins Grießbachtal hinab und sah auf halber Höhe etwas aufblitzen. Auf einmal ging alles ganz schnell. Aus dem Grün der Wälder schoss ein greller Feuerblitz hervor, erst goldgelb, dann in den feurigen Farben des Morgenrots aufglühend. Ehe sein Verstand realisierte, dass es sich dabei um eine Stichflamme handelte, schlug das Geschoss auch schon mit einer ohrenbetäubenden Detonation irgendwo schräg unter ihm ein. Der Knall war so gewaltig, dass es in seinen Ohren klingelte und dröhnte. Es hörte sich an, als ob ein verrückt gewordener Mesner die Glocken zur Christmette läutete.

Seidel duckte sich reflexartig weg, sprang zur Seite und landete bäuchlings in einem frisch gelegten Kuhfladen. Instinktiv rollte er sich wie ein Embryo ein und zog den Kopf zwischen die Schultern. Irgendwo hinter der Kirche war eine Bombe, Mine oder Granate detoniert. Seidel erwartete, dass eine Druckwelle über ihn hinwegfegte – aber es geschah nichts dergleichen. Zentimeter um Zentimeter hob er den Kopf auf Höhe der Grashalme und beäugte die Welt aus der Froschperspektive. Berger und Moosbauer waren nirgends zu sehen, der Profiler lag wenige Meter entfernt von ihm in einer Mulde und regte sich nicht. Seidel gab sich einen Ruck und kroch zu ihm. »Was ist mit Ihnen, sind Sie verletzt?« Er blickte in zwei vor Panik und Schreck geweitete Pupillen.

Der »Profi« stotterte nur: »Nein, nein, alles gut. Ich brauch nur noch ein bisschen.« Koschnick würde hier liegen bleiben und sich nicht mehr von der Stelle rühren.

In dem Moment hörte er Berger rufen: »Lenzi, wo steckst du? Wir sind hier drüben.« Wie ein Panzergrenadier im Kampfeinsatz robbte Seidel auf einen halbhohen Erdhügel zu und schob sich die leichte Böschung hinauf. Berger brüllte keine drei Meter von ihm entfernt ins Sprechfunkgerät: »Hier spricht Sierra Alpha, Polizeihauptkommissar Berger. Wir liegen unter feindlichem Beschuss – aus halbautomatischen oder panzerbrechenden Waffen – und brauchen daher dringend Verstärkung! Meine derzeitige Position ist …« Berger gab irgendwelche Koordinaten durch, die wohl die Wallfahrtskirche Sankt Leonhard markierten. »Lassen Sie die Zufahrtsstraße von der Feuerwehr räumen! Beordern Sie einen Hubschrauber hierher und fordern Sie zwei Hundertschaften der Bereitschaftspolizei an, um das ganze Areal weiträumig abzusperren. Ja, Sie haben richtig verstanden!« Es knisterte und knackte, Bergers Gesprächspartner schien irgendwelche Einwände zu äußern – dann war der Kommissar wieder an der Reihe. Er bellte mit sich überschlagender Stimme in die Sprechmuschel, dass der Speichel nur so spritzte: »Sperr deine Ohren auf, du Sesselfurzer! Wir haben hier Krieg – klar? Planquadrat B 8, südöstlich von Sankt Leonhard, oberhalb des Grießbachtals. Wenn dir die Position zu ungenau ist, kannst du gern selbst vorbeischauen und mit dem Theodolit nachmessen. Over and out!« Als er Seidels Kopf neben ihm auftauchen sah, fluchte er wie ein Klempner, dem die braune Brühe bis zur Unterkante Unterlippe stand: »Diese Etappenhengste! Die meinen wohl, dass wir hier ein Picknick veranstalten. Was ist mit Koschnick, hat er in seinen Designer-Slip gepinkelt?«

Seidel deutete in Richtung der Kuhle: »Lass mal, der ist fürs Erste bedient. Wo ist Moosbauer abgeblieben?«

Berger grinste breit und lachte rau: »Der ist zur Kirche rüber und checkt die Lage. Wir müssen den Pater da rausholen – also, was ist?«

Seidel zögerte: »Wenn da noch so ein Ding angeflogen kommt, haben wir einen Freifahrtschein zu Jesus und Maria.«

Berger sog den Geruch würziger Kräuter und aromatisch duftender Kuhscheiße in die Nasenlöcher: »Dann sterben wir als Märtyrer. Hat doch was!« Ohne eine Antwort abzuwarten, spurtete Berger los. Seidel stieß einen Seufzer aus, dann trabte er hinterher. Er betete inständig, dass die vierzehn Nothelfer nicht eben anderweitig beschäftigt waren.

ACHATIUS

Er hatte unter einer dickleibigen Buche Schutz gesucht. Ihre armdicken Äste breiteten sich über ihn – und es sah fast so aus, als ob der Baum betete. Göttlichen Beistand hätte er jetzt gut gebrauchen können, dachte Boris. Er stand da wie ein aus Marmor gehauenes Standbild. Nur die hin und wieder zuckenden Lider verrieten, dass es sich um einen Menschen aus Fleisch und Blut handelte. Der Anführer der Söldnertruppe war zu keiner Bewegung fähig. Seine muskulösen Arme hingen schlaff herab. »Der'mo! Wir sitzen bis zum Hals in der Scheiße!« Er musste raus aus der Scheiße – und zwar schnell. Seine Chancen hierfür standen in etwa fifty-fifty. Viele Möglichkeiten blieben ihm nicht mehr.

An einem dürren Ästchen der mächtigen Buche baumelte ein Walkie-Talkie. Wieder und wieder hatte Boris versucht, seine Männer über Funk zu erreichen. Vergeblich. Weder Anatol noch Kolja hatten sich gemeldet. Aus dem Gerät drang nur das monotone Rauschen des Äthers. Boris zermarterte sich wieder und wieder sein Hirn. Was war nur schiefgelaufen? Waren die beiden Hals über Kopf geflohen? Hatte man sie verhaftet? Oder lagen ihre Leichen irgendwo im Busch? Wie es aussah, hatte zunächst alles wie am Zündschnürchen geklappt. Die Zufahrtswege waren nach Plan blockiert, die Stromleitungen gekappt worden. Anatol und Kolja hatten mit einigen gezielten Schüssen auf die Baumaschinen und Benzinfässer Panik unter den Arbeitern unten im Tal verbreitet. Die Blaumänner waren gerannt, als ob sämtliche Dämonen und Djinns der Hölle hinter ihnen her wären. Der Klient hatte ihn beauftragt, die Baufahrzeuge mit Kugeln zu spicken, um den Verdacht auf radikale Umweltaktivisten oder militante Anarchos zu lenken. Und so hatten sie es gemacht.

Dann musste etwas Unerwartetes geschehen sein. Nur was? War Koljas Ei im Adlernest gelandet? Es sah ganz danach aus. Vor 20 Minuten hatte der Boden unter der Wucht einer schweren Detonation gezittert und am oberen Rand des Talkessels war eine Staubwolke gen Himmel gestiegen. War die Sprengung der Felswand also erfolgreich verlaufen? Oder hatte Kolja Plan B zur Ausführung gebracht und einen Hohlladungsgefechtskopf verschossen? Die Pzf 3-T mit Tandem-Gefechtskopf war eine wunderbare Waffe, um gepanzerte Fahrzeuge zu knacken, Betonbunker oder andere Befestigungen zu sprengen, aber es mangelte ihr an der nötigen Präzision. Blieb die Frage: Wieso hatte Kolja weder einen Notruf abgesetzt noch Code 1 gesendet, um Vollzug zu melden? War das Funkgerät ausgefallen, hatte sich ein brünftiger Keiler im Rausch der Hormone auf ihn gestürzt oder war er einem Hubertusjünger ins Gehege gekommen? Fragen über Fragen, nutzlose, hypothetische Fragen. Er musste sich aus der lähmenden Lethargie lösen. Er musste sich schleunigst absetzen, ehe die von allen Seiten anrückenden Einsatzkräfte die Schlinge enger und enger zogen. Boris spürte, wie ihn das feine Flechtwerk negativer Energien wie ein Kokon umspann. Die Kraft des Bösen konnte sich als verhängnisvoll erweisen. Er hätte auf sein Bauchgefühl hören und sich vor den Geistern, die er rief, schützen müssen.

Boris griff nach seinem Gewehr, ein SG 550, Schweizer Wertarbeit. Kampflos würde er sich nicht ergeben. Im Falle eines Falles würde auf die Knarre Verlass sein. Der exakt einstellbare Druckpunktabzug, der auf das Geschossgewicht von 69 Grains ausgelegte Lauf, die GP-90-High-Performance-Patrone 5,56 Millimeter, das alles prädestinierte die »550er« zu einer Präzisionswaffe ersten Ranges. Einziger Nachteil: das Gewicht. Bereits im ungeladenen Zustand wog die Knarre über vier Kilo. »Pah, heilige Scheiße! Väterchen Kyrill, ich komm hier raus.« Boris schlang sich das SG 550 über die Schulter. Einer wie er war hart im Nehmen. Er ballte die Faust und stieß einen alten russischen Fluch aus, dann verschwand er wie ein Schatten zwischen den Bäumen. Das Pedelec wartete auf ihn. Wenn er auf zwei Rädern talwärts brauste, würde er vielleicht noch durch die Maschen des schon gespannten Netzes schlüpfen.

DIONYSIUS

Gracias a Dios – gottlob nur ein Streifschuss. Das Geschoss hatte den Uniformstoff zerfetzt und ein Stück Fleisch aus dem Oberarm gerissen. Die Wunde blutete zwar stark, war aber nicht viel mehr als ein Kratzer. Spitz war mit Adrenalin vollgepumpt und ignorierte weitgehend die neuronalen Impulse, die direkt im Nervenzentrum seines Gehirns anlangten. Ein Indianer kannte keinen Schmerz – und ein Guerillakämpfer erst recht nicht. Greiner drückte eine sterile Kompresse auf die Wunde, um die Blutung zu stoppen. Anschließend bandagierte er den Arm und fixierte den Verband mithilfe zweier vierzackiger Klammern mit elastischem Gummizug. Ein revolutionärer Führer durfte keine Gefühle zeigen – das war Ehrensache. Er war jedoch mächtig stolz auf seinen Kameraden, der die Schmerzen mit der stoischen Gelassenheit eines Apachen ertrug: »Menos mal! Alles halb so schlimm.«

Spitz warf einen Blick auf seinen dick einbandagierten Arm und winkte lässig ab: »Was uns nicht umbringt, macht uns nur härter. Socialismo o muerte!«

Er lobte die kühne Entschlusskraft seines Kampfgenossen in den höchsten Tönen: »Wow, du hast so schnell reagiert wie sonst nur Lucky Luke.«

Spitz war ein Hüne, ein Mann wie ein Baum, doch seine Stimme klang nun heiser und erschöpft: »Wir haben doch diese Patrone gefunden, NATO-Kaliber, ich war also auf der Hut. Als es im Unterholz ›knack‹ gemacht hat, war ich auf den Schlag hellwach.« Greiners Compañero hustete kurz und trocken, dann nahm er den Faden wieder auf: »Da war ein dicker Baumstamm, der mir Deckung bot. Das Gewehr im Anschlag, habe ich gewartet. Da höre ich ein Rascheln, ganz deutlich. Und dann sehe ich ihn, keine zehn Meter entfernt: Tarnuniform, geschwärztes Gesicht, Munitionsgurte um Schultern und Hüften. Der Typ sucht nach etwas, hält die Nase prüfend in den Wind und kommt direkt auf mich zu.«

Greiner half Spitz hoch, der noch etwas wacklig auf den Beinen war: »Und – hat er auf dich angelegt?«

»Dazu hatte er keine Zeit mehr«, erwiderte sein Vize boshaft: »Mir war sofort klar: ich oder er! Ehe er noch Muh sagen und mir eine Kugel verpassen konnte, habe ich mein Magazin leergerotzt. 30 Schuss. Der Typ hat eine kugelsichere Weste unter der Tarnjacke getragen, sonst hätte ihn der Feuerstoß glatt umgewuchtet.«

»Und was war dann?«

Spitz griff nach der Feldflasche. »Wie du dir vorstellen kannst, war mein Blutdruck bei 200. Meine zweite Salve hat seinen rechten Unterarm regelrecht zerfetzt und ein Schuss hat den Kevlar-Panzer durchbohrt und ihn an der Schulter verletzt. Der Kerl hat gebrüllt wie ein Irrer, ist ein paar Schritte rückwärts getaumelt, hat das Gewehr hochgerissen und wild um sich geballert.« Spitz trank so hastig, dass sich ein Rinnsal in seinen

Kinnbart ergoss. »Ich zieh meinen Schädel ein, da trifft mich dieser Querschläger. Ich kann meinen Arm kaum mehr bewegen, geschweige denn das Gewehr heben – Scheiße!«

Der »Jefe« kratzte sich am Kinn. »Du hast alles richtig gemacht, es wäre töricht, einem angeschossenen Keiler ins Dickicht zu folgen!«

Spitz hielt sich nur mit Mühe aufrecht und stützte sich dabei auf den Lauf seiner Knarre. »Der kommt nicht weit, habe ich mir gedacht. Nicht mit dieser Wunde. Da war schließlich überall Blut, im Gras, an den Zweigen. Ich bin also umgekehrt, um nach dir zu sehen. Dann war da diese Detonation …«

Greiner zupfte sich am Ohrläppchen. »Nun ja, der Knall war im Umkreis von zwei Kilometern nicht zu überhören. Deswegen sollten wir unser Gastspiel hier möglichst schnell beenden, kannst du laufen?«

Spitz fuhr ihn empört an: »Mich hat es am Arm erwischt und nicht am Bein. Jedenfalls verspür ich nicht das geringste Bedürfnis, den Bullenschweinen zu erklären, woher meine Verletzung stammt.«

Greiner und Spitz waren hier dahoam, kannten jeden Baum, jeden Bach, jede Falte auf dem Hemd der Natur. Falls ein Hubschrauber auftauchte, konnten sie in einer der Höhlen Zuflucht suchen. Auf dem Rückmarsch würden sie einige Haken schlagen, um ihre Verfolger abzuschütteln. Ihr Refugium, die Hütte am Schwarzlackbach, sollten sie jedoch unbeschadet erreichen. Dort wären sie vorläufig in Sicherheit. Die Polizei würde mit zwei oder drei Hundertschaften samt Hundestaffel anrücken, um jeden Quadratzentimeter des weitläufigen Waldgebiets zu durchkämmen. Sie würden jedoch nicht viel Brauchbares finden: Patronenhülsen, blutige Verbandsfetzen – und eine Leiche, die irgendwo im Unterholz lag. Die Ermittler waren also fürs Erste beschäftigt.

Der Einschlagskrater war nicht eben beeindruckend, er maß knapp einen Meter 50 im Durchmesser und war vielleicht 60 oder 70 Zentimeter tief. Ein mikroskopisch kleiner Kratzer auf der Haut der Erde. Am Rand des flachen Trichters stand Seidel mit Berger, Moosbauer und Pater Cölestin. Im Schweigen vereint. In der Melange aus Erd- und Gesteinsbrocken schimmerte es metallisch. Die Überreste des Geschosses waren bis zur Unkenntlichkeit deformiert. Der Abschuss der Granate hatte keine Opfer gefordert, wenn man einmal von den Ameisen und all den anderen Kleinstlebewesen absah, die in und von der Erde lebten. Einzig Moosbauer hatte sich bei einem beherzten Sprung über die Böschung die Hände aufgeschürft.

»Fix Sakrament! Ein sauberer Schuss!« Moosbauer wusste die Arbeit des Terrortrupps zu würdigen. »Nur gut, dass die Granate ihr Ziel verfehlt hat! Sonst wär eine Geröllawine vom Steineck ins Tal gerauscht.«

Berger wiegte den Kopf leicht hin und her. »Eine logistische Meisterleistung, keine Frage! So eine Panzerfaust ist ja ein dicker Oschi und keine Pistole, die man in den Hosenbund steckt. Wir haben's hier nicht mit normalen Kriminellen, sondern mit militärisch ausgebildeten und erfahrenen Kämpfern zu tun.«

Moosbauer erwies sich als profunder Kenner der militärischen Materie: »Einen Meter 20 lang, circa

14 Kilo schwer, Kaliber 110 Millimeter, maximale Reichweite 500 bis 600 Meter, Hohlladungssprengkopf, wird aus dem Stand per Hand abgefeuert, simple Sache, rauscht mit 200 Metern pro Sekunde ins Ziel. Ich bin schon gespannt auf den Bericht der Spusis. Ich würd zum Beispiel gern wissen, um welches Fabrikat es sich handelt.«

Kommissar Berger bückte sich nach einem der verbogenen Metallteilchen und betrachtete es eingehend. »Chinesische Schriftzeichen, wenn mich nicht alles täuscht. Mich würde aber eher interessieren, wer dieses ›Mordstrumm‹ abgefeuert hat – und weshalb? Entweder, weil er mächtig Staub aufwirbeln wollte, oder ...« Berger senkte die Stimme, als ob er ihnen ein gut gehütetes Staatsgeheimnis anvertrauen wollte: »... um den Fortschritt der Bauarbeiten zu verzögern. Die Idee dahinter könnte sein, Stocker auszubooten und dann eigene Pläne für eine modifizierte Thermenanlage vorzulegen, was weiß ich ...« Der Kommissar wandte sich an den Pater: »Wer könnten die Hintermänner sein, unser hochgeschätzter Herr Bischof?«

Cölestin hob die Hände in einer abwehrenden Geste vor die Brust. »Sie wissen, dass ich dieses gigantomanische Bauvorhaben entschieden ablehne – zwischen mir und Bischof Böck gibt es keine Schnittmenge.« Der Pater räusperte sich. »Lassen Sie mich eine Gegenfrage stellen, Herr Kommissar. Wie passt das Attentat auf Ferstl in Ihr Bild? Er hat die Abweichler unter seinen Parteikollegen bearbeitet, das Genehmigungsverfahren beschleunigt und sich über Bauvorschriften und Fristen hinweggesetzt. Wieso sollte man einen Eckpfeiler der Beton-Fraktion umlegen? Er war es doch, der die Maschinerie erst ins Rollen gebracht hat!«

Berger brummelte in seinen Dreitagebart: »Manchmal ist man einfach zur falschen Zeit am falschen Ort. Shit happens!«

Koschnick hatte sich offenbar ohne den Beistand einer blondgelockten Sanitäterin aufgerappelt und näherte sich ihnen wankenden Schritts. Sein Teint war aschfahl, die Knie schlotterten. Der Profi-Profiler blieb abrupt stehen und warf einen entsetzten Blick in die trichterförmige Vertiefung. »Der Anschlag galt uns, oder?«

Berger lachte höhnisch auf: »Klar doch. Der Täter weiß, dass Sie ihm auf den Fersen sind, da muss er Sie natürlich eliminieren! Nur blöd, dass solche Geschosse maximal 500 Meter weit fliegen – und Sie einen halben Kilometer vom Einschlagsort entfernt die Grasnarbe nach Spuren abgesucht haben!«

Koschnick hatte ihm gar nicht zugehört. Der wackere LKA-Mann war wie besessen von der Annahme, dass es die Terroristen auf sie beziehungsweise ihn abgesehen hatten. »Wer wusste eigentlich davon, dass wir hierher unterwegs waren? Wie es aussieht, untergräbt ein Maulwurf die eigenen Reihen!«

Ehe Koschnick in seiner Paranoia auf die Idee verfiel, die Kollegen von der Kripo, Pater Cölestin und ihn selbst der Mitwisserschaft mit den Terroristen zu bezichtigen, machte sich das Funkgerät bemerkbar – Berger kläffte in den Apparat: »Sierra Alpha hier. Wie ist die Lage? Haben Sie eine Spur der Täter?« Der Kommissar lauschte der »Stimme im Äther« – nach und nach hellte sich seine finstere Miene auf. »Ja, endlich. Die Spinne hat sich in ihrem eigenen Netz verfangen.« Seine Stimme bebte vor Erregung. »Die Bereitschaftspolizisten haben einen der Attentäter entdeckt.«

»Und was sagt er? Wer hat ihn bezahlt?«, entfuhr es Seidel.

»Der sagt keinen Ton mehr«, erwiderte Berger lakonisch: »Der Mann ist tot.«

»Schussverletzung, nehm ich an«, konstatierte Moosbauer knapp. »Und ist das Tatort-Team der Spurensicherung schon vor Ort?«

Berger ging ganz in der Rolle des leitenden Ermittlers auf: »Das volle Programm. Blut-, Haar- und Gewebeproben, Fingerabdrücke, DNS- und Faserspuren. Vielleicht bekommen wir jetzt die Mosaikteilchen zu fassen, nach denen wir suchen. Morgen wissen wir mehr!«

Seidel erkundigte sich in sachlichem Ton: »Hatte der Mann etwas bei sich? Ausweispapiere, ein Handy, irgendeinen Gegenstand, der bei seiner Identifizierung hilft?«

Koschnick, dessen Anzug inzwischen reichlich zerknautscht aussah, polterte los: »Wie naiv sind Sie denn? Meinen Sie, dass so jemand seinen richtigen Pass einstecken hat? Die Killer kommen aus Minsk oder Mexiko, reisen über Istanbul oder Sofia ein und verschwinden wieder!« Der »Profi« war kaum zu stoppen: »Das Tatmuster ähnelt auf frappante Weise dem von Mafiaattentaten. Denken Sie bloß an den Mordanschlag auf Richter Falcone. Einen terroristischen Hintergrund möchte ich jedoch nicht zur Gänze ausschließen.«

Seidel platzte der Kragen, er schnitt Koschnick das Wort ab: »Machen Sie mal halblang. Die Mafia, der FSB, die CIA. Hab ich noch was vergessen? Das sind doch bloße Hirngespinste.«

Berger hatte noch ein Ass im Ärmel, das er jetzt mit einem überlegenen Lächeln ausspielte: »Meine Herren, ich bitte Sie! Wir haben Glück. Unser ›Freund‹ war ein ordentlicher Mensch. In der Innentasche seiner Tarnjacke steckte eine Brieftasche, Wildleder, Marke Fossil: Neben 550 Euro in bar und einer Master Card Gold befand sich darin ein von der Bezirkshauptmannschaft Innsbruck-Land auf den Namen Mikhail Bortnikow ausgestellter Reisepass, dazu ein EU-Führerschein mit Lenkberechtigung Klasse E. Wohnhaft in Kitzbühel.«

Moosbauer kaute unschlüssig auf seiner Unterlippe herum: »Ein Ösi, mich leckst!«

Der Pater, der ihren Disput schweigend mitverfolgt hatte, gab zu bedenken: »Das besagt nichts. Die Papiere sind doch garantiert Fälschungen. Aber es ist eine Spur, ein Punkt, an dem Sie ansetzen können, oder irre ich? Möglicherweise ergeben sich daraus Querverbindungen zu Bischof Böck, lassen sich Geldtransaktionen nachverfolgen.«

Der Kommissar nickte anerkennend: »Sie sollten die Rolle des Pater Brown übernehmen. Wir werden uns diese Kreditkarte genau ansehen. Und wir werden sofort überprüfen, ob auf den Namen Bortnikow ein Wagen ausgeliehen oder ein Hotelzimmer gebucht worden ist.«

Ehe der Kommissar seinen Gedankengang fortführen konnte, piepte das Funkgerät erneut: »Ja, Sierra Alpha, gibt's noch was?« Seidel spitzte die Ohren. »Eine Tätowierung, sagen Sie? Unter der Achsel, kyrillische Zeichen, ja, das passt!« Seidel lauschte gebannt. Doch Berger beendete das Gespräch: »Wir sehen uns nachher, Lagebesprechung im Operation Room 18 Uhr 30.«

ÄGIDIUS

The show must go on – mit Fanfarenschall und Trommelwirbel. Was Rang und Namen hatte, gab Hochwürden Innozenz Böck das letzte Geleit. Der weit über die Grenzen des Bistums hinaus bekannte Kirchenfürst würde mit allem katholischen Pomp zu Grabe getragen werden. Dessen alter Studienfreund am renommierten Priesterkollegium Collegio Teutonico di Santa Maria in Campo Santo, einer Kaderschmiede des Klerus, Ettore Giusti, war extra aus Rom angereist, um die Totenmesse für seinen »caro amico tedesco« zu zelebrieren. Der Herr des Himmels hatte Kaiserwetter dekretiert: Gleißend hell stach die Sonne vom blauen Postkartenhimmel. Eine milde Brise sorgte dafür, dass sich die schweren samtenen Fahnen der Marien- und Rosenkranzbruderschaften fröhlich im Wind bauschten, dass die Abordnungen der Schützen- und Trachtenvereine, der Waldbauern- und Fleckviehzüchtervereinigungen unter den Sonntagsmonturen nicht allzu sehr ins Schwitzen gerieten.

Unter den getragenen Klängen eines Trauermarsches setzte sich der Zug in Bewegung. Die im klassischen Fach versierten Musikanten des Oberaudorfer Orchestervereins bliesen auf Klarinetten und Oboen

Trübsal. Die vier livrierten Sargträger stöhnten unter der Last des massiven Eichensargs. Die stämmigen, von dem Bestattungsunternehmen »Lux Aeterna« rekrutierten Burschen waren schweißgebadet wie dereinst Simon von Kyrene auf der Via Dolorosa. Der Leichenzug schlängelte sich wie ein schwarz gewandeter Lindwurm durch die Straßen der Stadt. Das Haupt der vielköpfigen Hydra bildete Kardinaldiakon Giusti, der im leuchtenden Scharlachrot seiner Robe eine »bella figura« machte und mit vollendeter Grandezza einherschritt.

Den kirchlichen folgten die weltlichen Würdenträger. Mit perfekt einstudierter Leidensmiene führte Ministerpräsident Sonnöder die Reihen der Politgranden und Odel-Oligarchen an. Zwei Schritte hinter dem politischen Oberhaupt des Bayernlands mühte sich der frisch gekürte Landrat Franz Filzmooser, in die Fußstapfen seines politischen Übervaters zu treten und einen ähnlich gravitätischen Auftritt hinzulegen. Eskortiert wurde er von den Bürgermeistern sämtlicher Städte und Gemeinden im Umkreis von 50 Kilometern. OB Wieshuber vorneweg. Dahinter scharte sich die honorige Gesellschaft um die an langen Prozessionsstangen flatternden Fahnen. Inmitten der Honoratioren-Horde spreizte sich Severin Stocker wie ein Pfau. Um seinen krebsroten Stiernacken baumelte eine schwere Goldkette, die auch einem römischen Imperator gut zu Gesicht gestanden hätte.

Hinter den Hofschranzen des bischöflichen Gefolges folgte das Fußvolk, dort tippelten Seidel, Berger, Grünauer und Holzinger dem Sarg hinterher – wie es sich gehörte, in mehr oder weniger schmucker schwarzer Garderobe. Einzig Holzinger beherrschte aufs Vortrefflichste die Kunst, innere Anteilnahme zu heucheln. Seidel verzog sein Gesicht zu einer mürrischen Miene und machte sich Gedanken über den Beitrag in den Abendnachrichten.

Die Beerdigung des Bischofs war ein Großereignis, das sich medial ideal ausschlachten ließ. Hunderte Schaulustige säumten die Straßen. Der letzte Weg des »plötzlich und unerwartet zu Gott befohlenen« Kirchenmanns führte die gewundene Hauptstraße hinauf zum Marktplatz. Ein schlichtes, mit Seidenbändchen umflochtenes Holzkreuz markierte die Stelle, an der Ferstl verblutet war. Es kam Seidel so vor, als ob es erst gestern gewesen wäre, als der Bischof sein Kreuz über dem Leichnam geschlagen hatte. Nun war auch Böck tot – aufgrund einer ebenso fatalen wie letalen Herzattacke, hieß es zumindest offiziell.

Böck hatte testamentarisch verfügt, dass seine sterblichen Überreste nicht in der Bischofsgruft unterm Hauptaltar, sondern in einem »Armengrab« an der Südmauer des Münsters beigesetzt werden sollten. Nun ja, wenn es bei seinem Chef Pluspunkte einbrachte.

Seidel schielte auf die Uhr – er hatte schließlich nicht ewig Zeit. Es dauerte jedoch, ehe sich die Trauergäste versammelt hatten, um den Trauerreden zu lauschen. Nachdem Ruhe in die Reihen eingekehrt war, ergriff der Ministerpräsident das Mikro, um in einer kurz gehaltenen Eloge die Verdienste des Verstorbenen um Staat, Kirche und Gesellschaft zu würdigen. Seidel notierte sich den letzten Satz Sonnöders, in dem dieser »die Glaubensstärke und Opferbereitschaft seiner Eminenz« rühmte.

Die Trauergemeinde spielte ihren Part mit verhaltener Begeisterung. Die Komparserie hatte beschlossen, dass es vollauf genügte, mit gelangweilter Leidensmiene Spalier zu stehen. Der Kardinal in seiner prächtigen Galarobe lieferte hingegen eine überzeugende schauspielerische Vorstellung. Jede Geste, jede Gebärde folgte einem exakten Timing. Jeder Seufzer, jeder Schluchzer war effektvoll in Szene gesetzt. Der Kardinal wusste, was er seinem alten Freund schuldig war, auch wenn er zu dem Kreis jener gezählt haben mochte, die beschlossen hatten, ihren Bruder in Christo eines »natürlichen Todes« sterben zu lassen. Seine Predigt hielt Giusti in einem nahezu fehlerlosen, mit italienischen Klangfarben angereicherten Deutsch. Seine sonore Stimme gewann von Satz zu Satz an hypnotischer Gewalt: »Abschied zu nehmen schmerzt, Abschied von einem Freund zu nehmen schmerzt weit mehr! Nun – die Stunde des Abschieds ist da, Zeit, dem Freund Lebewohl zu sagen. Wenn du auch fern von mir bist, so bleibst du doch für immer in mir, nah an meinem Herzen! Con te partirò. Io con te.«

Der Kardinal rückte sein blutrotes Birett zurecht und strich sich mit versonnener Miene durch den kunstvoll gekräuselten Bart.

Grünauer schnaubte verächtlich: »Hinterlistige Brut!« Holzinger und Berger schwiegen eisern. Seidel erkannte hingegen neidlos an, dass der Kardinal ein hochbegabter Show-Master war: »Die Vorstellung eines Lebens nach dem Tod übersteigt alles uns bekannte, menschliche Maß. Das wahre Wesen der Ewigkeit bleibt uns verschlossen. Der Himmel ist für uns ein ferner, fremder Ort.« Es hätte nicht viel gefehlt und die Trauergäste hätten wie nach einer gelungenen Opernarie applaudiert und »Bravo« gerufen. Kardinal Giusti neigte bescheiden sein Haupt und nahm die Ovationen mit stoischem Gleichmut entgegen.

Ehe der Sarg in die Grube sank, hatte die Gebirgsschützenkompanie Audorf ihren Auftritt. Die Schützen nahmen seitlich des Grabes Aufstellung und präsentierten ihre blank gewienerten Stutzen. Seine Eminenz hatte sich im Kreise »seiner Jäger und Schützen« stets von der leutseligen Seite gezeigt und den Brauchtumsvereinen mit großzügigen Spenden finanziell unter die Arme gegriffen. Der Kommandant zückte seinen Säbel und befahl mit belegter Stimme: »Achtung, Männer! Die ganze Kompanie auf meinen Befehl! Legt an!« Die Schützen zielten mitten hinein ins Herz des Himmels. »Gebt Feuer!« Der letzte Schuss verhallte und das Peloton wurde von einer Wolke Pulverdampf umhüllt.

Er hatte genug gesehen. Seidel gab Berger ein Zeichen, dass die Zeit gekommen war, sich zu verabschieden. Unter den frisch gewichsten Haferlschuhen knirschte der Kies. Auf leisen Sohlen stahlen sie sich davon und verließen den Friedhof durch einen Nebeneingang. Mit einem raschen Seitenblick vergewisserte sich Seidel, dass Ricarda Hoog sich auf ihrem Posten befand. Die Jüngerin des hochauflösenden Gewerbes war auf ein kleines Mäuerchen geklettert und hatte sich damit die Pole Position gesichert. Auf die »treue Seele« war Verlass und er würde Bilder aus der Premium-Perspektive bekommen.

Von den mittelalterlichen Befestigungsanlagen, von den Wachtürmen, Wällen, Schanzen und Gräben waren nur mehr klägliche Reste übrig. Als die Mauer der Stadt keinen Schutz mehr bot, hatte man das alte Gemäuer kurzerhand abtragen lassen. Dort, wo die einstige Umfassungsmauer an den Münsterberg stieß, hatte man sich Mühe und Kosten gespart und ein Stück der Mauer samt dreier Rundtürme stehen lassen – zur Freude des Fremdenverkehrsamts, das den Torso als romantische Reminiszenz an die guten alten Zeiten vermarktete. Als Hintergrundmotiv für ein schnelles Selfie taugte das bröckelige Mäuerchen allemal. Damit die Touristen aus China, Amerika und Indien die Aussicht auf die nahen Berge genießen konnten, hatte man entlang des Panoramawegs eine Reihe rot lackierter Parkbänke aufgestellt. Seidel war zwar nicht in Kyoto, Mumbai oder Shanghai, sondern in Bad Tolz geboren, schielte aber dennoch sehnsüchtig nach den Bergen. »Was haltet ihr davon, nach Sankt Leonhard zu pilgern und eine Kerze zu stiften?«, schlug er in weihevollem Ton vor.

»Ach geh, was soll das denn bringen?«, widersprach Grünauer, der unverbesserliche Atheist, prompt.

Holzinger kam umgehend auf den monetären Gesichtspunkt der Angelegenheit zu sprechen: »Mit der Thermenanlage samt Spa-Resort wird es vorerst nichts. Die Projektgesellschaft sucht händeringend nach neuen Investoren, aber die ortsansässigen Banken, die Sparkasse sowie die ReiBa haben bereits kalte Füße bekommen – und ich verwette meinen Pensionsanspruch, dass unser Vorstand demnächst die Kreditzusagen zurückzieht. Und von Stockers Büro heißt es nur: kein Kommentar.«

Grünauer segelte auf Gegenkurs, wie immer hart am Wind: »Das Ding wird gebaut, ihr werdet sehen! Wie ich Stocker kenne, zaubert er garantiert einen Investor aus Dubai, Katar oder Singapur aus dem Hut. Einer, der sein Kapital langfristig anlegen will.«

»Meines Wissens sind entsprechende Verhandlungen sang- und klanglos gescheitert! Immerhin reden wir über eine Investitionssumme von 200 Millionen Euro – die Finanzierung steht auf extrem wackligen Beinen und das Projekt ist meiner Meinung nach weder ausfinanziert noch wirtschaftlich tragfähig. Logisch, dass sich Stocker in Zweckoptimismus ergeht und bei seinen möglichen Geldgebern Zuversicht versprüht. Ich seh da schwarz, die Therme geht den Bach runter.«

Seidel übte sich in Sarkasmus: »Das Wasser sprudelt, aber die Quelle ist versiegt.«

Holzinger höhnte: »Ja, ja – von wegen ›Beauty aus den Bergen‹ – ›natürlich naturnah‹. Mit der Heilkraft der heiligen Quelle ist es offensichtlich nicht weit her. Jedenfalls ist keiner bereit, ein paar Milliönchen für den Jungbrunnen springen zu lassen.« Waren die Geschichten von wundersamen Heilungen und unerklärlichen Mirakeln durch das »Wunderwasser« nur PR-Gags barocker Marketingstrategen? Spirituelle Luftblasen, um all die gutgläubigen Goldesel zu melken? Für Holzinger war das Schicksal Stockers bereits besiegelt: »Die Kosten brechen ihm das Kreuz. Sein Eigenkapital langt hinten und vorne nicht. Und wenn ihm die verbliebenen Geldgeber den Hahn zudrehen, gehen die Naba und ihre Tochterfirmen schneller in Konkurs, als unser Pater Amen sagen kann.«

Berger setzte eine ernste Miene auf. »Immer geht es um das Scheißgeld! Kommt es euch nicht merkwürdig vor, dass unser Bischof gerade jetzt abtritt? Plötzlicher Herztod oder wie das heißt … Gerade mal zwölf Tage nach dem ›Big Bang‹, ist das nicht hochgradig verdächtig?«

Seidel pflichtete ihm bei: »Mehr als das! Hattet ihr nicht vor, die Konten des Bistums auf auffällige Geldbewegungen hin zu durchleuchten?«

Bergers Blick richtete sich auf eine Schar Spatzen, die sich um einige Brotkrümel zankten. »Wollten wir, ja. Wir hatten den Richter fast so weit. Nur dass mein Hauptverdächtiger unerwarteterweise den Löffel abgegeben hat. Perfektes Timing! Akutes Herzversagen, der Totenschein war in dem Punkt eindeutig. Folglich gab es keine rechtliche Grundlage, um eine Obduktion anzuordnen. Nur durch eine toxikologische Untersuchung am Seziertisch hätten sich aber eventuelle Spuren giftiger Substanzen nachweisen lassen. Wir haben es also mit einem Herzkasperl zu tun – und nicht mit Giftmischern.« Es war Berger anzusehen, dass ihm diese »Diagnose« nicht gefiel.

Grünauer machte sich daran, seine Sicht der Dinge klarzulegen: »Im übertragenen Sinne war Böck zweifellos ein Hochrisikopatient. Ich meine, wenn diese Affäre aufgeflogen wäre, hätte das doch einen Riesenskandal bedeutet. In solchen Ausnahmesituationen greift man zu altbewährten Hausmittelchen, um sich des Problems zu entledigen.« Grünauer lieferte eine mögliche Erklärung, wer dem Bischof in dieser schweren Stunde »beigestanden« haben könnte: »Wo ist eigentlich Böcks persönlicher Sekretär, dieses lemurenhafte Bleichgesicht, abgeblieben? Unter den Trauergästen war er jedenfalls nicht. Hm, wieso wohl?«

Für Holzinger gehörte der Deckel auf die »Leonhardi-Leich«: »Schurke im Sarg, Klappe zu! Bischof Böck hat sich verzockt und ein paar Millionen in den Sand gesetzt. Geld, das nicht ihm, sondern der Kirche gehört hat. Mit der Wellnessoase wollte er sich sanieren. Dann ist das Immo-Geschäft auch noch geplatzt – und sein Oberboss hat die Reißleine gezogen. Exitus und Schluss!« Holzinger war noch nicht fertig: »Die Projektentwickler der Knorr Real Estate Solutions haben vorgestern ein neu überarbeitetes, abgespecktes Konzept vorgelegt, das mit der Hälfte der Grundfläche auskommt. Ratet mal, wer in dem neuen Bebauungsplan außen vor ist?«

»Die Grundstücke, die dieser Kirchenstiftung gehören«, folgerte Seidel mit detektivischem Spürsinn.

»Exakt die, die der Bischof an die von Stocker hochgepäppelte Investorengruppe verscherbeln wollte. Der Kreis schließt sich.«

Berger wollte sich von einem Banker nicht die Butter vom Brot nehmen lassen, für ihn war der Fall noch nicht vom Altartisch: »Die Ermittlungen laufen weiter. Es ist zum Beispiel noch völlig ungeklärt, wer am Rastplatz Gletschergarten auf mich geschossen hat. Wir suchen noch immer nach der Tatwaffe. Bei der Leiche haben wir zwar ein Scharfschützengewehr und eine Jarygin 6 P 35, aber keine Glock gefunden.«

»Wer hat überhaupt unseren Kitzbüheler Kosaken erschossen, gibt es dazu schon Erkenntnisse?«, grätschte Seidel dazwischen.

»Der Mann ist in einen Hinterhalt geraten. Er wurde förmlich durchsiebt – ein massiver Feuerstoß aus einer

Kalaschnikow, Modell AKM, da half ihm auch die ballistische Schutzweste nix mehr. Der Mann ist verblutet. Unsere Vermutung geht dahin, dass er infolge eines Streits, um den Beuteanteil zum Beispiel, von einem Komplizen erschossen wurde.«

Seidel ließ nicht locker: »Und habt ihr die Identität der Protagonisten in diesem Fake-Video geklärt?«

»Trittbrettfahrer, Möchtegern-Revoluzzer, Attention Whores. Aus ermittlungstechnischer Sicht irrelevant. Wir ermitteln gegen diesen Woife wegen Vortäuschung einer Straftat, Pillepalle!« War es das? Aus halbgeschlossenen Lidern blickte Seidel hinauf zu den greifbar scheinenden und doch so unerreichbar fernen Höhen. Die Dinge lagen nun mal so, wie sie lagen. Ein Gedanke stimmte ihn versöhnlich: Pater Cölestin konnte weiter seine Messen lesen und das Wasser würde fließen – in jenem ewigen Kreislauf, der elementar war für das Wunderwerk des Lebens. Was war die Erde denn anderes als eine blaue Perle inmitten der lichtlosen Schwärze des Kosmos.

APOLLINARIS

Inmitten frischen Wiesengrüns sprudelte ein Brunnen. Wie im Märchen plätscherte frisches, reines Quellwasser in den Brunntrog, der vor Zeiten aus einem Lärchenstamm geschält worden war. In das Holz hatte jemand die Jahreszahl 1925 und die Initialen FZR gekerbt.

Pater Cölestin hatte den Akkuschrauber in der Rechten, zwei Spax-Schrauben in der Linken. »Das ist doch kompletter Schwachsinn, oder? Wer denkt sich so etwas aus?«

Sophie Grabmaier zuckte mit den Achseln. »Schraub das blöde Blechschildchen halt hin. Wer durstig ist, der kommt zur Quelle, um seinen Durst zu stillen. Egal, was da steht!«

Cölestin verzog sein Gesicht, als ob er in eine faule Frucht gebissen hätte. »Wahrscheinlich hast recht! So wie immer. Aber ich hab kein gutes Gefühl bei der Sach!«

Sophie stemmte die Fäuste in ihre ausladenden Hüften. »Jetzt mach schon – und mach kein Drama draus! Der Nüschel bleibt dir schon nicht trocken!«

Jeder Mensch war anders gestrickt und Pater Cölestin war vor allem zweierlei: Visionär und Prediger, aber kein Handwerker. »Aus der Bibel wissen wir, dass Jesus nicht mit den Herren, sondern den Knechten gespeist hat. Ja, die Pharisäer waren entsetzt, als er sein Mahl mit Zöllnern, Dieben und Sündern teilte.«

Wenn Pater Cölestin auf das Ideal der Armut im Allgemeinen und die spirituale Idee im Besonderen zu sprechen kam, neigte er dazu, abzuschweifen und sich im Kreis zu bewegen: »Aus den Buchstaben des Buchs spricht das Wissen um die Wandelbarkeit des Wesens aller Dinge. Weder Geld noch Macht, sondern das Wort verändert in Wahrheit die Welt. Das Wort ist wie das Wasser, es fließt, es ist Materie und es ist doch Geist, es ist da und doch ungreifbar!«

Die wohlbeleibte weißhaarige Frau zeigte sich unbeeindruckt von Cölestins Gedankenflügen. Zu viele Worte machten das »Wort« stumpf und schartig. Es verblasste und verlor seinen Glanz. Sophie hielt dem Pater ein frisch eingeschenktes Glas Wasser hin. »Bist jetzt fertig mit deinem Sermon? Ich halt das Schildchen gerade und du schraubst es fest!«

Darauf wusste der Pater nichts zu erwidern – und tat, wie ihm geheißen. Nach vollbrachter Tat trat Sophie einen Schritt zurück. »Pfeilgrad! Wie mit der Wasserwaage ausgemessen!«

Auf dem rechteckigen Schildchen war das stilisierte Bild eines tropfenden Wasserhahns zu sehen. Darunter warnten fette Blockbuchstaben jeden, der hier schnell seinen Durst stillen wollte, eindringlich: »Kein Trinkwasser!« Sophie deutete auf das Sonnenbankerl neben der Tür. »Ein Schluck Messwein, wie wär's?« Er nickte – zum Rebensaft sagte er selten Nein.

Die Vögel zwitscherten in den Zweigen, das Wasser plätscherte leise in den Brunnen. Die Welt war weit, weit weg. Einem in Ehren ergrauten Ehepaar gleich hockten die beiden Alten auf ihrer Bank und blinzelten in die Sonne. Der Pater und die »alte Hexe« verstanden sich blind, ohne große Worte. Die Zeit heilte nicht nur alte Wunden, sie schweißte einen auch zusammen. Unter gichtkrummen »Best Agern« beliebte Gesprächsthemen wie Krankheiten, Gebrechen und chronische Leiden waren tabu. Über das Alter verloren sie kein Wort. Genauso wenig wie über das Wasser, das aus ihrer Quelle sprudelte. Frater Zeno hatte vor 300 Jahren als Erster erkannt, dass einen ein Jungbrunnen zwar nicht unsterblich, dafür aber steinalt werden ließ. »Gescheiter so, glaub mir.« Sophie tätschelte den Unterarm des Paters. Die Welt da draußen war des Teufels. Sie war unrettbar verloren. Da war es besser, ein Geheimnis für sich zu bewahren. Die Quelle des Lebens würde weiter fließen – und Pater Cölestin dankte Gott und dem heiligen Leonhard dafür. Von Ewigkeit zu Ewigkeit, Amen!